安徽大学文学院
文典学术论丛

走进网络文学批评

欧阳友权 著

凤凰出版社

图书在版编目（CIP）数据

走进网络文学批评 / 欧阳友权著. -- 南京 : 凤凰出版社, 2019.12
（安徽大学文学院文典学术论丛）
ISBN 978-7-5506-3012-3

Ⅰ. ①走… Ⅱ. ①欧… Ⅲ. ①网络文学－文学评论－中国 Ⅳ. ①I207.999

中国版本图书馆CIP数据核字(2020)第007860号

书　　名	走进网络文学批评
著　　者	欧阳友权
责任编辑	张永堃
装帧设计	徐　慧
出版发行	凤凰出版社(原江苏古籍出版社) 发行部电话025-83223462
出版社地址	江苏省南京市中央路165号,邮编:210009
出版社网址	http://www.fhcbs.com
照　　排	南京凯建文化发展有限公司
印　　刷	南京新世纪联盟印务有限公司 江苏省南京市建邺区南湖路27号春晓大厦5楼,邮编:210017
开　　本	718毫米×1005毫米　1/16
印　　张	25.25
字　　数	351千字
版　　次	2019年12月第1版
印　　次	2019年12月第1次印刷
标准书号	ISBN 978-7-5506-3012-3
定　　价	128.00元

(本书凡印装错误可向承印厂调换,电话:025-68566588)

安徽大学文学院文典学术论丛

总　　序

吴怀东

这套丛书是安徽大学文学院一批在岗教授各自的专题论文集，内容涵盖文艺学、现当代文学、古代文学、古代汉语、现代汉语等学科，是诸位专家多年研究心血的沉淀，其学术质量、学术贡献都得到各自学术领域同行专家的认可，对此读者自有公论，无需辞费。我们集中推出，既是学术积累的需要，也是对我们这个团队多年科学研究和学科建设工作的一个小结，在此我们郑重感谢诸位专家的辛苦劳动，感谢凤凰出版社的大力支持！这套丛书以刘文典先生的名讳命名，至关这套丛书的撰述动机乃至我们学院的学术追求，值得郑重说明。

如果将民国时期建立于当时安徽省会安庆的安徽大学算作 1958 年重建于今天省会合肥的安徽大学的前身，安徽大学的校史已近百年。出生于合肥的刘文典与安徽大学及安徽大学文学院有着深刻的渊源：早在 1927 年，刘文典就受邀主持安徽大学的筹建工作；1928 年，安徽大学正式成立并招生，刘文典任预科主任兼文学院院长，并实际主持校政。刘文典主政安徽大学，是安徽大学的荣幸和精彩开始，而刘文典主政文学院，更给文学院的建设、发展奠定了崇高的起点和正确的方向。

刘文典，原名文聪，字叔雅。原籍安徽怀宁，1889 年出生于合肥。1906 年入芜湖安徽公学学习，为该校教师陈独秀、刘师培所欣赏。1907 年加入中国同盟会，1909 年赴日本留学。辛亥革命爆发后，他于 1912 年回国，在上海于右任、邵力子等主办的《民立报》担任编辑。1913 年再度赴日本,1914 年加入中华革命党,任孙中山先生秘书。1916 年,刘文典回国,一直在北京大学任教,研究诸子著作。1923 年出版专著《淮南鸿烈集解》,后从事《庄子》、《说苑》等书的校勘,撰写了《三余札记》。1927 年参与筹建安徽大学;1928 年 11 月,安徽发生学潮,刘文典被迫离开安徽大学,回到北京,就任清华大学中国文学系教授、主任。1939 年,刘文典完成《庄子补正》、《说苑斠补》等著述,著名学者陈寅恪为《庄子补正》作序,云:"先生此书之刊布,盖将一匡当世之学风,而示人以准则,岂供治《庄子》者必读而已哉!"抗战期间,刘文典任教于昆明西南联合大学;抗战结束直到新中国成立后,他一直在云南大学任教,直至 1958 年因遭批斗而突发急症,病逝于昆明。

简单而庄重地回顾刘文典的经历是要说明,他从革命家实现华丽转身而成为杰出学者。乍看起来,这两种身份似乎没有什么相关性,其实,革命是改造社会最激烈的方式,而在大学进行学术研究、培养优秀人才、开启民智为人类生存、发展而求解,何尝不是改造社会的重要而有效的方式?放眼刘文典做出选择的那个时代,他的选择并非特例、孤例。同样是同盟会会员出身的蔡元培,于 1916 年受命出长北京大学,其就职演说明确提出"大学者,研究高深学问者也",坚持"思想自由,兼容并包"的办学思路。1915 年,自由革命家陈独秀在上海创办《青年杂志》,因其于 1916 年受聘为北京大学文科学长而进入高等教育领域,这份杂志也随之迁到北京并易名为《新青年》出版,并立即产生巨大轰动效应。正是在刘文典所处的北大时代,开放的学术孕育了伟大的思想文化,影响中国百年命运的新文化运动因此而蓬勃展开;也正是在这种自由而激进的氛围里,推动近代以来中国实现变革、真正改变中国国运民心的伟大组织——中国共产党应运而生。

刘文典及其并世知识人,遭遇了中华民族"亡国灭种"的巨大危机。其时,传统文化面临断裂,中外交流、对撞剧烈,工具理性严重冲击价值理性。他们做出了艰难选择。他们以学术报国,努力开启民智,在学术方法上实现了古典与现代、中与西的融汇,从而走在时代前列,建构了百年来中国学术乃至思想的基本框架，这种学术精神、学术品格和学术方法具有超越时空的意义。我们不排除学术研究对于个人具有劳动交换而谋生的性质与功能——“著书都为稻粱谋”（龚自珍《咏史》），但是，社会之所以需要知识和思想，需要我们知识分子这个群体，根本上需要我们像马克思那样“为人类而工作”（《青年在选择职业时的考虑》），正因如此，马克思才说“在科学的入口处，正像地狱的入口处一样”（《政治经济学批判序言》）。在英国伦敦海格特公墓马克思的墓碑上，便镌刻着马克思的名言：“哲学家们只是用不同的方式解释世界，而问题在于改变世界。”（《关于费尔巴哈的提纲》）知识者正是通过科学地研究自然界和人类社会，“解释世界”，发现真理以影响大众从而“改变世界”。中国最伟大的思想家孔子两千多年前就倡导“为己之学”，反对“为人之学”（《论语·宪问》）。宋代著名思想家张载说，知识者应该将“为天地立心，为生民立命，为往圣继绝学，为万世开太平”（《横渠语录》）作为自己的信仰。一百年前的1919年，现代学术大师马克斯·韦伯说：“今天，作为‘职业’的科学，不是派发神圣价值和神启的通灵者或先知送来的神赐之物，而是通过专业化学科的操作，服务于有关自我和事实间关系的知识思考。”（《以学术为业》）这也正是二十世纪中国最杰出的学者、一生追求“自由之思想，独立之精神”的陈寅恪在1927年所说的“吾侪所学关天意”（《挽王静安先生》）的核心内涵。现代大学是现代社会生产知识与思想的专业“工厂”，是“研究高深学问”的地方，决定现代大学地位的就是其卓越知识与思想的生产能力。“大学之道，在明明德，在亲民，在止于至善。”（《大学》）大学的知识者应该具有最纯粹的学术信仰，是人类文明的研究者、创造者和守护者、传播者。学术信仰、学术精神，就是深入地研究世界、勇敢地发现真理并追求真理。清代著名学者章学诚对堪称“乾嘉学术第一人”的戴震学术特点的评论，其实可为今日学界之镜鉴：“戴君学术……戒人以凿空言理，其说深探本原，不可易矣！”（《文史通义·内篇·书〈朱陆〉篇后》）在“地球村”的时代，中国亟需面对真问题的真学术，因为，没有严格的“实事求是”（《汉书·河间献王传》），必然不会有方向正确且真正有效的“经世致用”。

时间已经走到二十一世纪，可是，从人类文明发展史和中西关系史来看，我们仍然面对刘文典所面对的时代命题——国家要强大，民族要复兴，人民要幸福，人类文明要交流互鉴。如今，人类科技发展到了一个产生颠覆性突破的关键时刻，世界上的国家关系到了数百年来最大转折的十字路口，中国的发展、中国文化的发展也迎来一个重新审视的历史机遇期，创新能力的竞争更加激烈。虽然我们研究的不是现代科学技术，也不是实用的经济学、法学、社会学等，可是，我们研究的学问至关民族精神的塑造和每个人的精神生活，至关中国的"软实力"提升和中国之崛起：如果没有汉语，中国人必然无法沟通、交流，文化必然无法传承；如果缺少文学的滋养，中国人的心灵将无处安顿，人将因为单纯追求物质利益而沦落。在此背景下，研究中国语言文学，责任重大，使命崇高，任重道远，这也是我们时代所有中国语言文学研究者共同的责任和使命。

奠定刘文典在现代学术史上地位的就是《淮南鸿烈集解》，此书已被公认为《淮南子》研究的学术经典；刘文典当初受命负责筹建安徽大学，社会各界看重的正是其超卓的见识、杰出的学术成就和重要的学界地位。安徽大学文学院既然是国学大师刘文典亲手开创的学院，理当继承前辈高尚的学术品格，弘扬前辈执着的学术精神，开展"高深学问"之研究以丰富时代精神生活，甚至引领社会进步，并在此过程中确立我们学院的研究特色甚至优势，彰显我们的贡献。应该说，曾经在非常艰难的环境里，在资源严重不足的条件下，经过多年的卧薪尝胆，我们在某些研究领域所取得的成就与特色已得到学术界认可，但我们学院的整体研究特色还不够鲜明，学科的综合实力还有待于提升。如今，在伟大的新时代里，我们文学院的全体同仁必将进一步"澡雪精神"，坚守"板凳要坐十年冷，文章不写一句空"的态度，"衣带渐宽终不悔"，努力创造出能够引领学术发展、不负先贤的学术成就、思想成果。

附:《安徽大学文学院文典学术论丛》总目

王达敏《中国当代长篇小说论》
赵　凯《马克思主义文论与当代文艺批评》
欧阳友权《走进网络文学批评》
刘　飞《中国文学批评散论》
周志雄《批评之途》
王泽庆《文学的跨界诠释》

丁　放《中国词学论集》
陈道贵《六朝唐代文学论丛》
吴怀东《杜甫与唐代文学论稿》
方盛良《清代文献文学探微》
耿传友《徽学与明清文学论稿》

杨　军《汉语音韵丛考》
曾　良《俗写与历史词汇丛札》
吴早生《汉语的信息结构与主观表达研究》

2019年10月13日于合肥

目　　录

第三辑　问题解读

第四辑　走势剖析

第五辑 作家作品评论

第六辑 历史节点回眸

第一辑

网络文学现场

中国网络文学的时代隆起

1994年4月20日，中国国际互联网TCP/IP协议的签署宣告了互联网时代的到来。自此，中国互联网得到国际认证，成为拥有全功能Internet的国家。互联网在改变我们生活方方面面的同时，也为中国文学的发展提供了一个前所未有的自由开放平台。正因为如此，中国网络文学在短时间内便成长为一支不可小觑的文学新军，为沉寂多年的文坛源源不断注入新的活力。1998年，痞子蔡《第一次的亲密接触》开始连载，开启了中国本土汉语网络文学类型化、言情化、青春化、娱乐化的先河，成就了中国文学史上一次前所未有的奇观，吹响了汉语网络文学勃兴的第一声号角。自此，网络文学开始大范围进入中国公众视野，并在20年的发展中不断创造着新的辉煌。于是，网络文学的时代隆起便成为一个备受关注的重要文学现象。

一、源于海外，起于本土

1. 汉语网络文学的海外诞生

网络文学，顾名思义，由“网络”与“文学”“联姻”而成。网络写手李寻欢曾言：“网络文学的父亲是网络，母亲是文学。”①因此，要讨论汉语网络

① 李寻欢：《让文学回归民间》，《文学报》2000年2月17日。

文学的诞生，就离不开对"网络"发源地的追问。

世界上第一台通用电子计算机"埃尼阿克"诞生于1946年的美国。1969年互联网问世，与电子计算机一起为海外网络文学的发生提供技术支持。早在20世纪60年代，美国学者特德·尼尔逊提出的"超文本"的概念就被广泛运用于电子计算机技术，这是后来互联网超文本链接协议的雏形。超文本小说开创性运用了这一技术，成为萌芽阶段网络文学的主要形式，并且也为超文本小说与网络的对接奠定了基础。世界网络文学最早萌芽于20世纪70年代欧美国家的网上写作，到了80年代，网络文学创作开始走向自觉阶段。

计算机网络诞生于西方国家的这一事实，决定了汉语网络文学首先发端于欧美发达国家。20世纪60年代末互联网在美国诞生后，70年代经军用转为商用，80年代被广泛运用于政府、公司和大学等机构。此时，恰逢中国开始实行改革开放的基本国策，大批青年学子为留学深造远赴重洋。在此机缘下，一批留学北美的华人学子最早开始接触网络，并通过网络进行文学创作以抒发自己客居他乡的羁旅之情与文化苦闷。由此，原创汉语网络文学的雏形开始出现，并且在小范围内迅速风靡。伴随着计算机网络的普及，越来越多的留学生加入了原创汉语网络文学的创作队伍之中。

汉语网络文学的出现标志着华人网络文学进入萌芽阶段。这一时期网络文学的主要创作阵地是海外留学生创办的电子刊物与网络新闻组。1991年，中国留学生王笑飞创办海外中文诗歌通讯社。同年4月5日，梁路平、朱若鹏创办了互联网上第一份中文杂志《华夏文摘》，自此，海外华人留学生的作品开始以整体的形象出现在读者面前。同月，该网络杂志上发表了网络作家少君的《留学生文学专辑》，在海外华人留学生圈内激起了热烈反响，鼓励了大批留学生写手进行网络原创写作，有效促进了汉语网络文学的勃兴。同年，王笑飞创办了海外中文诗歌通讯网（chpoem-1@listserv. acsu. buffalo. edu），这大概是汉语原创网络文学的最初萌芽。迄今能见到的第一篇中文网络文学原创作品是署名张郎郎的杂文

《不愿做儿皇帝》,该文发表于1991年4月16日《华夏文摘》第3期。第一篇中文网络原创小说是名为《鼠类文明》(作者佚名)的小小说,该文发表于1991年11月1日《华夏文摘》第31期。[1] 1992年,海外华人在USENET上开设了域名为alt. chinese. text的互联网新闻组(简称ACT),为中文国际网络的产生奠定了基础。1993年后,由遍布世界各国的中国学生学者联谊会主办的综合性中文电子杂志大量涌现,如美国的《威斯康星大学通讯》《布法罗人》《未名》,加拿大的《联谊通讯》《红河谷》《窗口》《太阳升》,德国的《真言》,英国的《利兹通讯》,瑞典的《北极光》《隆德华人》,丹麦的《美人鱼》,荷兰的《郁金香》,日本的《东北风》等,这些网页上通常发布或转载海外华人的思国怀乡之作,或表达在异国他乡面临的文化冲突、心灵苦闷和游子乡愁。1994年后,完全发表原创作品的《新语丝》、诗刊《橄榄树》,第一份女性文学期刊《花招》等相继出现,成为当时海外华人留学生的精神家园。

2. 本土网络文学的早期回眸

自1994年4月中国加入互联网公约而成为世界上第77个国际互联网公约国后,漂泊海外的汉语网络文学萌芽得以借此时机回归祖国并在本土扎根,经过20余年的发展,如今已长成参天大树。中国网络文学创作自此开始走向自觉,迎来了迅速发展的生长期。

1995年8月8日,第一个BBS"水木清华"在教育网上开通,成为当时中国大陆最具人气的BBS之一。旗下开设有文学、读书、武侠板块,专门用于发表网络原创文学作品,为大陆网络文学爱好者提供了创作、阅读和交流的阵地。

1996年,网易开通了个人网页,以互联网作为媒介传播的文学作品第一次通过门户网站登上舞台。

1997年12月25日,美籍华人朱威廉创立"榕树下"个人主页,1998年春以网络文学公司的身份正式上线,这是当时我国最大的中文原创文

[1] 参见欧阳友权:《网络文学概论》,北京大学出版社2008年版,第21页。

学网站。“榕树下”聚集了宁财神、李寻欢、邢育森、安妮宝贝、黑可可等大批最早的网络作家，形成了中国网络文学创作的第一个高峰期。此后，包括“清韵书院”“书路”“诗星座”“黄金书屋”“碧海银沙”“西祠胡同”“中网”“博库”“文学城”“莽昆仑”“文侠楼”“原创广场”“麦田守望者”“左边卫”等一大批文学网站次第诞生，网络文学一时间涌现在文学爱好者面前。1998年也因此被称作中国“网络文学元年”。当然这个“网络文学元年”的命名，除“榕树下”上线外还有两个可以持论的根据：一是我国第一部“网人写网恋供网友阅读”的网络长篇小说——痞子蔡的《第一次的亲密接触》，诞生于1998年春，二是2008年举办的颇具影响力的“网络文学十年盘点”活动，无形中也让1998年作为“网络文学元年”成为约定俗成的事实。我们今天描述和讨论“中国网络文学20年”正是基于这样的历史背景和基本事实，并不意味着中国的网络文学只有在1998年才开始出现。

3. 中国网络文学产生的时代动因

中国网络文学诞生时间不长便形成兴盛之势，除了上文提到的电子信息发展等技术层面原因之外，还受到来自社会文化生态等各种因素的影响。

首先是传统文学的式微。20世纪90年代，文学生态背景发生的巨变给传统文学带来了异变。改革开放进入到建立市场经济体制的阶段后，中国社会进入解构与建构的转折期，社会主义市场经济体制替代计划经济登上历史舞台。这一时期的文化政策和文学面貌发生了深刻的变化，文学体制改革被提上日程。作家、刊物、出版社直接与市场对接，不再由国家资助。于是，文学被迫纳入市场经济轨道，在“以经济建设为中心”浪潮的冲击下，传统文学出现“变现困境”，并受限于日渐显现的表征危机，关注度下降，“中国文学开始从社会文化的中心走向边缘，精英文学也从文学舞台的中心退居文学边缘”。①

① 欧阳友权：《网络文学概论》，北京大学出版社2008年版，第22—23页。

其次，“亚文学”“快餐文学”挤占大众文化阅读市场。文学作为一种精神产品，“精英性”“文学性”一直是其主要特征。然而，伴随改革开放及市场经济的到来，文学的商品化、产业化运营已是大势所趋。尤其是在传统作家的市场意识确立之后，文学创作的商业性日趋明显。有些作家为了迎合市场而开始走通俗文学创作的路子，文学性逐渐被消解，一时间，为了休闲娱乐而非追求思想深度的“亚文学”“快餐文学”涌入大众阅读视野，武侠、言情、传奇、纪实类文学作品雨后春笋般大量出现。诸如林白的《一个人的战争》、陈染的《私人生活》、卫慧的《上海宝贝》等私人化写作的女性文学出现在文化市场中，凭借记录碎片化的女性都市日常生活而受到广泛关注，此前纯文学独领风骚的文学格局发生改变。“亚文学”以其强悍的市值创造能力一方面吸引了一批作家“下海”经商，另一方面以丰厚的报酬诱惑着坚守文坛的作家转向“亚文学”的创作。传统文学、精英文学因无法突破的自身拘囿难免走向式微。于是，传统文学主导文坛的局面被撼动，这为海外网络文学的本土回流并迅速扎根成长提供了充足的空间与发展可能。

再者，网络媒介的兴起对文字媒介造成多方位挤压。麦克卢汉曾言：“媒介即是讯息。”①媒体会改变一切，不管你是否愿意，它会消灭一种文化，引进另一种文化。的确，信息技术的发展极大加快了大众传媒形式的多元化进程。新兴媒介技术的强大活力对传统媒介造成了激烈的冲击，广播、电视、移动网络等大众传媒以其直观快捷的技术特性牢牢占据着大众的视野。此外，在这一时期，数字媒介及其衍生品也统治了大众的视听世界。诸如智能手机、kindle 等电子数码产品以及移动阅读、听书等应用软件相继出现，其技术更新的速度与规模都令人瞠目。新兴媒介及其产业链的兴起无疑成为传统文字媒介生存的巨大挑战，正如希利斯·米勒断言：“电信时代文学无存”，“文学在这个时代里可谓生不逢时”②。从这

① [加]马歇尔·麦克卢汉：《理解媒介——论人的延伸》，周宪、许钧译，商务印书馆 2000 年版，第 33 页。

② [美]希利斯·米勒：《全球化时代文学研究还会继续存在吗？》，《文学评论》2001 年第 1 期。

个角度而言,数字化的媒介革命在我国的风靡一方面压制了传统文字媒介,为网络文学的诞生提供了理想的契机;另一方面,网络作为新兴媒介的迅速普及,又为网络文学的创作和传播提供了强劲的技术支持。

基于以上因素影响,使得世纪之交的中国文学宿命般地走进了一个特殊的生态背景,从而迫使文学在新的选择面前寻找新的活法。"一代有一代之文学",文学环境的变化必然带来文学自身的演变。20 世纪 80—90 年代中国改革开放历史时期的到来,伴随互联网的接入与快速普及,一方面使得内容上偏重心灵和情感倾诉的汉语原创网络文学因其新鲜、淳朴、灵动的世俗文化气息迅速被国人接纳追捧;另一方面,依托网络媒体这种强大的信息媒介的传播能力,网络文学因此呈现出高度繁荣的盛况,中国网络文学得以在较短时间内形成十分强劲的发展势头,形成一种新兴文学"巨存在"。

二、"全民写作"机制下的文学圆梦

网络技术的"平权式"规制,颠覆了现实社会"金字塔"式话语权结构模式,消除了传统体制下文学作品的"出场"焦虑,拆卸了文学创作、发表资质认证的门槛,谁都有权利上网写作并发布自己的作品,谁也无权阻止他人创作和发表,这就给了每一个文学钟情族网上圆梦的机会,使来自民间的文学弱势人群有了"人人都可当作家"的平等权利,形成了"全民写作"的新机制。"网络文学解放了以往的艺术自由中的某些不自由,为文学更充分地享受自由、更自由地酿造自由精神的家园装备自由的引擎,插上了自由的翅膀。在互联网上,文学打破了创作身份确认的藩篱,任何人只要你愿意,都可以上网写作和让写作上网,因为'在网上没有人知道你是一条狗',大狗小狗都可以在这里'汪汪'叫上一通。"①1994 年中国加入国际互联网时,网友们呼吁:"全世界网友联合起来,网络的自由就一定要

① 欧阳友权:《网络文学自由本性的学理表征》,《理论与创作》2003 年第 5 期。

实现!”文学圆梦的“全民写作”机制就是这一愿望的现实体现。手机文学、博客和微博创作出现后,“自媒体”文学创作大行其道,让“全民写作”更加普及。2011 年以后,随着智能手机的普及、移动互联网以及各种移动终端的发展,文学创作更趋便捷化、全民化、年轻化。微信出现后,有了微信公众号的新平台,为公众的自由言说与表达提供了更为方便的场所,“全民化”写作已成为当下网络文学作品的主要来源。总体看来,“全民写作”机制的产生一方面来源于文学自身的需求,另一方面则受到网络信息技术特点的影响。

从文学自身发展需求的角度而言,网络文学通俗化写作的兴起,在于市场经济对传统文学精英化写作的冲击。自从进入改革开放新时期以来,中国文坛首次直面市场经济浪潮。“千禧年”代际之交社会和文化的“转型”,商业社会中消费趋向的明显化,激化了传统文学的表征危机,使其不可避免地走向文学舞台的边缘,而不得不让位于通俗文学、亚文学等。在这一时期通俗文学、亚文学之所以异军突起,离不开喜爱、拥护它的市民阶层读者群。受“以经济建设为中心”的政策主导,一向以精英性著称的传统文学日渐曲高和寡,难觅知音,而通俗文学的叙述内容更贴近群众,满足了普通市民阶层闲暇娱乐的精神消费需求,从而受到大众和市场的推崇。当代文学史记载,中国文学发展到了 20 世纪 90 年代,受消费主义影响,“对现代都市活物化现实的表现,在文学创作中得到前所未有的展开”①。这个“展开”一方面表现在以林白、陈染为代表,彰显个人体验的“新体验”“新形态”小说的兴起;另一方面还表现在文学的主要表现对象的转变,即由 20 世纪 80 年代主要体现“体制内”的人和事转向了展现都市白领、个体户以及普通市民日常生活中的都市趣味,如朱文的《我爱美元》、邱华栋的《都市新人类》、何顿的《生活无罪》等,成为这一类型文学的主要代表。由此可见,反映个体经验、体现都市居民日常生活的作品

① 文学史系列书籍合集:洪子诚:《中国当代文学史》,http://www.xiexingcun.com/Philology/29/027.htm,2018 年 4 月 20 日查询。

成为20世纪90年代文学的重要内容。

20年后的今天，受互联网以及消费社会共同影响下的文学写作出现了文学与市场“联姻”的现象，大众化、祛魅化趋势明显。较具代表性的是“80后”文学创作广受追捧，如韩寒、春树、郭敬明等作家快速走红，春树和韩寒甚至还登上2004年亚洲版《时代》杂志封面，产生了国际影响。他们的成功虽然大部分原因来自大众传播媒介的强大推力，但其作品本身的大众色彩和文学祛魅不可忽视。例如，韩寒的作品始终没有离开都市日常生活描写，开创了3年销售100万册销售奇迹的《三重门》，主要刻画的是一个中学生叛逆、反抗、最终辍学的故事。虽然作品本身稍显稚嫩，称不上完美，但仍受到广大青少年读者群体的热捧。从其内容角度来看，是对中学生成长过程中可能遇见的师生关系、同学关系、亲子关系的全景呈现，准确反映了青少年在青春期的微妙情绪波动以及情感困惑，为广大已经经历过或正在经历应试教育的人发声。再如郭敬明，2003年以一部《幻城》登上文艺社科类图书销售排行榜前三名，2007年青春校园题材的《悲伤逆流成河》出版一周销量即破百万，成为当月中国图书销售量排行榜前三。他创作的着重介绍繁华都市中富二代、女白领与大学生们的恩怨纠葛的《小时代》系列出版后，也陆续创造各项销量神话，后来郭敬明推出了《小时代》系列电影，虽口碑不佳，但也取得了不错的票房成绩。这些小说存在多少美学价值和思想意义等文学性问题的讨论我们暂且搁置一旁，但就其娱乐性而言，其作品的确反映了广大青少年群体以及都市白领等层次的读者的生存现状，并且将一系列的社会现实中剑拔弩张的矛盾置于明面上讨论。这一情况本身满足了各类读者群体对于消闲娱乐目的的诉求，在阅读这类作品的同时也获得了一种情感上的宣泄，从而达到自我心理的平复。由此可见，随着历史进程的推进以及社会经济的繁荣发展，在消费导向的社会文化环境中，文学若想克服自身的拘囿，重新占据公众视野、提升自身影响力，势必要满足大众对于文学消费的各项需求。文学回归民间已成大势所趋，这是网络文学能够回归大众的重要背景。

另一方面，网络文学“全民化写作”的创作热潮也与网络时代的精神指引密切相关。网络文学在中国成长20年的历史，也是互联网在中国更新换代的历史。互联网是自由精神的产物，是无数网民自由创造与平等参与的结晶。这个自由平等的环境，孕育出了开放、平等、兼容、共享的互联网精神。自1994年互联网进入中国以来，将众多独立计算机终端紧密地连为一体，互联网精神也顺着这“不可见的网”潜移默化地改变着人们的写作方式，越来越多的人通过移动终端，在网络空间中进行文学表达。

网络的平等开放精神决定了写作主体广泛的可能性。在互联网环境下，只要拥有一台支持TCP/IP协议的计算机终端，无论是谁、身处何方，都能轻松实现信息资源的快速共享。在互联网中，任何人都有着平等的创作机会，只要有写作的想法和表达的欲望，就能进行网上写作。网络时代的许诺就是：人人都可以成为艺术家。① 此外，网络空间以其空间虚拟、身份匿名的特质，给网络写作蒙上了一层狂欢的色彩。随着现代化程度的不断提高，现代都市生活的节奏日益加快，这种快节奏生活带来的巨大压力导致了当下都市人难以回避的现实问题。网络空间中身份的匿名化为网民提供了巨大的言说自由。真实身份的隐藏，使得写手可以在道德法律允许的前提下，以“无我”表现“真我”，轻松快捷地借由网络及时抒发现实生活的感受，尽情抒发自己的喜怒哀乐，卸下现实生活中的“盔甲”与“伪装”，做“真实”的自我，满足在现实生活中因各种因素不可实现的宣泄欲望。通过满足大众宣泄欲的方式，网络吸引着越来越多的人以敲击键盘的方式进行自我表达，于是，网络写作蔚然成风。

网络时代的到来已是不可逆转的时代潮流，移动网络时代的信息技术以超乎寻常的速度改变着我们的生活方式。在网络技术日新月异和消费社会市场导向的大背景下，传统文学自身的拘囿日益明显，文学创作面临新一轮的转型。此时，“全民写作”使得写作本身再也不是一种少数人的行为，更不是被精英垄断的某种崇高技艺，文学写作体制自此出现了前

① 黄鸣奋：《网络时代的许诺：人人都可以成为艺术家》，《文艺评论》2000年第4期。

所未有的转变，写作成为一种日常化、普及化、全民化的行为。正是出于大众对于文学创作本身的需求以及互联网自由、平等、兼容、共享精神的引导，网络文学创作迎来了“全民化写作”大潮，文学重返民间成为不可逆转的大趋势。

三、20年创造一个“时代”

1998年3月22日，台湾理工男蔡智恒开始在台南成功大学电子布告栏(BBS)连载小说，到5月29日，他花了2个月零8天在网络上完成了《第一次的亲密接触》34集连载。《第一次的亲密接触》成为中国互联网上第一部“网人写网络化生活”的畅销小说，其调侃作秀的网络文风，表征着鲜明的都市时尚，体现了与传统印刷文化时代的深度美学不同的平面化、娱乐化、无厘头的审美追求，适合于一次性的快餐式消费，开启了中国网络言情类长篇小说的先河。随后，《第二次的亲密接触》《活得像个人样》《网上自有颜如玉》《迷失在网络与现实之间的爱情》《我一定要找到你》《交换》《悟空传》《媒子鸟》等凄美哀婉的情恋故事纷纷出现。一时间青年男女“网上邂逅—情投意合—红颜薄命—生离死别”成了网络文学习用的模式，汉语网络文学的世界中情种遍野、泪水泛滥，为汉语网络文学与时尚、商业和消费文化的“亲密接触”提供了一个个范例。从此，“上网写作”掀起创作热潮，网络文学进入了一个新的高峰期。数字技术不断升级换代，自媒体呼啸而来，伴随着移动终端技术的革新，博客、微博、知乎、简书、微信等各类移动终端平台百花齐放，作为承载大众创作和阅读的新兴媒体平台已经成为当代网民的网络生活中不可或缺的重要组成部分，文学在这个虚拟空间中如鱼得水。互联网自由平等的精神关怀使得任何人只要拥有可以入网的移动信息设备，就可以发表意见、记录事件或虚拟创作。可以说“全民写作”就是文学网民的“狂欢节”。

据中文互联网数据资讯中心2017年2月发布的《艾瑞咨询：2016年中国网络文学作者洞察报告》显示，通过对16家文学平台的监测，仅

2016年1至10月，短短10个月内，累计新增的网络文学作者数量达142.4万[①]。20年的积累，网络原创作品数量十分庞大，增速惊人。例如，作为网络文学阵营霸主的阅文集团作品总储量已超过1000万部，原创小说覆盖的行业达90%以上。据中南大学网络文学研究团队统计，“阅文旗下起点中文网的作品储量累计达300万部，红袖添香作品192万部，榕树下作品236万部。此外，晋江文学城作品超100万部，17K小说网作品97万余部，纵横中文网有作品49.5万部。其中，字数达200万以上的小说，起点中文网有2891部，纵横中文网有2178部，17K小说网有653部，红袖添香有86部，晋江文学城有55部。篇幅上1000万字的小说，起点中文网有19部，纵横中文网有12部，17K小说网有3部。文学网站日更新量突破1.5亿字，这意味着现在一年发表的原创网络作品数量，将远远超过传统文学过去60年纸介印刷作品的总和”。[②]

网络文学作品大量涌现，离不开网络写手高昂的写作热情。从早期的网络写手到近年的“大神”作家，网络写作者前赴后继，名家辈出。最早一批网络写手早在20世纪90年代就开始了网上文学创作，主要代表人物有安妮宝贝、李寻欢、宁财神、邢育森等。他们不是职业写手，而是文学青年，创作并无功利目的，多出于对文学的热爱以及对自我表达与自由言说的渴望。因此，他们的作品极具个性化特征，语言幽默，思想前卫，作品拥趸很多，这也为后来网络文学创作热潮的出现奠定了作品和读者基础。这批写手最早可以追溯到罗森《风姿物语》开创的玄幻小说先河和痞子蔡《第一次的亲密接触》。到了2003年，VIP付费阅读模式兴起，网络文学网站寻找到了新的商业发展模式，职业化网络作家群体规模更加庞大。与早期网络文学写手因爱好而进行业余创作不同，这一时期的网络写手选择与文学网站签约，进行专业化网络文学创作。网络写手高额的收益和较低的入职门槛使得越来越多普通的文学爱好者投入职业写作的行

① 艾瑞咨询：http://www.199it.com/archives/553032.html，2018年4月20日查询。

② 欧阳友权：《中国网络文学二十年》，《创作与评论》2018年第1期。

列，网络文学“全民化”写作势头更加高昂，加剧了网络文学的创作热潮。根据阅文集团招股书显示，截止至2016年12月31日，阅文集团共有作家530万，文学作品840万部①。可见在文学市场步入商品化、产业化轨道的当下，网络文学创作已经由“圈子写作”变成大众行为。正因这些或出于热爱而写作，或为了生活而写作的网络写手的不断涌现，全民化写作得以保持鲜活的生命力，中国网络文学才能在这20年内取得长足的发展，并不断创造着令人振奋的市场价值。在网络文学步入20年这个时间节点上，究竟有多少文学网民上网写作，在变动不居的网络空间里要统计出精确数据几乎是不可能的，但有调查统计结果显示：“19家文学网站当前的写手总量高达916.13万人，2015年新增写手数量为124.53万人，顶尖写手数量为1642人，其中写手数量达百万以上的网站有小说阅读网、晋江文学城、起点中文网，创世中文网、起点女生网、云起书院、晋江文学城、中文在线17K等网站2015年新增写手数量都在10万以上，顶尖写手达百名以上的网站有起点中文网、创世中文网、晋江文学城、小说阅读网、榕树下、红薯中文网、看书网、红袖添香、潇湘书院等。”②另有统计表明，“截至2017年12月，我国网络文学用户已达3.78亿人，其中手机网络文学用户3.44亿人。45家重点文学网站的原创作品总量达1646.7万种，年新增原创作品233.6万部，网络文学创作队伍非签约作者达1300万人，签约作者约68万人，总计约1400万人”。③ 如此的文学创作成就，不仅史无前例，而且世所仅有，它们所构成的中国独有的“网络文学现象”成为20年来中国网络文学时代隆起的历史见证。

笔者在论及中国网络文学20年的成就时说过，新兴的网络文学还存

---

① 华尔街见闻：《月活用户超1.7亿！网络文学“霸主”阅文集团递交招股书》，https://wallstreetcn.com/articles/3018254，2018年4月20日查询。

② 欧阳友权、吴钊：《我国文学网站社会效益评价研究》，《人文杂志》2017年第2期。

③ 张斌、李俪：《中国网络文学用户达3.78亿人，创作队伍总计约1400万人》，中国新闻网：http://soccer.chinanews.com/cul/2018/05-17/8516356.shtml，2018年6月16日查询。

在“量大质不优”“星多月不明”“有高原缺高峰”等诸多不尽如人意之处，但它的出现和成长壮大对于中国文学发展、对于文化建设的意义均不可低估：一是它开启了“全民写作”新时代，其文学话语权的技术化下移大大解放了文学生产力，让无数文化青年有机会实现文学梦想，文学可以从不同的道口进入，一个时代有千百万人进行文学写作，有数以亿计的人阅读并参与评说，难道不是一件意义深远的事么？二是以浩瀚的作品体量构成一种足以逼视文坛的文学“巨存在”，整体改变了中国当代文学的发展格局，以历史性的客观存在构成文学历史的一种价值存在，尽管时下的网络文学作品还有这样那样的不足，但不管你承认不承认、喜欢不喜欢，它就在那里，构成了一种历史性的存在，哪怕只有一小部分被人喜爱、让人记住或能够流传，也是一件了不得的事。三是以虚拟世界的存在方式全方位渗入现实存在的文化生活，“俘获”了数以亿计的消费者，影响波及海外，培育并拓展了文化市场，不仅为惠及民生的泛娱乐文化提供了内容支撑，还能成为中国文化“走出去”的一面窗口，与人类大家庭成员进行文学交流，这不正是“文化软实力”的生动体现么？四是网络文学以丰富的作品形态和多样化的类型，释放出天马行空的想象力，以无限可能的探索精神创造出文学的无限可能，书写了中国文学的新范式，其所创造的丰富类型和多样手法，是对艺术创新的积极推进，也是对人类文学审美的巨大贡献，充分彰显了中国人的艺术创造力。此外，网络文学的底层意识、读者中心、人间烟火、民间立场，其所蕴含的人文气息和为民情怀，满足了广大群众“对美好生活的向往”，在一定程度上体现了“以人民为中心”的价值导向，传承了中华文化的“民本”思想和亲民特色。① 因而，网络文学在中国的“隆起”不仅是文学的隆起，在一定程度上象征着我们这个时代的文学创新、文化自信和中国人精神世界的行健不息。

（原载于《网络文学评论》2018 年第 5 期）

---

① 参见欧阳友权：《中国网络文学二十年》，《创作与评论》2018 年第 1 期。

改革开放视野中的网络文学 20 年

当我们回顾网络文学 20 年的发展历程时，许多人脑海中可能都会有一个挥之不去的疑问：互联网并不是诞生于中国，为什么环顾世界却只有中国创造了如此蔚为壮观又形制殊异的网络文学，并且正好出现在 20 世纪末、21 世纪初这个历史节点？这其中自然可以找到许多持论的理由，比如，因为互联网恰好在这期间走进了中国并得以快速普及，为网络文学提供了更为理想的载体和更为便捷的传播媒介；又如，传统的纸介印刷文学走过 20 世纪 80 年代的辉煌后，受到市场经济的冲击，开始步入低谷期，为文学另觅新路并异军突起提供了机遇，于是网络文学秉持"技术之剑"偏锋崛起，以"全民写作"的隆隆声威创造了自己的"新民间文学"……类似这样从经济、传播、文学等角度解读中国的网络文学现象均无问题并且理据充分，甚至还可以就此实施 SWOT 动态分析或 PEST 环境解读[①]。不过如果把网络文学放到特定历史条件下考察，中国 40 年改革开放的社会历史语境，应该是网络文学形成如此规模、构成如此形态的最为重要、最不可忽视的原因。

---

① SWOT 分析又称动态分析法，即通过对优势（strengths）、劣势（weaknesses）、机会（opportunities）和威胁（threats）的分析以把握对象内外部条件和发展趋势的一种方法。PEST 分析法是对研究对象宏观环境的四个要素即政治（Political）、经济（Economic）、社会（Social）和技术（Technological）进行分析的方法，常被用于公司战略规划、市场规划、产品经营发展、研究报告撰写等。

文学是时代的产物，网络文学成长的社会“基座”就是中国改革开放40年的历史背景，20年网络文学的“野蛮生长”正是40年改革开放带来的“文化增加值”。风雨兼程40年，峥嵘岁月20载，没有改革开放的历史潮涌，就没有网络文学的奔腾浪花；没有改革开放的杲日朗照，潮动神州，哪里会有网络文学的“草根崛起”，花开满园！20年来，中国网络文学从文学低谷向高峰迈进，从无到有、从小到大，创造了堪称浩瀚的网络原创作品，培育了一大批文学写作人才，不断满足亿万受众“对美好生活的向往”，在广阔的泛娱乐市场延伸的产业链上打造出一个崭新的文化产业形态，并以故事化的文化魅力吸引世界目光，成为中国文化“走出去”的一面窗口，以至于有人把中国的网络文学与美国好莱坞电影、日本动漫、韩国电视剧并称为世界“四大文化现象”。我们可以说网络文学是新技术传媒开启的文学奇迹，但千万不要忽略了它更是改革开放时代大潮下的文学放歌。中国的网络文学史无前例、世所仅有，是因为1978年以后的中国有改革开放的时代传奇和沧桑巨变。当我们站在今天的历史节点回首网络文学20年发展道路时，无论如何都不能忽略改革开放40年的时代语境，改革开放对网络文学带来的深刻而积极的影响，怎么评价都不为过。

首先，改革开放解除了人们的精神枷锁，营造了良好的社会环境，为网络文学提供了自由、兼容的创作氛围。改革开放对于文学的意义，首先在于为文学创作提供了良好的精神生态，即让文学摆脱“阶级划线”“斗争哲学”“政治挂帅”等极“左”思潮，以及文学创作中的“三突出”“高大全”“脸谱化”“公式化”模式，酿造出日朗风清、自由舒畅的人文环境，让作家可以在更多的自由、更少的限制中，以文化自信释放自己的艺术创造力。走出历史阴霾的20世纪80年代，是一个举国扬眉、“全民文学”的黄金时代。几代同堂的作家齐聚文坛，新人新作层出不穷，文学期刊发行量惊人，一部作品即可洛阳纸贵，引起全社会热议。“伤痕文学”“寻根文学”“改革文学”“朦胧诗”“现代派”……一浪高过一浪的文学大潮让一批批作家成为历史的弄潮儿，文学当之无愧成为“时代的晴雨表”，甚至是民族的“精神图腾”。卢新华的《伤痕》、刘心武的《班主任》、戴厚英的《人啊，人!》、古华的《芙蓉镇》、韩少功的《爸爸爸》等“话题”之作不断;王蒙、刘绍棠、陆文夫、高晓声、张贤亮、从维熙等一大批老作家复出文坛,使“重放的鲜花”成为“历史的绝响”;叶辛、张承志、梁晓声、史铁生等人的“知青小说”成为一代人的历史记忆。一时间,文学站在了改革开放的风口,不仅激情四溢地挺立在社会文化舞台的中央,也成为人们精神世界的自由表征。

在笔者看来,20 世纪 80 年代的文学繁荣,着眼点主要不在文学、艺术和审美,而在于这时期的文学主题适应了思想解放、拨乱反正、价值重建的社会潮流和精神指向,是“非艺术的轰动效应”让文学实现着自身的复兴梦想,以便“拨乱反正”找回人的尊严和文学自信。随着 20 世纪 90 年代市场经济体制的逐步建立,社会发展从“文化关注”转向“经济中心”,经济发展的“升温”与文学的“降温”形成鲜明反差,延续十余年的“文学热”亦便过去,除了市场化的通俗文学依然活跃外,作为文学主流的“纯文学”迅速淡出人们的视线。

恰在此时,互联网挺进了中国,本是诞生于北美的汉语网络文学也随着中国加入互联网而迅速回归中国本土,凭着“山野草根”和“技术丛林”两把大刀开路,开启了中国网络文学“马鞍形上扬”的隆起之路①,给低迷的文坛带来一股驱动前行的活力,在一定程度上扭转了当代文学的颓靡之态,让不断下滑的中国文学呈回暖与奋起之势。出现这样的局面并不只是技术传媒的功劳,数字化传媒的变迁不过是时代精神背景下的“图—底”镜像。因为对于文学而言,互联网传媒首先是媒介载体,其承载的内容仍然是“文学”的,而网络文学作为“文学”的活力则是来自于创作它的人及其人的精神品格。改革开放所带来的思想解放、精神自由,以及由此酿造的社会环境,才是网络创作及其文学精神存在的动因和价值支撑。文学的是人的自由精神的象征,而自由是互联网重要的文化品格。网络

① 参见欧阳友权:《中国网络文学二十年》,《文艺论坛》2018 年第 1 期。该文把这 20 年网络文学发展描述为“马鞍形上扬态势”。

之所以接纳文学或文学之所以走进网络，就在于它们共享一个兼容的精神支点——自由。文学“回归民间”的契机是话语权对自由精神的敞亮，给了人们以精神的自由、心灵的自由、张扬个性的自由、舒展自我的自由、实现和丰富人性的自由。评论家李洁非就曾说：“关于网络文化精神，如果非得用一个词加以概括，我所能想到的便是 Free（自由）。”①正是改革开放社会营造的自由宽松的社会环境，让众多拥有自由精神的网络写手，借助网络技术的自由平台，创作了丰富多彩的网络文学。

其次，改革开放让人们可以自主择业、自由创造，提振了全民族的文化自信，造就出庞大的网络文学创作队伍，释放出强大的文学原创力。40 年改革开放焕发出的创新活力，把人们从僵化、封闭的计划经济体制和极“左”思潮的氛围中解放出来，人才可以自由流动，资源可由市场配置，每个人都可以寻找适于自己的谋生职业和工作岗位，发挥自己的聪明才智。于是，千百万怀揣文学梦想的年轻人得以走进自由开放的网络空间挥洒才情，创作文学作品，在“全民写作”的新机制、新机遇中一圆自己的文学梦。文学话语权的“下移”，拆卸了“创作者”资质认证的门槛，不管是打工者，还是公司白领、青年学生，不分职业、不分年龄，均可上网写作，自由发表，由文学权利的分享形成文学创造力的大解放。从业余到专业，由“写手”到“作家”，造就了数以千万级的网络创作队伍，在短短 20 年间创作出了恒河沙数般的网络文学作品。“据统计，截至 2017 年 12 月，我国网络文学用户已达 3.78 亿人，其中手机网络文学用户 3.44 亿人；中国 45 家重点文学网站的原创作品总量达 1646.7 万种，年新增原创作品 233.6 万部；网络文学创作队伍非签约作者达 1300 万人，签约作者约 68 万人，总计约 1400 万人。”②这样的活力，这样的业态，无疑是与改革开放时代我国朝气蓬勃、气象万千的社会面貌相一致的。网络文学的超常发展既定

① 李洁非：《Free 与网络写作》，《文学报》2000 年 4 月 20 日。

② 张斌、李俪：《中国网络文学用户达 3.78 亿人，创作队伍总计约 1400 万人》，中国新闻网：http://soccer.chinanews.com/cul/2018/05-17/8516356.shtml，2018 年 6 月 16 日查询。

中国社会跨越式发展的一个缩影，也是中国人的文化自信在网络文学创作上的生动体现。在改革开放之前的若干年里，人们择业的选择度是十分有限的，成分出身的铁律，城乡二元的分割，社会层级被高度“固化”，计划经济体制把每个人限定在特定地域、特定岗位以特定身份生存，做工人的可能就是一辈子当工人，做农民的一辈子就固定在某一村寨干农活儿，择业的空间和生活的半径都很小。此时的文学创作是限定性的，而非自由开放的，只有体制内的“精英”之作才有发表和传播的可能，爱好文学的人很多，能成为“作家”的却是凤毛麟角。如果不是改革开放时代的思想解放、择业自主、人力资本由市场配置，以及随之兴起的互联网开放平台，唐家三少可能难以从央视国际网站从业者、IT 公司职员、零售经营的个体户步入文学领域，一跃成为白金级的网络文学大神，14 年创作 4000 多万字的小说，收入连年稳居网络作家富豪榜榜首。如果不是改革开放的良好环境，网络文学“获奖专业户”猫腻可能还漂泊无着，靠打工糊口。他上大学时“因惫懒被逐，致未毕业即离校”，后来在打工之余接触电脑，发现了自己的打字天赋与编故事天分，开始从事网络文学创作，一连串写出了《映秀十年事》《朱雀记》《庆余年》《间客》《将夜》《择天记》等备受读者喜爱的作品，并因其文字风格细腻、架构有序、情节跌宕、内涵深刻，被誉为“文青”类作者，多次斩获各类网络文学大奖。正是改革开放的时代为个人发展提供择业自由、人尽其才的社会条件，类似唐家三少、猫腻这样的年轻人才能够在文学创作上取得如此成就。许多知名的网络作家都谈到过自己在时代机遇下的“文学偶然”，如创作《赘婿》的愤怒的香蕉，创作《妖者为王》的妖夜，创作《斗破苍穹》的天蚕土豆，著名网络军文作家丛林狼、流浪的军刀等，都是在改革开放时代因各种生活境遇而走上网络文学创作之路并成长为一代写手的。例如，湖南省网络作家协会常务副主席妖夜（原名黄雄），出生在郴州临武县一个普通农家，高中毕业后因家庭缘故放弃学业，南下广东，起起伏伏数载，打过工，流过浪，摆过地摊，也做过公司高管。2011 年，他投资失败，受生活所迫，回到老家县城。当时家徒四壁，又逢女儿出生，只能借钱度日。在走投无路之际，他偶然看到起点中文网推广百万作家，萌生写作赚钱的念头。经过艰苦努力，他“终于在26岁时点亮了创作生命”①，陆续创造了《妖者为王》《焚天之怒》《不灭龙帝》等大受欢迎的小说。又如，愤怒的香蕉中学毕业就去广州、佛山等地打工，打小喜爱文学的他，用打工的钱买来托尔斯泰、巴尔扎克、雨果、鲁迅、巴金、路遥等人的作品阅读，打工之余，工友们出去休闲，他却带着一身疲惫坚持上网写小说，直到小有成就才辞工专职创作，从《异域求生日记》《隐杀》写到《异化》，最终以一部“现象级”小说《赘婿》奠定了地位。正是时代机遇下的奋进与坚韧，造就了这些网络作家的“封神之路”。唐家三少在“2017年优秀网络文学原创作品发布仪式”上的演讲中信心满满地说：“在这个新时代，在网络文学这个崭新的行业，我们每一位有追求的网络文学作家都应当怀揣着梦想之心、创新之心、工匠之心、道义之心、坚韧之心和永恒之心，努力创作高品质的作品……我的理想，是能创作出有世界影响力的中国IP，把祖国的文化，通过以内容为核心的多版权运营传遍世界。”②

再者，改革开放创造的物质财富，激发了中国人的文化消费热情，提升了数字技术传媒领域的文学消费力。改革开放极大地解放和发展了社会生产力，数以亿万计的中国家庭过上小康生活乃至富裕生活。我国经济实力、科技实力、国防实力、综合国力进入世界前列。③ 正所谓“行有余力，则以学文”，“仓廪实而后知礼节”，随着我国经济的快速发展，国家综合实力不断增强，居民收入水平稳步增长，生活水平也有了显著提高，人民的物质生活不断丰富和完善，当人们过上了小康生活，便越来越多地追求精神和文化生活。《2017年中国居民消费发展报告》显示，2013—2016年，我国居民人均文化消费从576.7元增长至800元，人均绝对值增量

---

① 参见欧阳友权主编：《湖南网络作家群》，中国国际广播出版社2018年版，第139页。

② 唐家三少：《新时代，新行业，新梦想》，新华网：http://www.xinhuanet.com/book/2018-01/23/c_129797306.htm，2018年6月17日查询。

③ 参见王健君：《改革开放40年，时代的传奇》，《瞭望》2018年第24期。

223.3元，年均增长率11.53%。其中，城镇人均文化消费从945.7元增长至1268.7元，人均绝对值增量323元，年均增长率10.27%；农村居民人均文化消费从174.8元增长至251.8元，人均绝对值增量77元，年均增长率13.86%。① 在不断升温的文化消费中，网络文学消费是一项重要内容。中国互联网络信息统计中心（CNNIC）的统计表明，近20年是我国网民的爆发式增长时期，从1997年到2007年，上网人数已经从62万人升至77198万人，20年增长了1245.13倍。这个统计从2009年开始，数据有了对文学网民的统计。笔者组织撰写《中国网络文学年鉴（2017）》时，对这一数据做了整理，结果表明，从2009年至2017年底，我国的网络文学的阅读用户规模已经从16261万攀升至37774万，9年间增长了2.32倍，每年增长情况可见下图②：

上网人数的节节攀升，文学网民的不断增加，是大众文化消费在网络文学中的数字化呈现。网络时代的全民写作、全民阅读，形成了一种文化产品的“需求—供给”的良性互动关系，这是网络文学乃至网络文化繁荣发展的坚实基础。这种增长迅速、消费强劲的供求关系，所依托的就是改革开放创造的物质基础，是社会经济增长提升的数字技术传媒领域文学消费力的真实反映。

最后，改革开放形成的市场经济体制，让网络文学迈入产业轨道，打

① 国家发展改革委：《2017年中国居民消费发展报告》，http://www.gov.cn/xinwen/2018-03/31/content_5278812.htm，2018年6月17日查询。

② 欧阳友权主编：《中国网络文学年鉴（2017）》，第六章《网络文学阅读》，新华出版社2018年版。

造出数字化时代新的文化产业。网络文学是在技术传媒市场诞生、在网络消费市场中成长起来的，经过 20 年的发展，已成长为我国社会主义文化市场的一部分，并且是其中极具活力的部分。文学本来就具有精神与经济的二重性，文学的商业属性一直存在，但能把文学的商业属性打造成一种规模化的产业，一种全新的文化产业形态，并且有了文学上市公司，却是史无前例的——迄今为止，我国网络文学已经有了“中文在线”“掌阅”和“阅文”三家上市公司。文学能够进入文化市场，文学性公司能够成功上市，不能不说是中国网络文学的创举，这是网络文学对中国经济社会发展的贡献，也是改革开放形成的市场经济体制在网络文学领域结出的经济硕果。

回顾 20 年的发展历程，我国网络文学进入市场经济轨道，形成自己的商业模式，经历了一个“摸着石头过河”“大胆地试，大胆地创”的艰苦求索过程。1997 年底美籍华人朱威廉在上海创办“榕树下”文学网站时，主要是源于一种“文学情结”而并非商业利益，后来在实际运营中尝试通过广告流量和原创作品出版来找到盈利方式，但都没有成功，在经历几年红火后终于出现财务困难而难以为继，不得已被德国贝塔斯曼公司收购，后又被转手卖给欢乐传媒，令许多网友唏嘘不已。2002 年，先后有“读写网”和“明杨 · 全球中文品书网”尝试付费阅读模式，但均以失败收场。2003 年 10 月，“起点中文网”尝试开始“VIP 付费模式”，他们注重原创之作的品质魅力，并且把读者付费方式与游戏点卡相结合，终于取得成功，迅速被当时的“天鹰”“翠微”“爬爬网”“幻剑书盟”等许多网站效仿。从此，“无功利”的网络文学开始步入商业化运行轨道。起点付费模式的构建对网络文学的繁荣发展意义重大：一是网文作者和网站平台有了经济收入，找到了发展壮大的出路；二是让从业者增强了网络作品版权的保护意识；三是刺激了网络文学产业链的产生，从此创建了中国网络文学产业的发展模式。《人民日报》发文报道：“20 年间，网络文学取得的成绩不可小觑。相关数据统计，截至 2016 年底，中国网络文学用户规模已达 3.33 亿，中国网络文学市场规模已达 90 亿元，网络文学产品进入红利期。”①在产业经营的道路上，网络文学的商业价值不仅在于线上阅读的作品本身，更在于基于网文 IP 价值转让而跨界经营的“长尾效应”——由购买网络作品版权进行二度创作的泛娱乐产品，如影视、游戏、动漫、出版、演艺、有声读物、周边产品等所形成的产业链，即由上游的网络作品（主要是小说）带来的中下游文化产品对大众文化市场的巨大衍生性与资本增值性，使网络文学从“产业”走向“产业链”和“产业化”，创造了一个崭新的文化产业形态，吸引了众多文化资本和传媒企业，互联网巨头如腾讯、百度、阿里巴巴等也纷纷进军网络文学。据中国市场调查网分析：“互联网巨头们看上的并非是 2020 年才超过百亿元的网络文学市场，基于网络文学的 IP 改编市场才是争夺重点，这包括网络文学 IP 衍生的电影、电视剧、网络剧、网络游戏及动画等产业。阅文集团称，2016 年上述 5 个行业的市场总规模为 4698 亿元，预计 2016 年至 2020 年继续以 15.5％的复合年增长率增长，到 2020 年网络文学 IP 市场规模将会达到 8361 亿元。”②

产业化经营给网络文学创作提供了驱动力，但过度商业化也给网络文学带来唯利是图、只顾经济效益而忽视社会效益等负面影响，这是需要调整和克服的。但不管怎样，基于网络文学生产形成的新型文化产业形态，彰显了网络文化艺术生产的奋进之势，折射出的是改革开放的精神气质在新兴文化领域的磅礴力量。

（原载于《中州学刊》2018 年第 7 期）

---

① 孙任鹏：《中国网络文学“吸粉”又“吸金”，用户超 3 亿市场 90 亿》，《人民日报》（海外版）2017 年 8 月 21 日。

② 中国网络调查网：《2017 年网络文学市场规模及增长状况现状及未来》，http://master.10jqka.com.cn/20170905/c600296246.shtml，2018 年 6 月 18 日查询。

互联网上的文学风景

——我国网络文学现状调查与走势分析

国际互联网是1994年进入中国大陆的，1995年我们即有了文学网站，从此开始了我国网络文学的发展历程。短短5年多时间，尽管人们对网络文学褒贬不一，但它不仅以云蒸霞蔚之势迅速挤占了一大块文学地盘，而且逐渐与传统文学形成双峰并峙之势，进而影响到我国文学发展的格局。时至今日，网络文学的现状如何？它究竟发展到了什么规模和水平？有哪些经验教训值得总结？带着这些问题，笔者对我国近300个文学网站、网上作品及网民阅读状况做了一次网上调查。这次调查是在联网的PC主机上完成的，数据截止日期是8月30日。

一、文学网站知多少

据中国互联网络信息中心（CNNIC）公布的《中国互联网络发展状况统计报告》①显示，截至2001年6月30日，我国的中文网络域名数为128362个，WWW站点数约242739个，网民达2650万人。笔者通过网站搜索软件得知，全球有中文文学网站3720个，中国大陆有以“文学”命名的综合性文学网站约300个，以“网络文学”命名的文学网站241个，发

① http://www.sina.com.cn/i/c/2001-07-17/76286.shtml.

表网络原创文学作品的文学网站268个，小说网站486个，诗歌网站249个，散文网站358个，发布剧本的75个，发布杂文的31个，发布影视作品的529个。其他各类非文学网站中设有文学平台或栏目的网站共有3000多个。通过检索165篇有关论及网络文学的网上评论文章和各大文学网站的“友情链接”得知，在众多文学网站中，影响较大、发表网络原创作品最多的当数“榕树下”全球中文原创作品网（http://www.rongshu.com），截至2001年8月30日，该网站共发表文章619343篇，而且正以日发表作品1500篇左右的速度剧增。其他如“黄金书屋”“橄榄树”“新语丝”“今日作家网”“网络文学在线”“汉语文学”“白鹿书院”“大唐中文网络文学”“中文网络文学”“新生代文学网”“中国文学网”“中国原创文学站”“文学精品屋”“新生代文学网”“文学世界”“文学城”“文学频道”“中文网络文学”“博库”“亦凡”“花招”“网络文学城堡”等20余家文学网站办得较有特色，在网民中拥有较高的知名度和美誉度。另外，值得一提的是，号称“四大门户网站”的搜狐、雅虎、新浪和网易等大型综合性网站都开辟了“文学”视窗，登录大量的文学名著和网络原创作品，提供了丰富的文学信息，它们在文学平台设置、栏目链接、文学容量和信息更新等方面，都为许多专门的文学网站所不及。

二、网络文学“网”了些什么

网络文学主要是“网络”文学作品和文学信息。就作品而言，网络文学大抵包含了两大类作品：即以电脑为传播载体的搬上网络的传统作品和专为网络创作、首次在网上发布的网络原创文学。它们都是经过网站管理人员的选择、甄别后，分类登录入网的。一般来说，那些BBS公告牌、留言板、聊天室和一些讨论区的文学或非文学话语不属此统计之列。

1. 电子化的传统印刷品文学

把传统的文学作品电子化后送进网络，安放在“文学收藏室”供人浏览，是许多文学网站和综合网站常见的做法。从古代经史子集到唐诗、宋词、元曲和明清小说，从“五四”新文学时期的鲁迅、郭沫若等文学名家的作品到当代知名作家的作品，乃至诺贝尔文学奖得主的作品，网上应有尽有，网站间还不时将这些作品相互转载。外国文学作品在网上有按时代和国别收藏的，有按文体归类的，也有按作家姓氏字母排序的，多数文学网站均有收揽。

以“搜狐”网站的文学视窗为例，它在“作家/作品”栏目中就做了这样的分类[①]：

古代作家作品(350)　　现当代作家作品(4783)
港台作家作品(829)　　海外华人作品(89)
外国作家作品(140)　　诺贝尔文学奖获奖作家(126)
女作家文库(1293)

随即还列出了如鲁迅、老舍、巴金、钱锺书、贾平凹、三毛、卡夫卡、海明威、大江健三郎等中外78位著名作家的个人专集，并介绍了查阅中外文学名著的33个专门网站。

再如文学网站“百万书库”[②]对上网的传统印刷品文学做了这样的栏目索引：武侠小说、言情小说、现代文学、科幻小说、古典文学、外国文学、纪实文学、侦探小说等。然后以“快速导航”链接推出：

武侠小说：金庸系列；古龙系列；黄易系列；梁羽生系列；温瑞安、云中岳、卧龙生、司马紫烟、风云系列等 。

言情小说：琼瑶系列；席娟—亦舒—董妮—凌淑芬—于晴—梁凤仪　岑凯伦—更多

现代文学：路遥文集—李敖文集—贾平凹—高阳—更多

① http://dir.sohu.com/literature/writer-work/index.html，2000年5月8日。
② http://www.millionbook.com.

科幻小说:倪况系列—黄易—田中方树—阿西莫夫—更多

古典小说:红楼梦—三国演义—水浒传—西游记—更多

这些网站把文学名著搬上网络,其意义有二:就网站方面来说,有了文学名著坐镇可以提升网站的艺术品位,吸引更多网民点击,增加访问量;就文学本身而言,名著上网有利于加快文学经典的广泛流传,扩大文学影响力,满足读者的审美需要,并且可以减轻图书馆的借阅压力,当然也相应减少了图书市场的名著销售量。

未经许可将当代作家的作品发布到网络上需要承担侵权风险。1999 年 6 月,王蒙等 6 位作家状告"北京在线"事件曾引发我国首例著作权网上侵权案。现在的诸多网站一般都采用登载"声明"的做法以避免类似纠纷。这类声明大多是:"本网站所有文学作品均是在网上收集整理的,纯属个人爱好并供广大网友交流之用,作品版权均为原版权人所有,如果版权所有人认为在本站放置你的作品会损害你的利益,请指出,本站将立即改正。"在网络著作权保护法规尚不健全的情况下,这样的声明不失为一种权宜之计。

2. 网络原创文学

最能体现网络文学本质特征的应该是网络原创文学——由网民在电脑上完成创作、送进网络首发的文学作品。我国已有网络原创文学网站 268 个,发表的网络原创作品难以计数。以专载网络原创作品的"榕树下"为例,它从 1997 年建站到 2001 年 8 月底,已登载原创作品近 62 万篇(部),达 8 亿多字,这个数字是任何一家传统的文学报刊和文艺出版社在同期内所难以企及的。笔者对该站相关栏目显示的 1998 年 1 月以来小说、诗歌、散文篇目分别作了如下统计:共有作品 190913 篇,其中有小说 56993 篇,占作品总数的 29.85%;诗歌 37313 篇,占 19.54%;散文 96607 篇,占 50.6%。

从作品体裁上看,网络原创文学除了传统的诗歌、小说、散文和剧本体裁外,带有纪实性的心情告白、网恋故事、琐屑人生、旅游笔记、校园写真一类的作品占了很大比例。笔者对搜狐网站的“搜狐原创文学”①视窗中的 22778 篇作品的数据作了如下统计：

作品类别	发表篇数	所占比例	作品类别	发表篇数	所占比例
网上燃情	5226	22.9%	诗词韵文	4836	21.23%
心情告白	4095	17.97%	文学评论	180	0.79%
琐屑人生	1036	4.54%	菁菁校园	897	3.93%
武侠天地	380	1.66%	旅游笔记	195	0.85%
失恋况味	663	2.91%	留学生活	78	0.34%
小说杂文	2240	9.83%	科幻世界	234	1.02%
散文随笔	2262	9.93%	其他类别	456	2%

这里对文学体裁和题材的划分从逻辑上看存在着交叉现象，但大致反映了目前网络原创文学的基本状况。

笔者还调查了榕树下、橄榄树、黄金书屋、新语丝、汉语文学、网络文学在线、网络文学城堡、白鹿书院、大唐中文、中国原创文学等 10 个文学专门网站作品的题材状况，结果表明，爱情题材、搞笑题材和武侠题材占据了原创作品的前三位。其中，以网恋故事为题材的作品竟占 43%，其次是搞笑题材，约占 17%，而武侠题材的作品约占 15%。以小说为例，如 2001 年 5 月 15 日黄金书屋网站的“原创文学”平台上，有长篇小说 86 部，其中爱情题材作品 53 部，占 61.6%；中篇小说 356 部，其中爱情题材的 239 部，占 67%；短篇小说 1714 篇，其中写爱情的就有 1118 篇，占 65%。

3. 网上文学信息

人们通常用“海量”来形容网上信息之丰富，网上的文学信息亦是如此。这些信息不仅来源于文学网站，也来自其他网站的文化、文学、娱乐栏目和新闻板块。除可供阅读、下载的作品信息和通常所见的文学新闻信息外，网上的有效文学信息突出表现为栏目链接类信息、文学知识类信

① http://city.sohu.com/dir/literature/main.asp，2001 年 5 月 8 日。

息和文学研究类信息三种。

（1）文学链接类信息。文学网站主页的链接类信息一方面体现了该网站的办站主旨、网站容量、美学追求和技术水平，另一方面则为网民是否漫游该网站、浏览哪些内容以及如何浏览提供直观链接路径。这些链接栏目通常采用加亮、换色、闪烁、飞字、下划线、改变字体字形、设置抢眼图案或巧妙排列等方式来吸引网民眼球和鼠标，为他们创造信息最大化便利。如“文学精品屋”（http://book.szptt.net.cn/）网站将“散文精萃”“诗词意境”“小说欣赏”“名家手记”“古风经典”“心情交流”“网海拾贝”“创作园地”“纪实文学”“文学论坛”“外国文学”“文苑漫步”等 12 个栏目用精致的造型图案分布在主页左上方，所配的广告词则是：“文字如海，网络如海，苍茫大海中，让我们寻求精品。”浏览者轻点鼠标，自己感兴趣的内容即在眼前。在这方面，黄金书屋、白鹿书院、汉语文学、大唐中文、亦凡，以及搜狐、雅虎、新浪等网站都做得颇有特色。尤其是搜狐和雅虎中的文学窗口，都采用了根目录方式设置视窗链接，又配有功能快捷的搜索引擎，浏览者很容易获得自己所需要的信息。如搜狐的文学视窗上，其根目录为：首页＞文学＞文学类别，下面的依次排列有：儿童文学、纪实与传记、军事文学、科幻文学、宗教文学、民间文学、散文/杂著、诗歌/韵文、同志文学、戏剧、影视文学、小说、港台文学、网络文学、轻松文学、古典文学、“文革”文学、反贪文学、知青文学等，每类文学后面都注明了已刊载作品的篇目数。而在第三级链接栏目“小说”下面，则设有个人主页、古典小说、科幻小说、历史小说、外国小说、武侠小说、现当代小说、言情小说、侦探推理小说、恐怖小说、黑幕小说、“文革”小说、军事小说、另类小说等等，还附有 68 个小说网站任你点击。你也可以在“搜索”栏输入你所要查找的作家、作品或网站名称，然后通过鼠标点击呈现。

（2）文学知识类信息。网上的文学知识类信息可以胜过任何一部文学百科全书。无论是文学常识还是文坛佚闻，也不管是作家作品背景知识还是作品影响和评价资料，网上都可查询到。仅以 http://abcwww.top263.net 网为网友提供的文学描写类知识为例，其一级目录就有景物、场面、人物、闲情4部24种，每一种下面又设有许多子目。如人物部的表情类有：爱慕、喜悦、欢笑、羞赧、抑郁、痛苦、哭泣、尴尬、慌乱、愤怒、得意、谄媚、贪婪、阴险、变幻、弥留、其他等17个子目，各子目里都有中外经典作品的大量相关实例。其资料之丰富、查找之便捷，堪与任何一部文学描写词典相媲美。

(3) 文学研究类信息。网上的文学研究类信息主要指作品评论和理论批评资料。由于网络文学具有传统印刷文学所没有的实时、互动、自由、读者中心等特点，任何一个读者可以对任何一个作品及时发表意见，网站也为读者设立了评论窗口，一个作品的访问率和评论量常常被视为该作品影响力的客观标志。那些七嘴八舌、直言不讳的评论文字坦诚而率真，是文学研究的宝贵资料。网络为文学研究者提供的各类信息更是丰富而便捷。例如，笔者曾尝试查找金庸研究资料，于是从“新浪”(http://search. sina. com. cn)搜索窗口输入“金庸”二字，然后点击“搜索”，一瞬间即出现“金庸天地”等28个有关金庸的网站供你选用。从这里可以找到作家金庸的有关传记、资料和评介，可以读到金庸武侠小说和非武侠小说的所有作品，可以找到金庸任何一部小说的作品简介和评论，还可看到有关金庸作品的影视剧、漫画、电脑游戏、连续剧歌曲、壁纸、图片、金庸小百科，以及近年来金庸在北大、岳麓书院的讲演词和访谈录等等。

三、网民最爱看什么

截至001年6月底，我国上网用户人数2650万。有人预测，到2001年底，我国的网民数有望达到3500万以上。在这个庞大的人群中，如果按10%的比例估算文学网民，就有350万人。这些网民在网上最看什么呢？他们的欣赏趋向可以从网站公布的作品点击率(或访问量、阅读次数)和排行榜中得到佐证。

例如，从前文所列“榕树下”网站原创作品的阅读次数看，排在前三位的是散文中“开心一刻”，小说中的“聊斋夜话”和“爱情故事”，它们平均每篇的阅读次数分别为 2235 次、789 次、756 次。这说明娱乐、幽默、爱情和传奇故事是网民最爱阅读的作品。一度高居各大网站排行榜首的《大话西游》《悟空传》(该长篇小说在新浪网连载时下载超过 50 万人次)《北京故事》《逃往中关村》《数字化精灵》等,足以说明网民对这类作品的偏爱。

尽管爱情题材的作品是网民阅读的首选,但网民并非只读故事而忽视作品的艺术水准。笔者就曾把一文学网站点击率最高和最低的两部爱情小说做了比较。前者叫《龙吟》,点击率达 891435 次,后者叫《开在网络中的玫瑰》,点击率只有 47 次。① 细读作品发现,后者写的是一个老套的网恋故事——两个网友在网上聊天室由相互猜忌到相识相知,最后在网下相爱,却因故而成悲剧;而前者是一部长达 36 章的英雄故事,不仅有"英雄美人"的传奇性和曲折性以及结构、语言、叙事方式的精巧和练达,还有着昂扬进取的艺术格调。由此可见,娱乐性、可读性和思想性、艺术性的统一,仍然是网民对网络文学的认同标准。

四、网络文学向何处去

短短 5 年多的发展,中国网络文学以自己无远弗届的影响力,给疲软的文坛带来一阵清风、一个亮点。然而网络文学要从婴儿成长为巨人还有很长的一段路要走。在这个过程中它还需尽快克服自身的缺憾,迈向成熟和健康。

一是防止恣意灌水,提高作品质量。由于网络这个自由的赛博空间犹如马路边的一块心情留言板,谁都可以在上面信手涂鸦,它给网络写手提供了发表作品的圆梦阵地,也给恣意灌水的文字垃圾提供了抛洒的乐园。随心所欲的杜撰,漫不经心的表达,即兴式的发挥,情绪化的宣泄,装腔作势的做作,抖机灵儿的调侃,无病呻吟的抒情,乃至粗鄙的谩骂,肉麻的吹捧,词不达意、文不对题的言说,不负责任的讥讽,乃至错别字、生造

① http://goldnets.myrice.com/yc/books/249/24886/1/1.html.

字、符号代码字等，在网络作品中可谓比比皆是。写手们多是感怀而遣笔，心仪而诉求，自娱以娱人，文笔随性，纵横无忌，结果是宣泄多于艺术，粗疏多于精致。可以说，目前的网络原创文学大约有三分之一属于文学，三分之一属于准文学，还有三分之一属于非文学。以质量求生存，以质量求发展，这对于网络文学来说，也应是一条不变的铁律。作家张抗抗曾坦言："网络文学会改变文学的载体和传播方式，会改变读者阅读的习惯，会改变作者的视野、心态、思维方式和表现方式，但它究竟在多大程度上能改变文学本身？比如说，情感、想象、良知、语言等文学要素。"[①]这确实值得网站和网民深思。

二是充分利用网络的媒体优势，增强作品的原创性。时下的网上作品多数是把纸介质的文学作品电子化，而仅仅把传统文学搬进网络大抵只具有传播学和文献学意义。网络文学的特色和优势在于作品原创，尤其是利用多媒体和 WEB 交互作用创作作品。把文字与视频、音频结合起来制作超媒体、超文本链接式作品，是网络文学有别于传统文学的根本标志，也是最贴近网络本性的创作革命，应该成为网络文学的发展方向。可由于习惯和技术使然，目前这类作品还不多见。1999 年新浪网上有一批青年作家与网民共同续写的网络接龙小说《网上跑过斑点狗》，后来花脸道网站开展的"花脸道双媒互动小说接龙"活动，人民文学出版社出版的 BBS 留言跟帖小说《风中玫瑰》，中文网络文学网站的故事接龙"谱写你自己的故事・千年之恋"，榕树下网站的网友接龙小说《城市的绿地》，亿接龙网站开设的《青青校园，我唱我歌》《情爱悠悠，共渡爱河》等接龙作品栏目，文学咖啡屋网站开展的"多结局小说网络竞写"，以及网上流行一时的《超情书》《危险》等超文本回环链接诗歌的文学实验等，这类只有电脑才能创作、只有网络才能欣赏的作品，才是真正意义上的网络文学，网络写手应该在这方面着力。

---

① 张抗抗《网络文学杂感》，见 http://209.144.164/xys/netters/others/ net/wangluo-wenxue2.txt。

三是突出个性,办出特色网站。文学网站同网络作品一样正以几何指数猛增,可有个性、有特色的网站不多。栏目的大同小异、作品的相互转载、非文学的无端炒作,使一些网站成了人来人往、搬货卸货的文字码头,热闹倒是热闹,就唯独没有属于网站自己的东西。由于艺术眼光和技术水平的原因,有许多文学网站用搜集整理代替原创,用拷贝抄录代替创意,用自由上传代替编辑遴选。没有自己的宗旨和创意,必然缺乏自身的特色和个性,这样的网站只能像一滴雨水落进茫茫海洋之中。目前的网络缺少像"榕树下""黄金书屋"这样的原创文学网站,更缺少像"花招""亦凡"这样的有特色、有个性的网站。我们期待出现更多类型和风格的网站,免得网友的眼球无所依傍地漫游在无尽的寻觅中。

时至今日,网络文学已显露两大变化:一是一批网络写手浮出水面"网而优则名",二是网络文学对传统文学的"归顺与招安"。一些网络写手(多是理工科出身)原本是在网上撒撒欢,没曾想无心插柳柳成荫,因网上创作而一夜成名。痞子蔡的成功撩拨得无数网民与网络文学"亲密接触",李寻欢、宁财神、安妮宝贝、刑育森、今何在、黑可可……他们的作品不仅被许多网站做成个人专集收藏,而且被出版社争相出版,可谓名利双收。成名后的写手不时从幕后走到前台,成为传媒炒作和评论的热点。这种现象可能导致网络文学的功利化转向,也有可能催生更多网民的文学热情,诱发新一轮的网络文学热潮。

背靠网络又面向传统,网上买得人气再挺进印刷媒体,网络文学与传统文学的握手言欢和良性互动,被许多网民戏称为网络文学的"归顺和招安"。作家出版社、知识出版社、天津人民出版社、漓江出版社、上海文艺出版社、文汇出版社、时代文艺出版社、上海三联书店、中国社会科学出版社、湖北教育出版社等纷纷出版网络文学的丛书或作品选集,仅"榕树下"文学网站就已签约出版社 37 家,签约电台 46 家,出版图书 117 本,发行图书 235 万册,签约媒体 521 家。① 许多文学报刊也相继选登网上佳作,

① http://www.rongshu.com./rss/ld_index.rs,2001 年 8 月 30 日。

网络文学带动了出版业和报刊业，盘活了文学市场，这恐怕是人们始料不及的。另外网络写手走进传统文学或昔日的作家走进网络发帖，如今都不是什么新鲜事。如安妮宝贝声言要告别网络，榕树下原创网络文学大赛一等奖得主尚爱兰走出网络成了报刊自由撰稿人，网络写手许许、野麦子、韦一笑等被报社罗致；而陈村、徐坤、刘醒龙、周洁如、邱华栋等一些传统作家如今都上网发表作品，这无形中也提升了网络原创文学的水平，密切了网络文学与传统文学的联系。

网络文学究竟能走多远？应该说网络文学的前景取决于网民的参与程度和水平，也取决于文学网站能否活出个样儿来。可时下的一些文学网站，特别是那些学生社团办的校园文学网站和文学发烧友办的个人网站，多是靠列入各类搜索引擎和转载他人作品撑得门面，它们中有的是自得其乐地活着，有的是不死不活地活着，有的是一盘散沙地活着，有的甚至靠美女图片加网恋故事而低三下四地活着。懂文学的不懂网站建设，懂网站建设的不懂文学，再加上资金和技术的限制，难免使网站与文学同床异梦。如何实现文学性与商业性的接轨、技术与艺术的统一，是众多文学网站需要认真解决的难题。

（原载于《三峡大学学报》2011 年第 6 期，人大复印资料《中国现代、当代文学研究》2002 年第 5 期全文转载）

辨识新时代网络文学的三个维度

伴随互联网在中国的快速兴起，网络文学的发展速度、规模和水平都大大出人意料。短短20余年间，我国7.72亿上网用户中，有文学网民超过3.78亿人，在7.53亿手机上网的人群中，有文学网民3.44亿①，各层次网络写作人数超过1300万人，签约作家达60万人，40家主要文学网站储藏的原创小说达1400余万部②。如此浩瀚的作品存量、创作阵容和读者族群，可谓"乱花渐欲迷人眼"，我们能否从中抽绎出一些线索，以获得对其较为明晰的辨识呢？这里尝试为当下的网络文坛梳理出三个认知维度。

一、中国网络文学步入新的"拐点期"

人们把2018年视为中国网络文学发展20周年，是源于2008年"网络文学十年盘点"；而这个"盘点"被确定为"十年"，又是基于对1998年对

---

① 此为截至2017年12月底的数据，见中国互联网络信息中心：《第41次中国互联网络发展状况统计报告》，http://cnnic.cn/gywm/xwzx/rdxw/201801/t20180131_70188.htm，2017年2月20日查询。

② 国家新闻出版广电总局出版司司长张毅君《在中国首届"网络文学+"大会上的发言》，新浪读书：http://book.sina.com.cn/news/whxw/2017-08-11/doc-ifyixtym0732414.shtml，2017年12月28查询。

“中国网络文学元年”的认定。就在1998年，处于初创期的网络文学发生了两件有影响力的事情：一是第一部网络长篇小说《第一次的亲密接触》在这年春天上线①，二是1997年底创办的我国第一个大型原创文学网站“榕树下”于1998年初正式运营并形成广泛影响，于是，网络文学界便约定俗成，把1998年认定为网络文学起始年。实际情形是，汉语网络文学的诞生时间比这要早，可以追溯到1991年的北美，在该年的4月5日，由留美中国学生创办的第一份中文电子周刊《华夏文摘》在美国正式创刊，在该刊发布的那些表达家国乡愁、文化苦闷、青春奋斗的文章，就是汉语网络文学的源头。中国的网络文学“肇始于北美，兴起于台湾，繁盛于大陆”，是一种比较合理的说法。

无论采取怎样的史实认定或代际划分，都改变不了一个基本的事实，即中国的网络文学不仅以巨大的体量撑起了中国文学的半壁江山，而且以其广泛的受众和不容小觑的影响力打造了不一样的文学存在方式，构成了文学史上一个新的历史阶段。从当前的发展情形看，我国的网络文学已步入前行的新拐点，这大抵有三个方面的表现：一是网络文学的“野蛮生长”状况开始改变，在得到政府前所未有的重视后，这一新兴文学将进入主流意识形态规制下的有序发展阶段；二是网络文学已经走过了数量膨胀的规模扩张期，开始进入“品质为王”的新时代；三是网络作家的关注度和文学地位有了明显提升，成为“新社会阶层”。

先说第一点。今天的网络文学享受到的“政策红利”比以往任何时候都要多。习近平总书记在文艺工作座谈会上的讲话中强调“抓好网络文艺创作生产，加强正面引导力度”，“我们要扩大工作覆盖面，延伸联系手臂，用全新的眼光看待他们，用全新的政策和方法团结、吸引他们，引导他

① 其实，我国第一部网络长篇小说是罗森的玄幻小说《风姿物语》，写于1997年8月—2006年1月，作者是台湾铭传大学中文系的学生，1976年生。该小说在台湾出版了77卷，上海人民社2004年10月出版了2卷，2006年5月中国友谊出版公司在大陆出版了7本《风姿物语》，内容也只相当于该小说第一部以及前传太阳篇，外传梅之卷、爱菱篇。该小说是玄幻题材，影响力不如《第一次的亲密接触》。

们成为繁荣社会主义文艺的有生力量”。在中国文联十大、中国作协九大开幕式上的讲话中，习近平总书记号召“广大文艺工作者要牢记使命、牢记职责，不忘初心、继续前进，同党和人民一道，努力筑就中华民族伟大复兴时代的文艺高峰”；在党的十九大报告里，习近平总书记提出，“坚定文化自信，推动社会主义文化繁荣兴盛”，要求文艺工作者“不断推出讴歌党、讴歌祖国、讴歌人民、讴歌英雄的精品力作”；中共中央出台的《关于繁荣发展社会主义文艺的意见》对如何发展网络文艺做出了具体规定。这些都对新时代网络文学创作及其健康发展起到了引领、赋能和规制作用，“大力发展网络文艺”已经成为全社会的共识。近年来，从中央到地方、从圈内到圈外、从网上到网下，都给予网络文学前所未有的关注和重视。在这样的社会语境下我们已然感觉到，从“山野草根”和“技术丛林”中成长起来的网络文学，已经不再是“赤脚奔跑的孩子”，而是体制内的大众创作，是中国特色社会主义文艺中不可或缺的一部分；网络上的创作既要遵循文学规律和网络规范，又要坚持这个时代的核心价值观。我们知道，网络文学的存量恒河沙数，人气爆棚，十分亮眼炫目，引人关注不足为奇。更为重要的是，这一文学不仅是增量、存量惊人，影响力也非常广泛，既是网络文化的重要构成，也是新时代文化建设的重要内容。上千万爱好文学的人在网络上运字如飞、“指”耕不辍，3 亿多人在各种数码终端阅读网络作品，数以千万部网络小说构成故事的海洋，占据了今日中国文学的半壁江山，不仅以青年亚文化的“全民疗伤机制”给读者带来慰藉，也成为文化话语权的重要阵地。于是，从社会文化的层面看，蔚为壮观的网络文学，已经不仅仅是“网络”的问题，也不仅仅是“文学”的问题，而是关涉新时代文化建设，关涉网络阵地掌控、大众文化消费和青少年成长，甚至关涉当今社会的主流价值观建构、文化软实力打造和国家形象传播。网络文学与新时代的文学品相、审美风尚、文化引领、人文精神和价值导向等直接相关，而这些也正是党和政府前所未有地重视网络文学的根本原因。我们的网络作品，好作品不少，但也确有一些创作存在媚俗、低俗、粗制滥造、急功近利等问题，存在抄袭模仿、套路化写作、快餐式消费，以及“高原”不高、“高峰”缺失的现象。在新时代的语境中，网络文学得到国家政策法规的支持、管理和规制，就不仅是必要的，也是必然的。2017 年，国家新闻出版广电总局出台了《网络文学出版服务单位社会效益评估试行办法》，制定了网络文学社会效益试行评估指标和计分标准，“剑网行动”加大了网络盗版侵权案件的查处打击力度，许多省市相继成立网络作协，各级政府陆续组织网络作家及网站编辑进行相关培训，主流媒体有关网络文学活动、新闻事件的消息报道明显增多等，就是网络文学得到政府和全社会高度重视的具体表现。

再说第二点。高度市场化建立起来的商业模式，为网络文学赢得了强劲的驱动力，最近十几年持续性的爆发式增长，中国的网络文学已经从文学边缘走进网络文化舞台的中央，改写了中国当代文学的总体格局，充分彰显出新文学不可限量的文化声威。不过也应该清醒地看到，尽管网络原创作品还会继续增长，但增速可能放缓，在今后一段时间内，无论作品存量还是新作的增量，都不会是网络文学关注的重点，而提高作品质量、突破自我阈限，才是未来网络文学业态所要追求的目标，即从“规模扩张”走向“品质为王”将是网络文学不可逆转的趋势。牛津大学互联网治理和管理教授齐纳森·齐特林在谈及网络的“可繁殖性”时指出，“市场的力量可能保证创新的合法化”，但“人们如果不能理清作品素材的许可情况，他们的作品就会被排挤出去”①。的确，一种文学，当“数量”成为“海量”，“质量”成为稀缺资源，就需要走出“野蛮生长”的发展路向，否则就不会被文学史认可。比如，作为网络作品主打的类型小说已达近百种，“跑马圈地”式的类型化写作潮头即将成为过去，不断变化的读者口味面对陈陈相因的“玛丽苏”式作品难免产生审美疲劳，而模式化、套路化也开始把网络创作引向自我重复、因袭他人的“窄胡同”，许多类型小说大神的新作创新乏力，已现疲软之态，写得一部不如一部。种种迹象表明，网络文学

① [美]乔纳森·齐特林：《互联网的未来》，康国平、刘乃清等译，东方出版社 2011 年版，第 165 页。

必须尽快迈过“粗放式”写作单纯追求数量(包括篇幅字数)的阶段,而走进“集约型”创作提升作品内容、丰富价值内涵的新时代,这不仅是文学界、尤其是网络文学界的共识,也是全社会对网络文学的期待。在这个拐点上,倡导精品力作应该成为网络作家的自觉追求。人类文学的历史河床能够沉淀下来、流传开来的只能是精品、经典之作,仅凭数量和规模支撑不了网络文学的天空,从“渠道为王”进阶到“内容为王”和“精品为王”,势必成为网络文学在新时代的发展方向。

还有一个拐点是网络作家的社会关注度明显提高,文学地位和社会地位均有所提升。在2016年底举行的中国作协九大上,唐家三少当选中国作协主席团委员,他和其他7位网络作家当选全委会委员,这是对网络写手“作家”身份和文学成就的高度认可。2017年2月,月关、风凌天下、冯振、血红、阿菩、阿彩、蒋胜男、跳舞等网络作家入选中国作协网络文学委员会委员。网络作家纷纷加入作协组织,在近5年中国作协发展的2553名会员中,网络作家和自由撰稿人等新兴文学群体占到了13%,目前已有165人成为中国作家协会会员。2017年8月公布的中国作家协会507名新会员名单中,就有网络作家51名,较之上一年度454名新会员中的29名网络作家,有大幅增长,表明网络作家的地位得到主流文学界的进一步认可。2017年开始发布的各类网络“大神”名单,如“年度网文之王”“五大至尊”“十二主神”“百强大神”等等,也让人真切地感受到网络作家正从最初的“三无”时期(无性别、无姓名、无身份),步入时下的“加冕”时代,从过去的“网络写手”,到现在的“网络作家”,不仅仅是称谓的变化,也反映了这一群体身份的变化和地位的提升。近年来,在社会阶层的划分中,作为自由职业者的网络作家,已经被纳入“新社会阶层”,受到前所未有的关注和重视。2018年春,蒋胜男、血红、管平潮、跳舞、阿菩等一批网络作家当选全国或所在省市的人大代表、政协委员,表明网络文学和它的作者已经介入主流社会的政治生活。

二、择优排行助推网络文学精品化与主流化

网络文学评选及榜单发布是2015年以来中国网络文学的一个亮点，媒体和网文界的关注度都很高。一是政府榜单，如广电总局的优秀网络文学原创作品推介，中国作协的网络小说排行榜，浙江作协两年一度的“网络文学双年奖”，“茅盾文学新人奖·网络文学新人奖”等。二是一些媒体、文学社团以及网文读者发布的榜单，也对网络文学创作与传播产生了一定的影响。如大众网、《山东文学》、《齐鲁晚报》联合发布的中国网络文学大奖赛榜单，北京大学网络文学研究论坛的年度推荐榜，阅文集团2017年1月发布的网络文学年度榜样“十二天王”，2018年1月举办的阅文超级IP风云盛典及发布的第三届中国原创文学风云榜，艾瑞咨询公司发布的“最具改编动画潜力的网络小说排行榜”和“最具影视化潜力网络小说排行榜”，“福布斯·中国原创文学风云榜”，百度年度十大热搜小说榜，中国网络文学IP价值榜，还有庄庸与安迪斯晨风主持发布的网友读者榜单“中国网络文学好看榜”等等。

网络文学择优遴选和榜单发布，是文学自我进化和繁荣发展的重要标志，其意义首先在于它们有助于网络文学的优胜劣汰。排行榜是网络文学自由写作的一个路标，在一定程度上有过滤、净化和提升文学品质的作用。作家有责任创作精品力作，网站有责任重视文学的社会效果，理论批评有责任干预文学、分辨优劣以引导阅读，政府有责任规制市场、引领“三观”，等等。并且，网络文学的排行榜可以整合各种需求和功能，提供一个实践性的范本和创作的目标，使网络文学向精品化、经典化和主流化靠拢。由此可见，网络文学排行榜的意义不只在排座次本身，更在于其发酵后对网络文学生态所产生的影响与推力。

另外，从政府榜单中，可以窥见主流意识形态对网络文学的规制和导向，特别是对现实题材的引领和提倡。如2017年第二届网络文学双年奖的入围作品中，现实主义题材作品数量明显增加，《材料帝国》《复兴之路》

《网络英雄传》等作品，抓住国企改革、大众创新创业等一系列社会热点问题，发掘和拓展现实题材的丰富性和生动性，描绘出富有激情、奋发进取的时代面貌。国家新闻出版广电总局和中国作协联合推出的2017年优秀网络文学原创作品推介的指导思想便是：推介思想性、艺术性、网络影响力有机统一，传播正能量的优秀网络文学原创精品，鼓励优秀网络文学的创作，树立文质兼美的文本典范，引导网络文学创作向精品化、经典化方向发展，以加强网络作家队伍建设，引领网络文学创作及阅读的价值取向和审美取向。基于这样的标准，推出的榜单中现实题材的作品占到一半以上；而作品存量最多、读者最为广泛的幻想类作品，在这次的榜单中只占三分之一，可见政府榜单对网络文学的引领意图十分明显。

再者，2017年的榜单还可以看到网络创作队伍的成长和网络创作整体实力的增强。许多在网文界持续耕耘多年的作家如唐家三少、辰东、血红、我吃西红柿等宝刀不老，入选各种年度榜单；天下归元、愤怒的香蕉、管平潮等一大批少壮派作家的作品抢眼入榜；而后起的文学才俊如丢疯子、希行、红九等纷纷在网络创作上崭露头角，上榜作品起点都很高。年度内人气奇高的网络大神如猫腻、丛林狼、愤怒的香蕉等人的上榜作品叫好又叫座，已经在相应的小说类型中支撑起一片天空。还有像天蚕土豆、烟雨江南、南无袈裟理科佛这样的实力派作家，虽然在本年度未能入榜，但他们的作品如天蚕土豆的《元尊》、烟雨江南的《永夜君王》、南无袈裟理科佛的《夜行者，平妖二十年》等，仍然魅力四射，堪称近年来的标志性小说。值得一提的是作品入选网络文学双年奖、同时又荣膺首届网络文学新人奖的愤怒的香蕉（曾登科），其仍在续更的《赘婿》堪称网络小说的现象级作品，其从容而老道的千里伏笔叙事、细腻的心理刻画、起落有致的故事架构、微妙的人物关系设置，颇有大家风范，是近年来网络创作质量提升的"现象级"作品，它所透露出来的"精品象"，显示了网络文学与传统创作融合的趋势，其在文学技法上体现的创新性让我们对网络文学的明天更有信心。

当然，从功能上说，网络文学榜单的发布，对引导阅读、加速作品的市场覆盖和IP增值无疑也大有帮助。网络作品浩如烟海，小说篇幅大都很长。作品越多、篇幅越长，读者就越难选择。排行榜的出现，正好给读者解决“读什么”或“哪些作品更值得读”的难题。事实上，排行榜就是网络阅读市场的风向标，2017年的上榜小说如《男儿行》《赘婿》《百年家书》《战神之王》等上榜作品在网上网下的持续火爆，排行榜的引导当是功不可没。并且，有了榜单的推介引导，上榜作品迎来多版权转让、全媒体开发的更多机会，实现网文IP全产业链开花，达成由“文”到“艺”再到“娱”的梯级延伸和“长尾效应”。对于作者和发布作品的网站来说，有作品上榜，特别是入选有公信力的权威榜单，不仅使其名声大振，还意味着作品商业价值的提升。有了榜单的“旗语”引路，作品被改编的概率会大大增加，很可能衍生出该作品的影视、网游、动漫、演艺、出版、有声移动及周边产品……形成一条长长的产业链，让网站和作者同时受益，并会对大众泛娱乐市场产生“蝴蝶效应”。猫腻的《择天记》、辰东的《完美世界》、海晏的《琅琊榜》等，都因入围各类榜单而成为文化资本追逐的超级IP，在“马太效应”的影响下享誉大众娱乐市场。

三、未来网络文学的潮动与趋势

芬兰数字文学专家考斯基马曾说：“数字化或直接或间接地几乎强烈触及了文学的全部领域。不过，这仅仅是个开始，就目前具有过渡性质的情况而言，已经可以形成关于文学未来的足以使人惊讶的预言和推测。”①这位北欧专家的预言和推测特别切合中国网络文学的发展现状。从规模与气象上看，我们的网络文学前所未有、世所未见，其所创生的网络文化业态是对世界文化产业的原创性贡献，特别值得肯定。在建设中国特色社会主义文化的新时代，网络文学往前走、朝上走的趋势不会变也

① [芬兰]莱恩·考斯基马：《数字文学：从文本到超文本及其超越》，单小曦等译，广西师范大学出版社2011年版，第3页。

不能变，但究竟会怎么变、朝哪个方向变，不仅需要引导，更要有观念的自觉。在我看来，有几个适于优选的方向是需要把握的。

第一，网络文学与传统文学的融合发展将是网络文学创造精品力作的必然选择。秉持中华文化立场，传承中华文学优秀传统，让网络作品蕴含人文审美品格，不仅是我们对网络文学的一种期待，也应该成为优秀网络作品的内在品质和网络作家的自觉追求。十九大报告提出的“中华民族五千多年文明历史所孕育的中华优秀传统文化”是坚定文化自信、实现文化创造的宝贵精神资源，这为我们理解网络文学、创作网络文学、繁荣和发展网络文学，设定了价值目标，也指明了发展方向。网络文学创作同人类任何一种精神生产一样，不是白手起家、从零开始的，如马克思所言：“人们自己创造自己的历史，但是他们并不是随心所欲地创造，并不是在他们自己选定的条件下创造，而是在直接碰到的、既定的、从过去承继下来的条件下创造。”①网络文学虽然有些“另类”，但仍然需要传统文化的滋养，仍然需要汲取人类文明精华，在继承中创新，始于“返本”而得以“开新”。“求木之长者，必固其根本；欲流之远者，必浚其泉源”，网络文学从传统文学中吸取养分，必将加快自己从“高原”走向“高峰”的步伐。

第二，网络作家层级化加剧，新生代的机会更多。我国有各层次网络文学作者超过 1300 万，但真正能够得上“作家”称谓的比重并不大。从新手、扑街写手到签约作家，再到网络“大神”，直至“白金级宗师”，是要靠创作实力打拼出来的。不同级别的作家不仅作品质量和数量的差异很大，经济收入也是天壤之别。我们看到，进入“大神级”作家的创作水准和收入相对稳定，而处于“塔基”的扑街级写手则处境艰难，有大型网站还给一些新手提供低保，让他们先“活下来”。总的来说，新生代写手层出不穷在“人人都能当作家”的网络时代将是一种常态，我们经常会在不经意间发

① ［德］马克思：《路易·波拿巴的雾月十八日》，《马克思恩格斯选集》第 1 卷，人民出版社 1995 年版，第 603 页。

现一个从未听说过的高手，其网创作品能让你大吃一惊，勤奋、天分外加一副好身板儿就很可能成功，这就是网络“全民写作”机会均等带来的好处。所以，我们要关注青年网络文学人才的培养，为他们的成长成才创造良好的环境。

第三，“IP 情结”对网络创作的制衡作用明显，但“IP 热”已呈降温之势。基于前两年版权转让产生的增值效应，许多网文写手开始偏向 ACGN（动画、漫画、游戏、小说）的二次元创作，出现了一批盯着版权转让的影视化、网游化小说，这样的功利化“转向”很可能不利于网络文学持续健康发展，而 IP 热中作品被高估的教训，以及超级 IP 与改编作品实际效果的不匹配，将促使网文 IP 的市场价值回归理性。读者的认可和市场的力量一再提醒我们，内容为王、精品至上，永远是网络文学创作的不二法门，所谓“超级 IP”只能来自“超级努力”，二度创作“放大效应”须是建立在“思想精深、艺术精湛、制作精良”的基础之上。

第四，“网文出海”的开口加大，但最终作品能否被异域读者接纳还要取决于原创作品的品质。中国网络文学的世界化，是中国文学和文化“走出去”的一面窗口。2017 年“起点国际”上线，以及阅文集团在港交所上市，都是网文出海的利好消息，但要实现网络文学对外传播的可持续发展，还需要网络文学创作通过“讲好中国故事”来“传播中国声音”，以高品质的作品拓展并站稳海外阅读市场。“赛博空间不仅是——甚至在首要意义上不仅是——超越人类生命发生于其间的地理空间或历史空间的一种新的体验维度，而且也是进入几乎与我们日常生活所有方面都有关的五花八门的迷宫式的关联域。”①网络文学要打造好这个“关联域”，就不仅要使作品蕴含中国文化，体现“中国气派”，还需要用艺术的方式表达与人类心灵相通的东西，以“网文出海”实现“文化入心”。

第五，网络文学的理论批评将成为新的学术热点。创作繁盛而理论

---

① ［荷］约斯·德·穆尔：《赛博空间的奥德赛——走向虚拟本体论与人类学》，麦永雄译，广西师范大学出版社 2007 年版，第 2 页。

批评薄弱的现实落差，以及由此倒逼产生的观念自觉，已经吹响了网络文学研究的“集结号”。近年来，我国网络文学的研究队伍正不断壮大，并且呈集团化、年轻化趋势。北京、湖南、浙江、山东、广东、贵州、四川等省市陆续涌现网络文学研究的学术集群，传统的学院派已出现面向网络的学术转向端倪，传媒批评也呈现线上线下结合的趋势，一些重要学术期刊和主流媒体纷纷设置网络文艺研究栏目，提供成果发表园地，网络作家作品的研讨会也不断增多。创作与批评的并进与携手，将为中国网络文学提供健康前行的动力和活力，也是网络文学生态优化的标志。当下的突出问题主要已不是理论批评界面对网络文学的“转场”，而是做好“入场”和对接，避免对传统理论的简单套用，正如英国文论家拉曼·塞尔登所说，“理论是要被使用的、批评的，而不是为了理论自身而被抽象地研究的”①，从上网开始、从阅读出发，让理论批评既符合文论逻辑又切中网络文学特点，将是网络文学研究的首先要解决的问题。

最后还要说的是，新时代的网络文学要保持繁荣并健康前行，还需要正视它自身的发展短板，以正确的价值观和审美立场实现对它的纠偏与补罅。首先是提升作品质量问题。网络文学饱受诟病的是“量大质不优”“星多月不明”。网络上质量一般的“准文学”作品更多，时下的网络文学最需要的是品相的移形换步。网站每天可收揽百万、千万甚至上亿汉字的原创作品，但可以沉淀下来、流传开来的好作品能有多少？思想性、艺术性、观赏性的统一，应该成为网络创作永远的追求。其次是过度商业化和作品同质化问题。有些网络作者在利益驱动下追求作品续更字数、订阅量、搜索量、百度指数、版权转让等，导致内容媚俗、文字“灌水”、“小白文”泛滥等现象丛生，而内容生产的同质化、形式的套路化所形成的创作跟风、作品撞车，既影响作品质量，也败坏了读者胃口。再次是改善网络文学的发展环境。处理好强化管理与尊重艺术规律、履行社会责任与保

① [英]拉曼·塞尔登等:《当代文学理论导读》，刘象愚译，北京大学出版社 2006 年版，第 13—14 页。

持创作自由的关系，也是当下网络文学需要解决的问题。网络文学已经是新时代中国特色社会主义文艺的重要组成部分，创作者需要承命担责、正确站位，管理者也应该积极管理、扶持与规制网络文学，珍惜网络文学发展繁荣的大好局面，既要让它弘扬正气，也要使它保持生气。

（原载于《中国高校社会科学》2018 年第 3 期）

当下网络文学的十个关键词

网络文学正大步走进公众视野，文学界对网络文学关注度明显提高，媒体对它的报道也日渐增多。由于数字技术和传媒市场的双重催生，这一从网络草根成长起来的“野路子文学”已开始从边缘走向前沿。下面这些关键词庶几可以昭示时下我国网络文学的基本状貌。

1. 作品海量

中国互联网络信息中心统计报告显示，截至 2012 年 12 月底，我国网民规模达到 5.64 亿，网络文学用户 2.33 亿，较 2011 年底增长了 3077 万人，网民的网络文学使用率为 41.4%。虚拟空间自由写作的低门槛与商业模式的利益催生，让网络文学继续呈“井喷”式增长态势。有统计表明，在 5 亿多网民中，有超过 2000 万人上网写作，约 200 万人成为网站注册写手，通过网络写作获得经济收入的已达 10 万人，职业或半职业写作人群超过 3 万人，文学网站及移动平台每天的文学阅读超过 10 亿人次，在线作品日更新超过 2 亿字节，一个大型网站原创作品的日更新量可达数千万甚至上亿汉字。如成立于 2003 年的女性文学网站晋江文学城，已贮藏在线作品 65 万部，日均页面浏览量 1 个亿，该网站简介写道：“拥有注册用户 700 万，注册作者 50 万，签约作者 12000 人，其中有出版著作的达到 3000 人。并以每天近 1 万新用户注册、每天 750 部新作品诞生、每天 2

本新书被成功代理出版的速度飞速增长着。”[①]创立于2002年的起点中文网，每天有超过3亿的PV流量，注册用户数超过3000万人，每天保持8000万字以上的作品更新。“起点文学网作品类型丰富，涵盖了传统现实类小说的各种题材，有校园的回忆、职场的暗战、官场的门道、军事的热血、历史的传奇、情感的波澜、婚姻的离合、乡土的眷情。针对各个年龄层，各个阶层的读者，都有合适的作品供其阅读，真正实现全年龄层、全方位的阅读体验。”[②]我国有经常更新的文学网站数百家，还有门户网站文学频道、文学社区、个人文学主页，加上超过3亿手机网民的“段子写作”和3亿多用户的微博群体等等，如果把所有网络文学作品累积起来，其总量将是一个天文数字，堪称世界文学史上的一大奇观。仅盛大文学麾下的几家在线中文写作平台，累计发布的作品便已超过730亿字。“大神”级写手唐家三少最多的一年曾一人写下400万字，并创下连续100个月不间断更新小说的记录，阅读人次超过2.6亿，2012年4月，盛大文学为他申请了吉尼斯世界纪录。网络写作的这种“文学大跃进”，形成了网络作品的海量剧增和聚众阅读的“人气堆”现象，尽管在文学品质上还不足以与传统文学相媲美，但它却以恒河沙数般的作品存量确认了自身的文学在场性，实实在在表征了“网络文学”的历史性存在，并且以不同的姿态改写了中国当代文坛的发展格局，引起了巨大的关注，重构了影响一代人成长的文学语境。有专家这样评价说：“网络文学领域，既泥沙俱下，又藏龙卧虎，丰富性中具有芜杂性，芜杂性中又有可能性。现在的网络文学，已逐渐成长为传统文学之外的一个葆有活力的新兴文学板块，这个板块可能没有传统文学看起来那么清晰和规整，水平也参差不齐，但它确实是文学写作爱好者演练才华的一个超级舞台，也是文学写手与文学读者彼

① 晋江文学城：http://www.jjwxc.net/aboutus/，2013年2月18日查询。

② 起点中文网：http://www.qidian.com/aboutus/aboutus.aspx，2013年2月18日查询。

此互动的一个活动平台。”①

2. 类型写作

近几年是网络类型小说丰收期。类型化写作和欣赏已成网络文学主流，各大文学网站存储作品最多、最受关注的大都是类型小说。除了女性、武侠、玄幻等专门的类型化网站外，一些综合型文学网站也在主页上设置种种类型小说栏目吸引眼球。常见的文学类型有玄幻/奇幻、武侠/仙侠、科幻/灵异、修真/穿越、历史/架空、权谋/宫斗、盗墓/悬疑、惊悚/恐怖、侦探/探险、都市/言情、游戏/竞技、青春/校园、职场/官场、军事/太空、女性/美男、同人/耽美……2013 年 1 月，《羊城晚报》联手各界专家学者评选的“2012 年度网络小说榜”，上榜作品如《将夜》《罪恶之城》《妖孽保镖》《对手》《仙魔变》《神印王座》等都是年度极具人气的类型小说。类型写作的网络兴盛是新媒体市场选择的产物，它很好地适应了网络分众、小众的点击期待，吸引读者付费阅读。但这类作品的情节、故事、人物、想象、节奏和叙事方式等往往带有模式化痕迹。有些小说创作的“类型化想象”缺少深厚的文化底蕴和坚实的生活积累，用于想象的素材囿于有限的生活阅历、知识视野，有的甚至就来自某些网络游戏，久而久之很容易陷于“枯竭焦虑”，摆脱不了自我重复的窠臼或难以为继的尴尬，导致一些类型化作品红极一时却速成速朽，短期内能赢得排行榜、赚取点击量，却少有艺术提升的空间和文学创新的潜能。由于类型写作模式化跟风和同质化严重，导致许多作品自我重复、猎奇猎艳，隔断了文学与现实生活的依存性关联，其结果便是它们在“量”上占据网络文学的大部分，但是在“质”上却与精品力作相去甚远。著名写手南派三叔曾坦言，宫斗剧火了，大家都开始写宫斗，盗墓火了，都一窝蜂扎堆盗墓，这些作品风格千篇一律，好像只是换了换人物名字而已。

3. 影视改编

网络小说激活了这两年的影视市场。自网络小说《山楂树之恋》和

① 舒晋瑜：《2012 网络文学初探：官场后宫火爆，影视改编盛行》，《中华读书报》，2012 年 2 月 10 日。

《杜拉拉升职记》搬上荧屏大获成功后，网络文学的影视改编就成为一大热点。完美世界在2011年末推出的电影《失恋33天》，以不到1000万元的制作成本，拿下高达3.5亿元的票房。《裸婚时代》《步步惊心》《后宫甄嬛传》等改编自网络小说的热播电视剧，收视率一浪高过一浪。安七炫主演的《帝锦》、吴奇隆主演的《刑名师爷》、梁朝伟主演的《大魔术师》、陈凯歌拍摄的《搜索》、陈思成和小宋佳主演的《小儿难养》等网络小说改编的影视作品也表现不俗。李少红执导的电视剧《花开半夏》、赵宝刚导演的《婚姻保卫战》也都源自同名网络文学。据报道，2012年前三季度仅盛大文学旗下7家文学网站就有75部小说售出影视版权。从网络上寻找电影、电视剧的故事资源，不仅有助于缓解影视剧本荒，拉动荧屏文化消费，同时也让文学网站经营者和网络写手从这里看到了商机，找到了让作品快速接近最大受众的“终南捷径”。据CNNIC网络文学用户调研数据显示，网络文学用户中有79.2%的人愿意观看网络文学改编的电影、电视剧，这对网络文学作者、文学网站和影视剧公司来说都是一个诱人的数据。网络文学与影视产业“联姻”，首先是源于网络小说平民化、青春化、趣味化的故事品质，它们与影视作品的大众化特性是一致的，改编后容易找到影视观众卖点；另一方面也是剧本资源市场供需配置的需要。影视创作的基础是故事和剧本，网络小说海量的原创作品存储，为影视剧本创作提供了最大的资源库和最丰富的故事群。网络文学与影视的相互需要带来的是资源共享和市场双赢，是网络文化与影视文化、新媒体文学与大众艺术相互取长补短、彼此借力发力的珠联璧合之举。不过，网络文学给影视创作带来生机和活力的同时，也暴露出题材撞车、内容同质化、风格模式化等问题。

4. 互动交流

近年来，主流文学开始以更加积极主动的姿态向网络文学递上示好的“橄榄枝”，网络写手与传统作家的互动交流，打破了昔日这两大阵营相互观望、不相往来的格局。继2011年8月首次举办传统作家与网络作家“结对交友”活动之后，2012年2月中国作协组织了第二届两个作家阵营的“结对交友”活动，来自盛大文学、新浪读书等网站的15位网络作家与15位国内知名作家、评论家结成“对子”。中国作协每年以项目方式重点扶持网络文学创作，2012年10月又一次重点扶持了刘晔（骁骑校）的《春秋故宅》等6部网络作品。同月，由全国近200所高校文学社团参与、红袖添香网站全程支持的“红袖添香·第四届信风杯全国高校征文大赛”拉开帷幕；12月，作为第四届网络文化节重要赛事的“长江杯网络文学大赛”落下帷幕。许多高校学子和传统作家都参与了这两次活动，对提升网络文学的整体水平产生了积极影响。网络文学与传统文学的沟通交流、相互借鉴对整个文学的发展繁荣十分重要。网络文学作为新生的文学，应该向传统文学吸取文学经验，提高自己的艺术品质；传统作家和评论家也应该放低姿态，对新生的网络文学切近现场，高看一眼，甚或施以援手，帮扶一把。在品评文学时，我们不应该有“媒体歧视”，也不得享有“媒介霸权”。当然作为拥有技术传媒优势的网络文学，更需要充分吸纳和借鉴传统艺术经验，借用技术化的网络之壳承载人文审美的文学之魂，用新媒体的表意方式回应这个社会的历史变化。

5. 全版权

文学网站“全版权”营销产业链日渐完善，为网络文学添加了市场活力。网站的“全版权”是采用不同媒介的多种版权方式全方位运营，即把网络作品转让给电视、电影、广播、手机、纸媒、网游、动漫等不同传媒领域，通过文字、声音、影像、表演、视频等各种表现手段，对作品进行全方位、多路径、长链条的版权经营，在满足受众市场细分需求的同时，让网站、作者和作品经营者一并获得商业利益。这样的作品营销是文学网站长期摸索出来的行之有效的商业模式，那些热门网络作品不仅可以在线阅读，还可以下载出版实体书，改编成电影、电视剧或网络游戏、动漫作品等，在原创出版、影视改编、有声制作、无线阅读等领域全面开花。这些跨界合作环节的累计价值远远超出网民的付费阅读或单一版权的营销价值，它可以全方位经营作品、扶持作者，打造的是文化资本长效增值的产业链，形成网络文学产业的“长尾效应”。这个产业链的基本环节从“签约写手”开始，然后以“储存原创作品”为基础，经文化中介延伸出多个版权营销环节。自网络职场小说《杜拉拉升职记》被成功搬上银幕、屏幕和舞台后，便拉开了网络小说的版权经营和多元开发的大幕，该作品随后出现了漫画、网络游戏、广播剧、有声图书、话剧以及海外版权等多种文化产品衍生态，有了注册商标，甚至开始了文化产品授权。网络同名小说改编的电视剧《倾世皇妃》播出后，收视率一路狂飙，持续占据同一时段收视率第一的位置，复播率很高，并且与海外 20 多个国家签了发行合约。网络小说《诛仙》《星辰变》《明朝那些事儿》等都以成功的全版权营销让它们的作者进入网络写手富豪榜行列。天蚕土豆的《斗破苍穹》在实现手机付费阅读、纸媒出版和游戏改编、出售网游版权等多种吸金方式后，2012 年又以超过百万元的价格售出了电视剧版权，文学网站的工作也已经从简单的图书出版向文化经纪公司方向发展。还有如《鬼吹灯》《佛本是道》《仙逆》《江山美人志》等众多作品均通过全版权营销大有斩获，其示范性让原创内容的产业链源头作用得到凸显，大大提高了文学网站的经营能力和发展信心。但这一商业模式过分倚重作家与市场的关系，强调的是文学与商业资本的接轨。资本掌控文学媒介载体、传播渠道，也操控着文学内容，资本市场这只“看不见的手”成了网络写作的幕后操盘手。问题在于，网络文学如何在“市场化”与“艺术化”、“效益追求”与“文学追求”之间找到一个适当的平衡点，解决好“艺术正向”与“市场焦虑”的矛盾，还需要认真对待。

6. 反盗版

2012 年，反盗版成为网络文学的行业焦点。随着网络产业进程的不断推进，网络作品的版权保护问题日显重要和紧迫。以网络公共平台为承载体的网络文学，特别容易被他人随需随取地“共享”，正所谓“网站十年经营，盗版一招致命”。近年来网络文学盗版已经形成一条完整的灰色链条，严重干扰了网络文学的行业秩序、产业规模和创意价值效应，也加大了内容监管的难度。一家盗版小说网站设置链接，几乎是零成本，只需通过盗版原发网站的小说获取流量，便可轻松牟利。据盛大文学统计，

2012年排名前十的热门作品每天被搜索量近130万次，但这些搜索结果中大量充斥着的却是侵权盗版链接。盛大公司利用其版权追踪系统追踪到的盗版网站就有1.4万个，盗版链接数量高达1235万余条，全年给网络文学造成的损失达40亿元至60亿元。这些盗版网站以搜索引擎为推广途径，通过“广告联盟”等形式，赚取巨额广告收入，而搜索引擎、广告联盟则与盗版网站按照一定比例共享“收益”。对于防不胜防又屡打不绝的网络侵权盗版顽疾，2012年的反网络盗版活动有了新的举措，并开始形成一定声势。文化部公布的2012文化市场十大案件中，涉及互联网的侵权案件就占了50%。3月，针对苹果公司涉嫌盗版侵权，被侵害的作家和出版机构组成作家维权联盟，起诉苹果公司侵权。9月，百余位网络写手联名呼吁各网络搜索平台注意维护著作权人权益。10月，盛大文学与百度、搜狗等四家搜索引擎公司签署了《维护著作权人合法权益联合备忘录》，号召对网络盗版采取一致行动。盛大创新院自主研发的一套“文学指纹”系统投入使用，该系统能以文本内容特征值方式采集作品指纹，从而对盗版网站进行实时监控和追踪，方便查处取证。不过从网络版权保护情况看，侵权盗版现象有所遏制却并未根除。原因在于网络盗版成本很低而查处很难。由于网络版权立法、行业管理缺失等原因，使得网络文学防盗版的成本远远高于盗版成本。“侵权太易，维权艰难”，成为网络文学版权保护的软肋。从根本上说，要想根治网络盗版侵权行为，首先需要建立健全网络著作权法，还需要有行业自律，创造诚信的网络环境，并且需要有相应技术措施，为网络文学版权安全建立有效的保障体系。

7. 去草根化

网络写作的“去草根化”现象近年来有加剧的趋势，众多网络写手开始褪去“草根”角色，从幕后走进公众视野，成为“大神”级作家甚或文化名人。这主要源于两种因素：一是利益催生，二是环境培育。在商业利益和“点击率情结”的驱使下，一些网络作者开始放弃“无功利”写作动机，希望进入“作家”行列，得到主流认可、媒体聚焦和网友好评，在获得关注度的同时赢得更高的知名度。更为重要的是，作品有了较高的点击率、收藏量和关注度后，可以更高身价与大型文学网站签约，得到更为优厚的稿酬和更多版权转让的机会，以商业链的“长尾效应”获取丰厚的经济回报，成为文化资本利润最大化的受益者。既然经济利益的内在动力远比无功利的自由写作来得实惠，“创作自由”便成为一种渐行渐远的文学梦想。环境的干预对于网络写手的“去草根化”也很重要。近年来，传统文学阵营开始深度关注网络写手的成长，如鲁迅文学院举办网络作家培训班，截至2012年4月已连续举办了五期，帮助网络作家正确认识时代，提升文学素养，增强传承、创造、担当、超越的意识，开阔眼界、把握方向、提高创作水平。这样的学习过程实际上是一个“去草根、育精英”的过程。再如，一批创作成果突出的网络写手被吸纳为各级作家协会会员，茅盾文学奖、鲁迅文学奖、五个一工程奖等重要奖项为网络文学敞开大门，2011年11月，唐家三少、当年明月当选中国作协全委会委员等等，也在一定程度上提升了网络文学的地位，强化了网络写手的主流身份。另外，为提高网络写手的创作水平，一些网站制定了相应的培训措施。如中文在线旗下的17K小说网创办了网络文学培训组织——17K商业写作青训营，推出了《网络文学新人指南》和《网络小说写作指南》，采用“大神课堂”“一对一点评”等教学模式，或借助QQ群、BBS评点、站内信、书评区、YY语音频道、微博、微信等各种交流工具，对网络写手进行随时随地的指导和培训。该写作营开班12期，培训作者已超过一万人。盛大文学也通过“新人主题写作季”等方式，对新人写手进行网络培训、编辑访谈、一对一辅导等。这些措施有助于网络作家的成长，也助推了网络文学创作队伍的“去草根化”。

8. 网络批评

时下的网络文学批评远不如网络作品创作那样繁荣兴盛，但2012年仍然出现一些新的动向和成果。5月，盛大旗下的云中书城投入百万元创建“白金书评人”群体，试图改变文学批评界对网络文学“集体失语”的状态，搭建中国网络文学的评价体系。该活动吸引了近9000名作者参与，提交了近17000篇书评作品，并最终选出了30位白金书评人。6月

28 日，中国作协举办了首届网络文学作品研讨会，邀请 10 位评论家对菜刀姓李的《遍地狼烟》、天下归元的《扶摇皇后》、酒徒的《隋乱》、阿越的《新宋》、杨蓥莹的《凝暮颜》等 5 部网络小说进行了“二对一”研讨，表明主流文学界开始主动介入网络文学批评。中国作协领导阐明了举办此次网络文学作品研讨会的三点初衷：一是网络文学异军突起，影响着越来越多的网络受众。若重视文学，必须重视网络文学；若关心文学的未来，必须关注网络文学的发展。二是网络文学作品良莠不齐，泥沙俱下，亟需大浪淘沙，亟需高人指点，逐步建立符合文学本质、具有网络文学特点的审美评价体系，促使其蓬勃发展，健康成长。三是通过研讨评论推出一批优秀的网络文学作品、网络作家和网络文学评论家。12 月，中国作协创研部与海南作协联合召开“新世纪长篇小说研讨会”，专门研讨了网络写作和网络类型化长篇小说问题。《网络文学评论》《创作与评论》等理论批评刊物发表了网络文学批评笔谈，集中探讨了当前网络文学存在的局限和“短板”问题。教育部首次评选设置了《网络文学创作与欣赏》的国家级精品视频公开课，让公众通过网络点击观看。湖南成立网络文学研究会并举办网络文学批评专题研讨会，把网络文学评论问题推向前沿。但从总体上看，当前的网络文学批评依然薄弱乏力，尚未建立起自己的评价体系，在线批评缺乏引导，学院派的批评难以摆脱与网络文学的隔膜之感，如网络写作自由开放的属性、偏于娱乐化的审美取向、以读者为中心的写作立场，以及从网络语言派生出来的符号表意系统的变化等，时下的网络批评还缺少深度切入。

9. 排行榜

这两年，各种类型的网络文学排行榜经常占据网络主页头条，彰显出网络文学风生水起、热点频仍的发展状貌。梳理起来，引人关注的排行榜主要有三类：一是一些原创文学网站主页的作品分类排行榜，常见的如月票 PK 榜、热评作品榜、会员点击榜、书友推荐榜、书友收藏榜、总字数榜、签约作者新书榜、公众作者新书榜、新人作者新书榜、强力推荐作品榜、潜力推荐榜、网友评价指数排行榜、VIP 更新榜、连载小说点击榜、红粉点击榜、女生 PK 榜、版权推荐榜、每周新用户关注榜、评价票周榜、论坛24小时热帖榜、品书试读榜、长篇点击榜、短篇精华榜等等，不一而足。这些分类排行榜是网络文学类型化的产物，能方便读者选择性阅读，适应读者的市场细分。第二类是经过评审遴选的网络作品排行榜，如2012年网络十大小说排行榜、2012年网络文学销售排行榜、2012年中国十大独立文学网站排行榜、2012网络小说排行榜、2012年17K小说网的人气小说排行榜、世纪文学网的网络小说50强排行榜、hao123小说网的小说排行榜以及2011年末评选的网络文学“新世纪十年十大经典作品”①、云中书城、新浪微博策划评选的“十年网络文学、100部最难忘的网络小说”等等。第三类是网络作家榜，如2012网络作家排行榜、2012年网络十大红人排行榜、2012网络作家收入排行榜、新世纪十年十大经典作家，还有稍早些的《人民文学》杂志社与盛大文学举办的“未来大家top20”评选等。上榜者的遴选依据一般是看点击率、收藏量、网友评价、网上网下的影响力等。这些排行榜未必十分准确，也不一定让大家普遍认可，但它们所形成的舆论力量依然能影响人们对网络文学的看法和评价立场，表明了网络文学的社会关注度。如2012年11月发布的中国作家富豪榜，著名网络作家唐家三少、我吃西红柿、天蚕土豆分别以3300万、2100万、1800万的版税收入，荣登“网络作家富豪榜”前三名。这份榜单是根据这些网络作家从2007年至2012年的文学写作和由此产生的纸质图书版税及影视改编、网游研发等相关授权的总收入统计出来的。唐家三少本人曾表示，这一数据和自己总收入“差不多”。

10. 网络语文

随着网络用语的不断丰富，网络写作的语言运用更趋个性化、时尚化

---

① 此次评出的网络文学新世纪十年十大经典作品是：《诛仙》《悟空传》《此间的少年》《盗墓笔记》《致我们终将逝去的青春》《成都，今夜请将我遗忘》《七夜雪》《步步惊心》《地狱的第十九层》《千山暮雪》；评选的新世纪十年十大经典作家为：南派三叔、安妮宝贝、沧月、匪我思存、蔡骏、萧鼎、江南、明晓溪、桐华、辛夷坞。见新浪读书：《中国网络文学经典十年高峰论坛在京举行》，http://book.sina.com.cn/news/c/.2011-11-07/1440292493Shtml，2013年2月18日查询。

和日常生活化。我们看到，无论写玄幻、写穿越，抑或写历史、写官场，网络作品的语言都不拘一格，充满活力，网络语文已成为我们这个时代语言创新的先锋。2012 年的热门小说如猫腻的《将夜》、烟雨江南的《罪恶之城》、唐家三少的《神印王座》等，无不以个性鲜明的网络语言吸引网民。特别是微博、微信用户的增加和手机段子的广泛流行，更是加速了网络语文的更新和普及，让文化人都觉得，如今的网络新词"学的没有变的快"。一是所谓的"火星文"，如"286"（低智商）、"BT"（变态）、"觉皇"（嗜睡的人）、"跌股"（没面子）等，它们颠覆传统语言文字形、音、义的一些特征，消解语言约定俗成的规范秩序，采用混搭式自我想象，创造另类的、带有自我情感表达特征的语言。另一类是带有后现代和青年亚文化特点的"潮语言"表达，如"QQ上多了，什么企鹅没见过""人才和天才只差一个'二'，故，人才很精，而天才总是有点二""我这心碎得，捧出来跟饺子馅似的""人生最大杯具：美人迟暮，英雄谢顶""哥其实也很帅，就是不明显"等等，它们很好地体现了网络族群特别是青少年网民追逐时尚、张扬个性的特点，满足了他们特立独行、标新立异等特殊的情感需要，并且善于炼字凝意，形成表达的机巧和睿智。还有一类网络语文是不时涌现出来的网络流行语，它们往往负载着特定的社会舆情内涵和时代印记，蕴含着共时性的社情民意，如 2007 年我们重新认识了"华南虎"的新表征，2008 年我们重新感受了"俯卧撑""打酱油"的寓意，2009 年则有了"躲猫猫"和"偷菜"的新解读。随之，网络流行语越来越多，也越来越具影响力，2010 年有"羡慕嫉妒恨""给力""神马都是浮云""我爸是李刚"等语文流行，有的已进入主流媒体；2011 年的"淘宝体""坑爹""吐槽"等新词开始走进我们的日常生活；2012 年的网络流行语同样很多，如"正能量""屌丝""高富帅，白富美""江南 Style""元芳，你怎么看""甄嬛体""杜甫很忙""压力山大""切糕"等。网络语文不寂寞，其所形成的语言应用的普适性"习得机制"，无论是在文学还是在语言学的意义上，都将凝聚为一个时代的文化符号，并表征这个时代的网络文化。

（原载于《求是学刊》2013 年第 3 期）

新媒体与当代文学现场

台湾网络写手痞子蔡曾把网络文学比作村野顽童“光着脚的奔跑”，虽然姿态不太优雅，却让人感受到通身的生机与活力。事实正是如此，汉语网络文学出身于业余草根，成长于技术丛林，经历十几年的“奔跑”，如今已经“跑”出了一片草长莺飞的勃勃绿野，迅速占据了传统文学千年帝国的半壁江山，让本来有些落寞的当代文坛平添了许多生气，也为人们增加了许多新的话题。谈论当今的文学，已不能回避网络媒体语境中的文学现场。

风生水起，重构文学版图

网络对我国文学发展的意义首先在于它以“宏媒体”的巨大容载量，重构了当代文学版图。互联网诞生于1969年，我国加入国际互联网公约是在1994年，而汉语网络文学进入人们的公共视域是在1997年前后。这对于媒介传播史和文学发展史来说，不过是弹指一挥间，但互联网所引发的文学变迁和文明巨变，已经产生了难以估量的历史性影响。就网络创作来看，传统的书写印刷文学一统天下的局面被打破，网络文学以众多的写手、庞大的作品数量和覆盖广泛的读者市场迅速成为一支不可小觑的文学新军。据不完全统计，全世界范围内的中文文学网站有超过4000家，而国内的汉语原创文学网站也已超过500家。一个大型文学网站一天收录的各类原创作品可达数百乃至数千篇。据盛大文学总裁吴文辉介绍，目前最大的中文网络原创文学网站“起点中文网”每天有超过3亿的PV流量、1000万的用户访问量和3400万字以上的作品更新，有一大批高产写手不断上传20多种风格类型各异的作品，积累有超过25万部的原创文学作品，总量超过120亿字。另一大型文学网站“晋江原创网”的简介上写着：“网站拥有注册作者26万名，超过30万部线上作品，平均每2分钟有一篇新文章发表，每10秒有一个新章节更新，每2秒有一个新评论产生”，其增长势头真比过山车还要快。另一网站“幻剑书盟”宣称，他们拥有注册会员200万人，驻站原创写手1万多名，收藏原创之作2万多部，有400部原创小说的周点击率在万次以上，日访问量始终保持在2000万左右。一些网络写手的写作之“高速”也很像是过山车，以名为跳舞的写手为例，其创作的《欲望中的城市》84万字、《变脸武士》158万字、《至尊无赖》180万字、《恶魔法则》414万字……一个写手的产量即有如此之高，一个网站的原创之作即可如此“海量”，如果所有的文学网站、门户网站的文学频道、文学社区，再加上一些个人文学主页和博客中属于文学的那部分作品累积起来，恐怕只有巨型计算机才算得出网络文学作品的总量了。难怪有文章惊呼：“网络文学，多么惊人的产量！”（《中华读书报》2009年6月24日的文章标题）这样庞大的作品数量、写手群落和读者群体，对当代文坛乃至整个社会文化的影响可能已超出文学本身的意义，应该放到“国家文化发展”和“一代人的成长”这样的大命题下来看待其更深远的价值和意义。

就当代文学现场来看，网络写作的新媒体传播与市场化崛起打破了传统文学的原有平衡，改变了整个当代汉语文学的总体格局，实现了对文学版图的颠覆性重构——原本属于传统文学独步天下的时代迅速出现分化改组，整合出“三分天下”的当代文学新格局：一是以出版营销为依托的图书市场文学，二是以文学期刊为主阵地的传统文学，第三块便是以互联网为平台的网络文学或新媒体文学。其中，图书市场文学要遴选畅销书资源以创造最大化利润，而网络作品的人气则是出版业不得不关注的资源，近年来有三分之一的文学畅销书来自于网络；期刊文学代表着久远的历史文脉和强势的文学传统，它们以精英写作为中坚而秉持一份千秋情怀，然而这些年在市场“无形的手”面前显得力不从心，纯文学期刊的发行量锐减成了读者市场萎缩的“软肋”，许多期刊开始从网络文学中寻找“眼球资源”。数字化媒体的出现冲击了传统文学却激活了文学市场，当传统文学呈疲软之态时，网络文学却风生水起，呈“风景独好”之势——它以自由的生产流程、庞大的作品库容、迅速的市场覆盖和不断增加的阅读受众，一面与传统的精英书写分庭抗礼，一面与出版商贾暗送秋波，其强劲的生产体制、传播机制和文化延伸力，使它在当今文学的整体格局中，获得了“三分天下有其一”的份额，并且还在以加速的方式让这个“蛋糕”越做越大。

挑战惯例，改变议程设置

网络媒体对当代文学现场的更深层的影响在于从文学“逻各斯”的观念原点上消解了许多已有的文学惯例、观念谱系和生产体制，改变了人类千百年来为文学约定的“议程设置”——网络媒体引发的文学要素裂变，让“倾斜的文学场”重置出新媒介的文学议程。由于网络媒介这个权力要素的介入，以及由此形成的文化语境的特殊构成，打破了原有文学场中的亘古恒定的“关系平衡”，诸多新要素的出现导致要素关系的多极化。

从文学表意体制看，网络媒体在“文学与生活”关系的基础上，增设了“文学与虚拟生活”的关系，文学可以表征这种网络虚拟生活（如《第一次的亲密接触》），这样就让原有的人与现实之间的审美关系中平添出一个“虚拟现实”的增长极；文学创作的主体身份要素从“作家”转型为“写手”后，也从“灵魂工程师”变成了“技术操盘手”，身份认同观念从膜拜“加冕”变为草根“脱冕”，“人人都能当作家”的激情与梦想在这里变成了现实神话；文学属性的要素关系也超越了传统的再现论、表现论、形式论等诸种观念原点的限定，转换成为技术化的随心所欲、机器书写或“程序创作”，数字技术的升级换代和稔熟的操作手段常常会约束作品的艺术资质,“技术至要”此时成了网络媒介艺术性质的主要关系要素。

从媒介要素看,网络写作从语言文字向数字化符号转变,让文学文本由“硬载体”走向“软载体”的存在方式。网络文学使用的媒介是“比特”(bit)符号,它由“0”和“1”两个数字构成,因而被称为数字符号或数字技术。比特符号打造的是虚拟的“软载体”文本,而不是像传统的文学作品那样,要以书本、杂志、报纸等“硬载体”形式出现,不再是一种具有体积和重量的物质性存在,而是以符号信息流存在于电脑中,传输在互联网上。这种软载体文本没有了物质的当量性,不借助计算机网络设备,它们看不见,摸不着;而一旦人机交互进入网络世界,它们则五光十色、风光无限。网上世界信息浩如烟海,作品资源无限存储又迅即更新,整个网络世界就是一个超大型的电子图书馆。由于网络文本用“信息”替代了“物质”,用“空中的文字”替代了“手中的书本”,这一方面消解了“文学是语言艺术”的学理原点预设,颠覆了自笛卡尔以来的主体对客体的期待观念,另一方面也使得文学对于语言媒介的依赖性减少,加剧了语言媒介的边缘化,压缩了文字书写和阅读的生存空间。

从文学的价值要素看,网络创作用界面操作解构书写语言的诗性,使文学作品的“文学性”问题成为技术“祛魅”的对象,导致传统审美方式及其价值基点开始淡出文学的思维视界。我们看到,许多网络写作以“技术的艺术性”操作替代“艺术的技术化”生产,最终则是“过剩的文学”与“稀缺的文学性”形成鲜明的反差,从而形成了网上作品的一大“软肋”——有“网络”不见“文学”,有“文学”而缺少“文学性”,那种“通过书页文字解读和经验还原以获得丰富想象的间接性形象”的语言文本,已经让位于界面流转的电子快餐。文字的诗性、修辞的审美、句式的巧置、蕴藉的意境等文学应有的诗性魅力被技术“祛魅”或“解魅”了,那种源于文字蕴藉性、想象性和彼岸性的艺术效果就这样给“电子幽灵”吞噬了,“文学性”——这个文学审美的内蕴支点和文艺学建构的核心命题也失去了持论的现实基础。

兼容互补，创生文学前景

网络文学是当代文学现场最具活力的一个组成部分，也是最需要我们给予关注和培育的一片“文学绿地”。如今，当网络文学已经成为文学大家族的一员，并且迅速从山野草根走向文学前沿时，其所需要的首先是宽容和认同，然后还需要关爱与扶持，促使其创新与发展。

传统文学与网络文学之间应该平等交流，相互借鉴，取长补短，在互补与竞争中实现融合与共生。网络文学尤其应该加强与传统文学的联姻，从而提高自己的艺术品质；传统文学的作家、读者和评论家也应该放低姿态，对新生的网络文学切近现场，高看一眼，甚或施以介入、批评与研究的援手。网络写作和传统写作都是文学创作，网络文学和传统文学都是中国文学，两者都在当代文学现场共同生长，共同发展，不存在孰高孰低、孰优孰劣；如果要区分两者的高低优劣，也只能就具体作品的质量品质和艺术效果做出区分。较早“触网”的老作家陈村对此深有感慨：文学有关人的心灵，从来可以由各个道口进入，许多作品之所以不是好作品，不在于它有网络的特征，而是缺乏文学的因素，“站得远一些说，网上网下作品的好坏比例大体是一样的，都有佳作和劣作，都离伟大的文学较远”。（参见陈村为《网络之星丛书》所写的序，花城出版社 2000 年版）在品评文学时，我们不应该有“媒介歧视”，也不应享有“媒介霸权”，无论它是新媒介还是老媒介。我们可以并应该打通纸介印刷文学与网络文学的通道，改变目前这种两者互不往来、互相观望的格局，像“网络文学 10 年盘点”和“全国 30 省市作协主席小说竞赛”活动那样，创造更多的让两者交流和互补的机会，形成新媒体文学与传统文学互相促进的良好局面。中国作协党组书记、副主席李冰曾说：“网络文学是值得高度重视的新的文学现象。网络文学对中国文学发展的影响，现在做出评估还为时尚早，恐怕要再过几年或十几年才能看得清楚。对网络文学，我们一方面要鼓励，另一方面要培育，两个方面都不可缺少。我们希望网络文学健康发展，成为文学百花园中灿烂的景观。”(《中国作协积极关注网络文学》,《文艺报》2009年6月27日)要实现网络文学的健康发展,除了要利用新技术的媒介优势之外,尤其需要遵循文学创作的艺术规律。这就需要充分吸纳和借鉴人类已有的艺术经验,从千百年来积累的文学实践和文学价值逻辑中汲取营养,借用技术化的网络之壳承载人文审美的文学之魂,用新媒体的表意方式回应这个社会的历史变化。对于网络文学而言,这里有两点特别需要加以强调:

一是要增强创作的担当感。评论家白烨先生就曾提出,网络写手们如果能够增强写作中的责任感,增强经典性,会有更好的发展。网络写作要成为主流,就应该有这个领域主流的精神;写作的大家,应该有大家的担当。“在这方面要想得长远一些,不要光着眼于眼下好像影响不错,点击量不错,收入也不错。”(参见舒晋瑜《网络文学:多么惊人的产量!》,《中华读书报》2009年6月24日)笔者最近在一篇文章中也说,网络技术创造了虚拟的赛博空间,虚拟的空间又为创作主体的身份虚化提供了技术环境。网络文学的作者多不是传统意义上的专业作家,而是一“网”情深的“三无”(无身份、无性别、无年龄)网民。他们揭去了生活中的道德面纱,消除了现实关系约定的社会角色,尽可以用真实的自我张扬个性、袒露心性、释放情怀。匿名主体的自由写作与网络创作的承担虚位同时并存,使得网络写手一身轻松却又过于轻松,以至于让许多人放弃了文学应该有的艺术承担、人文承担和社会承担,出现作品意义构建上的价值缺席和承担虚位。(《网络文学:前行路上三道坎》,《南方文坛》2009年第3期)

二是处理好市场化、技术化与文学审美品格之间的关系。文学网站是由文化产业资本掌控的,网络文学的发展过程本身就是一个艺术与商业资本接轨与磨合的过程,没有幕后的金融资本和传媒市场的成功运营,网站无法生存,网络文学也将无从依傍。艺术与技术并生,网络与市场并存,这是网络文学绕不过去的现实背景。正因为如此,网络文学发展中“艺术”与“市场”的抗争、“技术”与“人文”的博弈从来就没有停止过。网络作品中的许多积弊,如“速度写作”的高产神话,无限膨胀的“注水小说”,随心所欲的“口水叙事”,“点击率崇拜”的哗众取宠之作,粗制滥造的“准文学”或非文学等等,大抵都与文学市场营销、有偿写作、付费阅读、网站商业经营、希求出版典藏、程序霸权与技术至上等文化资本的利润追求有着或隐或显的关联。如果不能将网络媒体技术与市场的优势用于提高文学的审美品格,表征人类赋予文学的人文审美,网络文学将难以获得它应有的艺术品格。人类千百年来积淀的文学传统和审美经验应该在网络写作中薪火相传,因为数字技术对文学艺术的全方位覆盖不应该成为技术对人文的颠覆,而应该是文艺变革的新机遇,因为当代网络文学的涅槃,最终要靠人文审美和艺术创新的价值含量来表征深邃的社会意义、人生感悟和深层的文化积淀,只有这样才能成就新媒体文学的诗性命名。

(原载于《文艺报》2009 年 10 月 15 日)

文学网站社会效益评价的学理逻辑与指标体系①

文学网站是网络文学的载体平台，也是网络与文学“共谋”的媒介，这是网络文学与传统文学在承载介质上的一大区别。网站是企业，是社会的“经济细胞”。文学网站是文化企业，是数字技术传媒时代的文化经济载体。作为企业体制，文学网站需要以法人主体独立经营，自负盈亏，按照市场经济规律从事管理与经营；而作为文化企业，商业性文学网站的发展不仅要遵循市场经济规律，还需要依照文化建设的社会化规制，承担文化服务、文化创新、文化价值营造的社会责任，履行提供精神产品、传播思想信息、传承优秀文化的使命。这使得文学网站既具文学性、文化性、传媒性和意识形态性，又具有经济性和产业性，亦即有着文化与经济的二重性。因而，文学网站不仅应该创造企业的经济效益，更要注重文化企业的社会效益，并且应该把社会效益放到优先地位，在保障社会效益的前提下实现社会效益与经济效益的统一。文学网站的社会效益评价就是基于这样的背景进入学术思辨“问题”论域的。

① 本文为国家新闻出版广电总局新闻出版重点项目“网络文学网站社会效益评价体系研究”(立项号:2016-5-1)的阶段性成果之一。

一、 文学网站需要社会效益评价

1. 网站评价的三个维度

作为网络文学创作、传播和阅读的“赛博空间”，文学网站为人们在网络上实施文学行为提供了一个虚拟而开放的公共平台。我国文学网站众多，有商业性质的原创文学网站，也有政府和文学文化类社团的公益性文学“官网”，还有门户网站、其他企业类网站的文学板块或文化频道，以及论坛、资源下载类文学网站和一些有影响的个人文学主页等等，人们也惯于用“网站”称之。不论是文学网站还是其他类型的商业网站，只要是以独立的市场主体参与数字技术传媒产业竞争的互联网企业，都必然面临如何处理社会效益与经济效益的关系问题。并且，从文学的角度看，评价文学网站不同于网络文学的作家和作品评价，也不同于网络文学整体评价，它与其他类型的文学评价如我们常说的“文学批评”的不同之处在于，除了文学（作品、作家、文学问题、文学现象）和外在于文学作品的文学接受者（读者、批评家）及其影响效果外，还有作为文学管理与经营主体需要面对的问题，这一点传统文学（主要是纯文学）评价（或批评）是没有的或者基本没有。因而，网络文学的网站评价就有了相互关联的三个基本的评价维度，即社会效益评价、经济效益评价和网站管理水平评价。

社会效益评价是看一个文学网站的社会责任、文化价值和文学影响，即看其在政治导向、精神文明建设、审美引导、文化传承、文化产品生产、文化服务等方面做了些什么，看其是否为读者提供了健康的精神食粮，是否让读者得到了阅读的快乐、审美的愉悦和精神的陶冶，是否为文学的繁荣发展做出了积极贡献，是否对有才华、有潜力的网络写手进行了挖掘和培养等等。因此，网站评价体系离不开社会效益方面的评价指标。我国对国有文化企业有明确规定：“社会效益指标考核权重应占50%以上，并将社会效益考核细化量化到政治导向、文化创作生产和服务、受众反应、社会影响、内部制度和队伍建设等具体指标中，形成对社会效益的可量化、可核查要求。”[①]这对于以社会文化资本为经营主体的文学网站来说，也应该是需要遵循的评价原则。

文学网站的经济效益评价是看其企业资本保值增值的盈利状况。文学网站属于经济实体，是一个经营原创文学（部分网站兼顾经营传统文学作品）的企业，要以网络文学作为自己的经营对象，即通过文学阅读及其衍生市场（如时下的IP版权转让）来实现盈利并扩大再生产。文化企业要讲求经济效益，在社会效益优先的情况下，积极参与市场竞争，形成可持续发展的商业模式，达成利润的最大化。这是商业性文学网站的必然选择和正当要求。诞生于传媒产业市场的文学网站没有财政拨款，也不能单靠政府补贴，它只能依托市场经济体制下的自主经营才能生存和发展，一个长期亏损、入不敷出的企业是无法持续存在的，更不用说科学高效地运营自己的网站了。

网站的管理水平评价是一个文学网站取得社会效益和经济效益的组织前提和机构保障。文学网站的运行既具有其外在性，即网站的运行状态和技术服务水平，又离不开网站内部的科学管理与创新经营——网站运行对象要为写手服务，为网民读者服务，为社会文化消费服务，保证其组织有序、运转正常、管理高效。因此，文学网站管理运行具有双重性：一方面要保证对网站内部员工的科学管理，这属于一般企业行为的内部管理；另一方面是对活跃于网站上的无数作者、读者和消费市场的管理，可称之为外部管理，而后一种管理是一般性企业所没有的。为简化指标，我们将这两种管理的评价放在一起，统称为网站管理水平评价。

2. 社会效益评价的学理逻辑

在网站的三个评价维度中，我们把“社会效益评价”挑出来作为“问题”来加以审视，其原因何在呢？这可以从现实和理论两个层面找到依据。从我国网络文学发展现状看，有许多网站确实存在文学品位不高、把

① 2015年9月15日中共中央办公厅、国务院办公厅《关于推动国有文化企业把社会效益放在首位、实现社会效益和经济效益相统一的指导意见》。

关不严，作品抄袭模仿、粗制滥造，片面追求点击率、作品 IP 转让率等不良倾向和问题，需要树立社会效益优先的自觉意识，强化网站的文学责任和社会职责，从而制定文学网站社会效益评价体系对网站的社会责任做出评价。从理论逻辑上说，这一问题重要性的奥秘就在“文学”二字之中，是“文学”的特性决定了社会效益评价的特殊性和重要性，文学网站社会效益评价的学理依据就是基于“文学”命意的逻辑原点而得以成立的。我们知道，文学是一种精神产品，一种文化产品，它应该具备精神文化消费品的功能与价值，即用积极健康的精神力量、情感体验和艺术感染来温润心灵、启迪心智，引人求真、向善、审美，通过生动丰满的艺术形象塑造，表达对时代的关注、对人性的洞察、对人民悲欢的关切等等，这些都是经济效益评价所难以奏效的，而必须引入社会效益评价，加强社会效益信念的培育。网络文学及其管理网站也不例外，就像笔者曾经表述过的：“无论网络文学多么另类甚或叛逆，不管其媒介载体、写作技能、传播途径和阅读方式与传统文学有多么不同，只要它还是文学，只要它还属于精神产品，它就应该具有作为精神产品所必具的基本特点，就需要蕴含精神产品特定的精神品质，如能满足人的某种精神需求，产生认知、体验、情感、信念等方面的影响或感染力量，抑或能够以正确的舆论、高尚的精神来引导人、鼓舞人、塑造人。好的精神产品会产生积极向上的影响与感染力，这便是文化产品的精神‘钙质’。”[①]可以说，正是网络文学作为“文学”的精神“钙质”，决定了文学网站社会效益评价优先的现实合法性和学理必然性。

首先，文学网站的文化企业性质需要社会效益评价来强化社会责任。相比其他类型的企业，文化企业在经济杠杆之外多了一份“文化”约束；而较之于非文学类文化企业，文学网站又拥有文化企业的“文学”身份与品格。因而，文学网站之注重社会效益并对之做社会效益评价，不仅是文化企业强化社会责任的外在要求，也是文学经营行业履行文学责任、更好地

① 欧阳友权：《意义指向与价值承载——网络文学再认识》，《人民日报》2014 年 4 月 25 日。

发挥文学功能的内在要求。就一般文化企业而言,文学网站应该成为发展文化产业、建设先进文化的重要力量,在推动社会效益优先、追求两个效益相统一中走在前列;而作为以文学为经营对象的文化企业,在运用网络传媒经营文学产品时,应该体认文学的本质与本性,尊重人类赋予文学的逻辑原点,秉承“兴观群怨”(孔子)、“有补于世”(王安石)、“熏浸刺提”(梁启超)等文学传统,坚持文学网站的行业自律,以正确的文化立场生产和传播更多思想性、艺术性、可读性俱佳的优秀作品,以价值引导、精神引领、审美感染相一致的网络文学作品满足群众精神文化需求,活跃网络文化市场,增强社会责任感、现实紧迫感和历史使命感,并以此发挥文学网站及其网络作品繁荣文学、服务社会、引领风尚的作用。

其次,文学网站内容的性质规制了需用社会效益评价来推进文学品质的提升和文学阅读效果的优化。文学网站承载的是文学作品,大多数是原创的网络类型小说。而一个网站吸纳和传播什么样的作品,其所影响的不仅是网站的形象,更会直接影响网络文学的发展面貌、网上作品的艺术品质和读者的精神世界与价值认知。因为网络文学能否成为一种真正的“文学”而不是徒具网络传媒的符号,或者说网络文学能否成为网络传媒时代人类文学的一个历史节点,说到底是由这一文学的艺术品质决定的,而网站作品的品质实际上就凸显了这个文学网站的品质。文学作品艺术品质的好坏是由广大读者来评说、由阅读效果来检验的。对于网站来说,检验它所生产和传播的文学作品的市场效果离不开两个基本的标准,一个是经济效益的标准,一个是社会效益(含艺术效益)的标准。前者是直接的、立竿见影的,可以用数据指标来衡量;后者则常常是间接的,是潜移默化、点滴渗透的,其所影响的精神世界、情感世界和价值世界只能靠心灵去体悟、由实践来检验。追求经济效益只能维系网站自身的生存,而能否拥有社会效益则关乎一个社会的文化生态,涉及人民大众的精神生活质量和社会主义意识形态建设。近年来,一些文学网站不同程度存在的重数量缺质量、为迎合市场而媚俗低俗、因急功近利而粗制滥造等问题,就是因为没有摆正两种效益孰先孰后、孰重孰轻的关系,是单纯追求经济效益而忽视网站社会效益造成的后果。要调适和优化网络文学的健康生态，就需要从网站管理的源头上坚持把社会效益和社会价值放在首位，努力实现社会效益和经济效益相统一，社会价值和市场价值相一致。这就要求文学网站把好内容质量关，建立健全综合评价体系，把服务群众和引领风尚结合起来，讲品位，讲格调，抵制趋利媚俗之风，让网站发表的作品经得住群众评价、专家评价、历史评价和市场检验。

再者，文学网站管理对象的性质需要以社会效益评价约束文学生产主体履行身份责任。网站管理除了要管理企业员工，管理文学作品生产、传播和产业化经营外，还要管理网络作家——发现、吸引、扶持、培养和推介更多网络写手特别是高水平的写手，是一个网站形成强劲的文学生产力，贮存量大质优原创作品的前提。最新公布的统计数据表明，在我国7.1亿网民中，文学网民达3.08亿，手机网络文学用户规模为2.81亿。① 有专家说，我国上网写作的人数约有2000万，各类文学网站的签约写手超过200万人，创作人群70%为40岁以下的年轻人，85后是主力军，90后是后备军。② 我国最大的网络文学公司阅文集团管理者透露，阅文旗下注册作者数量有近400万人，全平台作品数量已达近千万部。③ 面对这样一个庞大的网络创作群体，文学网站的责任不仅是吸引他们加盟、注册、签约，让他们不断地为自己的网站创作更多更好的作品，还有责任引导他们用正确的“三观”去从事网络写作；不仅要培育他们对文学的热爱，还要提升他们的文学修养和人文情怀，让他们怀着对文学的敬畏、对读者的尊重、对社会的责任去创作文学，而不仅仅是为了名利、为了兴趣、为了消遣才上网写作。这是文学网站社会效益评价的题中之义，其核心是树立以人民为中心的创作导向，如近日由50余家文学网站签署的《网络文

① CNNIC发布第38次《中国互联网络发展状况统计报告》，http://www.cnnic.cn/gywm/xwzx/rdxw/2016/201608/t20160803_54389.htm。

② 参见马季：《网络新文艺形态的文化价值》，《长江文艺评论》2016年第1期。

③ 此为阅文集团副总裁罗立所言，见路艳霞：《影视公司哄抢文学IP，版权价一路飙升》，《北京日报》2015年11月24日。

学行业自律倡议书》中所约定的:“广大网络文学创作者、从业者要心怀祖国和人民,牢固树立为人民服务、为社会主义服务的方向,把满足人民精神文化需求作为出发点和落脚点,始终坚持为人民抒写、为人民抒情、为人民抒怀。网络文学企业要坚持把创作生产优秀作品作为中心环节,运用新媒体技术,组织、传播、推介更多人民喜爱的优秀网络文学作品。”可以说,这也正是文学网站社会效益评价所应遵循的基本原则。

二、 文学网站社会效益评价的指标设置

1. 指标设置的依据

当我们走近文学网站时忽然发现,它不仅是连接“文学”与“网络”的媒介,而且为文学评价与研究增加了一个新的维度,即“枢纽”的维度。传统的文学也有媒介,但它们都未能成为文学生产和传播的枢纽,如甲骨文的龟甲、简牍文的竹木、布帛文的布帛、纸介书写印刷文学的纸张和印刷设备等,均只有媒介与载体的功能,没有“组织”的功能,它们只有“工具承载”而无“程序至要”,不能直接组织文学生产、谋求市场传播或实现产业经营,而把生产、传播和经营的功能交由专门的社会组织如出版社、报纸杂志来实施。文学网站则不然,它既是文学的中介和载体,是作品的发布平台和传播渠道,又是直接组织文学生产、传播文学作品、经营文学产业的企业组织机构。它一头用“零门槛”的准入机制联结无数爱好文学的作者,用开放式、无穷大的虚拟空间存储恒河沙数的文学作品以构成一个“文学的蓝海”,以“内容为王”的市场律令掌控文学生产的源头;另一头则以“渠道至上”的天然优势实现赛博世界的无障碍传播,把文学作品推送到每一个读者的眉睫之前,供他们阅读或消遣,并利用大数据、点击率、排行榜、打赏等网络认同机制开发作品的市场潜质,形成网络 IP 转让的全媒体经营,以产业链商业模式创造网络时代的“粉丝经济”,带动大众泛娱乐市场的繁荣。可见,文学网站已经大大拓展了它作为文学媒介和载体的功能,而成为数字化时代文学存在的枢纽,成为新媒体语境中文学行为

的源头和发展的驱动力。

正是基于文学网站的“枢纽式”整合功能，我们评价网络文学，抑或期冀繁荣发展网络文学，就不能不抓住文学网站这个“牛鼻子”，因为只有网站健康发展才会有网络文学的健康发展，也只有文学网站坚持把社会效益和社会价值放在首位，实现社会效益和经济效益相统一，才能从源头上确保网络文学创作不出现“导向”偏误，促进网络文学在品质上迈向积极和健康，走进真正的“文学”而无需“网络”的名号。今天的网络文学以浩瀚的作品数量、庞大的创作族群、数以亿计的网络读者引起了巨大的文化关注，重视文学网站的社会效益评价，将有助于矫治网络文学发展中的效益偏误，改善网络文学的成长生态和艺术品质。因而，强化文学网站的社会效益评价意义重大，它不仅关系网络文学的价值品貌和作为人类文学发展节点的历史合法性，还将关系到我国的网络文化建设、网络新媒体阵地掌控，关涉大众文化娱乐和青少年成长，甚至涉及一个社会的主流价值观建构、文化软实力打造和国家形象传播。

正是在这个意义上，我们需要回到中国意识形态建设的“主场”，找到文学网站社会效益评价的原则和指标设置的依据。这在设置原则上有四个需要遵循的规范性文件：一是 2014 年 10 月 15 日习近平《在文艺工作座谈会上的讲话》，其中谈到：“互联网技术和新媒体改变了文艺形态，催生了一大批新的文艺类型，也带来文艺观念和文艺实践的深刻变化。”“我们要扩大工作覆盖面，延伸联系手臂，用全新的眼光看待他们，用全新的政策和方法团结、吸引他们，引导他们成为繁荣社会主义文艺的有生力量。”二是《中共中央关于繁荣发展社会主义文艺的意见》(2015 年 10 月 3 日)，提出大力发展网络文艺要坚持“重在建设和发展、管理、引导并重”的方针，“充分发挥新媒体的独特优势，把握传播规律，加强重点文艺网站建设，善于运用微博、微信、移动客户端等载体，促进优秀作品多渠道传输、多平台展示、多终端推送。加强内容管理，创新管理方式，规范传播秩序，让正能量引领网络文艺发展”。三是中共中央办公厅、国务院办公厅《关于推动国有文化企业把社会效益放在首位、实现社会效益和经济效益相统一的指导意见》(2015 年 9 月 15 日)明确提出的“文化企业提供精神产品,传播思想信息,担负文化传承使命,必须始终坚持把社会效益放在首位,实现社会效益和经济效益相统一”,强调“尊重企业法人主体地位和自主经营权,强化政策引导,严格依法监管,注重道德调节,坚守社会责任,把两个效益相统一的要求落到实处”,并设置了“政治导向、文化创作生产和服务、受众反应、社会影响、内部制度和队伍建设”等具体指标。四是国家新闻出版广电总局《关于推动网络文学健康发展的指导意见》(2014 年 12 月 18 日),明确提出了推动网络文学健康发展的指导思想、基本原则、发展目标、重点任务和保障措施,强调网络文学企业应该“把社会效益和社会价值放在首位,实现社会效益与经济效益、社会价值与市场价值相统一;坚持深化改革与促进发展并重,规范管理与扶持引导并举,形成精品力作不断涌现、优秀人才脱颖而出的生动局面”。

2. 社会效益评价指标体系

基于上述文学网站社会效益评价的理论、现实和原则、政策依据,我们尝试为文学网站的社会效益评价设置如下评价体系,在目标层之下对应 7 个要素层和 38 个指标层:

文学网站社会效益评价指标体系

目标层	要素层	指标层
文学网站社会效益评价指标	政治导向(A1)	表现“一切以人民为中心”作品的比例(B1)
		表现“社会主义核心价值观”作品的比例(B2)
		是否有促进网络创作政治导向正确的举措(B3)
		弘扬“优秀传统文化”作品的比例(B4)
		倡导“道德公序良俗”作品的比例(B5)
	文学生产(A2)	作品总存量(部)(B6)
		畅销作品数量(部)(B7)
		版权转让作品数量(部)(B8)
		作品出口数量(部)(B9)

续表

目标层	要素层	指标层
文学网站社会效益评价指标	文学生产(A2)	作品题材构成的丰富性(当代题材比重)(B10)
		是否有抓精品力作的举措(B11)
		是否把创新精神贯穿于创作生产过程(B12)
	文化服务(A3)	免费阅读的作品比例(%)(B13)
		是否举办公益及慈善活动(B14)
	受众反应(A4)	读者总数量(人次)(B15)
		注册读者数量(人)(B16)
		读者平均上线时间(分钟)(B17)
		点击量 100 万以上的作品数量(部)(B18)
		收藏量 5000 以上的作品数量(部)(B19)
		读者长评数(帖)(B20)
		网民搜索入围年度前三百作品数量(部)(B21)
	社会影响(A5)	是否开展相关文学评论活动(B22)
		媒体关注度(B23)
		上榜(获奖)作品数量(部)(B24)
		是否有中国作协重点作品扶持项目(B25)
	内部制度(A6)	是否建立了编辑制度，把好网络文学品质关(B26)
		是否建立了内容质量评估、管理及控制体系(B27)
		是否建立了写手最低保障及优秀写手奖励制度(B28)
		是否建立了版权保护交易长效机制，抵制侵权盗版(B29)
		是否依法经营，注意营造良好的发展环境(B30)
	队伍建设(A7)	写手总量(注册作家数)(B31)
		新增写手数量(2015)(B32)
		顶尖写手总量(B33)
		编校人员总量(B34)
		营销、策划、经纪人员总量(B35)

续表

目标层	要素层	指标层
	队伍建设（A7）	是否具有完善的写手培训制度（B36）
		是否具有完善的编校人员培训制度（B37）
		是否具有完善的营销、推广、经纪人员培训制度（B38）

在设置了评价指标体系之后，要对具体文学网站的社会效益状况做出实际评价，还需要为每个评价指标设置相应的权重，构造其判断矩阵或“评估雷达”，然后对评价指标的权重做出准确计算，如分别计算出要素层对于目标层的相对权重和指标层对于要素层的相对权重，最后得出科学的评价指标权重系数，以此确定每个指标的评价标准，这样才能给出一个文学网站社会效益评价的客观等级。不过，这已是一个需要另外行文去解决的问题了。

（原载于《红旗文稿》2016年第22期，署名欧阳友权、刘谭明，原题为《文学网站须把社会效益评价挺在前面》）

打开网络文学迷宫的锁钥在哪里

网络文学超乎想象的快速崛起，覆盖的是网络文化空间，改变的却是整个文坛格局和中国文学生态。凭着“技术丛林”和“山野草根”两把大刀开路，短短十几年间，网络文学终于以“另类”的面孔和“海量”的作品确证了自己的文学在场性和文化新锐性。

时至今日，随着网络对文学市场份额的强力扩张，以及人们对这一文学关注度和认知力的提升，特别是与传统主流文学互动交流的增多，网络文学在赢得技术权力话语的同时，自身发展中的困惑和矛盾也日渐凸显。譬如：

网络文学生产一直存在的有“高原”缺“高峰”、“速成”与“速朽”、“人气堆”与“快餐性”的矛盾，它们渊源何自？又如何化解？

网络文学是技术与艺术的“合谋”，但技术的“渗透性”与艺术的“边缘化”带来文学“父根”与“母体”的“审祖式”追问，该怎样摆脱其间张力关系的失衡与失依，进而有效矫治文学因“技术依赖症”而剑走偏锋？

时下大型文学网站的“全媒体”经营、产业链商业模式、以读者为中心的市场导向，让文化资本的利润增值成为支撑文学发展的引擎。《花千骨》《琅琊榜》《芈月传》《欢乐颂》《翻译官》等一大批网络小说走向大众影视的成功，让网文 IP 炙手可热，但市场化、产业化对艺术审美的遮蔽，加剧了网络文学的去文学性和非艺术化，文学生产该如何处理好网络市场与人文审美的悖反？

网络文学对文学惯例和创作体制的“格式化”僭越，悄然置换了传统文学的生产方式，造成了传媒载体对文学传统的断裂与失范，这时候，网络文学还要不要重建自己的意义模式，以调适传统与创新的矛盾？

网络文学所依凭的后现代主义文化逻辑和消费社会的大众文化语境，导致文学诗性品质的娱乐化脱冕，如今新媒体的艺术祛魅和数字化技术的诗性复魅形成了解构与建构并生的辩证过程，这能否为网络文学提供电子诗意的返魅路径？

应该说，近年来我国网络文学理论批评界一直在思考并试图回答上述问题，只不过思考的角度不同，切入的研究路径各异，对解读网络文学的理论有效性也颇为不同。

有的把传统文论、学理简单套用到网络文学身上，用中外经典的文艺理论概念、范畴和理论模式，实施“我注六经”式的疏瀹与反思，急于构建网络文学的理论体系，结果不仅对实际的网络文学现象体认有“隔”，也于这一新兴文学的理论开启无补，导致网络文学研究的“聚焦失准”与凌空蹈虚。

另一种是技术分析模式。这类研究者的眼中只有“网络”没有“文学”，或只有“技术文学”没有“人文文学”，他们没有把这一文学看作是人类文学审美的一个历史节点或文学发展的一个特定阶段、一种特定类型，而是仅仅将其视为传媒载体中的一项内容或技术之树结下的文化果实，认为技术传媒和信息工具才是它与传统文学的本质区别，于是用技术的眼光和工具理性来分析网络文学现象。由于缺失人文审美的思考维度和价值立场，其对网络文学的理论言说往往会变成技术分析的文化读本或新名词术语的“集束式轰炸”，结果是文学人看不懂，技术人不屑看，于实际的理论批评建设意义甚微。

当然，还有先入为主的“断言式”和即兴点评的“感悟式”评说。前者多出现在不懂网络或者很少上网阅读的“银发学人”中，他们常常会武断地以为，文学创作如春蚕吐丝，非呕心沥血不可为，而网络乃玩家“灌水”之地，如马路边的一块木板，谁都可以上去信手涂鸦，不会有什么好东西；或者简单地认为网络无非就是一种传播的载体和工具，就像龟甲竹简、布帛纸张也曾是承载作品的工具一样，它不会改变文学的性质，因而断定，根本就没有什么“网络文学”，不值得为之置喙饶舌。后者常出自网友之口和传媒评论，这类话语能够有感而发、目击意达、直指本心，三言两语，即兴评点，有时也能搔到痒处、戳到痛处，或机智俏皮，或犀利泼辣，倒也开心解颐、生津止渴，只不过有时难免蜻蜓点水、浅尝辄止，或文不对理、持而无据，甚或脱口而出、不切肯綮，姑妄说之、不负责任。

于是，网络文学的“理论江湖”可谓群伦并起，理路纷呈，涉足者不啻走入迷宫，莫辨路向。作为一种学术研究、理论建设，总有其持论的起点和逻辑的支点，相对于传统的文论“大厦”，网络文学研究才刚刚起步，而与云蒸霞蔚的网络创作相比，其理论批评更是远远落伍。那么，今日的网络文学研究该以哪里为肇端、怎样寻求突破？或者说，哪里才是走出网络文学理论批评迷宫的那条“阿里阿德涅彩线”呢？

窃以为，“从上网开始，从阅读出发”，也许可以作为打开网络文学迷宫的一把锁钥，从这里或许可以破解诸多难题，找到那条引导我们走出迷宫的“彩线”。

其实道理并不复杂，正如研究任何问题一样，我们研究网络文学的出发点和立足点都必须以实践为基，从对象出发，进而全面了解和认识对象，找出问题症结，发现蕴含的规律，提出解决问题的可能之道，构建切中实际的观念范式，而不能先入为主，生搬硬套，“东向而望，不见西墙”，或如刘勰所指：“会己则嗟讽，异我则沮弃，各执一偶之解，欲拟万端之变。”面对异军突起的网络文学，我们当然需要有亚里士多德、康德和黑格尔赋予的理论底气，也应该遵奉孔子、刘勰和王国维的丰厚积淀，中外历史上所有的文论资源均应该吸纳传承，因为它们许多都依然有效。不过，我们能做的第一步，却应该并只能从对象的实际出发，以研究的本体为据，于网络文学研究者而言便是点击网站，阅读作品，下足新批评派所倡导的“close reading”（细读）工夫，了解和把握网络文学的生产方式、作品形态、传播载体和接受方式，以及功能结构与意义蕴含等。特别是对时下的类型化写作与阅读市场细分的相互催生，文学网站经营的多版权、跨媒体商业模式构建，网络写手的创作方式与生存状态，文学读者群欣赏趣味选择和消费市场的竞争格局，文化资本的新媒体寻租、产业运作和盈利手段，以及数字技术带来的文学与影视、游戏、动漫、视频影像等多媒体兼容的IP关联，还有媒介融合、自媒体和信息增值方式对网络文学的生产与消费的影响等等，更是文学“扩容”、版图“越界”带给我们的新课题，尤其需要网络学人切入现场，明察深思，做一个网络文学的“局内人”，这样才有可能赢得对它有效言说的话语权，才不至于使自己的理论批评成为隔岸观火、隔靴搔痒或隔空取物之论。可见，“从上网开始，从阅读出发”虽说简单，却很重要，实为我们了解网络文学、评价网络文学、研究网络文学绕不过去的一道“铁门槛”。

（原载于《人民论坛》2016 年第 8 期[下]）

网络文学:技术乎? 艺术乎?

在人类及其艺术一道走进数字化生存的时代,人类的审美历程是否具有传统意义上的不断“进步性”,网络上的文艺作品是保持了人类的审美设定还是降低了艺术的审美品位,乃至评价文艺作品的标准是看其“艺术”的人文性审美内涵还是使用“技术”工具来比量,都不再是不证自明的问题,而是需要重新考辨和认识的。

被称作“第四媒体”的计算机网络借助先进的电子信息技术,已日渐把自己塑造成了一尊万能的偶像,这使得“技术沙文主义”又有了滋生的土壤,并通过一定观念模式或理论形态导致技术理性横行无忌,以及人文价值理性的遮蔽和冷落。于是我们看到,网络技术一方面在现实生活的各个方面满足人们的需求,发挥着宰制大众意识、诱导大众行为的操纵功能,用标准化、复制性的文化产品把自己设定的理解世界的方式强加给大众;另一方面,又在精神生活领域千方百计抬高“技术的艺术性”以打造“艺术的技术化”,用技术的手段改变人们对艺术的认知方式和感悟方式,修正传统的艺术观念,消解乃至摧毁人文的审美创造性,影响艺术的“出场”和功能范式。

网络文学是网络时代的文学,也是网上的文学。在它的身上,技术的因素比历史上任何一种文学都要多,因而不仅容易出现如评论者所讥讽的“只见网络没有文学”的现象,而且还容易在文学观念上叛逃应有的审美设定,宽容乃至助长技术主义和工具理性,以技术审美化替代艺术审美性，导致文学的“非艺术化”和“非审美性”。

一是以游戏冲动替代审美动机。最早从事网络文学写作的人多不是搞文学的，甚至不是搞“文”的，而是学理工出身，属于文学边缘人群或业余文学钟情族。如痞子蔡是学水利的，邢育森是学通讯的，安妮宝贝、宁财神最初是学金融的，李寻欢也是学理工出身，恩雅原来是个画家，黑可可曾在外企工作，“新语丝”的领头人方舟子是生物学博士……他们大多都是率先“触网”者，上网摆弄文学完全是休闲时的“无心插柳”，更多的是游戏冲动，而非审美动机。台湾网络作家痞子蔡就曾说：“我并没有很好的文学底子，所以写东西是靠热忱，而不是凭实力，我相信在网路上，有很多像我一样的人。”①从技术的角度说，电子传播更适于艺术中的游戏倾向，因为它追求瞬间性的感官效果，画面的迅速切换消解了人们心中对于永恒性的崇拜，而有声有色的高强度感官刺激则在唤醒人们心灵深处的欲望的同时，使原先向往纯美与崇高的理性思维麻木了。游戏是人类发挥创造力的重要形式，它使人们得以超越在现实生活中的种种局限，让个性向世界敞开，让人性朝自由飞放。然而，仅凭“拖动鼠标与网络共舞”的游戏冲动创造艺术，难免会放弃创作时的责任和道义，松懈审美意志和艺术执着，甚或背弃“文须有益于天下”的宗旨；如果以游戏冲动替代审美动机，还可能使艺术活动失去庄重和崇高，乃至抛弃价值和意义，最终使创作始于游戏而止于游戏，网络的“撒欢场”上将再也难觅“文学”的踪影。时下的许多网上作品被讥为“灌水”“痰盂”“贴大字报”“心情留言板”等，恐怕就与这些写手以技术游戏替代审美动机有关。一些网络作者“成名之迅速与流芳之短暂”成正比，大抵可以从这里找到原因。

二是以技术智慧替代艺术规律。网络是一门技术，网络文学与传统文学的区别首先是由技术载体的分野引起的。“以机换笔”“软载体飘移”“无纸传播”“蛛网覆盖”“触角延伸”“虚拟现实”“交互式欣赏”等等，都是基于计算机网络技术的崭新名词。但网络技术不等于艺术，技术优势不

① 痞子蔡：《感性宣言》，《第一次的亲密接触》，知识出版社 1999 年版，第 227 页。

等于文学强势。作家张抗抗就曾质疑:网络会改变文学的载体和传播方式,会改变读者阅读的习惯,会改变作者的视野、心态、思维方式和表现方式,但它能否改变文学本身?文学源于精神而不是源于技术,技术只是艺术借助的工具,它应该受驭于艺术,为创作者遵循艺术规律插上创造的翅膀,而不是以技术优势替代艺术规律。

艺术起源于技术,但艺术一旦从技术中剥离出来就超越了技术,提升了自己的精神创造性而朝着价值理性迈进。计算机网络技术无论多么神奇,它仍然只是技术而不是艺术。技术可以具有"艺术性",而艺术则不能实现"技术化"。因为技术只是艺术创作或欣赏的道具,它永远代替不了艺术本身。艺术是精神的结晶,而技术属于物质的操作;艺术创作如春蚕吐丝般酿造生命的境界,技术则像庖丁解牛一样实现驾驭对象的自由。网络技术能使人类实现"数字化生存",但人类的生存绝不仅仅是靠"数字化"就能包打天下的;同样,网络技术能为文学艺术插上科学的翅膀,但它飞翔的目的地应该是艺术的圣殿而不是技术的作坊。对于稔熟计算机网络技术优势却不懂文艺创作规律的"网虫""闪客"们来说,他们在网上"玩文学",容易走入两个误区:要么流于戏谑、肤浅、粗疏和随意,使创作成为"孤独化狂欢"的游戏,使作品成为"准文学""非文学"或"网际文化快餐";要么视"玩技术"为"玩文学",以技术优势替代艺术规律,以工具理念替代审美价值,把文学对审美的关注改造为操作对技术的关注。

三是工具理性替代价值理性。工具理性是一种以工具崇拜和技术主义为生存目标的价值观,而价值理性是以人的意义、人生的追求、目的、理想、信念、道德,以及人性的终极关怀为皈依的人文精神。工具理性着眼于"器"的因素和"物"的目的,价值理性瞩目于"人"的因素和"道"的宗旨,它们是两种相互对立的价值观及其认知方式。网络工具理性是一种见物不见人、重器不重道、重手段不辨目的、重技治效应不重科学精神的实用主义技术观。它通过主客分立的二元论,导致技术至上,使技术成为一种异己的、破坏性的力量横陈在人类面前,窒息着人的生存价值和意义。美国的大卫·格里芬曾嘲笑过这种技术与人性相悖的状况:"他们发明了一种新的语言，消除一切具有主观性的词汇。我不说‘我饿了’，而是说‘K-14在燃烧’。当觉得妒火中烧时，我也许只是说：‘亲爱的，我的G-3活跃起来。’对此，我的情人也许会这样回答：‘亲爱的，这的确驱散了我的G-7’。”①工具理性带给人类的就将是这样一幅可怕图景。

网络作为文学的“工具”，是人类迄今为止发表作品最容易、传播作品最便捷的技术载体。在这个虚拟空间里，人们能够“观古今于须臾，抚四海于一瞬”，达成“咫尺天涯”“瞬间永恒”，让幻想成为现实而不失其真。在这一点上，网络的虚拟与艺术的虚构和想象有重合的一面，这对文艺创作是有利的；但另一方面，由于网络技术的新奇和玄妙，又可能使人们陷入技术工具的黑洞而不能自拔，进而迷失艺术的本性，误将虚拟的读屏符号当作普遍的价值出发点，将人类导向意义和价值虚无的危途。因为在网络写作中，电子化的工具打造的是普遍化、标准化、纯数量化的时空模式，“比特”作为软载体符号已经伪装成具有自然的直接性和呈现性，数字化技术的工具优势作为艺术的催化者，通过将非自然、非人性的成分引入时间、意识、理性、历史的世界之中，并运用超文本或超媒体符号思维的外在干预，形成自然呈现的中断和价值理性的阻隔，不仅导致网络工具人为而任意地对人的愿望进行生产，而且形成艺术对人性的遮蔽和对人文的偏离。

从“技术—社会—人”的哲学视野上看，网络时代工具理性对价值理性的取代，必将导致人类对高技术的盲从，以及对人的全面发展的漠视，造成社会进步中人与技术的本末倒置。影响所及，会造成技术进步而道德沦丧、科学发达而人文堕落、工具先进而文化颓败、物质丰赡而精神贫乏、生活优裕而思想疲软等种种“现代文明病”。今天，互联网技术浪潮已经把工具的功能由感性的认知推到理性的认同，与之相关的是，技术化消费诱发的伦理匮乏、人文失落和精神萎缩，正导致各种社会丑恶现象打着

① [美]大卫·格里芬编：《后现代科学—科学魅力的再现》，马季方译，中央编译出版社1985年版，第185页。

"科学"的招牌危害社会、摧残人性,高科技犯罪日渐增多,技术对财富的增值效应使许多人忙于用技术满足自己的物欲和享乐,科技产品的无奇不有和无所不能又使得人们从舒适中滋长出惰性,钝化了进取和拼争的锐气……这正印证了卢梭在18世纪说过的那句谶言:随着科学技术与艺术的光芒在天边上升起,德性也就消失了。

看来,我们从人文的视野中考辨网络和网络文学的时候,需要坚守的仍然是人文本位和审美立场,反对以技术主义替代人文动机和审美规律,更不能以工具理性替代价值理性、以技术的艺术化替代艺术的审美性。正确的立场是:"放弃机械论的二分法,提倡有人文精神的科学精神,同时有科学精神的人文精神;或者有人文关怀的科学技术,有科学精神有人文科学,这两者相结合,发展充满人文关怀的科学技术,同时发展有科学精神的人类道德。"①

(原载于《中华读书报》2003年2月19日)

① 王大珩、于光远主编:《论科学精神》,中央编译出版社2001年版,第294页。

哪里才是网络文学的“软肋”

笔者在《中华读书报》上发表的一篇有关网络文学的小文章(《网络文学:技术乎?艺术乎?》,载2月19日《中华读书报》),没曾想却惹恼了文学网民张晖,令他“不能无视其存在”而奋起反驳(张文《网络文学不是游戏文学》,见4月23日《中华读书报》)。张文从驳斥拙文(只要据实说理,这无可厚非)到讥讽本人,进而嘲弄本人主持的国家社科课题研究,其行文作派颇有文革遗风。如说拙文“是对网络文学的恶意攻击、‘四面追杀’而非善意批评”,“带着根深蒂固的‘根正苗红’的有色眼镜看待网络文学”,“并不秉着实事求是的精神作研究”;断言本人“根本对网络文学不感兴趣,也肯定对网络文学浅尝辄止”,因为“帖子与网络文学,相差宛如天上之明月与地上之圆鳖”,“作者所未尝明了者也”;更让张晖君不能容忍的是:“得知该文是国家社会科学基金项目研究成果之一,不由得很感惊讶,只觉得这种研究成果误人视听!”张文刊发后,有何志钧先生撰文《网络文学:无法忽略的“物质基因”》(见5月21日《中华读书报》)与张文商榷,本已具有说服力,但我以为对拙文与张文的分歧似未完全说透。张文对我本人的讥嘲可以一笑了之,但学术上的歧见就“不能无视其存在”,应该说个明白。

我以为,拙文与张文的主要分歧在于:如何评价时下的网络文学?网络文学如果有缺陷,哪里才是它的“软肋”?笔者以为,当前网络文学总体水平不高,其症结主要在于它依托数字化媒体优势,以大众狂欢的“新民间话语”形式，远离了文学应有的人文审美本性，一些网络写手以游戏冲动替代审美动机，用技术智慧替代艺术规律，用工具理性替代价值理性，以“技术的艺术性”打造“艺术的技术化”，最终导致“网络文化快餐”的“非艺术化”和“非审美性”。笔者从1996年开始上网并参与网络写作，1999年着手网络文学的理论研究，随后进行过两年的网络文学现状调查，走访了近300个文学网站（调查报告《互联网上的文学风景——我国网络文学现状调查与走势分析》可参见人大复印资料《中国现代、当代文学研究》2002年第3期），上网阅读各类原创之作难以计数（包括曾让张晖君“热泪盈眶”的《北京战争》《中华再起》），至今仍保持每天上网漫游和创作发帖的习惯。张文断言本人“根本对网络文学不感兴趣，也肯定对网络文学浅尝辄止”，不知此言何据？从早期成名的痞子蔡、李寻欢、今何在，到英年早逝的网络写手朱海军，再到新近走红的慕容雪村等，笔者同他们中的诸多“在线高手”时有“亲密接触”，张晖君何以断言本人“只限于兴起初期的几个名人”？拙文中并未提及网上仅有“爱情文学一条道”，更未说过网上只有“网络小说一种体裁”。笔者对“榕树下”“黄金书屋”等10大热门文学网站调查统计的数据表明，网络原创文学题材排在前三位的是：网恋故事、搞笑和武侠题材，分别占作品总数的43%、17%和15%，在文学体裁上数量居多的是散文（占50.6%），其次才是小说（占29.85%），而最能体现网络文学特色的超媒体、超文本作品所占不到0.3%。我同意张文所言“网络之上，帖子与网络文学，相差宛如天上之明月与地上之圆鳖”，但张晖君知不知道人民文学出版社2001年出版的“BBS公告板上诞生的网络原创作品”《风中玫瑰》就是由众网友一个个“帖子”组成的（尽管纸介出版后已有些变味）。看来张晖君感情用事、妄加推断乃至无中生有的指责，才是真正的“不秉着实事求是的精神作研究”。

其实我和张晖君一样，对网络文学怀有美好的期待，并认为网页挤占书页、纸与笔让位于光与电是历史的必然，对网络文学的发展前景一直看好，并未“带着根深蒂固的‘根正苗红’的有色眼镜看待网络文学”，更未曾对网络文学“恶意攻击”“四面追杀”，必欲除之而后快。但我们对时下网络文学的评价及其原因的看法却大相径庭。网络原创作品数多量广(仅“榕树下”网站5年多的时间积累的原创作品就已超过200万篇),其中确实不乏令人“热泪盈眶”之作,也有理工出身而非“根正苗红”的写手能呕心沥血让创作根深叶茂、硕果累累。号称“网上俏黄蓉”的王猫猫、“网上蝙蝠”韦一笑、“曼妙游神”云中君等都非“根正苗红”,却没有人能否定他们网络写作的成就,在这个常识性问题上大可不必用“鲁迅学医”抑或巴尔扎克学法律来驳难。问题在于无论网上有多少让人“热泪盈眶”之作,眼下的网上作品较之于传统文学在质量和水准上存在较大落差却是不争的事实,究其原因与网络写手艺术素养不够、水平参差不齐有关,也与网络媒体的自由、交互、共享的特点有关。从深层上看,与写手的游戏心态、技术崇拜脱不了干系。网络打破了权力话语垄断,让文学回归民间,提供了“人人都能当作家”的契机,这对艺术生产力无疑是一次大解放,但只懂“技术”不懂“艺术”的结果便是只有“网络”没有“文学”。有人把网络当作“公共花园”,在那里种下一株心爱的花朵;有人则把它当“痰盂”,随便去吐上一口;还有“一帮走在沙漠的大虾们顶着个破草帽梦想着当皇帝的华盖——典型的自我崇拜和自恋”(汤小俊语)。莫言将网络文学的无序和低俗状态比作“乱写大字报”,桑地称网上作品“比垮掉的一代还沉沦”,东方渐明称网络文学为“生老病烂”等等,不是没有道理的。美国作家杰克·明戈为网上作品划了一个比例:“80%的网络上的写作都是令人讨厌的,10%由于其思想偏执而令人发狂,而只有10%是精彩而有趣的,令人拼命地想看完它余下部分。”何文也说:“网络文学中到处都是包装了的欲望、畅销着的自私、批量化的虚荣、自觉或不自觉的作秀”。张晖君想必是资深的文学网民,让这样的文学“接去”“‘文以载道’的大旗”,指望它去承担“责任、道义、审美意识和艺术执着”,能成吗?

尽管网络文学还未赢得历史的尊重,有时难免让人“走在爱与痛的边缘”,但我仍然赞同较早“触网”的资深作家陈村的看法:网络文学处于幼年期,还不成熟,但“前途无量”,他提醒人们别忘了“火车一开始比马车跑得还慢”。正是出于对网络文学十足的信心,这些年来笔者一直锲而不舍地跟踪网络文学的脚步,思考网络文学的基础理论问题,先后在《文艺研究》等全国10多家学术期刊发表网络文学研究系列论文20余篇,有幸在这一研究领域第一个获得教育部"十五"规划课题和第一个社会科学基金项目的立项资助,其前期成果《网络文学论纲》于今年4月由人民文学出版社出版,主编的一套"网络文学研究丛书"也将在年底面世。如果一个研究者对网络文学"不感兴趣""浅尝辄止",甚或对之"恶意攻击""四面追杀",那么这样的研究成果岂止会让张晖君"很感惊讶",对公众"误人视听",对课题评审专家和学术期刊、出版社的编辑不也是极大的讽刺么?拙文提出眼下的网络文学存在技术对艺术的遮蔽、游戏对人文的偏离,其用意旨在"揭出病苦,引起疗救的注意",实在不必让张晖君"很感惊讶"和大动肝火。

(原载于《中华读书报》2003年6月18日)

第二辑

热点聚焦

建立网络文学评价标准的必要与可能[①]

当网络文学以其巨大的体量猝不及防涌向文坛，关注或喜爱这一文学的人多少都会感到惊讶，甚或手足无措——如此多的作品，我们该读什么、又该如何去评说呢？当传统创作的“推敲”变为“速写”，当新批评倡导的“细读”法则被“扫文”所替代，当你试图“睹一事于句中，反三隅于字外”、试图发掘作品的微言大义而在线网友却用点击、“吐槽”或“拍砖”即时宣示自己的看法时，传统的批评家来不及置喙便连同他们的评价方式和批评标准一道成为渐行渐远的历史背影。如果说网络文学创作是以“另类”的姿态登上文坛，那么，近年来的网络文学批评则是以“落寞”的境遇处于这一文学的边缘，而这其中的症结便是网络文学评价标准的缺位与失依。

一、从“热评金庸”说起

金庸不是网络作家，其武侠小说在发表时也不是通过网络传播，但“有华人的地方就有金庸”使他成为中国最受关注的通俗小说作家。在“拥有最多受众”这一点上，金庸与网络文学之间颇具可比性——金庸的

---

① 本文系国家社科基金重大招标项目“我国网络文学评价体系的理论与实践研究”阶段性成果之一。

小说持续畅销、“金氏武侠”影视剧长期热播热映，与网络文学“粉丝海量”、网文 IP 改编的影视、游戏、动漫等走红泛娱乐市场，有着异曲同工之妙。在文学大众化、作品受众广泛的意义上，“金庸热”与时下的网络文学之间存在“最大公约数”。

围绕对金庸武侠小说创作的评价，一直都是理论批评界的重要话题。褒赞者如冯其庸称“金庸是当代第一流的大小说家”①；王一川在重排 20 世纪中国文学大师座次时，将金庸排到第四位。② 质疑者如作家王朔在《我看金庸》一文中认为，金庸的作品“情节重复，行文啰唆，永远是见面就打架”，声称“看不下去”，属于“四大俗”。③ 邓晓芒认为，金庸的武侠小说不过是一种“成人的童话”。④ 当然，也有持客观中立立场的评价，如朱国华就认为，金庸小说是一个产生广泛影响而不容忽视的巨大存在，他不赞成将金庸武侠小说贬得一无是处，也不赞成将金庸小说称赞到登峰造极的地步。他认为，金庸小说“没有超越出武侠小说的文学样式观念和范围，而以雅文学的批评标准来衡量，它也因为缺乏独创性而不能跻身于一流文学作品的行列之中”，倒是“为我们提供了一个大众文化批判的绝好范本”。⑤ 周志雄把金庸小说与网络小说做了比较，认为网络小说的“爽文”法则，“在金庸小说中有生动的范例。诸如主角光环、主角成长升级、配角衬托主角、曲折再三的故事结构等”，“当今网络小说出现的各种问题，比如同质化的问题，语言粗糙的问题，缺乏高峰的问题，以金庸小说为鉴，向金庸学习，或许可以找到一剂良方”。⑥

2018 年 10 月 30 日享年 94 岁的金庸病逝，再一次把“金庸热”推向高峰，在各种媒体尤其是网络自媒体上掀起了一波罕见的“热评金庸”潮，逝

① 曹正文：《金庸笔下的一百零八将》冯其庸“序言”，浙江文艺出版社 1992 年版。

② 王一川主编：《二十世纪中国文学大师文库・小说卷》前言“小说中国”，海南出版社 1994 年版。

③ 王朔：《我看金庸》，《中国青年报》1999 年 11 月 1 日。

④ 邓晓芒：《武侠小说与常识》，《湖湘论坛》2014 年第 3 期。

⑤ 朱国华：《关于金庸研究的一点思考》，《文艺评论》1997 年第 3 期。

⑥ 周志雄：《网络小说与金庸小说》，《光明日报》2018 年 8 月 21 日。

世当日即登上微博热搜榜榜首。在众多评说中，网文界的评价颇为引人注目。邵燕君发出感叹："我生命中最正大光明的部分都与金庸有关"，"对于金迷来说，金庸是我们的'底'——奠定了我们的情感结构、价值结构，乃至审美结构"。夏烈说："以金庸为代表的港台通俗小说潮，实际上是当下网络类型文学之前的一个最近的大众文学原点，直接启迪和滋养了20年来的中国网络小说。"一批大神级网络作家也纷纷通过微博、微信等缅怀金庸，一致肯定金庸对他们创作的深刻影响。如我吃西红柿说"金庸是对我影响最大的一位武侠小说前辈"；猫腻说，对他而言金庸就是"看着的前方那座山"，"连'如痴如醉''废寝忘食''挑灯夜读'这些成语都是在看金庸小说的过程里学到的"；风凌天下说"金庸先生是我们这一代网络作家的启蒙老师"，"现在的很多网络作家，都是看金庸的武侠作品长大的，可以说，我们只是在武侠文化的肩膀上，继续往前走了一小段"。① 对于微信朋友圈转发的邓晓芒对金庸的批评，网络作家愤怒的香蕉在朋友圈颇感激愤地说：在象牙塔里过了一辈子的研究者们，没错，接近了某些正确和真理。但我们的知识分子在接近真理之后，选择的不是为人们重塑这段道路，而是沉迷于反复地诉说"真理"，于是，当他们让人们去做"是金庸还是真理"的选择题时，他们成了中国人距离常识越来越远的罪魁祸首。

金庸已逝，江湖未远。有关金庸评价的争议也许还会如他的武侠小说那样延续下去，而在这些争议的背后，其实蕴含着一个长期存在的文学难题，即如何评价大众化的通俗文学问题，其焦点便是如何确立这类文学的评价标准，以及确立什么样的评价标准。从20世纪初"鸳鸯蝴蝶派"的兴起、30年代的"文艺大众化"讨论，到80年代的"琼瑶热""三毛热""武侠小说热"，直至时下的"网络文学现象"，其背后都隐藏着对读者广泛、大众喜爱的通俗文学作何评价的焦虑，或曰怎样看待和评价通俗文学与"纯

① 网文批评家和网络作家的评论参见王婉、虞婧：《斯人已逝，余响长存——作家、评论家缅怀金庸》，中国文学艺术网：http://www.shuiwy.com/bencandy-42-3639-1.htm，2018年11月10日查询。

文学”的差别，以及怎样来衡量这种差别。我们知道，人类最早的文学本是源自民间的，《淮南子》所说的“举重劝力之歌”便是人皆可吟的大众作品，鲁迅认为古人抬木头时首先发出“杭育杭育”之声者便是第一个文学家，这种形象化的说法揭示了原始文学之民间本根、文学缘起的大众底色。历史流传下来的远古神话当是比较成熟的民间文学，我国第一部诗歌总集《诗经》，其中的主体“国风”就来自采风的民歌。叙事文学兴起后，佛经故事、都市说书、民间讲史，迅速兴起于市井阡陌，经刍荛狂夫、贩夫走卒、引车卖浆者口耳相传，基于此，不仅衍生出一批厚重之作，也成就了新的文学体类——唐传奇、“三言”“二拍”已沉淀为历史文典，《三国演义》《水浒传》《西游记》也陆续从民间故事底本升格为经典文学名著。由此可见，通俗性不是文学原罪，大众化也不等于作品低端，在精英书写“殿堂”批评的彼岸，我们有必要为受众广泛的通俗文学正名。从这个意义上说，所谓的“高大上”的纯文学、精英文学不过是社会分工带来的文学异化，文学被提纯，创作被升格为自足自持、自娱自乐的专门技艺，文学被升华了，但文学与俗世生活、与普通民众的距离却拉远了，成了漂浮于大地上的“云霓”，而网络文学则是文学在更高层次上向民间的回归，即回归到人皆可写、众皆爱读的“在地”状态。正因为“地气”充盈，雨沛光足，网络文学才在短短 20 年便发展得生机满满，一派葳蕤缤纷。我们所要做的和能做的，是为包括网络文学在内的大众化通俗文学找到一个历史合法性依据，并设置一个恰当的评价标准，让它回归文学本色，也让它位归“文学”殿堂。

二、构建网络文学评价标准势在必行

如果说互联网的普及在我们的意料之中，那么，网络文学的崛起则出乎我们的意料——一种起步于“山野草根”和“技术丛林”的文学，在短短 20 年间即发展成为一支不可小觑的文学新军，其“海量”的增长方式让人惊叹，并以通俗娱乐、青春自由为特色，迅速覆盖大众文化市场，对文学阅读特别是青少年产生了广泛影响。第 42 次互联网络发展状况统计报告表明，截至 2018 年 6 月底，我国网民规模达 8.02 亿人，手机网民为 7.88 亿，而网络文学用户已从半年前的 3.78 亿升至 4.06 亿，手机用户中的文学网民也从上年底的 3.44 亿升至 3.81 亿。① 据中国作协《中国网络文学蓝皮书（2017）》透露，中国网络文学创作队伍约 1400 万人，其中签约作者达 68 万人，45 家重点文学网站原创作品总量高达 1636.7 万种，年新增 233.6 万种，由网络小说出版的纸质图书累计达 6942 部，改编电影 1195 部，改编电视剧 1232 部，改编游戏 605 部，改编动漫 712 部。② 面对网络文学的"爆发式"增长，如何引导人们阅读和欣赏网络文学作品，怎样正确看待和评价这一堪称"时代现象级"的文学现象，就离不开网络文学理论研究和学术评判，就需要有契合这一文学的评价标准和评价体系，以便人们分辨网络作品，正确引导创作和阅读，让网络文学行正而致远，发挥应有的作用。

时下的网络文学作品堪称浩瀚，但其"野蛮生长"的现状给这一文学的理论批评提出了挑战，传统批评家的缺位以及批评标准的悬置，成为网络文学健康前行的一大短板。大量的网文作品和复杂的文学现象期待评说，更期待评说的标准。在"粗放式"创作、规模化生产的语境之下，网络文学的评价标准已经不是"要不要"或"有不有"的问题，而是建构什么样评价标准的问题，构建网络文学的评价标准势在必行，并已成为行业焦点。

首先，从文学功能作用看，网络文学有庞大的消费群体及广泛的影响力，需要秉持正确的评价标准以形成正确的舆论导向和价值规范。在自

---

① 中国互联网络信息中心（CNNIC）：《第 42 次中国互联网络发展状况统计报告》，http://www. cnnic. net. cn/gywm/xwzx/rdxw/20172017 _ 7047/201808/t20180820_70486. htm。

② 中国作协首次发布《中国网络文学蓝皮书（2017）》，浙江新闻客户端 2018 年 5 月 17 日，https://baijiahao. baidu. com/s? id=1600684174476241613&wfr=spider&for=pc。

媒体发达、网络舆情复杂的新形势下，已成气候的网络文学，事实上已经不仅仅是一个“网络”抑或“文学”的问题，而是关系到我们社会的国家意识形态和主流价值观建设，事关国家文化战略、网络话语权和新媒体阵地掌控；关系到大众文化消费、国民阅读和青少年成长，甚至关系到文化软实力打造和国家形象传播等一系列重大问题，与当今时代的文学风尚、文化引领和价值导向密切相关。因而，有没有网络文学批评，有什么样的网络文学批评，用什么样的评价标准来评价网络文学，就不是一个可以忽视的小问题。可以说，建构网络文学的评价标准的意义已远远超出这个标准本身。

其次，从文学品相上看，快速发展的网络文学一直存在“量大质不优”的局限，“有高原，缺高峰”的现象十分突出，需要用一定的标准去解读、评价、规范和提升，以促进这个快速成长的文学从“长个子”走向“强筋骨”。我们知道，在网络写作中，一个网络作家为了“粘”住粉丝，占据更大的市场份额，常常日更不辍，每天要“续更”数千甚至上万字。高产之下，难免“萝卜多了不洗泥”，来不及精心构思和打磨，草率、粗疏甚至粗制滥造便在所难免。时下的网络小说多是写玄幻、仙侠、穿越、架空等幻想类故事，反映现实生活、表现时代精神的现实题材创作不多，思想性、艺术性、可读性俱佳的作品占比不高。有的创作者三观有偏，导向不正，热衷写职场腹黑、“种马”滥情、后宫争宠，或谄媚市场、搜易猎奇以迎合受众。有的类型小说大同小异，窠臼相陈，男频无不升级打怪抢宝藏，女频之作则逃不脱后宫宅斗谈恋爱，前者套用“金手指”，后者自设“玛丽苏”。有的网络创作为了商业利益放弃文学追求和艺术责任，创作“灌水”，情节拖沓，篇幅拉得很长。还有，低门槛的网络写作，使能写的人很多，能写好的人很少，有的作者文化修养不足，只能勉力而为，制造出一些准文学或非文学的所谓“作品”。面对网络上泥沙俱下、良莠并存的文学现状，需要有积极健康的文学批评，需要运用一定的批评标准去过滤、评判、引导和规制，以实现网络文学行业的健康有序和可持续发展。

我国网络文学批评一直存在两大痼疾：一是主体缺位，职业批评家尤其是学院派介入者不多，严重缺位，许多学人守住自己的“一亩三分地”，不愿意或不屑于把视线移至稚嫩而粗糙的网络文学，而把评价这一文学的话语权拱手留给了在线网友，让网络论坛、社区、贴吧、作品评论区成为网络文学评价的主阵地；二是尺度悬置，即批评标准悬置、评价体系悬置。旧的评价标准似乎已经靶向失依，简单套用不啻隔山打牛，而新评价标准尚未建立起来，契合网络特点和文学规律的评价方式与批评范式处于缺位状态，终而让这一领域处于无所依傍、无从置喙的“空转”状态，以至于任由阅读量数以千万级的网络作品勃然兴起、云蒸霞蔚、众声喧哗，却不免风起青萍、野蛮生长，任其自生自灭，能够管用、解渴的网络文学批评寥若晨星，与红火的网络创作相比，显得门庭冷落，处境尴尬，基本处于集体失语状态。期待文学批评家“入场”，呼唤建立网络文学评价体系和批评标准已有时日，①但网络文学批评薄弱的状况并未得到根本改观。

三、网络文学需要什么样的评价标准

建立网络文学评价标准首先需要分清两个问题，即哪些是网络文学与传统文学可以共享的评价标准，哪些是需要重新设定、属于网络文学独有的评判尺度；或者说，哪些是网络文学需要继承和坚守的批评传统，哪些是网络文学时代需要更新和重建的评价标准。

只要承认网络文学还是“文学”，我们评价它就不能没有文学的标准，就必须秉持作为“文学的批评”所不能缺失的那些元素。说到底，网络文学仍然是一种有意识、有目的的活动，是一种文学性的人文行为而不是单纯的技术操作，其“网络性”是为“文学性”服务的，因而网络写作离不开特

① 有关呼吁建立网络文学评价体系和批评标准的文章，如陈崎嵘：《呼吁建立网络文学评价体系》，《人民日报》2013 年 7 月 19 日；王国平：《网络文学亟待确立批评“指标体系”》，《光明日报》2012 年 7 月 3 日；康桥：《网络文学批评标准刍议》，《光明日报》2013 年 9 月 3 日；欧阳婷：《网络文学评价体系构建刻不容缓》，《中国艺术报》2016 年 8 月 29 日；单小曦：《网络文学评价标准问题反思及新探》，《文学评论》2017 年第 2 期等。

定的价值书写和意义赋予，需要创作者“坚持以人民为中心的创作导向”，用刚健有为的文学力量干预人们的精神生活，影响社会的人文价值建构。于是，评价网络文学作品首先应该是一种意义评价和价值判断，坚持“人文审美无例外”原则。从这个意义上说，传统文学批评中的“以意逆志”“寓教于乐”“真善美相统一”“美学的观点和历史的观点”等标准，在网络文学批评中不仅是有效的，而且是必须坚持的。再比如，大凡文学创作，都需要创作者有深厚的生活积累，有对历史和现实的深刻体察与洞悉，还要有对传统文学经验的传承与借鉴，以便让笔下的作品达成如恩格斯所说的“较大的思想深度和自觉的历史内容，同莎士比亚剧作的情节的生动性和丰富性的完美的融合”。① 因而，评价网络文学作品仍然需要坚持思想性、艺术性、可读性与影响力相统一，讲求“思想精深、艺术精湛、制作精良”。在这些涉及文学逻辑原点和基本品质的问题上，网络文学批评不能缺位，评价网络文学与评价传统文学的标准应该是一致的，是相续传承并需要发扬光大的。

正所谓“一代有一代之文学”，网络文学作为网络传媒时代的新兴文学，毕竟发生了许多改变。从大的方面说有三个方面的显著变化。

第一，商业资本的介入给网络文学生产带来巨大影响。自 2003 年起点中文网成功建立“VIP 付费阅读”机制以来，网络文学便走过了早期的无功利“文青圆梦”期，开始被纳入有偿写作的商业化生产槽模，由此形成的经济驱动，极大刺激了网络文学的大规模生产，带来了这一新兴文学的爆发式增长，并以内容源头延伸出影视、游戏、动漫、演艺、出版等长长的 IP 产业链，带火了大众娱乐业，形成了一种新的文化产业；另一方面，文化资本的趋利性又致使某些网络创作与经营的唯利是图，出现单纯追求经济效益而忽视社会效益的现象。因而，评价网络文学需要有一个经济效益与社会效益相一致的维度。

① [德]恩格斯：《致斐迪南·拉萨尔》，《马克思恩格斯选集》第 4 卷，人民出版社 2012 年版，第 440 页。

第二，网络传媒的技术推力形成了网络文学的“网络性”，如网络创作的以机换笔、临屏续更，既有助于防范一个作品的整体盗版，又有利于形成对粉丝阅读的“黏性”效应和读写之间的互动交流，形成网络作品生产的共同体。于是，技术性或网络性不仅影响着网络文学的生产方式，也直接制约了网络作品的社会效果，理当在网络文学评价体系中占有一席之地。

第三，网络文学“以读者为中心”的基本导向，解构了传统文学“以创作为中心”的体制，能否让更多的读者认同和喜爱，已成为评判作品的重要依据，豆瓣评分、作品点击量和收藏量、粉丝追更人数、月票数、打赏数、贴吧话题数、长评短评数，还有作家作品上榜、获奖、研讨、表彰、媒体关注度、新闻出镜率、自媒体热度等情况，都反映了一个作品的价值认同度。于是，文学网民对作家作品的接受程度，就成为检验作品影响力的重要尺度。

由此可见，无论作为“文学”还是作为“网络文学”，我们都可以从这一文学中抽绎出特定维度和适用标准来评价它。一方面，评价网络文学不能没有传统文学批评一直坚持的思想性、艺术性、可读性与影响力相统一的标准，用以考辨作品的思想价值取向以及艺术表现方面的审美感染力、阅读代入感与文学创新性；另一方面，检验一个网络作品品质和影响力也需要有以经济效益实现社会效益的商业性指标、技术媒介的网络性指标和消费接受度的读者喜爱指标等。

于是，基于现有的发展状况和我们的认知水平，网络文学评价标准的基本要素应该是思想性、艺术性、可读性、网络性、商业性、影响力诸要素的统一。这些要素在不同层级的作品中所占的权重各有不同，不同批评主体的需求差异和目标诉求对各要素的取舍和倚重也会有所区别，因而对它们的使用也必将是在一个“力的多边形”评价模型的博弈与整合中具体把握和使用的，而不是生搬硬套地逐一比对。因为很显然，商业网站经营者、IP 版权购买者与一个人文批评家在面对同一个网络作品时的评价重心和取舍方式不可能没有区别，网友的在线评价与平面媒体上的职业批评所持的尺度和立场也不可能完全一致，站位不同，所持的“角力”自然有异。同理，评价《斗罗大陆》《斗破苍穹》这类玄幻类作品，与评价《大国重工》《网络英雄传》这样的现实题材作品的侧重点各有不同，亦是理所当然。

不仅如此，“文学”的标准和“网络文学”标准并不是互不相关，而是彼此关联、渗透融合的。在实际评价过程中，应该遵循网络文学创作传播的规律和特点，综合作品价值取向、艺术水准、审美情趣、市场反应、读者口碑、专家评价等，注重作品的社会效果。由于网络文学类型的多样性、作品内容的丰富性和复杂性，在开展网络文学批评时，必须从作品实际出发，把握其价值核心与艺术特点，给予作品更具针对性的评价，让网络文学评价标准成为衡量和提升作品质量的有效标杆，而不是一堆僵化的教条。

（原载于《学术研究》2019 年第 4 期）

建立网络文学批评“共同体”

相对于传统的文学批评，网络文学批评有其特殊性。譬如，批评主体的身份更为复杂，除了介入网络文学的传统理论批评者和基于传统的“传媒批评”外，还有以往文学批评所没有的“在线批评”的网民大军，而文学网民对作品的评价（如豆瓣评分），对网络创作的干预更为明显，对网络作家的影响也更大。另外，网络批评的方式和效果对网络文学业态各方的影响更为密切，也更加直接，比如无论是网民读者的打赏或吐槽，还是传媒批评对某一网络作家作品的关注与评说、网络社团召开的网络文学研讨会等等，都将直接影响阅读市场对一个作品的点击率、对某个写手的关注度或某种网络文学现象的舆论场，最终通过作品 IP 转让标的而影响到网站平台的经营效益和作者收入。因此，网络文学批评不能靠“单打独斗”，而要协同网络文学生产、管理、传播、经营、阅读、评价各方力量，打通写、读、管、经、评各环节，建立文学批评的“共同体”，让网络批评能以“批评”活力，助推互联网上“巨量”存在的文学现象或网络时代的社会文化现象，使之成为我们这个时代文学繁荣、文化兴盛的有生力量。

事实上，网络文学的存在方式本身就是一个生产链、产业链环环相扣、相互依存的“文学共同体”，由写手创作—网站管理—网民阅读—学者评说—市场检验—政府监管等诸要素组成的业态结构，构成了网络语境中的文学社会学和艺术生产美学。网络文学批评也应该这样，也需要建构一个创作（作者维度）、管理（政府维度）、经营（网站维度）、阅读（读者维度)、评论(理论维度)五位一体的“批评共同体”,而不是网站、作家、网民的各说各话。这个“共同体”以理论评论学理逻辑为中心,创建批评的多维互动方式,以此形成网络文学批评的优化生态。

譬如,在“批评—创作”的维度上,批评者要和网络作家交朋友,主动阅读作品,关注写手的创作与成长;网络作家也应该主动接近理论评论者,形成沟通与交流的良性机制,实现批评与创作的“对眼”与“对点”,而不是彼此观望、互不往来。文学评论家冯牧先生曾说,批评家和作家的关系应该是平等交流的关系,不是领导和被领导的关系,不应当像契诃夫那样将其看成是“绳子和马”的关系,也不应当像爱伦堡那样将其看成是“木耳和树”的关系,而要像贺拉斯在《诗艺》中比喻的那样:创作好比“刀子”,评论好比“磨刀石”,磨刀石虽然切不动什么,但却可以使钢刀锋利。作为批评家,应该让自己的评论助推创作的“锋刀利刃”;而网络作家也应该虚怀若谷,敢听真话,视批评家为自己的文学同道和前行路上的挚友。

在“批评—管理”的维度上,网络文学批评需要站在社会文化立场,坚持正确的价值观和文学审美品格,熟悉并自觉遵守相关政策法规,积极配合政府管理,打击利用网络文学传播有害信息的违法违规行为,促进网络文学创作与经营恪守行业规范,以自律抵制市场乱象,积极营造网络文学健康有序的发展环境。文学管理者也需要依托网络批评获得文学舆情,把握创作动向,推介优秀作品,尤其需要用网络的特性来管理网络、以文学的方式管理文学,或者说把网络文学当作“文学”去管理,为网络批评的健康活力、为网络文学的繁荣和可持续发展保驾护航,创造良好的社会舆论和政策环境,使政府对网络文学批评的管理成为洞悉网络文学实践的晴雨表和网络文学繁荣的驱动力。

在“批评—经营”维度上,网络文学批评应该沟通创作与市场,为文学网站培养写手、签约作家、经营作品提供艺术定性和市场定量的有效信息,通过评论家的眼光分析评估作品,为海量的网络文学作品甄别优劣,过滤非文学元素,助推文学网站辨识作品价值,开拓文学阅读市场,扩大作品影响力,进而以产业化经营创新商业模式,延伸优质 IP 的产业链,形成可选择性价值导向。同时，网络批评还应该促进网站经营者把创作优秀作品作为中心环节，运用新媒体技术，评价和传播优秀作品，健全综合评价体系，把好内容质量关，抵制趋利媚俗之风，发表更多经得住大众评价、专家评价、历史评价和市场检验的好作品。文学网站也需要积极配合文学评价活动，为批评行为提供后台信息，把支持文学批评纳入网站管理的工作内容。网络文学批评尤其有责任引导网站经营者注意处理好经济效益与社会效益的关系，作为文化企业，商业性文学网站经营不仅要遵循市场经济规律，还需要依照文化建设的社会化规制，承担文化服务、文化创新、文化价值营造的社会责任，履行提供精神产品、传播思想信息、传承优秀文化的使命。这使得文学网站既具文学性、文化性、传媒性和意识形态性，又具有经济性和产业性，亦即有着文化与经济的二重性。网络文学批评的责任之一便是倡导乃至规制文学网站在创造企业经济效益的同时，担当企业责任，注重社会效益，应该在保障社会效益优先的前提下追求社会效益与经济效益的统一，千万不可急功近利，见利忘义，放弃社会责任，被市场牵着鼻子走。

再从“批评—阅读”的维度上说，文学批评有责任在浩如烟海的网络作品中引导读者目光，形成欣赏导向，帮助读者更准确地认识和理解网络作品，以便“通作者之意，开览者之心”，一方面起到“沙里淘金”、抽茧剥丝的艺术遴选效应，另一方面又可以防范有害作品对读者的危害，起到阅读市场的净化作用。相对于传统文学，网络文学的阅读者往往就是批评者，特别是在线批评，其与阅读可以是同时进行的，读者边读边评，有感而发，即兴言说，直言不讳，这样的批评不仅影响创作，对读者市场的影响力也更大、更直接、更具体，许多文学网民正是根据其他网友对作品的评价去选择读还是不读的。2016 年中国作协发布的网络小说上榜作品如《将夜》《余罪》《我欲封天》《全职高手》，阅文集团发布的《凌天战尊》《放开那个女巫》《银狐》《赘婿》《医统江山》等榜单作品，无不是经网民点评、口碑举荐而形成粉丝跟读跟评的网络围观才登上排行榜的。那些优质 IP 常常成为“话题式”作品，甚至为作品建立专门的网站，形成评论社区，就是

“批评↔阅读”双向互动的结果。

网络文学的“野蛮式生长”创造了“时代现象级”的文学奇观，但它依然存在“多而不优、大而不强”的问题，存在数量与质量、效益追求与人文审美、技术强势与艺术优势等方面的不匹配。此时最紧迫、最需要做的，便是加强网络文学理论批评。这些年的网络批评已有了长足的发展，但相对于网络创作的繁盛局面，批评仍相形见绌，其中一个重要原因就是网络批评与创作者、管理者、经营者和读者之间的疏离与隔膜，未能在各要素之间建立起必要的互动关联，结果导致网络文学批评出现“靶的不准”，写、读、经、管、评各自为战，只有“单声部”、没有“协奏曲”的现象。倡导建立创作、管理、经营、阅读、评论五位一体的“批评共同体”，让它们之间达成一种互动交流的运行机制，必将改善和优化网络批评生态，从而以刚健有为的网络批评促进网络文学的繁荣。

（原载于《中国社会科学报》2017年4月1日）

当传统批评家遭遇网络

一

当网络文学猝不及防挺进中国文坛，借助技术传媒和文化市场的双重力量迅速成长，并开始改写当代文化版图、重整文学格局时，传统的文学批评家不但大感诧异，甚至还有“集体失语”的尴尬。与燎原而起的网络写作相比，时下的网络文学批评显得十分薄弱，人们不难感到，批评的缺席和理论研究的不足已成为网络文学发展的一大短版，在为数不多的网络文学批评中，我们很少看到传统批评家的身影。

当然，说批评家“集体失语”并不尽然。自打 20 世纪 90 年代汉语网络文学走进中国本土起，一直都有敏锐的理论批评家在关注和研究它[①]，

---

① 例如，我国最早在文学类权威学术期刊发表网络文学专题论文的是黄鸣奋的《女娲、维纳斯，抑或魔鬼终结者》，刊发于《文学评论》2000 年第 5 期；发表第一篇有关汉语网络文学长篇研究报告的是欧阳友权的《互联网上的文学风景——我国网络文学现状调查和走势分析》，发表于《三峡大学学报》2001 年第 6 期；我国第一部网络文学研究的理论专著是欧阳友权等著《网络文学论纲》，人民文学出版社 2003 年 4 月出版；我国第一套网络文学研究丛书为欧阳友权主编的“网络文学教授论丛”，1 套 5 本，中国文联出版社 2004 年 5 月出版。2001 年教育部首次设立了网络文学规划课题，2002 年首次有了国家社科基金项目的课题立项，2003 年中南大学文学院设立了省级“网络文学研究基地”。

特别是2008年末中国作协发起“网络文学十年盘点”后，研究者更是多了些理性的自觉，评论的成果开始增多，媒体的关注度也有提升和提速之势。不过相对于传统文学理论批评的深入、厚重和成熟，网络文学批评不仅显得阵容寥落，声音微弱，有分量的批评成果更是凤毛麟角。人们普遍感到，面对近4亿网民，2.33亿手机上网者，2.21亿博客作者①，以及海量的网络作品和新奇的网络创作现象，我们的理论批评似乎过于吝啬和冷寂，未能给予它们充分的批评回应和理论解答。于是，“传统批评家如何面对网络”就成了一个需要直面且富有挑战性的话题。

说传统批评家有面临网络“失语”的窘境，大抵源于两种情形：一是自踞心态，二是语境隔膜；前者出于某种自矜式批评立场，后者则肇始于数字传媒语境的知识贫困和文化壁垒。

自踞类批评家习惯于以“精英”的姿态和强势传统代言人身份睥睨新生事物，他们大多不上网或很少上网，对网络写作、网络作品、网络传播等文学现象并不了解也不屑于了解，便先入为主地断言“网络不过是马路边的一块木板”，谁都可以上去涂鸦的地方不会有什么好东西，甚或“网络如痰盂”，无非藏污纳垢之所也。既然“在网上没人知道你是一条狗”，大狗小狗都可以叫上一通，一向自视“周吴郑王”身份的批评家是羞于与之为伍的。恰如有文章指出的：“面对那些异常出色的网络文学作品，那些故步自封的传统批评家们不是故作清高袖手旁观，就是闭目塞听装聋作哑。……传统的文学批评及其标准尺度对此往往是无能为力的。尽管间或有传统文学批评家客串网络文学批评，通常也都是隔靴搔痒不得要领的。”②

另一类语境隔膜的批评家有所不同，他们不排斥新媒体、新技术和新

① 据中国互联网络信息统计中心(CNNIC)发表的《第25次中国互联网络发展状况统计报告》显示，截至2009年12月30日，中国网民规模达到3.84亿人，普及率达到28.9%，手机网民为2.33亿，博客作者2.21亿，农村网民1.07亿，网站域名达1682万。

② 舒高：《网络文学发展刍议》，《中南大学学报》(社会科学版)2006年第2期。

文学，但他们的知识结构、文化认同和话语方式与新媒体、新技术和文学有着深深的隔膜。有时，他们有心涉足网络，品评文学，却又习惯于用传统的眼光与尺度去看待网络文学，用传统的文学体制去评价和规制网络文学，其思维方式、表述方式和价值设定方式仍然是属于传统的。一旦面对数字传播下的新媒体文学，要么像唐·吉诃德一样拿风车当巨人，凭主观臆断妄加评说；要么在新技术、新传媒面前无所适从、无所作为——“技术恐怖症”使他们不敢面对网络文学发言，文化观念的差异又让他们不愿或无力对数字传媒艺术设辞置喙，网络技术的“后喻式”结构①让他们一时间难以迈过这道“数字鸿沟”，知识语境隔膜以及由此产生的文化落差，使昔日权威的“批评家”成了网络文学批评的“门外汉”或“观景客”，以至于让网络写手和社会受众失去了对他们的“批评公信力”。从这个意义上说，有网络文学大赛邀请传统作家和批评家担任评委时，竟然受到一些网络写手的“资质质疑”，不是没有道理的。

二

传统批评家面对网络真的会出现批评失语么？实际上，网络不是传统批评家的“克星”，网络文学批评也不是他们批评生涯的“滑铁卢”；不仅不会，网络传媒技术还可以为文学批评提供更为便捷、更易互动的公共平台，网络文学批评能给传统的文学批评家提供施展智慧才情、表达思想观念的广阔空间。这里的关键在于，面对网络等新的传播媒介时，传统的批评家应该有更为开放的心态、更为兼容的立场和更为积极的躬身作为。

首先，传统的文学批评家应该积极切入网络文学现场，获取技术传媒语境中文学的当下经验，以赢得对网络创作的解释力和评判权。分析评

① 所谓“后喻式”结构是指上网者愈是年轻，愈容易对网络媒体产生亲和力和认同感，对计算机网络技术也会掌握得愈熟练，使用得愈频繁。

判对象的前提是了解和熟悉对象，那种不上网、不读作品、不做文本分析、压根儿就没有网络读屏体验的批评家是不可能介入网络批评的，即使批评也是不负责任的。现如今，网络传媒正以其"宏媒体"的巨大容载量，打破了书写印刷文学一统天下的局面，重构了当代文学格局。数字化媒体在冲击传统文学的同时，激活了文学市场——网络文学以众多的写手、自由的生产流程、庞大的作品库容、迅速的市场覆盖和不断增加的阅读受众，迅速成为一支不可小觑的文学新军，占据了传统文学千年帝国的半壁江山，其强劲的生产体制、传播机制和文化延伸力，使它在当今文学的整体格局中呈风生水起、"风景独好"之势。在这种情形下，要了解和把握当代文坛，就不能不走进网络，切入网络文学现场，没有网络文学的文坛是不完整的文坛，因为网络文学已经成为当代文学的重要一翼，并且是最有生气、不容忽视的一翼。这时你会发现，网络传媒对当代文学现场的深层影响已经从文学"逻各斯"的观念原点上消解了许多文学惯例、观念谱系和生产体制，改变了人类千百年来为文学约定的"议程设置"，打破了原有文学场中的亘古恒定的"关系平衡"，引发了文学要素裂变。如从文学表意体制看，网络媒体在"文学与生活"关系的基础上增设了"文学与虚拟生活"的关系；从媒介要素看，网络写作从语言文字向数字化符号转变，让文学文本由"硬载体"走向"软载体"的存在方式；在文学的价值要素上，网络创作用界面操作解构书写语言的诗性，使文学作品的"文学性"问题成为技术"祛魅"的对象，导致传统审美方式及其价值基点开始淡出文学的思维视界……我们的理论批评家如果不了解这些变化，不去感受、体验和思考这些变化，就不能解释这些变化的真正原因，更不可能为这些变化提供经验言说、体验解读、观念支持和价值引导。如果这样，批评家的批评即使没有失语，也将会是失效的。

进而言之，让传统批评家切入网络文学现场、获得有效言说的基本前提是调适批评家的话语立场，能够宽容并尊重多元并存的文学现实和多媒共生的艺术生产机制。我们知道，文学的目的地是指向人的心灵，却并不拒斥任何通向心灵的路径。几千年来，文字的载体一直在变化，如从龟甲、钟鼎、布帛到纸张印刷、计算机网络、手机终端等，但人类赋予文学的表征心性、情动心灵的目标始终没变，如老作家陈村在十年前所言："文学有关人的心灵，从来可以由各个道口进入。"传统批评家大可不必在新媒体文学面前过于自矜，陈村形象地比喻说："他给你看的第一张照片已经打好了领带，你可别以为那领带是娘胎里带出来的。"因而提出："有人一口咬定网上的文学作品都是垃圾，那是精神错乱，我们应该怜悯他。有人说网上的作品才是文学，那是理想，我们要努力。我看到的情形，站得远一些说，网上网下作品的好坏比例大体是一样的，都有佳作和劣作，都离伟大的文学较远。或者说得绝对一些，它们本来就是一个东西。"①是的，纸承网载都是媒介，网上网下都是文学，区别只在于文学的品质，而不在创作方式和使用哪种载体，大可不必戴着有色眼镜看待网络文学，以守成立场区分文学的"嫡生"和"庶出"；哪怕你是名家大腕，介入网络文学批评也并不会掉份。电脑艺术、网络文学、手机创作等，是与知识经济时代的高科技环境相适应的，是这个时代环境的文化表达。我们只有立足现实，超越传统，实现知识视野和观念模式的更新，才会有文学的进步与创新的活力。笔者曾在一篇文章中提到："今天，数字媒介的技术力量，已经使文学的存在方式、功能方式，文学的创作、传播、欣赏方式，文学的使用媒介和操作工具，以及文学的价值取向和社会影响力等，都发生或正在发生着诸多新变，因而传统文学的观念形态也必须在思维方式、概念范畴、理论观点、思想体系和学理模式等总体构架上，由观念转变推动理论创新，由理论创新达成理论创新体系。只有这样，我们才能把数字媒介对于文学传统的挑战变成文学在涅槃中再生的契机，在迎接挑战中建设数字媒介语境中的新文学。"②作为传统的文学批评家，他们大多都有敏锐的艺术感受力和丰富的文学经验，谙熟历史文化传统，还有积淀深厚的理论学养，只要放下身段，切入网络现场，调适主体立场和文学心态，必将在网络

---

① 见陈村为《网络之星丛书》所写的序言，花城出版社 2000 年版。

② 欧阳友权：《数字媒介与中国文学的转型》，《中国社会科学》2007 年第 1 期。

文学批评领域大有作为，未来的中国文坛也将有阵容更为整齐的批评家阵营关注网络生态，并让切近网络的网络批评成为网络文学健康前行的助推器与活力源。

（原载于《南方文坛》2010 年第 4 期）

中国网络文学缘何领先世界

中国网络文学，世界第一

被戏称为“野蛮生长”的中国网络文学，已经成为人类文学发展史上一道独特的风景。最新数据表明，我国7.31亿网民中，网络文学用户已达3.33亿，占网民总数的45.6%，手机上网读文学的网民有3.04亿。数百家文学网站日更新总字数可达2亿汉字，文学网页日均浏览量超过15亿次，2016年中国的网络文学市场产值破5000亿人民币。仅一家阅文集团，每天就有400万作者为其上传原创作品，网络小说存量达千万部。由网络小说转化出版的图书，改编的影视作品、游戏、动漫、有声读物及周边产品，带火了大众娱乐市场，打造出“互联网+”的庞大产业。可以说，如此繁盛的文学境况在中国史无前例，在世界也绝无仅有。

据中南大学研究团队对欧美、日韩、南亚诸国的网络文学普查所知，无论这些国家的华语网络文学还是它们的母语网络创作，都没有出现像中国这样云蒸霞蔚的繁盛局面。中国作为历史悠久的文化资源大国，抓住数字化传媒的时代机遇，实实在在地做成了网络文学强国，无论是作者阵容、读者族群、作品存量，还是整体的文学活力，中国的网络文学已经层林秀峰般隆起于世界文学之地平线，我们的浩瀚网文领先世界已经是一个毋庸置疑的事实，其文化品貌和影响力可与好莱坞大片、日本动漫、韩剧相提并论。基于互联网跨界优势，一大批中国网络小说走出国门，受到追捧，在美国、加拿大、菲律宾、英国、俄罗斯、印尼、越南等国家，中国网络小说的拥趸众多，仅英文翻译网站 Wuxiaworld 就有来自全球 100 多个国家和地区的读者跟读，点击量超过 5 亿，日均访问人数都在 50 万以上，不只是历史、言情，还有玄幻、科幻、游戏、末世等题材的作品，都是众多欧美读者喜爱的“菜”，在 Novel Updates 这个提供亚洲翻译连载指南的导航网站，出自起点中文网的小说就有 150 余部。

如此“巨量”的文学存在，且开始成为中国文化“走出去”的一支劲旅，我们的网络文学缘何能够领先世界？

政府为网络文学保驾护航

细究其因，中国网络文学的良好走势首先得力于政府的积极引导与支持，日渐形成了有利于网络文学健康发展的社会环境和舆论氛围。特别是习近平文艺工作座谈会讲话以后，网络文学界认真贯彻讲话精神，国家出台了一系列有关网络文学发展的政策举措，使草根崛起、“赤脚奔跑”的网络文学上升为文化发展的国家战略和核心价值观建设的重要阵地。一方面以政策导向给予网络文学更多的扶持和奖掖，如《中共中央关于繁荣发展社会主义文艺的意见》倡导“大力发展网络文艺”，采取“重在建设和发展、管理、引导并重”的方针，实施网络文艺精品创作和传播计划，鼓励推出优秀网络原创作品，以推动网络文学繁荣有序发展。国家广电总局和中国作协从 2015 年开始，分别开展“优秀网络文学原创作品推介活动”和“中国网络小说排行榜”，尝试为网络文学设置标杆，促进其走向主流化和经典化；另一方面开展“净网”“剑网”等专项行动，打击网络侵权盗版，加强网络文学内容和作品版权管理，规范网络文学市场秩序，优化网络环境，让正能量引领网络创作，使网络文学以其广泛的文学渗透力、娱乐吸引力和文化影响力成为中国文化软实力建设的重要一翼。

市场为网络文学注入创新动力

助推中国网络文学风生水起的另一个因素是得力于市场运作。如果说山野草根的自由写作、技术丛林的传播机制和商业模式的经济杠杆，是网络文学爆发式增长的三大利器，那么，商业模式的市场化运作则是激励创作、拉动传播、创新经营的最大推手，也是中国网络文学海量增长的经济支撑，而这一点恰恰是世界其他国家未能做到的。从十几年前最大的原创文学网站“榕树下”的难以为继而被人收购，到盛大文学从一家独大到分化解体的断崖式滑落，再到阅文集团成为网络文学领域的新霸主，乃至中文在线的成功上市等网络文学市场的不断洗牌，其背后的根本原因就在于商业模式的构建和市场运作是否成功。网络文学在我国的兴起，是数字化传媒的文化创造物，也是网络文化资本市场催生的必然结果。其激励机制就在于，上网写作不仅可以自由表达、即时传播，还可以获利致富奔小康，甚至进入“作家富豪榜”而名利兼得，因而成为激发许多人“触网”写作的重要诱因。天蚕土豆近日被封为“网文之王”，辰东、猫腻、梦入神机、唐家三少、我吃西红柿等作家登上“十二主神”宝座，还有一批写手荣膺“白金作家”“大神作家”“百强大神”等称号，其评价标准除了作品内容的价值蕴含外，大都离不开他们作品的点击率、收藏量、打赏数、IP转让率、出版发行量、粉丝数量等被读者认可的市场反应。中国本土的汉语网络文学自 20 世纪中后期开始起步，走过了一段曲折的发展道路，从刚开始的“无功利”创作，到新世纪初的市场化探索（如起点网 2003 年尝试付费阅读），再到近些年来 IP 竞价版权模式，日渐形成从上游原创作品向下游影视、游戏、动漫、图书、演艺、有声、周边等产业链延伸的“长尾效应”，终于建立起“以消费者为中心”的商业模式，走活了数字化时代的这盘“文学大棋”。尽管还存在网络盗版侵权、唯利是图、忽视社会效益等情况，但网络文学的商业运作激活、带动、繁荣并规制了大众娱乐文化市场，不能不说是中国网络文学能够领先世界的一大动因。

文化为网络文学提供丰厚滋养

网络文学是一种原创文学,也是大众文学,它的影响力和传播力其实彰显的是中华民族的文化创造力,它的健康繁荣体现的是我们的文化自信。试想,一种文学,能有数千万人参与创作,数以百万计签约作家,拥有3亿多人的读者群,且以网络跨界、民间发力的特殊路径远播世界,这种时代现象级的"集群式"文学现象,定然是一个民族文学创新力的释放和文化创造力的迸发。2004年开始网络创作的唐家三少已经写了4000多万字的小说,出版160多本书,曾连续130个月不间断续更,他近日曾感慨:"没有任何一个国家会在短短几十年涌现几百万新生作家投身创作,全世界的作家加在一起能有多少呢?"他还引用北大陈晓明教授的话说:"网络文学哪怕只有万分之一的精品,那也是一个非常庞大而可观的数字,是其他国家难以比拟的量级。"①写手人多、高产量大、坚持不懈,外加青春激情放飞梦想,网络文学想不火都难。当然,网络文学高标于世界网络文学之林还有更为重要的历史和社会原因。我国悠久的文学传统和文化传承为当今网络文学创作提供了丰厚的土壤自不待言,中国经济的强势崛起、综合国力的不断增强以及开放而稳定的社会环境,更是中国网络文学快速崛起最大的时代背景。网络文学发展的经验表明,中国的文化自信和文化输出,不只是熊猫、姚明、阿里、腾讯、华为,更应该有中国文学与文化。网络文学彰显的创新活力和文化创造力正是中华民族文化软实力不断增强的一大表征。

(原载于《人民日报》2017年3月29日)

---

① 唐家三少:《网络文学,哪怕只有万分之一精品也非常可观》,《文汇报》2017年2月22日。

网络创作并非“从零开始”

谈起快速发展的网络文学，人们或以“技术传媒”的自由性、“草根崛起”的大众化论之，或以市场化的商业驱动来看待它的创造力，而对于网络创作所对接的文学传统，以及依托什么样的文化母体进行传承与创新似乎关注不多。事实上，网络文学传承中华文学传统，网络创作秉持中华文化立场，网络作品蕴含传统文学精神，不仅是我们对网络文学的一种期待，也是许多优秀网络作品的一种内在品质和一些网络作家的艺术追求。十九大报告提出“坚守中华文化立场，立足中国当代现实，结合当今时代条件，发展面向现代化、面向世界、面向未来的，民族的科学的大众的社会主义文化”，认为“中华民族五千多年文明历史所孕育的中华优秀传统文化”是坚定文化自信、实现文化创造的宝贵精神资源，这为我们理解网络文学、创作网络文学、繁荣和发展网络文学，设定了价值目标，也指明了发展方向。

科技与人文的联手

网络文学是伴随互联网的兴起而出现的一种新兴文学形态，数字化网络是人类的技术发明，而网络文学是基于人的主体创造；网络技术可以“无中生有”，网络文学却需要“技术联姻”和“精神传承”。有网络作家就曾说“网络文学的父亲是网络，母亲是文学”(李寻欢)，网络是当代高科技的代表，文学则是人文精神的体现，科技与人文在“网络文学”旗帜下达成统一。既然网络是技术化产物，文学是人文性创造，网络创作就不单是纯粹的“技术操盘”，而是一种文学审美的价值创造和意义生成，离不开创作者特定的精神资源和立场站位。因而，网络文学创作同人类任何一种精神生产一样，不是白手起家、从零开始，也不是随心所欲地创造，而是在“既定的、从过去承继下来的条件下的创造”（马克思）。事实确实如此，我们看到，网络文学虽然有些“另类”，但网络文学毕竟还是“文学”，它仍然需要赓续文学传统，学习前人经验，汲取人类文明精华，在继承中创造，始于“返本”而得以“开新”。不仅网络写作的语言表达、叙事方式、结构安排古已有之，许多网络作品的情节设置、故事桥段等各种文学要素也都能找到传统文学的影子，受益于传统文学千百年的艺术积淀。更为重要的是，这些作品的思想蕴含、价值营造、人文审美意义等观念层面的东西也无不渊源有自，可以从传统文学的文化母题中找到它们的历史基因。即拿时下最为火爆的网络类型小说来说，并不是网络文学才有的，中国古代小说如“三言”“两拍”都具有类型小说的特点。明清时期的四大名著，《西游记》写神魔、《三国》写历史、《水浒传》写侠义、《红楼梦》写才子佳人，也可以说是类型化的长篇小说。鲁迅的《中国小说史略》将《官场现形记》《二十年目睹之怪现状》《老残游记》和《孽海花》称之为“四大谴责小说”，就是一种类型小说的划分方式。网络上数量最多的幻想类作品如玄幻、魔幻、武侠、仙侠等，与近现代文学史上的金庸、古龙、黄易、梁羽生、温瑞安等人的武侠小说不能说没有渊源。《择天记》《巫神纪》《斗破苍穹》等众多热门小说展现的玄幻世界，建构出浩大磅礴的神魔或修炼谱系，均可在传统神话中找到它们的源头。唐家三少、天蚕土豆、梦入神机、辰东、我吃西红柿、血红等这些大神级网络作家，他们的作品受到众多网友追捧，其实正是传统武侠、玄幻小说阅读心理和欣赏习惯的一种延续。

网络文学的变与不变

文学是变化的，正所谓“若无新变，不能代雄”（萧子显），特别是在急剧变化的时代就更是这样。王国维《人间词话》提出“凡一代有一代之文学”，他说：“楚之骚、汉之赋、六代之骈语、唐之诗、宋之词、元之曲，皆所谓‘一代之文学’，而后世莫能继焉者也。”揭示了文学代变的普遍规律。较之于楚骚汉赋、唐诗宋词，今日网络文学之变之新岂止万千！不过，不管怎么变、如何新，网络文学终归还应该是“文学”，大凡是文学就该有一些属于文学的不变的东西，这个“不变的东西”是什么呢？多年前就有作家提出，网络改变的只是文学载体、传播方式、阅读习惯和表现方式，“不能改变文学本身，如情感、想象、良知、语言等文学要素”（张抗抗）。也有学者旗帜鲜明地质问：“网络时代的文学，什么是不能少的？”给出的回答是：不同时代的文学或许各有其媒体技术方面的差异，但“体验、想象力和才华，及由此而生的独创”是真正的文学所不能少的（王一川）。是的，对于文学而言，有许多东西确实是不能少的，如果少了，它就将不再是文学。事实上，积淀了数千年的文学传统，人们对什么是文学、什么是好的文学、怎样创作优秀的文学，已有公认的评判标准和经验。譬如，大凡是文学，不管是传统文学还是网络文学，都应该是一种人文性的审美行为，其所表现的都是人与现实之间的审美关系，网络创作绝不是单纯的技术操作，而是一种特定的意义承载和价值书写。再如，网络文学只要还属于精神产品，它就应该具有作为精神产品所必具的基本特点，都需要蕴含精神产品特定的品质，都处在特定的意识形态语境之中，都应该用正确的价值观反映这个社会的文化生活质量，影响人的精神世界，引导人们向善、求真、审美，能够启迪思想、温润心灵、陶冶性情。并且，新时代的文学创作，不管是传统写作还是网络创作，都需要坚持“以人民为中心”的创作导向，反映时代要求和人民心声，做到“感国运之变化、立时代之潮头、发时代之先声”。这样看来，网络文学变化的是媒介载体，不变的应该是艺术品质；网络作品变化的是内容和它的生产方式，不变的是内容背后的人文立场和创作者的文学初心。这时候，积淀深厚的传统文学便显露出它执拗的身影——一方面，人类赋予文学的价值原点和意义模式，以及它那丰盈的艺术经验，需要在网络文学中得到传承；另一方面，网络文学要使自己成为一种富含“文学性”的文学，成为人类历史上的一个文学节点，就必须守正创新，在批判继承文学传统中实现革新创造。因为说到底，决定文学是否“文学”的不是它的入口和载体，而是文学性的含量，自古以来，文学的河床能够留存下来都是富含人文审美价值的作品，否则都将是过眼云烟。

吸取传统文学滋养

在我国进入“新时代”的历史条件下，网络文学要往前走、向上走，成为弘扬时代精神、凝聚中国力量的优质源头，离不开文化立场的主体定位，即对接优秀文学传统，传承中华文化精华，坚定文化自信，创造更多传播当代中国价值观念、体现民族文化精神、反映中国人审美追求，思想性、艺术性、观赏性有机统一的精品力作，使网络文学成为新时代中国文艺建设的积极力量。中华优秀的传统文化是我们民族的精神命脉，是我们屹立于世界文化之林的坚实根基。历史上一代一代传承下来的文学传统和美学风范，诸如兴观群怨、言志缘情、畅神比德、知人论世、文以载道、气韵生动、迁想妙得、余味曲包、目击道存、意境神韵等，从古代神话、《诗经》、楚辞、汉赋、唐诗、宋词、元曲、明清小说，一直到现当代优秀文学传统，这一中国文脉对于网络文学创作不仅有用，而且有效，不仅不能终止于网络，而且应该在网络文学中得到传承和弘扬。“求木之长者必固其根本，欲流之远者必浚其泉源”，网络文学从传统文学中吸取养分，必将促使自己从“高原”走向“高峰”，创造出“真力弥满，万象在旁”的新境界。

诚然，相对于传统文学，网络写作更尊重读者的选择和市场认可。并且，面对网络和网络时代的新生活，传统文学的惯例和规制也需要结合媒介变迁和社会发展予以调适，只能批判性地传承，在扬弃中创新，不能全盘照搬。那些较为成功的网络作品已经为此进行了有益的探索，如较早的网络小说《悟空传》，其写作灵感源于古典名著《西游记》和现代港片《大话西游》，作者借用前者的故事渊源和人物关系，又提取后者的语言叙事方式，以古代西游人物演绎现代西游情节，对人物和主题进行创造性的时空转换，将原来一心向佛的取经师徒变换为有爱有恨、有欲有求、有苦有痛的“人”，巧妙地诠释了现代人对美好精神世界的追求与探寻，打动了无数读者。2016年上榜的网络小说《将夜》《择天记》分别入选中国作协已完结和未完结作品榜单的头名，有评论家认为，这两部小说让刚健的人文精神与玄幻人物的个体意志相交融，形成了“爱人间，有人气”的哲学观，体现了中华文化传统与文学精品意识的结合，既有金庸的人文情怀，也有梁羽生的家国道义，同时又具有古龙的炫酷灵动，这正是对网络文学继承优秀文学传统、创造精品力作的一种诠释。只有“文学”，不见“网络”，以“文学”的品相消弭网络文学与传统文学的边界，这就是网络文学的所要追求的目标。

（原载于《光明日报》2017年12月11日）

网络时代仍需要倡导人民写作

今天的文学，正面临不同的发展语境。传统写作势头不减，每年出版长篇小说超过3000部，而借助新型传媒的网络文学板块更是火爆异常。统计显示，截至2013年底，我国6.18亿网民中，网络文学用户达2.74亿，上网者的文学使用率高达44.4%。手机等移动终端及博客、微博、微信等“自媒体”迅速形成非职业写作的文学新军。社会大众对文学的参与度如此之高、网络媒体用户对文学的切入如此之深，前所未有，这似乎表明，文学大众化问题不再成为问题，文学为什么人服务的宗旨已经得到体现，今天的文学，特别是网络写作，已经大众化、普及化，现时代的“人民写作”问题已经得到解决，没有必要再去倡导了。

其实不然。其原因在于，“人民写作”是一个质的概念而不是一个量的概念，是一个文学立场和价值导向问题，而不单纯是读者族群认同的市场化评价，不能简单地依据参与写作者的多少、作品数量和阅读受众的多寡来判定，更不能把“以人民为中心”的价值选择变成“以人民币为中心”的商业利益驱动。木子美的《遗情书》红遍网络，并不能证明它就是“人民写作”，判定作品是不是人民写作关键是看其在内质上是否具有人民性和如何表现这种人民性。网络上作品海量、人气旺盛，众多类型化热门作品被点击、收藏、打赏或版权转让，其中不乏内容健康、感染读者的好作品，但也确有为取悦受众、迎合市场而写的格调不高或粗制滥造之作。这样的写作不属于人民写作，这样的文学也不是人民文学。

一般而言，实现人民写作需要两个前提条件：一是写作者能够站在人民的立场，坚持我们这个时代的核心价值观，对历史与现实、社会与人生有真善美与假恶丑的分野，对人民群众为之奋斗的伟大历史实践有正确判断和理解。《你在高原》《天行者》《推拿》《蛙》等作品成为受读者欢迎的作品，盖源于此。二是作品必须用人民群众喜闻乐见的艺术形式传达“人民理性”的价值观，实现思想性、艺术性和观赏性的统一。那些热门的网络作品如《甄嬛传》《杜拉拉升职记》《吞噬星空》《遍地狼烟》《醉枕江山》等不同题材、不同风格的类型小说能被众多网友热捧，其情节设置、人物塑造、语言风格以及文本气质上的可读性与吸引力是重要因素。

由此可见，网络文学并不代表人民写作，关键还在于写什么和怎么写。文学走进互联网，获得了一个崭新的平民化开放视野；网络上自由、兼容和共享的虚拟空间，打破了精英写作对文学话语权的垄断，为每一位愿意上网创作的网民提供了“人人都能当作家”的机会。这种“新民间文学”，标志着文学话语权向民间回归。尽管如此，网络写作仍然不能与人民写作相提并论，因为文学的人民写作并不取决于传媒的公共性和参与的广泛性，而取决于这种文学的人民性价值取向和为广大民众喜闻乐见的审美品格。网络文学的良莠不齐、精芜并存和复杂多样，使它成为一种大众狂欢的文化形态，而网络文学如果缺少意义承担和艺术审美的价值蕴含，它将无从赢得人民写作的艺术品格。

故而，网络时代仍然需要倡导人民写作。

（原载于《光明日报》2014 年 5 月 19 日）

网络文学须提高文学的含金量

刚刚过去的2016年，网络文学热度不减，各地网络征文大赛此起彼伏，岁末年尾各种文学榜单也纷纷出笼。《择天记》《凌天战尊》等玄幻类作品持续火爆，《材料帝国》《复兴之路》《相声大师》等现实主义题材小说呈上升之势，《老九门》《欢乐颂》《盗墓笔记》等由网文IP改编的影视、游戏、动漫产品更是带火了大众娱乐市场。

这样说来，网络文学是不是文学，时至今日似乎已没有什么争议。但细究起来，网络文学是一种什么样的文学，人们的看法却又不尽一致。网络作品数量惊人，有些作品似乎还够不上"文学"的高度和精度。是的，人类的文学传统积淀了数千年，人们对什么是文学或一个文学作品的好与不好，心中都有一杆秤。从这个意义上说，新兴的网络文学要想成为"文学"，并从文学"高原"迈向文学"高峰"，首先要做的是修炼内功，提升品质，增加"文学"的含量而不仅仅持有"技术"标识，因为只有当网络文学真正成为"文学"的时候，传统文学和网络文学才会走向融合，那时的网络文学就将不再有"网络"而只有"文学"，人们关注的已不是它的媒介和载体，而是文学本身。

但毕竟，文学是时代的产物，无论是网络时代的文学还是网络文学，转型抑或变化都势在必行，问题只在于文学怎么变、向哪个方向变。事实上起步时间不长的网络文学已经悄然发生了诸多变化。譬如，在"文学与生活"的关系上，网络文学增设了"文学与虚拟生活"的新维度；在"文学写什么”和“怎么写”的主体选择上，网络写作从人与世界的审美表达走向数字化生存的自由想象，将原有的创作经验转换为面向虚拟世界的感觉撒播；在文学功能作用上，传统文学更注重经世致用、有为而作，这些观念依然是正确的，我们依然要坚持，网络文学仍然要坚持为人民写作的艺术导向，也需要表征时代、干预生活、感奋人心，但与此同时，网络创作不得不考虑读者喜好、市场需求和商业利益……这样的转变都是我们必须要面对、要解答的问题。面对网络文学的“变”，如果采取拒斥的态度，一味恪守传统的文学观念，在网络时代的骤变面前，我们还能守得住残山剩水么？

不过，网络文学终究还应该是文学，即使是眼下的模样，在它的骨子里向往的依然还是文学。那些为我们耳熟能详的网络小说，打动我们心灵的恰恰是它们的“文学”元素。《微微一笑很倾城》所表达的青春记忆，《鬼吹灯》里浸透的人性善恶，《余罪》所体现的人与社会的复杂关系，《唐砖》《木兰无长兄》等在穿越故事架构中蕴含的人生担当……正是作品中这些人文底色和审美力量让网络文学赢得了文学自信，有了淡化“网络”而走向“文学”的肌质。说到底，决定文学是否“文学”的不是它的入口和载体，而是文学性的含量。自古以来，文学的河床能够留存下来都是富含人文审美价值的作品，否则都将是过眼云烟。文学的品质蕴含才是网络文学摆脱“网络”的纠缠而走向“文学”并与传统文学融合的唯一条件。

（原载于《光明日报》2017 年 1 月 21 日）

网络文学也要有高峰

网络文学超乎想象的高速增长，快速覆盖文坛并改变了我国文学的发展格局。近年来，它已经从网上走到网下，介入大众娱乐文化领域，从电影、电视到游戏、动漫、演艺，从实体书出版到有声读物和周边产品，网络文学已经引发了一个庞大的泛娱乐文化产业的勃兴。一种文学发展到如此的规模和影响力，能够有千百万人参与创作，让 3 亿多人阅读，社会关注度如此之高，不仅我国文学史无此先例，世界各国也绝无仅有，可以说是中国独有的文学现象。当唐家三少以流畅的小白文日写万字又日进斗金；当程序小说、作诗软件开始替代人脑进入文学创作；当《琅琊榜》《芈月传》《翻译官》等大量网文成为优质 IP 而不断抢占大众娱乐市场；当网络把文学做成产业以后，又反过来以资本的力量驱动网络文学的野蛮生长；当草根崛起的文学网民高举娱乐和欲望的旗帜聚集在虚拟空间，热议一波接一波的网络新作；当老外也爱看中国网络小说，不是因为猎奇，而是沉迷到不可自拔……靠着键盘鼠标占领中国文坛半壁江山的网络文学，已经创造了"时代现象级"的文学景观，我们的文学，或者准确说一度边缘化的传统文学或者文学传统，会不会感觉有点意外和困惑呢？"文变染乎世情，兴废系乎时序"，网络时代的文学已然有了如此多的不同，网络写作正在开启一个个有待破解的文学谜题。

不过时下的网络文学能否赓续文学传统，秉承文学正脉，成为文学史一个有价值的历史节点，还需要得到理论与实践双重逻辑的确证。此时，我们的网络文学作者、读者和经营者，最需要确立的是文化自信、文学自信。这种文化自信、文学自信是一种信念，一种情感，它能产生一种对过去的认同、对现实的担当、对未来的期许。因为其所依靠的不仅是网络的自由精神和新兴传媒的技术优势，更有中华民族生生不息的悠久历史及其所积淀、传承的文化传统与美学精神。时下最需要做的就是把文化自信化作文学担当和艺术创造，化作创作者的智慧、气度和神韵，化作砥砺前行的底气、骨气和精神气儿。

作为文艺战线的新兵，网络文学尚存在许多不确定性和未完成性，但无论网络文学多么另类甚或叛逆，不管其媒介载体、创作技能、传播途径、阅读方式和功能选择与传统文学有多么不同，只要它还是文学，只要它还属于精神产品，它就应该具有作为精神产品所必具的基本特点，都需要蕴含精神产品特定的精神品质，都要有人文审美的意义赋予。如果说文学是民族精神的火炬，网络创作就应该助燃它，让它更加光亮；如果文学是“引导国民精神的前途的灯火”（鲁迅），网络创作者就有责任为这一灯火护持加油，让它在网络时代仍能照亮民族前行的征途，正如习近平总书记所要求的那样：“应该把提高作品的精神高度、文化内涵、艺术价值作为追求，让目光再广大一些、再深远一些。”今天的网络文学尤其需要直面当下人民的生存现实，借助网络媒介创造出丰富多样的中国故事、中国形象，怀着对文学的敬畏之心创作高质量、高品位的作品。只有这样，才能使网络文学从“高原”向“高峰”迈进，以网络的方式为世界贡献特殊的诗情和意境。

（原载于《光明日报》2016 年 12 月 21 日）

漫说网络文学排行榜

凭着“技术丛林”和“山野草根”两把大刀开路，短短二十年余间，中国的网络文学便在森严壁垒的传统文学的边缘“杀出一条血路”，不仅迅速站稳了脚跟，还以庞大的创作方阵、浩瀚的作品存量、数以亿计读者族群和广泛的影响力，使自己成长为一种“时代现象级”的文学“巨存在”。在这个过程中，网络文学排行榜的出现，无疑给风生水起的“网络文学热”添了一把火，所以值得说道说道。

中国网络文学排行榜老早就有，记得十几年前，每当年末岁尾，网络上就会出现一些网络作家排名、优秀作品几十强、类型小说榜什么的，但影响力和权威性都很有限。真正引起网文界重视和社会关注的是近年来出现的以下几类网络文学排行榜。

一类是政府发布的网络文学榜单。自2015年起，中国作协和国家新闻出版广电总局每年组织专家评审，推出网络文学榜单。作协发布的是“中国网络小说排行榜”，2015年分季榜、半年榜和年榜，2016年后只发布半年榜和年榜，每次又分“已完结作品”和“未完结作品”(各10部)。如2016年已完结作品榜单排名前三的分别是:酒徒的《男儿行》、尼卡的《云胡不喜》、烽火戏诸侯的《雪中悍刀行》。2017年上半年的已完结作品榜单排名前三的是:猫腻的《择天记》、他曾是少年的《书剑长安》和纯情犀利哥的《诸天至尊》等。广电总局的榜单名称叫“优秀网络文学原创作品推介”，每年发布的作品数量不等，2015年发布了21部小说，2016年18部，

2017年则有24部。这两个最具权威性的榜单都强调作品思想性、艺术性、可读性和网络影响力的统一，但细读作品你会发现，前者更注重作品的艺术性，后者则更多地强调作品思想内容上的价值导向性。

另一类是由省级作协机构、文学社团发布的网络文学榜单。如由浙江省作协、宁波市文联和慈溪市委宣传部联合主办的“网络文学双年奖”，每两年评选一次，迄今已举办两届，每届的榜单含20部作品，包括金奖1部、银奖3部、铜奖6部、优秀奖15部，2015年获金奖的是猫腻的小说《将夜》，2017年第二届榜单是酒徒的《男儿行》夺得金奖。还有大众网、《山东文学》、《齐鲁晚报》联合发布的中国网络文学大奖赛榜单，迄今已发布三届，每次含长篇小说4部、中篇2部、短篇2部，诗歌、散文各5篇，并有特别大奖2部，如2016年度获特别大奖的作品是陈琢瑾的《石库门》、刘伊的《睡城》。另有北京大学网络文学研究论坛的年度推荐榜，每年发布男频小说榜、女频小说榜各10部，作为学院派，该榜单以文学性为旨归，以此与更注重价值观引导功能的政府榜、更注重市场价值的商业榜相区分。

还有一类是各类传媒和网友读者评出的年度网络文学榜单，有的也颇具影响力。如《羊城晚报》“花地文学榜”发布的年度网络文学榜(10部)，阅文集团发布的网络文学年度榜样“十二天王”，包括“玄幻销售王”“奇幻人气王”“新一代探险掌门人”“现代修真首座”等不同称谓的年度小说。还有阅文集团与福布斯中文版联合发布的“福布斯·中国原创文学风云榜”，艾瑞咨询公司发布的“最具改编动画潜力的网络小说排行榜”和“最具影视化潜力网络小说排行榜”等。其他还有百度年度十大热搜小说榜、中国网络文学IP价值榜，也都颇受网友关注，对网络文学及其衍生品市场产生较大影响。在网友读者评出的榜单中，尤以2016年开始发布的“中国网络文学好看榜”最具代表性，该榜单由中国青年出版社新青年读物工作室的庄庸与安迪斯晨风共同主持，除每日发布一部“好看”的作品外，年底还发布年榜，包括大神榜TOP10、新锐榜TOP10。该榜单站在读者立场，以“好看”为评价标准，其信息来源为不同社会阶层阅读网络小说的一线读者，他们以趣味阅读形成共识，然后在自媒体发布，能引导广大文学网民的阅读选择，因而在网络文学界有较大影响。

在众多榜单中，要说社会关注度最高的，当数 2012 以来每年一度的“网络作家富豪榜”。它本是由民间人士统计发布的中国作家富豪榜中的一个子榜单，但因为上榜者的巨额收入远超传统作家，所以备受舆论关注。如连续荣登富豪榜单之首的网络大神唐家三少，其年收入分别达到 3300 万元（2012）、2650 万元（2013）、5000 万元（2014）、11000 万元（2015）、12200 万元（2016），如此诱人的收入让许多文学爱好者心生艳羡而纷纷上网写作一试身手。实际上，相对数以千万计的网络写手来说，能入选富豪榜的网络作家不过是凤毛麟角，他们是写手金字塔的“塔尖”，而众多处在“塔基”的作者不过沦为“码字蚁工”，如果没有过人的文学才华、持之以恒的毅力和良好的体魄，要想单靠上网写作谋生，养家糊口都很困难，更不用说发家致富了。

网络作品上榜，绝非是为了制造一点噱头，或为网络文学添加一些谈资，其意义可是不小。对于作者和发布作品的网站来说，有作品上榜，特别是入选有公信力的权威榜单，不仅会使其名声大振，还将意味着作品升值、财神敲门、优质 IP 吸金、真金白银进账。有了榜单的“旗语”引路，文化资本将纷纷跟进，上榜作品将迎来多版权转让、全媒体开发的契机，衍生出该作品的影视、网游、动漫、演艺、出版、有声移动及周边产品……形成一条长长的产业链，网站和作者同时受益，并会对大众泛娱乐市场产生“蝴蝶效应”。猫腻的《择天记》、辰东的《完美世界》、海晏的《琅琊榜》、蝴蝶蓝的《全职高手》、酒徒的《男儿行》等粉丝众多的小说，都因入围各类榜单而名声大噪，成为文化资本追踪购买和开发的对象，在大众文化市场“马太效应”的影响下而赚得盆满钵满。例如，东方玄幻小说《择天记》连续登上 2016、2017 年中国作协网络小说排行榜半年榜、2017 年广电总局、中国作协优秀网络文学原创作品推介榜单，推动这部年度现象级小说网上网下持续升温，版权转让后陆续开发了同名电视剧、电影（筹拍）、网剧、游戏、漫画、动画、音乐、舞台剧、实体书等等，实现了一个超级 IP 的全产业链开花，达成由“文”到“艺”再到“娱”的梯级延伸和“长尾效应”，既放大了作品的文学影响力，又激发了衍生产品的市场活力，这里面不能说没有排行榜的助推之功。

当然，排行榜之于网络文学的意义不只是在商业化增值上，其对推进网络创作、提高文学质量、优化网络文学生态也有着不可小觑的作用。总体看，上榜作品一般都具有较高的文学审美价值，并兼具网络特质，通过评审发布榜单，可以展示网络文学的创作实绩，扩大优秀网络文学的影响力，推进网络文学繁荣发展。具体来说，其文学的作用在于：

一是引导阅读。网络原创作品数量品类如恒河沙数，据统计，截至2017年上半年，仅40家知名文学网站积累的原创小说就高达1400万部，且作品篇幅大都很长，数百万字乃至上千万字的类型化小说比比皆是。作品越多、篇幅越长，对于读者来说就越难以选择，越需要有“高人指点”，以引导读者走出“选择性阅读”的迷津。排行榜的出现，正好打破了“读什么”或“哪些作品更值得读”的困局，给广大读者提供了一个最为直接的选择目标，尽管这个目标可能是有限的，甚或存在一定局限性，但毕竟有比没有好。于是，排行榜往往就成为网络小说阅读市场的风向标，《将夜》《余罪》《天域苍穹》《赘婿》《万古仙穹》《巫神纪》《战神之王》等上榜作品在网上网下的持续火爆，排行榜的引导阅读当是功不可没。

二是为网络创作设置标杆。网络文学发展很快，但争议很多，人们对什么是网络文学，怎样的网络作品才是好的网络文学，持论各异且难有定论。传统的创作模式已不能适应新型的网络媒体写作，而昔日的文学评价尺度似乎也不足以评判一个网络作品的好坏优劣。这时候，网络文学排行榜的出现，无形中为人们认识和评价网络文学提供了一个可资明鉴的标准。这一点对网络创作显得特别重要，因为较之于传统创作，网络为文学提供的是一个“人人都能当作家”的自由机制，上网写作、发表作品几乎没有门槛，这也就造成了网络文学“创作高产、精品难觅”“沙子多珍珠少”“量大质不优”“星多月不明”的现象，迫切需要有一个遴选的标杆、评判的尺度，这不仅可以为网络文学实现“文学正名”，让网络写手赢得作家身份，也能帮助网络创作探寻文学性正途，促使新兴的网络文学真正成为人类文学史的一个历史节点。排行榜的评价实践正好为此确立了一个尺度、一种标准，甚至是一个榜样，至少是一个时效性、阶段性的尺度和标准。如 2017 年广电总局和中国作协联合主办的“优秀网络文学原创作品评选推介”提出的标准是：“遵循网络文学创作传播的规律和特点，综合作品价值取向、艺术水准、审美情趣、读者口碑、专家评价，坚持思想性、艺术性和网络影响力相统一的原则，鼓励作品主题、题材、内容、形式多样化。”这是一个原则性标准，怎样才算符合这个标准呢？上榜的作品就是范例，这便是排行榜的意义。

三是促进网络文学精品化和主流化。排行榜是网络文学自由写作的一个路标，是嘈杂而暗昧的网络虚拟世界的一束文学光亮，在一定意义上有过滤、净化和提升文学品质的作用。我们知道，中国有 7.51 亿网络用户，其中文学网民超过 3.5 亿，手机网络文学用户达 3.27 亿，上网写作的各层次文学作者多达 1300 万人，网站签约作者超过 60 万，各网站每天上传原创作品数量超过 1.5 亿汉字。我国的网络文学，已经与好莱坞电影、日本动漫、韩剧并称为“世界四大文化现象”。当网络文学的规模化生产达到“海量”业态时，倡导时代精品不仅是文学的必然，也是社会的需要。因为如此巨大文化现象，使得网络文学不仅仅是一个“网络”的问题，也不仅仅是“文学”的问题，而关涉到国家的意识形态和当代文化建设，关涉到大众文化消费、国民阅读和青少年成长，甚至关涉到一个社会的主流价值观建构、文化软实力打造和国家形象传播。这时候，作家有责任创作精品力作，网站有责任重视文学的社会效果，理论批评家有责任干预文学、分辨优劣以引导阅读，政府有责任规制市场、设置三观导向等等，这些都将是顺理成章的事。而网络文学的排行榜则可以整合各种需求和功能，为之提供一个实践性的范本和创作的目标路向，促进网络文学走向精品化、经典化和主流化。由此可见，网络文学排行榜的意义不在于排行榜本身，而在其发酵后对网络文学生态所产生的影响与推力。

（原载于《长江文艺》2018 年 4 月上）

网络文学研究基点及其语境选择

中国网络文学超乎想象的快速崛起，覆盖的是网络文化空间，改变的却是整个文坛格局和文学生态。凭着“技术丛林”和“山野草根”两把大刀开路，短短十几年间，网络文学终于以“另类”的面孔和“海量”的作品确证了自己的文学在场性和文化新锐性。

一

时至今日，随着网络对文学市场份额的强力扩张，以及人们对这一文学关注度和认知力的提升，特别是与传统主流文学互动交流的增多，网络文学在赢得技术权力话语的同时，自身发展中的困惑和矛盾也日渐凸显。譬如：

> 网络文学生产一直存在“速成”与“速朽”、“大跃进”与“泡沫化”、“高产”与“低质”、“大众化”与“去经典性”之间的矛盾，它们渊源何自又如何化解？
>
> 网络文学是技术与艺术的“合谋”，但技术的“霸权性”与艺术的“边缘化”带来文学“父根”与“母体”的“审祖式”追问，该怎样摆脱其间张力关系的失衡与失依，进而有效根治这一文学因“技术依赖症”而剑走偏锋的病灶？

时下大型文学网站的“全版权”经营、产业链商业模式、以读者为中心的市场导向，让文化资本的利润增值成为支撑文学发展的最大引擎，但市场化、产业化对艺术审美的遮蔽，以及媚俗、越位与“擦边球”对网络自律的漠视和对“净网”规则的僭越，加剧了网络文学的去文学性和非审美化，如此语境下，文学生产该如何处理好网络市场与文学审美的矛盾？

网络文学对文学惯例和创作体制的“格式化”颠覆，悄然置换了传统文学的逻辑原点，造成传媒载体对文学传统的断裂与失范，这时候，网络文学的逻各斯命意何在？它还要不要重新律成自己的价值导向和意义模式以调适传统与创新的矛盾？

网络文学所依凭的后现代主义文化逻辑和消费社会的大众文化语境，导致文学诗性品质的娱乐化脱冕，但新媒体图文语像的艺术祛魅和数字化技术灵境中的诗性复魅所由形成的解构与建构并生的辩证过程，能否为网络文学提供电子诗意的返魅路径？

应该说，近年来中国网络文学理论批评界一直在思考并试图回答上述问题，只不过思考的角度不同，切入的研究路径各异，对解读网络文学的理论有效性也颇为不同。

有的把传统的文论学理简单套用到网络文学身上，用中外经典的文艺理论概念、范畴和理论模式，实施“六经注我”或“我注六经”式的疏瀹与反思，急于构建网络文学的理论体系，让这只本该黄昏时高飞的“密涅瓦的猫头鹰”在黎明时便折翅起飞，结果不仅对实际的网络文学现象体认有“隔”，也于这一新兴文学的理论开启无补，导致网络文学研究的“聚焦失准”与凌空蹈虚。

另一种是技术分析模式。这类研究者的眼中更注重“网络”而不是“文学”，只有“技术文学”而没有“人文文学”，他们没有把网络文学看作是人类文学审美的一个历史节点或文学发展的一个特定阶段、一种特定形态，而是将其仅仅视为传媒载体中的一项内容或技术之树结下的文化果实,认为技术媒介和信息工具才是它与传统文学的本质区别,于是用技术的眼光和工具理性来分析网络文学现象。由于缺失人文审美的致思维度和价值立场,其对网络文学的理论言说往往会变成技术分析的文化读本或新名词术语的“集束式轰炸”,结果是文学人看不懂,技术人不屑看,于实际的理论批评建设意义甚微。

当然,还有先入为主的“断言式”和即兴点评的“感悟式”评说。前者多出现在不熟悉网络或者很少上网阅读的“银发学人”中,他们常常会武断地以为,文学创作如春蚕吐丝,非呕心沥血、魂牵梦绕不可为,而网络乃玩家“灌水”、孤独者“冲浪”之地,如马路边的一块木板,谁都可以上去信手涂鸦,不会有什么好东西;或者简单地认为网络无非就是一种传播信息的载体和媒介,就像龟甲竹简、布帛纸张也曾是承载作品的媒介一样,它不会改变文学的性质,因而断定,文学就是文学,根本就没有什么“网络文学”,如以媒介论文学,岂不是还有竹简文学、木牍文学、布帛文学、纸张文学么?因而不值得为之置喙饶舌。后者常出自网友之口和传媒评论,这类话语能够有感而发、目击意达,三言两语即兴评点,有时也能搔到痒处、戳到痛处,或机智俏皮,或犀利泼辣,倒也开心解颐、生津止渴,只不过有时难免蜻蜓点水、浅尝辄止,或文不对理、持而无据,甚或脱口而出、不切肯綮,姑妄说之、不负责任,往往流于一逞口水之快,未入学理论域。

于是,网络文学的“理论江湖”可谓群伦并起,理路纷呈,涉足者不啻走入迷宫,莫辨路向。作为一种学术研究、理论建设或文学批评,总有其持论的起点和逻辑的支点,相对于传统的文论“大厦”,网络文学研究才刚刚起步,而与云蒸霞蔚的网络文学创作相比,其理论批评更是远远落伍,不辨后尘。那么,今日的网络文学研究该以哪里为肇端、怎样寻求突破,或者说,哪里才是走出网络文学研究迷宫的那条“阿里阿尼彩线”呢?

窃以为,“从上网开始,从阅读出发”,也许可以作为打开网络文学迷宫的一把锁钥,从这条路径入乎其里,或能破解诸多难题,找到那条引导我们走出迷宫的“彩线”。

选择这一基点,道理并不复杂,正如研究任何问题一样,我们研究网络文学的出发点和立足点都必须以实践为基，从对象出发，进而全面了解和认识对象，找出问题症结，发现蕴含的规律，提出解决问题的可能性路径，或构建切中实际的观念范式，而不能先入为主、生搬硬套、东向而望、不见西墙，或如刘勰所指："会己则嗟讽，异我则沮弃，各执一偶之解，欲拟万端之变"。面对异军突起的网络文学，我们当然需要有亚里士多德、康德和黑格尔赋予的理论底气，要有马克思主义文论的价值导向，也摆脱不了孔子、刘勰和王国维等人的丰厚积淀，中外历史上所有的文论资源均应该吸纳传承，因为它们中的许多理论质素对解读乃至规制网络文学都依然有效。不过，我们能做的第一步，却应该并只能从对象的实际出发，以研究的本体为据，于网络文学研究者而言便是点击网站、阅读作品，下足新批评派所倡导的"细读"(close reading)工夫，了解和把握网络文学的生产方式、作品形态、传播载体和接受方式，以及功能结构与意义蕴含等。特别是时下类型化写作与阅读市场细分的相互催生，文学网站经营的全版权商业模式构建，网络写手的创作方式与生存状态，文学读者群欣赏趣味选择和消费市场的竞争格局，文化资本的新媒体寻租、产业运作和盈利手段，以及数字技术带来的文学与影视、游戏、动漫、视频影像等多媒体兼容的微妙关联，还有三网融合、移动互联网、自媒体、大数据、云计算及其信息增值方式对网络文学的生产与消费的影响等，更是文学"扩容"、版图"越界"带给我们的新课题，尤其需要网络学人切入现场，明察深思，做一个网络文学的"局内人""内行控"，这样才有可能赢得对它有效言说的话语权，而不至于使自己的理论批评成为隔岸观火、隔靴搔痒或隔空取物之论。可见，"从上网开始，从阅读出发"虽说简单，却很重要，实为我们了解网络文学、评价网络文学、研究网络文学绕不过去的一道"铁门槛"。

二

面对网络时代不可逆的文学传媒化语境，我们的网络文学理论批评也将经历难以逆转的理论转向和有效言说的方法论选择，这种转向和选择不仅关涉主体回应现实、顺时应变的学术立场，还事关中国文艺学建设的观念导向和发展路向。

首先需要明确的是，文学与网络“联姻”，以至出现新媒体文学转型，是数字媒介深度切入文学艺术生产和消费的现实吁求，而非传媒决定论的主观臆断。当“数字化生存”日渐成为人们不得不面对的生存现实和文学存在方式时，网络文学就将变成一种合理性存在，一种历史与逻辑统一的文学创构。这时候，文学理论批评的基本立场应是高扬“通变”的旗帜，回应文学实践的变化，调整对文学的理解方式，强化理论对现实的解读能力，转变乃至重塑与之相适应的文学观念，以建构互联网传媒语境下的文学理论。时至今日，我国的文学艺术创作已大范围地向新媒体空间转移，网络文学、数码艺术、电脑设计、手机创作、ACG 产品等数字化文艺已经全方位覆盖我们的文化生活，它们是与知识经济时代的高科技环境相适应的，是这个时代环境的艺术表达。处于这样的大众文化语境中的文学研究，只有立足现实、延续传统，实现知识谱系和观念模式的更新，才能实现艺术进步与理论创新。既然数字媒介的技术力量已使文学的存在方式与功能范式，文学的创作、传播、欣赏模式，文学的使用媒介和操作工具，以及文学的价值取向和社会影响力等，都已经发生或正在发生诸多变化，那么，无论文学艺术生产还是文艺理论研究，都应该适应这种技术传媒的变化，并能动地利用这一变化来创作、评价和研究文学，从创作手段、思想观念、思维方式和学理逻辑上推进文学创新和观念更新，把网络媒体的挑战转化为文学在涅槃中再生的契机，在应对文学转型的过程中建设网络文学的理论批评新范式。

与之相关，网络文学研究的学术语境选择应该是一种严谨的学理认知，而非简单的时尚跟进。网络文学的历史性出场，以及人们对于这一新的文学态势的研讨与争鸣，不仅需要解决“存在者”是否存在和如何存在的问题，更需要从学理逻辑上解决其理论形态、意义模式的有效性问题，后者才能真正把握网络文学的理论内涵。这次文学转型带来的将是一个理论建构的巨大工程和学理认知的创生过程，它能否在文艺美学的“表意链”及其学理形态方面打造人类文论史的一个历史节点，以媒介转型实现文艺学场域中的“范式转换”，将是网络文学建设的学术“母题”，也关系到这种转型合目的性与合规律性的统一。譬如，这个学科范式的理论构架可以从结构形态和意义模式两个方面去把握。在结构形态上说，网络传媒语境中的文学理论建构应该研究的理论问题大抵包括几个子项：(1) 新媒体时代的文学生态；(2) 技术与审美融合的必然与可能；(3) 文学叙事的表意体制转换；(4) 数字化文本的存在方式；(5) 新知识谱系对文艺惯例的挑战。从意义模式上说，网络引发的文学转型带来不同层面的理论观念变化，如文学生产中的“文学性”表达、文学表征的自由精神和“草根”平权、文学价值解构与建构的精神现象学、后现代主义观念本体的文学逻辑，以及数字化诗学的祛魅与返魅等。基于上述结构形态与意义模式所形成的从存在方式到价值本体的交融与互补，以此形成理论逻辑由表及里的思维构架，庶几可以成为网络时代文学转型所要着力构建的基本观念形态。另外，学理认知还需要把握理论内涵转型的逻辑原点，重新回答文学中的一些“元问题”：(1) “文学是什么”——从现实生活的审美反映，转向虚拟世界的自由书写；(2) “文学写什么”——从人与人的世界的艺术书写，走向数字化生存的本真叙事；(3) “文学怎么写”——从人类审美积淀的创作经验，转为电子代码的感觉撒播；(4) “文学干什么”——从经世致用的有为而作，转至自娱娱人的“波普”情结和商业链的效益追求。与之相适应，网络文学批评还需要面对抑或提炼一些必要的理论范畴，如“平庸崇拜”“感觉撒播”“读圣思维”“脱冕写作”“欲望修辞”“比特叙事”“戏仿经典”“虚拟人格”“展示价值与膜拜价值”“主体间性”“‘拉’欣赏”“新民间文学”“多媒体创作”“超文本”“BBS 批评”“文学全版权营销”等。这些概念范畴是基于网络文学实践产生的理论“细胞”，它们与文学转型的结构形态和意义模式兼容共生，并用以阐释和建构网络文学的逻辑原点和学理体系。显然，这些都不是时尚化跟进可以奏效和完成的。

另外，面对新的学术语境选择，网络文学研究需要确立价值判断的意义维度，摆脱惯性思维和工具理性。由于传统研究体制的强势覆盖和新领域研究的薄弱，目前我国的网络文学理论批评还很不充分，特别是缺少内质性和有效针对性的学理分析。出于对网络文学的误解和误判，有研究者惯于对之做大众文化普及性研究，而不是从存在论上进行意义考量；对之做异同比较研究，而不是把它当作独立存在的文学审美现象进行研究；对之做载体形式研究，而不是做价值本体研究；对之做技术研究，而不是做人文化的艺术审美研究。面对传媒技术引发的文学转型，研究者必然要面对两个难题：一是没有既定的理论范式可供效仿和参照；二是研究对象变动不居，具有成长的或然性，尚难定格其结构特征。理论研究者应该秉持一种建设性的学术立场而不是简单的评判性态度，培植基础学理的致思态度而不是工具思维的技术分析，避开对网络文学进行削足适履的简单评判，而将其当作科学研究的理论资源，为建构文学理论开辟新的学术空间。譬如，从价值立场上说，作为文学理论的建构者，面对技术化的学术语境选择时应该尊奉自己的理论坚守，即在技术媒介覆盖文学生产和娱乐文化过剩的时代，不应屈从于价值的平面化抑或在观念逻辑上怂恿意义的浅表性，而要有勇气去追问深度模式是怎样消失的，质疑那些超真实的“仿像”世界是怎样被技术乌托邦抽空其价值底蕴的，从而在遍布技术旨趣、快餐文化、欲望消费的传媒生态中，调适或重建风骨高远、刚健有为的意义内涵。鲍德里亚曾把计算机技术用虚拟取代现实、模拟物代替真实物的符号拟像称为“完美的罪行”，称其危害就在于“通过克隆实在和以现实的复制品消灭现实的事物使世界提前分解”①，那么，我们所要强调的则是，文学研究者的任务，就是要在这次转型中，确立一种价值承担的人文精神，终而能够使自己成为这一“罪行”的督察者、审判者乃至矫治和根除者。

面对新的研究对象，这里有两个溢出传统理论范式的重要论域尤其需要研究者的理性正视：一是技术哲学维度的，二是产业逻辑层面的。在

① [法]让·鲍德里亚：《完美的罪行》，王为民译，商务印书馆2002年版，第28页。

技术哲学维度上，网络文学的学理建构应避免理论技术化，摆脱其对数字技术的依赖。网络文学诞生于数字化技术的工具和载体，因而基于这一媒体的文学及其理论的技术含量比以往任何时代的文学及其理论都要多。不过，文学的中心始终是人而不是技术，文学的本质是人学，即人的精神现象学或人的艺术精神学，而不是技术科学。数字化技术是文学的工具媒介和载体平台，它只能服务于人文审美的艺术目标而不能代替艺术审美规律。网络技术可以越来越具有“艺术性”，但网络文学的价值目标绝不应该是“技术化”的。因而，网络文学所蕴含的“技术哲学”元素只能是“技术美学”或“审美技术学”。在笔者看来，技术要转换成为艺术是有条件的，它只能在两个层面上与艺术结缘：一是工具媒介层面，一是理解世界的观念层面。前者是艺术创作借助的手段，后者才是真正让技术介入到艺术内核之中并对之施加影响的决定性因素，即技术化生产生活方式导致的人类理解世界方式的变化，以及由此产生的人对自身与世界的审美关系的深入体察和把握①。在网络文学创作中，技术不仅要成为艺术表达的媒介和载体，还应化身为创作过程中体认社会的洞明智慧，让创作主体培育出一种可以回应现实的精神资源，进而自觉抵御技术霸权和工具理性，在人文价值理性平台上开启人文性的审美活动。技术传媒的进步会给文学生产添加技术新质，但说到底文学进步的推力主要不在媒介的升级换代，而在于借助新的传播媒介提升作品的艺术水准与理论批评的人文性学术价值，让文学遵循艺术实践而不是按照技术的设定来完成自身的创新。同样，网络文学的理论批评活动，如果变成一种对网络文学行为的技术解读，把人文审美的理论分析变成一种技术分析，这样的理论只能是无效的“理论”，而不是有效解读或正确引领网络文学的理论。

产业逻辑是网络文学另一个绕不开的端口。如前所述，网络媒体本身就是由市场催生的，媒介文化的产业体制，让网络上的文学行为有时不

① 欧阳友权：《数字媒介与中国文学的转型》，《中国社会科学》2007 年第 1 期。

得不追求经济利益的最大化，其功能模式的背后是后现代隐喻的文化消费逻辑，在文化消费逻辑的背后又是商品社会的文化资本逻辑。杰姆逊曾说："美、艺术的最大长处就在于其不属于任何商业（实际的）和科学（认识论的）领域……美是一个纯粹的、没有任何商品形式的领域。而这一切在后现代主义中都结束了。在后现代主义中，由于广告，由于形象文化、无意识以及美学领域完全渗透了资本和资本的逻辑。商品化的形式在文化、艺术、无意识等等领域是无处不在的，正是在这一意义上我们处在一个新的历史阶段，而且文化也就有了不同的含义。"①这样界定"善"和"艺术"显然是不够全面和准确的，但指出"商品"和"资本逻辑"的巨大渗透力却是有道理的。网络文学的产业逻辑，正是数字媒介与后现代主义消费文化的市场合谋，这对于文学理论的价值重建可能是一个具有解构性质的文化圈套。在此，我们在价值判断时，一方面应充分肯定网络文学的产业运行机制之于这一文学发展的推动力量；另一方面又要对这个"圈套"有所认识，并保持警惕，避免资本的宰制性力量对于文学性的侵袭和覆盖。当然，更为重要的是，基于这种认识，我们应建起一种有效应对此次文学转型的理论自信与文化自觉。正如恩格斯曾告诫我们的："每一个时代的理论思维，从而我们时代的理论思维，都是一种历史的产物，它在不同的时代具有完全不同的形式，同时具有完全不同的内容。"②面对 21 世纪形成的网络文学生态，我们也应持这样的态度，既要尊重历史，又要立足当下，更要着眼未来，以建设者的姿态去进行思考和创新。

（原载于《河北学刊》2015 年第 4 期）

---

① [美]弗·杰姆逊：《后现代主义与文化理论》，唐小兵译，陕西师范大学出版社 1986 年版，第 147 页。

② [德]恩格斯：《自然辩证法》，《马克思恩格斯选集》第 4 卷，人民出版社 1995 年版，第 284 页。

第三辑

问题解读

网络文学批评的价值和局限

这里所说的网络文学批评，有别于传统媒体对网络文学的批评或评价，是指在网上由网友就网络文学作品或网络文学现象所作的随机性、感悟式、点评式批评和议论。这些批评和议论是网络写手与网民之间进行的实时互动交流，具有一定的即时性和时效性；批评的标准也不是基于经典文学评价约定俗成的统一规范，而带有一定的个人随意性与情绪性。网民可同时以作者、读者和批评者的多重身份参与到网络批评，就各自感兴趣的作品或话题发帖、跟帖、灌水或拍砖，甚或进行"酷评""恶搞"，形式自由活泼，表意直言不讳。在文学网站、BBS、社区论坛、贴吧、QQ空间、博客及微博等多元化的网络媒体世界里，只要有网络文学存在，就会有网络文学批评的踪影。

网络文学批评改写了批评的机制与格局，让文学批评从传统的精英姿态转向民间立场，实现了批评话语权的平等与共享，但它那即兴、趣味、恶搞等颠覆式批评方式，也在一定程度上消解了批评的学理性，弱化了批评的深邃性，甚至引发批评的"舆论暴力"和价值偏误，其所带来的"网评现象"值得认真思考。

一、网络文学批评的价值

1. 言者立场:以真话对抗虚假

网络批评是最具主体性的文学批评,其魅力在于消除了言说者的社会面具和人际焦虑,能够以独立的身份和自由的立场表达"真我"心态,从而以真话对抗虚假,规避传统文学批评难以避免的人情批评、面子批评。在网上,批评者可以隐匿自己的身份,抛开社会角色定位的约束,"隐身"在广袤无边的网络世界里冲浪,获得一种现实中无法实现的自主性和自由感。此时的批评没有了编辑审查的约束、稿酬版税的焦虑和功名利益的考量,在无约束、无压力、无功利的"三无"状态下激发起说真话的勇气,获得"我口表我心"的畅快。批评家王珂在评价一个网络诗歌现象时曾说:"这(事件)可能是网络时代参与者最多的一次诗歌事件,也是百年新诗史上第一次诗人与读者的规模最大的一次交锋……网民,只有网民,才是敢于直面诗坛恶习,纯洁诗风,为新诗的健康发展保驾护航的动力。良药苦口,忠言逆耳,少有自知之明的诗坛人士应该警醒了。"他读了网友的评论后又说:"我感到'爽'! 因为他们当了《皇帝的新衣》中的那位小孩,说出了诗人和诗评家因为怕得罪人而不敢说的真话。"①一针见血地道出了网络文学批评"敢说真话"的特征。当然,对于文学批评本身而言,话语的真伪并没有一个严格的是非评判标准,言说者的立场也只与他个人的批评视角和批评态度相关,话语的真假,也许仅能从批评者的内心感觉来考量。但毋庸置疑的是,较之于传统批评,网络文学批评由于去除了各种外在因素的影响,能更加贴近主体内心的真情实感,这是对"面具批评"的一种有效矫治。

2. 话语表达:用犀利替代陈腐

网络"赛博空间"是一个平等、兼容、自由、开放的虚拟场所,其话语表

① 王珂:《著名女诗人为何被恶搞》,《理论与创作》2006 年第 6 期。

达讲究“惟陈言之务去”，清新而犀利，注重生活化、口语化，用词简短朴素，表意一语中的，或口无遮拦、不加掩饰，或寓庄于谐、灵巧犀利，相对于传统的文学批评，多了一些灵动和随意，少了一些老套与陈腐，能给批评带来一股清新之风。譬如，网评语言呈现出远离典雅而亲近凡俗的特征，用语趋向简短时尚，除了常有诸如“哇塞”“酷毙”之类的流行语外，还会有文字、图片和各种符号的拼贴组合。网络批评的即时“在线”性，使批评者处于“直接在场”的虚拟状态，网民之间的交流，类似于日常生活中面对面的交流，需要表达的简洁明快，过于理论化、逻辑化的文雅言辞和一本正经的说教对于在线批评都显得不合时宜。“在场式”批评消解了绵密的思维过程，往往直奔主题、直陈要害，乃至直指软肋，一般不会温文尔雅、顾及情面，更不会故弄玄虚、玩弄文字游戏。如方舟子在《新语丝》中评点阿待作品时说：“她的小说在总体上都有着欧·亨利式的结构特征和博尔赫斯式的神秘色彩……每一篇又都有不同的特色，《儿子》的深沉、《猫眼石》的怪异、《我的太阳》的感人、《处女塔》的气势、《饕鸭》的诙谐、《拉兹之歌》的纯真、《金手镯》的离奇、《路杀》的魔幻、《乌鸦》的阴郁等等，绝不单调。”①与传统文学批评相比，网络批评少了些臃肿的修辞、艰涩的阐释和抽象的玄思，也不大注意措辞的精当和表意的委婉，传统文学批评中常见的引经据典、旁征博引的“掉书袋”习惯和矫揉造作文风，在这里没有市场。

形成这种现象的一个重要原因在于，批评主体的“平民化”和“匿名化”身份，使他们摒弃了传统文学批评“客观谨慎”的思维方式，转而追求“轻松率意”的批评感受；并且身份的变化，可以使批评者消除诸多批评之外的利益关系的干扰，让批评本身无所避讳、不绕弯子，钦佩者可五体投地，反对时则不留情面，甚或尖酸刻薄。以往批评中的“小圈子”唱和、谄媚式话语，还有貌似是公正品评实则是空话套话的陋习，此时则变成了坦诚相告、问药投医、明眼指瑕。这些，都将有助于健康的文学批评之风的形成。

---

① 参见钱建军：《美华网络文学》，《世界华文文学论坛》2005 年第 2 期。

3. 批评方式:互动语境的间性对话

蛛网覆盖的网络文学批评终止了传统批评认同过去的时间美学,开辟出在线空间的互动式批评,在结束批评家单向度私密评品的同时,开创了大众参与、交互共享的思维空间。网络文学的在线性决定了网络批评只"活"在网上,是网络文学作者、读者身份交融之后批评主体之间脉理交织的多向度交流。

在网络语境中,批评过程呈现出明显的动态间性。一方面,由传统批评家充当的"批评中介"被消除了,批评从被动接受到亲身参与,作者和读者之间得以直接对话,距离拉近了,交流更为频繁,更为普遍;另一方面,一个"潜在的批评者"出现了,也就是说,作者的写作需要时刻考虑到网友的存在,以便根据他们的审美需求调整创作;读者的批评也要考虑到"他者"的存在,并不断通过交流更新观念和看法,使自己的欣赏、批评可以成为互动过程的一个有效构成部分。例如风中玫瑰的小说《风中玫瑰》在网上发出后,网友"高校不良少年"发帖说:"好美,好美! 真的。我看了好几遍……希望这是真实的故事,不要像《第一次的亲密接触》那样让我再伤心一次! 我祝福你……"风中玫瑰立即回应说:"这是一个真实的故事,这是几年后我才有这个勇气说出来的故事,许多的无奈,许多的沧桑已沉淀其中。"[①]这样的对话式批评,揭去了传统批评中那层隔在作者和读者之间的朦胧面纱,使双方的了解更为直接、真切和明晰,有效形成了作者和读者之间写作和批评的互动关系。

接受美学家姚斯和霍拉勃说过:"在这个作者、作品和大众的三角形中,大众并不是被动的部分,并不仅仅作为一种反应,相反,它自身就是历史的一个能动的构成。一部文学作品的历史生命如果没有接受者的积极参与是不可思议的。因为只有通过读者的传递过程,作品才进入一种连续性变化的经验视野。"[②]在网络文学批评中,网民"第一时间"读到作品,

① 风中玫瑰:《风中玫瑰》,人民文学出版社 2001 年版,第 6—7 页。

② [德]H. R. 姚斯、[美]R. C. 霍拉勃:《接受美学与接受理论》,周宁、金元浦译,辽宁人民出版社 1987 年版,第 24 页。

充当了文学作品的直接“把关人”,他所得到的审美感受也是未受他者干扰的“第一性”的自我体悟,由此也能更真实地体察到写手的审美诉求,这在传统批评全景式批评中是难以实现的。这种交互语境的间性批评方式,很好地弥合了作者和读者之间的审美距离,真正实现了接受美学家们提出的“从受众出发,从接受出发”的文学旨趣。

二、 网络文学批评的局限

首先,即兴式点评可能弱化思考的深邃性。常见的网络文学批评,主要是直观感知和灵机参悟的即兴点评,这是一种感悟式的批评方式。网友把自己的阅读感受用简短的话语即兴发表在留言板中,类似于传统的神韵批评,是他内心欣然自得的涌现,表达上有如“智慧体操”,轻巧而灵动。不过,这种“碎片化”的写作方式和“平面化”的表达欲求,与思想严整、逻辑缜密的理论批评相比,显然缺少了思考的深度和广度。

正因为是即兴的,又是即时的,网络批评往往不作细致的思忖,只求一时宣泄的快感,传达的是自得其乐的阅读意趣,有的评点只是借助批评对象来吸引眼球的“灌水帖”“标题党”。这类评点有的还未来得及把作品内容看个究竟,就急忙下帖占位,“抢沙发”(第一个跟帖者)、“争板凳”(第二个跟帖者),为的是引起他人注意,获得一种参与的满足。由于习惯于即兴式的评点,网友们大都厌倦抽象的理论和逻辑论证,偶尔有此类帖子出现,也会被视为假装深沉而遭群起攻之,讥之为另类。这样的批评立场,以及由之形成的短、平、快特征,自然谈不上对作品思想和艺术手法等做深入的探究,结果便是批评的平面化、随意化,从而弱化了思考的深邃性,传统批评中的“灵魂探险”在此演绎成了蜻蜓点水式的即兴快意。

其次,网络表达的趣味式言说消解了批评的学理性。网络文学批评区别于传统批评的一个鲜明特征是其趣味性,它把严肃的批评行为变得生动活泼,把庄重思辨变成灵活出击,往往能够从某个新颖的角度发常人意想不到之论,使人在轻松诙谐、忍俊不禁中获得快意和情趣。但另一方面,网络批评的这一特点又在一定程度上削减了批评的话语深度,绕开了文学研究历史性和社会性的理论担当,因为轻飘飘的趣味表达可能削弱批评的学理和深刻。

这一特点与网络文化的特质有关。我们知道,网络文学创作和传播的"祛魅"模式,无不浸淫着后现代文化的元素。网络空间的自由、开放、实时互动等特征,几乎拆除了所有的信息壁垒和地域鸿沟,以"不确定"和"无中心"的方式破除了话语权威,揭开了经典、高贵、宏伟、神圣等弥漫于人们精神世界的神秘面纱,文学与文学批评的神秘性、神圣性、魅惑力因此被消解了。数字技术的"无所不能"和网络的"无远弗界",把最大众化的"祛魅"工具交到普通民众手中,文学的"纯粹性"在这一过程中被逐渐消解,批评的神秘性和崇高感也因此消隐。昔日批评家头顶的那道神圣光环消失了,"文以载道"的批评担当不再,取而代之的是"生活化"的平民话语游戏。趣味式的言说以一种新颖的姿态为以往缺少文学话语权的边缘声音和民间意识找到了一个适宜的展示方式,获得了话语平权的草根读者终于可以言说自己的真实心声和生活本色。网络批评的主要群体是年轻人,他们对学理和思辨式的批评不屑一顾,而对嬉笑怒骂和拼贴式的"戏仿"情有独钟,以此展示自我的"炫彩"和"酷相",实现情感和思想的轻松解嘲。

趣味式批评的兴起拒绝了庄重思辨、逻辑严密的理论说教,使文学批评降低了难度,也降低了准入门槛,容易唤起大众的参与热情,对革新文学批评的言语方式和思维方式是有积极意义的。但同时却又因为太过追求批评的趣味性,使批评的视野变得狭窄,批评的内涵变得肤浅,而批评一旦出现理论的缺失,就会如法国批评家阿贝尔·蒂博代所说的"难以为文学历史提供自己应有的贡献和成果",结果便是"一代人的努力或者一种繁荣的网络文学事实就因为理论提炼和总结的缺乏而逐渐被人遗忘。从这个角度上说,趣味是可以争辩的,理论的趣味尤其需要辨明,因为它担负的不仅是自己的理论前景而且是文学的前景"。①

---

① [法]阿贝尔·蒂博代:《六说文学批评》,赵坚译,三联书店 2002 年版,第 4 页。

再者，恶搞式批评的“舆论暴力”和价值偏误。“恶搞”源自日文的“くそ”（罗马音为KUSO）一词，作为一个网络批评术语，意指颠覆性的、反常态的、以轻松搞怪和戏谑逗乐为主旨的网络文化行为。恶搞式批评通过颠倒、逆向、贬低、嘲弄、戏仿、拼粘等手法，以一些已被大众公认的文化经典、知名人物和事件等为对象，对它们进行意义上的解构、重组、抽换，创造出与原始文本迥然不同的新文本。为了尽可能博得大众的笑声，恶搞制造者们绞尽脑汁，加入了许多幽默搞笑的元素，甚至不惜以违反常理的荒谬言行为噱头。这些形式独特的作品每每出现，都会受到网民们的疯狂热捧。如拼接影视作品《一个馒头引发的血案》、解构红色经典的《闪闪的红星之潘冬子参赛记》、戏仿重大事件的《春运帝国》、颠覆英雄人物的《1962：雷锋VS玛丽莲·梦露——螺丝钉的花样年华》、篡改唱词的《吉祥三宝之小偷版》等。此外，恶搞百科、56贴吧等一些恶搞网站也纷纷出现，汇聚了大量的恶搞资源，为恶搞声援助威。在声势浩大的文化狂欢浪潮中，文学恶搞也显示出强大的语言批评优势，《大话西游》《大话红楼》《水煮三国》《白话出师表》《多收了三五斗之CCIE版》《Q版语文》系列等经典著作名篇的网络搞笑版纷纷出炉，诸如《福尔摩斯的帐篷》《一个光棍的呐喊》等另类原创恶搞文章也不甘示弱，还有许多词句幽默搞笑、意思机智犀利的话语片段一时间如漫天飞雪，纷纷散满网络的广袤天地，与其他类型的艺术行为恶搞共同形成了规模盛大的网络批评现象。

作为一种时尚化的文化批评方式，恶搞式批评的立足点是“渎圣思维”“脱冕叙事”和“平庸崇拜”。它以颠覆神圣、讥嘲崇高来实现后现代性的反中心论、反权威性、反整一性和反传统。恶搞挑战的是传统的批评标准和言说方式，形式多样，内容离奇，有的是为了颠覆经典，消解文化上的等级权威；有的想借恶搞经典名著来展现自己的才智，引起他人注意，获得某种自我满足；有的则是为了缓解长期以来对经典文化的审美疲劳，改用审丑来刺激和调节大众的审美神经；有的则纯粹为了排遣无聊，宣泄情感，以“无厘头”的轻松方式表达对某些现实现象的认同或不满。这种批评因其言说方式和思想表达符合大众化草根性口味，往往能引起网民的共鸣，形成“一呼千百应”的舆论局面。睿智适度的恶搞，可以活跃批评氛围，激发网民的创造思维和参与意识，有的还能起到对现实不良现象的批判、反讽和舆论监督的作用。从这个角度说，恶搞类似于日常生活中的“恶作剧”，可以一笑了之。但如果超越了一定的“度”，超越了道德底线和社会良知，就会把恶搞变成“恶俗”甚或“恶劣”的行为，形成“舆论暴力”和价值失当，出现目空一切、行无忌惮，为图一时之快拿别人隐私开涮、损害他者权益等不良现象。这样，就将把原本属于另类艺术行为的恶搞批评弄成了赤裸裸的“舆论暴力”。这种现象是应该加以遏止的。

三、网络文学批评的悖论追问

追问一：平民化开放空间的评价标准何在？

网络文学批评面对的平民化开放空间，赋予批评者以身份的自由、言论的自由和发表的自由，从此让批评摆脱了过去那种“千人一面、千部一腔”的状况，有了选择“说什么”和“怎么说”的话语权，赋予批评以鲜明的个性特征。但是，这个平民化的开放平台又给评价标准的选择、甄别和价值评估增加了难度。正如笔者曾分析的：“网络不仅给平民及其文学活动创造了机会，也给文字垃圾和非文学的宣泄提供了场地。面对空前高涨的网络创作、作品发布量，必然会出现大量假冒伪劣的文字垃圾、恣意灌水的上网表演以及价值判断的主观迷失等问题，从而导致精力、时间、网络资源、注意力的无端浪费。这种情况在传统文学中也有所体现，但在网络文学中更加突出。问题还在于：平民化的网络平台不认同权威，那么谁又有资格来作文学的遴选、导向和为之作价值评判？”①

在“数字化生存”已经成为生存方式的今天，网络为文学行为带来了

① 欧阳友权：《网络文学的媒体突围与表征悖论》，《社会科学战线》2002 年第 4 期。

两种明显改变：一是阅读方式由“读书”转向“读屏”，读者可以根据兴趣选择同时打开多个文本，或借助超文本链接交叉进入文本，不像书面的线性阅读那样亦步亦趋地依据语言符号去实施再造性想象。这使得读者在衡量网络文学的价值时很少再有对意义的探究和隐喻的发掘，有的只是对屏幕文本超媒体感觉的全方位敞开；二是审美价值取向从“社会认同”转向“个人自娱”。传统的评价尺度倾向于社会认同而淡化个人差异，网络文学批评的价值尺度则更重视个体的自娱自足。这样，个人的兴趣和当下的感受将成为选择和评价网络作品的基本尺度。

与上述两种变化相对应，网络文学批评观念也有了显著变化：一是批评者身份的改变，传统批评家的角色在网络中被消除，创作者、批评者和读者这三者之间的界限出现了交互式转换融合；二是批评目的发生了变化，由“载道经国、社会代言”变为“自娱娱人、趁网游心”。前者意味着视文学为“高山仰止”的状况成为过去，文学批评的权力由少数人向更多人转移，批评介入的难度降低，受众面扩大，文学边缘族群可能获得更多的接受和评价机会；后者则可能使文学批评摆脱功利主义的重负，回归到坦露心性、悦情快意的自由言说，把文学批评拉向平易和通俗，进而使得真正属于民众和底层的声音被传递出来。但其带来的意料之外的结果则是网络批评的艺术祛魅，将导致经典交权、中心消解、评价标准悬置、认同尺度模糊、个人趣味至上等问题。于是，平面化的表达、无深度的言说、零散化的复制，造成的是批评深度的缺失、批评学理的消解，把原本属于意义赋予的文学批评变成了个性展现的话语游戏，批评的价值欲求也由“意义疏瀹、启迪心智”的价值行为转而为“跟帖打诨、赚点击率”的娱乐消遣。在话语平权和张扬个性中如何建构起富含普适价值的评价标准，是网络文学批评要解决的课题。

追问二：共享式乐园里还要不要主体承担？

无远弗届的“赛博空间”是一个神奇美妙的共享式乐园，网民在这里分享文学资源，同时分享身份自由带来的视听奇观和精神盛宴。文学批评得以从传统批评标准的“镣铐”中解脱出来，可以天马行空任意驰骋，尽情享受“眩晕”的感觉。然而,批评者在获得身份和言说自由权的同时,也卸落了自身的主体承担。

造成批评承担虚位的原因多样,其中主体身份的匿名性是其首要原因。身份隐匿使批评者摆脱了纷繁的现实社会关系和物欲的诱惑,赢得更大的批评自由度,又可以轻松卸去文学功利因素给予他们的负载,保持批评的独立品格。然而,匿名批评面对的是一个众声喧哗的网络世界,由于批评者身份的虚拟和游移不定,使得许多网络批评在“无我”与“真我”的双重游戏中逃避了自身所应该承担的艺术使命,回避了应有的社会责任——他无须为人民代言、为社会立心,也无须对审美予以艺术进取的承诺,更不会作文学传统的赓续和艺术规范的遵循,只需要快意而悦心、自娱以娱人。结果,主体责任、艺术承担、社会效果、审美意义等价值期待都失去了自律的前提。随着身份虚拟带来的主体性缺位,文学的价值依据和审美承担就成了被遗忘的理念和被摈弃的教条。于是,回避沉重和苦难,削平深度,平面化、零散化、娱乐化等后现代观念在网络文学批评中得到淋漓尽致的表达,经典祛魅、讥嘲崇高、亵渎神圣,乃至消极颓废、玩世不恭等,均有了合法滋长的空间。

追问三:谁来为自由言说的“粗口秀”埋单?

大众狂欢的网络空间建构了一个消解崇高、颠覆神性、贱视权威的“渎圣”世界,存活于此的网络文学批评已不再是严肃的价值评判行为,而更多的是一种轻松随意的表达游戏。我们看到,许多网络批评充斥着怪诞、嘲弄、调侃、耍贫嘴、假正经,以及各种民俗民间文化的“粗口秀”叙事,用“另类”的批评姿态打破旧有的批评模式,祛除文学批评传统的原有光环,颠覆典雅的批评范式和尊贵的价值理念,让文学批评从精英走向大众,从圣坛回归民间,形成快意亲和的“新民间批评”新格局。然而,充斥网评的“粗口秀”表达究竟是新锐的利器还是流俗的口水?

“粗口秀”(vulgarity show)是一种运用凡俗话语模式传情达意的语言策略,它原是一种民间智慧,现在则被广泛用于网络批评。讥嘲崇高、拼接凡俗和渎圣思维形成的脱冕式俗众狂欢,以及由谐谑炫技和短句陈示所演绎的平庸崇拜，是网络批评“粗口秀”叙事的常见表征，如将大众耳熟能详的成语典故、名言警句、影视歌词等，通过戏仿、拼接等方式，翻新为时尚调侃的噱头，将其纳入新的语境，以制造一种喜剧性的反讽效果等。如有人将广为传唱的《游击队之歌》的歌词戏仿为：“我们都是大美女，每一次点击消灭一颗痴心；我们都是狐狸精，哪管它网恋真不真……”网络是一个反中心化、非集权性的自由空间，它蔑视等级观念，拒斥精英情怀和盛气凌人，无论是思想大师还是普通百姓，在此都是平起平坐的网民，网络批评只能以平民姿态、平常心态看平庸事态，以撒播感觉来表征“我俗我怕谁”的草根心结。基于这种心态，网络批评不是要打造批评经典，而是通过相互交流以排遣情绪。炫耀谐谑的技巧，展示幽默的智性，巧置诙谐的语言，编织搞笑的噱头，常常能为作品招徕更多的看点，然而，这样的“粗口秀”话语能否撑起文学批评的天空，达成对网络作品的意义解读和网络写作的健康引导，是大可怀疑的。这不仅因为表达的粗糙、粗俗和粗口会干扰理性思考和观念沉淀，还可能为个性膨胀、道德失范洞开方便之门，导致网络文学批评整体水平低下，失去批评的意义和深度，因为言说的自由最终是要靠意义的有效表达才能获得价值支撑的。

（原载于《探索与争鸣》2010 年第 11 期）

网络文学批评的困境与选择

网络文学批评之成为当前的一个焦点话题，显然不是源于批评界的某种理论嗜好，而是基于网络文学创作实践的需求。近年来网络文学的爆发式增长，让本来就有些薄弱的网络批评愈发相形见绌、声音微弱，赶不上呼啸前行的创作快车。于是，网络文学批评特别是学院派批评，颇有些处境尴尬——一方面在网文界遇“冷”，不被网络写手和网民读者看好；另一方面又被传统批评视为“小道”和“边缘”，相对于积淀深厚的主流文学批评，网络批评似乎是“不入流”的。要改变这一现状，加快网络文学批评建设，倡导刚健有为的网络批评，显得十分重要而紧迫。

一、 网络文学批评的三重困境

网络文学批评也是文学批评，需要遵循文学批评的基本规范，发挥文学批评的应有功能；但网络文学批评又不同于传统的或曰常规的文学批评，因为它是“网络文学”的批评，所以它带给了文学批评许多新的变化以及诸多的困惑。

首先是作品阅读量困境。阅读是批评的先导和前提，而网络文学批评首先碰到的难题便是阅读的困难。网上的作品浩如烟海却良莠不齐，特别是网络小说，动辄百万、千万字的篇幅，给阅读带来很大压力。网络上已经出现1.7亿字的超长篇小说《宇宙巨校闪级生》①，淡然的超长篇《宇宙与生命》超过2700万字，雷云风暴创作的《从零开始》已有2022万字，心梦无痕的《七界传说》达1900多万字②，而数百万字的小说、特别是玄幻类小说，在网络上可谓比比皆是。③ 为了阅读市场“粉丝”跟读的“眼球效应”，就像电视连续剧需要播放50集左右方可产生最佳广告效应一样，网络小说为了付费阅读的需要和优质IP的影响力积累，必须要有一定的篇幅才能对阅读者形成“黏性”，产生“欲罢不能”的吸引力。一旦“黏”住了读者群，有时哪怕是“弃之可惜，食之无味”，这些“粉”们也愿意硬着头皮跟读下去，因为他们还在期待下一次“续更”的“爽点”。于是，已被欲望机制驱动的“粉丝跟读”将会约束着写手持续写下去，出现“有人读，我就写”、萝卜多了不洗泥的“注水”长篇也就不稀奇了。从经济效益看，这种基于读者选择的“超长”写作并不代表艺术的创新或审美的进步，但对于作者和网站经营显然是有利的，苦就苦了那些试图评价网络文学的批评家和研究者——生而有涯之人生面对恒河沙数般的作品，谁也无

① 目前世界上最长的网络小说《宇宙巨校闪级生》，作者是紫峰闲人。该小说总字数超过340兆，如换成中文计算多达1.7亿汉字。这是一部用VB语言编写并全自动完成的超长篇小说，全书至少描写了1.7万个有着不同姓名、不同容貌、不同特长的人物，描述了两万七千种造型新奇、行为怪异的怪物。据报道，完成这部超长小说只用了37个小时(不包括编程时间)。作品极具创意和想象力，无论是故事情节、人物塑造、环境描述，都可用怪妙绝尘、难寻对手来形容，因为这些效果的产生主要是借用了强大的电脑计算能力。

② 雷云风暴的《从零开始》已在起点中文网连载11年，当前已有2022万字，仍在更新。心梦无痕的《七界传说》，共1900多万字。参见知乎：http://www.zhihu.com/question/20435165，2016年9月16日查询。

③ 另有研究者统计：“起点文学网目前超过1000万字并且还在继续更新的小说有4部，它们是雷云风暴的《从零开始》，现在是1380多万字(此为2013年的数字——笔者注)，元宝的《异能古董商》1160多万字，陈风笑的《官仙》1150万多字，黄金战士的《重生之妖孽人生》1100多万字。另外还有四部超过九百万字，接近1000万字。800万—900万字之间的也有8部。超过500万字的有80部。超过200万字的多达1049部，字数在100—200万字之间的达1100部，意即超过100万字以上的小说多达2149部。这还是起点一家的情况。”见聂庆璞：《网络超长篇：商业化催生的注水写作》，《社会科学战线》2013年第2期。

法穷尽巨量的阅读对象。即如当下火爆的类型小说而言，要想把几十种类型化作品梳理一个轮廓尚且不易，遑论在“类型的海洋”沙里淘金，掌握文学批评的话语自信！当然，如果你是在网上做一个“跟读的粉丝”即兴点评，或是去网络社区、某一作品的论坛参与在线评论，就具体作品的内容和写法发表几句阅读感言，也许不是一件难事，但如果是要发表文学“长评”，或者在传统媒体发表对网络作家作品鞭辟入里、切中肯綮的学术批评，没有对网络文学的长期浸淫，没有对作品的仔细阅读，都是不可想象的。网络作品数量多、篇幅长的“阅读难”问题，让许多有心介入的评论者要么望而却步，要么做一目十行的浅阅读，难以进入网络批评深入堂奥之门径，“阅读难关”便成为网络批评在技术层面的首要之难。

另一个是评价标准困境。网络改变了人与世界原初的艺术审美关系，网络文学创造了不一样的文学，这使得传统批评标准一夜之间成为“昨日成规”，难以照搬过来用于评价新兴的网络文学，而新的评价标准尚未建立起来，网文批评似乎变得无所依傍，导致批评与创作的严重疏离，形成“创作热”和“批评冷”的强烈反差。于是，网络文学的理论批评正经历难以规避的观念转型和标准重建。从学理逻辑上看，网络文学仍然需要坚守人类赋予文学的逻各斯原点，其批评标准应该有助于评判和构建这种文学的人文审美价值和社会文化意义；同时，网络文学的批评标准又必须切中“网络”和“文学”双重背景下的艺术创新，能够回应网络时代的文学发展和文学问题。比如，这个标准除了传统的思想性与艺术性外，还应该有读者层面、产业层面、技术层面的评价尺度。网络文学的批评标准可以是分层、分级的，需要坚持思想精深、内容精湛、艺术精良等纯文学的高标准，也需要有诸如生活的认同感、情感的代入性、阅读的快感、大众娱乐性、“续更”的完本率、与读者的互动性，甚至持续原创的时长年限、作者的版权观念、网络道德操守与法律法规意识等一般性的、更为具体的标准。这些都应该纳入网络文学批评标准和评价体系建构的视域。在笔者看来，基于当下我国网络文学的发展实际，其批评标准至少应当回答如下关键问题：网络时代文学评价的社会价值导向与文学价值导向应该如何坚守？网络时代的文学应怎样达成其认识、教育、审美、娱乐功能与市场效益的统一？网络时代的文学批评该怎样均衡美学标准、读者人气、经济效益等评价范式来展开对文学作品的思想内涵、艺术形式、审美风格的鉴赏和评价？网络时代的文学批评应如何分析网络文学不同类型、不同风格、不同流派、不同文本的异同？评价网络时代的文学该怎样把握现实主义、浪漫主义、现代主义以及玄幻、穿越等类型化写作手法在网络文学中的表现？当前，我国网文批评界对这些问题探讨不多，回应很少，有些研究才刚刚开始，有的问题还很少有人触及，已有的网络文学批评实践也多是“摸着石头过河”，或者自说自话、各说各话，这种状况应该尽快得到改变。

最后还有评价方式的困境。这里所说的评价方式，主要指文学批评的表达方式和成果传播的载体形态。传统的文学批评是文学理论的重要一翼，长于对批评对象做学理分析，其成果一般是以公开发表（出版）的报刊、著作形式形成批评的影响力。网络文学诞生后，仍然有许多批评家、特别是关注网络文学的学院派批评在沿袭这种批评方式，但更多的网络批评即网民批评却是在网络上完成的，网络“在线批评”已成为网络文学批评的主要方式。今天，我国的网络文学批评已经形成了一个由三类批评主体构成的三大批评阵营：由传统批评家构成的学院派批评、由传统媒体人构成的传媒批评和以文学网民为主体形成的在线批评。学院派批评是一种理性化的学术批评，注重学理规范和观念逻辑；传媒批评注重新闻时效的影响力，关注社会效益和市场反应，具有价值的引导性；而网络在线批评则以即时表达为主，讲求真话实说和悦心快意，往往三言两语，点到即止，却难免蜻蜓点水，或剑走偏锋，有时只图口舌之快却不负文责。目前，这三个阵营各展其长，但并未形成兼容互补之势。从有助于网络文学健康发展的大计考虑，要使网络文学批评发挥在社会主流文化中的影响力，需要掌控批评话语权和传媒主动权的“精英批评”与主流媒体更多地关注网络文学，用主流的声音为网络文学“站台”，改变网络创作与网络批评严重失衡的状况；与此同时，在笔者看来，更重要的是倡导批评家的网络在线批评，因为在线批评不仅更切合网络文学的文本生产机制和传播特点，也有助于网络批评与网络创作的互动沟通，真正让网络批评以“网络”的方式发挥作用。由数字化网络所规制的“宏媒体”“元媒体”和自媒体具有强劲的整合力和传统媒体难以企及的传播力，网络文学创作、传播、阅读的特点，决定了网络在线批评的直接有效性和批评趋势的必然性与适恰性，从网络特别是自媒体的覆盖面和影响力看，“上网批评”和“批评上网”都将是网络文学批评不可逆转的趋势。我们期待，今天“三类批评主体构成三大批评阵营”的彼此分立、互补往来的状况，在媒介融合的时代语境中尽快形成一股合力、一个整体，就像消除网络文学与传统文学的界限一样，逐步弥合学院批评、传媒批评、网络在线批评的边界，创建网络文学批评的“中国板块”。

二、批评立场的主体选择

从上网开始，从阅读出发，呼吁批评家“入场”，是网络文学批评的第一步，也是批评主体的首要选择。评价网络文学，研究网络文学，应该并只能从对象的实际出发，以研究的本体为据，这是我们了解网络文学、评价网络文学、研究网络文学绕不过去的一道“铁门槛”。对于网络文学批评者而言，“便是点击网站，阅读作品，下足新批评派所倡导的‘细读’工夫，了解和把握网络文学的生产方式、作品形态、传播载体和接受方式，以及功能结构与意义蕴含等”①。切入现场，做一个网络文学的“局内人”，从而赢得网络文学批评的话语权，这是网络批评的前提。并且，批评家仅仅“入场”还不够，还需要“入眼”“入心”，做一个网络“潜水者”跟踪阅读作品，也可以做一个“粉丝”为某一个网络写手“站台”甚或“打赏”，参与对网络作家作品的社区、论坛讨论，或点赞或吐槽，或跟帖或长评，跟作家互动，与网友交流，始终保持对网络文学现场的关注度和兴奋点。时下看到

① 欧阳友权：《中国物联网研究基点及其语境选择》，《河北学刊》2015 年第 4 期。

的情况往往不是这样，这有两种情形容易形成阻隔：一是“旧制嵌入”模式，另一种是“技术至要”模式。前者先入为主地简单套用传统的文学理论体系和批评标准来评价网络文学，评论者不是从网络阅读出发，有些甚至很少上网，并不熟悉网络作品，只是凭着在传统文学熏陶中积累的理论经验，便无比自信地面对网络文学发言，比如网络文学“垃圾论”“低俗论”“口水论”“媒介论”等即属此类。这种评价多是“把传统的文论学理简单套用到网络文学身上，用中外经典的文艺理论概念、范畴和理论模式，实施‘六经注我’或‘我注六经’式的疏瀹与反思，急于构建网络文学的理论体系，让这只本该黄昏时高飞的‘密涅瓦的猫头鹰’在黎明时便折翅起飞，结果不仅对实际的网络文学现象体认有‘隔’，也于这一新兴文学的理论开启无补，导致网络文学研究的聚焦失准与凌空蹈虚”①。后者同样不是从网络作品出发，或者根本不把网络文学当作“文学”去评价，而仅仅将其看作一种技术传媒的文化符号，以技术分析代替艺术评判，用工具思维漠视网络文学的人文蕴含，其评论充斥着一串串技术性术语和英文符号，读来让人一头雾水，笔下的评论文章不乏“网络”特色却与“文学”相距甚远，说到底，还是对网络作品阅读不足，体验不深，只能“入场”却不能“入心”，这样的批评滑向了技术的槽模，脱离了文学的正途。

二是建立网络文学批评通变观。文学的变化不以人的意志为转移，由文学变化带来的文学批评变化同样如此，正所谓“文变染乎世情，兴废系乎时序”，当飞速发展的互联网技术把文学带到“赛博空间”的时候，文学批评要想回应文学现实，只能顺变，不能“逆袭”，改变与调适才是最好的出路。哈佛大学研究互联网治理的专家乔纳森·齐特林(Jonathan Zittrain)称互联网是人类“光荣、毁灭与救赎的预言”，因为网络硬软件服务功能的“完美的执行”就意味着“行为规则和判决规则的不受欢迎的瓦解”②。美国新媒体研究专家马克·波斯特(Mark Poster)在《互联网怎么

① 欧阳友权：《中国物联网研究基点及其语境选择》，《河北学刊》2015年第4期。

② [美]乔纳森·齐特林：《互联网的未来》，康国平、刘乃清等译，东方出版社2011年版，第101页。

了?》一书中提醒人们:“数字化技术将带来巨大的变化,这一点不可否认,但关键不是设想一个炼狱(dystopia)或者乌托邦(utopia),而是理解当下正在发生的事情,并且尽我们所能以最好的方式去理解它们的结果。”① 传媒巨擘麦克卢汉(Marshall McLuhan)也早就对传媒技术带来的变化有过精到的预言,他说:“技术的影响不是发生在意见和观念的层面上,而是要坚定不移、不可抗拒地改变人的感觉比率和感知模式。”②互联网这只“魔兽”已经不可抗拒地改变了人对世界的认知方式,改变了社会面貌和文化规则,改变了文学的存在方式和发展格局,评价文学的体系和标准当然也应发生变化。不过这个变化需要找到两个支点:一个是网络文学创作实践,让批评标准和评价体系既要有“文学”的维度,又要有“网络”的视野,能够“接地气”地回应现实;另一个是“文学性”的逻辑原点,即吸取传统文学批评理论观念中那些不变或不能变的元素,如人文的、审美的、艺术感染的、普世价值的等文学要素,这样的文学批评才会是“文学”的批评而不是其他。

具体来说,基于主体立场的批评通变观包括三个方面内容。第一,批评主体身份通变。网络批评是开放的,可以是有门槛的,如在传统媒体(书、报、刊)发表网络文学评论就会有专业性的要求;也可以是无门槛、零成本的,如网络在线批评。也就是说,网络文学批评不再是职业批评家的专利,而是批评话语权的下移与解放,使普通网民都有了面对作品发言的权利,而批评广场的众声喧哗能让创作者听到更多的“逆耳之言”,其所体现的以真话对抗虚假、用犀利替代陈腐,以及在“读—写”互动中实现的间性对话,显然有助于改善文学批评的学术生态。第二是批评标准的通变,批评家应该基于网络文学的发展实际,充分考虑批评标准的多维性,因为“网络文学的批评标准显现于对作品的肯定与否定的评判中、争议于传统

① [美]马克·波斯特:《互联网怎么了?》,易容译,河南大学出版社 2010 年版,第 63 页。

② [加]马歇尔·麦克卢汉:《理解媒介——论人的延伸》,何道宽译,商务印书馆 2001 年版,第 46 页。

与创新之辩，并合谋于商业与技术之维”[1]。其探索性、不确定性与可塑性，必须要有通变的立场和心态，如研究者建言的：建构合理的网络文学评价体系需要明确合理的价值预设和历史性、语境化原则，网络文学的网络化存在方式是确认网络文学评价体系的存在论依据，因而，通变的批评标准必须考虑新媒介下的新文学，如“网络功能发挥尺度、跨媒介及跨艺类尺度、技术性—艺术性—商业性融合尺度、‘虚拟世界’开拓尺度、主体网络间性与合作生产尺度、‘数字此在’对存在意义领悟尺度、‘数字现实主义’美学尺度体系整体构成”[2]，这些尺度本身也无时不处在变化与建构之中。第三是评价方式的变化，网络批评应该倡导不拘一格，可以是长评，也可以是短评；可以是逻辑剖析性的，也可以是感悟式的；可以发表在传统媒体上，也可以是在线批评；风格上可以庄重典雅，也可以戏谑调侃……无论是哪种批评方式，只要是对解读网络作家作品有利，有助于网络文学健康发展，就应该以开放的、包容的心态去接受、去适应。

三是打通写、读、管、评各环节，建立文学批评的共同体。网络文学的存在方式本身就是一个生产链、产业链环环相扣、相互依存的“文学共同体”，由写手创作—网站管理—读者欣赏—学者评说—市场检验—政府监管等诸要素创生的业态结构，构成了新媒体语境中的文学社会学和生产美学。网络文学批评也应该这样，也需要建构一个由创作（作者维度）、管理（政府维度）、经营（网站维度）、阅读（读者维度）、评论（理论维度）五位一体的“批评共同体”，而不是批评家或文学网民的单打独斗、各说各话。这个共同体以理论评论学理逻辑为中心，创建批评的多维互动方式，以此形成网络文学批评的良好生态。譬如，在“批评—创作”的维度上，批评家要和网络作家交朋友，主动阅读作品，关注写手的创作与成长；网络作家也应该主动接近理论评论者，形成沟通与交流的良性机制，实现批评与创

① 禹建湘：《网络文学批评标准的多维性》，《求是学刊》2016年第3期。

② 单小曦：《网络文学评价体系问题反思及其在媒介存在论批评视角下的构建》，《文艺理论学会网络文学研究会2016年学术年会暨“网络文学评价体系构建”学术研讨会论文集》，2016年8月。

作的“对眼”与“对点”，而不是彼此观望，互不往来。文学评论家冯牧先生曾说过，批评家和作家的关系应该是平等交流的关系，不是领导和被领导的关系，不应当像契诃夫那样将其看成是“绳子和马”的关系，也不应当像爱伦堡那样将其看成是“木耳和树”的关系，而要像贺拉斯在《诗艺》中比喻的那样：创作好比“刀子”，评论好比“磨刀石”，磨刀石虽然切不动什么，但却可以使钢刀锋利。作为批评家，应该让自己的评论助推创作的“锋刀利刃”；而网络作家也应该虚怀若谷，敢听真话，视批评家为文学同道和前行路上的挚友。在“批评—管理”的维度上，网络文学批评需要自觉遵守相关政策法规，积极配合政府管理，打击利用网络文学传播有害内容的违法违规行为，促进网络文学创作与经营恪守行业规范，以自律抵制市场乱象，积极营造网络文学健康有序的发展环境。文学管理者也需要依托网络批评获得文学舆情，把握创作动向，推介优秀作品，为网络批评保驾护航，使其成为洞悉网络文学实践的晴雨表和驱动力。在“批评—经营”维度上，网络文学批评应该沟通创作与市场，为网站经营作品提供艺术定性和市场定量的有效信息，助推文学网站创新商业模式，开拓文学市场，扩大作品影响力，延伸优质 IP 的产业链，形成可选择性价值导向。同时，网络批评也应该促进网站经营者把创作优秀作品作为中心环节，运用新媒体技术，组织和传播优秀作品，健全综合评价体系，把好内容质量关，抵制趋利媚俗之风，发表更多经得住大众评价、专家评价、历史评价和市场检验的好作品。文学网站也需要积极配合文学评价活动，为批评行为提供后台信息，把支持文学批评纳入网站管理的工作内容。从“批评—阅读”的维度上说，文学批评有责任在浩如烟海的网络作品中引导读者目光，形成欣赏导向，帮助读者更准确地认识和理解网络作品，以便“通作者之意，开览者之心”，一方面起到“沙里淘金”、抽茧剥丝的艺术遴选效应，另一方面又可以防范有害作品对读者的危害，起到阅读市场的净化作用。

（原载于《中州学刊》2016 年 12 期）

网络文学批评对文论逻辑原点的调适

如果说创作是批评基础和前提，而批评则是理论变迁的先导与先声。文学观念的变化及其所规制的理论拓进与转型，往往都是首先以批评的方式出现、在批评实践中凸显并以批评的成果来表达的。网络文学的出现，其所影响和改变的绝不仅仅是文学的传播媒介和工具载体，更是在深层的逻辑原点上冲击着文学的观念基础和价值模式，

我们知道，所有的文学批评都是一种观念的表达。网络文学批评——不管是在线批评还是离线批评，都将体现批评者的文学立场，在臧否对象时蕴含着自己的价值判断，表达一定的文学观念，无论是作家作品批评、社团流派批评抑或是网络时代的泛商业批评，概莫能外。20余年来，我国网络文学批评伴随网络创作一同前行、一道成长，一批网络文学批评的先行者筚路蓝缕，不时切入网络文学发展的一个个焦点问题，也引发一系列网络文学批评的热点事件，如“木子美现象”批判、赵丽华诗歌事件、“韩白”论战、网络文学“有无之争”、网络小说竞争“茅奖”的讨论等等。许多敏锐的传统批评家涉足网络文学，他们从学理上解读网络文学现象，品评网络原创作家作品，试图通过观念辨析发现网络文学创作的基本规律，建构网络文学的理论范式。更多的网络文学批评则是活跃在网络社区、论坛、自媒体终端的网民在线批评。批评者可能是某位网络大神的“粉丝”，或者是某部作品的“追更者”与“钟情族”，他们面对网络作品即时发声，或长评或短论，直言不讳，话表心声，让读写互动乃至网民互掐成为

网络文学“网络性”最生动的景观。

如同传统的文学批评一样，网络批评主体的身份各有不同，批评的形态和传播的载体可以多样，但批评的终极指向却是相同的，即都是在表达或者确立一种文学观念，或通过某种评判来表达，通过某种否定来确立。无论是面对作品作家、面对某种文学倾向或文学问题，其背后都是基于特定文学观念的设定与支撑，终而指向文学的某些逻辑原点建构。20 余年的网络文学批评还只是刚刚起步，与恒河沙数般的网络文学作品相比，不仅声音微弱，而且力度也远远不够。尽管如此，锋芒初露的网络文学批评依然在理论与实践的双重逻辑上承载了网络时代文学观念变迁的历史表达，并在对传统文论逻辑原点的调适中，尝试建构自己的理论形态，而这正是它对当代网络文艺学建设的最大贡献。这从 20 年来网络文学批评的历史发展中，可以看到其对几个文论逻辑原点的新探索，并规制着文论范式的时代转型。

首先是网络文学批评对“什么是文学”这一文学“元问题”的重新解读。文学是什么或什么是文学，尽管文论界持论不一甚至争论常在，创作者也并未在意，但中外文论传统从人文审美的“逻各斯”原点出发，还是赋予了文学以诸多界定，如“诗言志”“诗缘情”“畅神比德”“文以载道”“艺以明志”“寓教于乐”“社会生活的反映”“审美意识形态”，以及“再现论”“表现论”“形式论”“主体论”等等，让文学艺术在人性丰富性和社会主流意识形态的潮头发挥“历史操盘手”“社会代言人”“时代的良知”和“灵魂工程师”的职能作用。应该说，文学艺术在社会文化道义上一直都扮演着重要的角色，这是艺术的尊荣，也是文艺学逻辑原点的历史性呈现。但在新媒体时代，在网络文学出现以后，情况开始发生变化。文学变了，但我们对于“文学”的认知有变化么？有些什么样的变化？传统的文学观念是否应该在新媒体文学面前“归零”？这在网络文学的理论批评中就成了一个可以被讨论、被重新审视的问题。如笔者曾就媒介载体的不同来比较网络文学与传统文学的差异，以此找出网络文学之成为“网络文学”的逻辑原点——自由：“网络的最大特点是自由，文学的精神本质也是自由，网络之接纳文学或者文学之走进网络，就在于它们存在兼容的共振点：自由。可以说,'自由'是文学与网络的最佳结合部,是艺术与信息科技的黏合剂,网络文学最核心的精神本性就在于它的自由性,网络的自由性为人类的艺术审美的自由精神提供了又一个新奇别致的理想家园。"①面对网络时代追问的"文学是什么",网络创作给予我们最直接的答案就是:"虚拟世界的自由表征。"这一答案的根据就在于,文学源于人类在生存中对自由理想的渴望和幻想,又以"诗意的栖居"为人类的精神打造自由的乌托邦,强化了文学对个性、对本色、对主体心灵的自由表达,而网络媒体所拥有的自由、平等、共享、兼容的精神特征,解放了过去艺术自由当中的某些不自由,为艺术更充分地享受自由、更自由地酿造自由精神的家园插上了自由的翅膀。"'自由'已成为文学与数字科技的结合部与黏合剂,数字媒介的自由表达为我们赢得了科技与人文相得益彰的更为广大的时空。"②不过应该看到,网络等数字媒体中的艺术自由,并不是简单地回归到人类文明元典赋予艺术的那种自由,两者的出发点和落脚点处于不同层面:艺术本体论的自由要以历史与现实的必然性为依皈,其通过表现人与现实之间的审美关系,旨在达成主观的合目的性与客观的合规律性的统一;而数字媒介所创造的艺术自由是基于虚拟世界的自由,是技术化赛博空间的自由表达,而不是要改变对必然性规律的意义体认。因而,数字媒介对艺术自由的表征,可以看作是对"自由"这一学理原点的技艺诠释而非意义确证。王一川从"网络时代的文学,什么是不能少的"角度回答了"什么是文学"的问题,他认为,除了技术媒介的特殊性外,"体验、想象力和才华,及由此而生的独创"是网络文学之成为"文学"标志和内核。他说:"网络时代文学有可能给文学带来新的有着革命性意义的变化,如前面说的打破作者霸权、寻求读者自由、从精神性到日常性、文本资源丰富性和阅读开放性等。这是谁也看得到的。但问题是,这些所谓革命性变化主要牵涉的是文学的媒体技术层面,而不是其内在意义层面",只有在意义层面

① 欧阳友权等著:《网络文学论纲》,人民文学出版社2003年版,第147页。
② 欧阳友权:《数字媒介与中国文学的转型》,《中国社会科学》2007年第1期。

上达到了“体验、想象力和才华，及由此而生的独创”，这才是网络文学作为“文学”所不能少的[①]。作家张抗抗结合自己的创作经验，从网络文学的“变与不变”的辩证关系上界定“什么是文学”的内涵：“网络文学会改变文学的载体和传播方式，会改变读者阅读的习惯，会改变作者的视野、心态、思维方式和表现方式，但它究竟在多大程度上，能改变文学本身？比如说，情感、想象、良知、语言等文学要素。”[②]由此可见，在“文学是什么”的问题上，网络文学批评者的观点推进了文学逻辑原点的时代延伸，丰富了网络时代有关“文学”观念的内涵，有助于我们认识文学适时而变后“变”与“不变”的辩证逻辑，调适文学本性与文学新变之间的落差，但并没有从根本上改变文学之成为文学的那个逻各斯原点。

然后是对“文学写什么”进行了新诠释。文学写生活、写时代，写特定时代特定生活的人性与人生、感情和梦想，因为“文学是人学”，“文学是社会生活的反映”，这是文学的本体论支点。但网络文学创作的实际状况和多种可能，让这一逻辑原点不再是天经地义或无可置疑，正如黄鸣奋所言：“传统文艺学认为文艺是‘人写’‘写人’‘人读’的。电脑文艺学虽然承认上述命题在一定历史时期是成立的，却不认为它们天经地义，而主张随着时代的进步将视野逐渐扩大到电脑化的人类、智能动物和机器人的创造性活动。在现阶段，已提上研究日程的课题至少有：电脑被作为创作工具加以运用之后，人类的思维方式、作为特殊社会角色的创作者和鉴赏者的艺术活动受到什么影响？如何评价由随机程序自动产生的或由艺术机器人完成的‘作品’？如何评价描写机器人心理的作品（如阿西莫夫的小说《我，机器人》等）？如何从生态伦理学的角度反思人与其它生物的关系，反观历史上那些以动植物为题材的作品？如何认识人的审美心理、探索灵感与感悟等奥秘并向人工智能科学输送相关研究成果？如何利用人工智能技术来进行艺术作品的甄别、艺术专家系统的开发？等等。”[③]既

① 王一川：《网络时代文学：什么是不能少的?》，《大家》2000 年第 3 期。

② 张抗抗：《网络文学杂感》，《中华读书报》2000 年 3 月 1 日。

③ 黄鸣奋：《女娲、维纳斯，抑或魔鬼终结者》，《文学评论》2000 年第 5 期。

然机器人、人工智能都能创作文学作品，那么在“写什么”上也必将与传统文学有所不同。有评论者指出：“数字化生存的平民叙事”正彰显出网络时代“文学写什么”的微妙变化。“从艺术内容上说，数字媒介作品所描写的多为数字化时代的新生活，如都市化青年的时尚生存、欲望消费和情感选择等，不过这样的生活内容可以出现在新媒介作品中，也可以是传统艺术所要表现的东西。”文章认为，数字媒介作品内容的特殊性有二：一是长于表现网络世界的虚拟化生存，即“网人在网上写网络供网友阅读”式的网络写作，如《网络鲁迅》《网络张爱玲》《网络金庸》《网络王小波》等，它们由专门的网站、网络论坛、网络专辑、网络 BBS 跟帖组成，离开了网络媒体，它们本身无从存在。如果说类似《成都，今夜请将我遗忘》《天堂向左，深圳往右》这样的作品既可以是网络文学，也可以纸笔书写、印刷出版，那么像《玫瑰在风中颤抖》《我的爱慢慢飘过你的网》《我一定要找到你》以及《第一次的亲密接触》等作品内容，就只能适于网络写作，因为以网络载体写网络生活才符合网络冲浪者对网络阅读的需求，容易引起网民更广泛的共鸣。时下网络流行的玄幻、魔幻、穿越、架空等幻想类型小说占据了网络文学的主流，正说明网络创作长于表现“虚拟化生存”的特点。二是艺术叙事的平民视角和“草根”心态。数字化虚拟空间的兼容与共享性，使得艺术边缘族群的创作梦想和社会底层的欲望表达有了张扬的机缘，民间话语能以“广场撒播”的方式共享自由平台。“数字媒体用蛛网勾连的交互式触角拉开艺术圣殿尊贵的面纱，让‘脱冕’后的艺术女神走下神坛，回归民间，与民同乐，形成自由而快意的亲和力。因而数字媒介作品常常把崇高回归到低微和平凡，把艺术连同自由平等的观念一道拉回到民间本位。……这样的‘草根’心态对于‘艺术写什么’的意义在于：它褪去了贵族书写的艺术体制，又消弭了个人创作的社会镜像化掣肘，促使艺术走向本真叙事，让作品所述之物贴近数字化生存的感性现实。”[①]于是，

① 欧阳友权：《文艺边界拓展与文论原点位移》，《廊坊师范学院学报》2007 年第 4 期。

网络文学在“写什么”的问题上是有明显变化的，网络文学批评对这种变化的描述，正在于说明其变化的文学必然性、历史合法性与艺术可能性，而如何从观念嬗变和理论转型的角度来调适这一变化，让这一变化来推进新兴文学的发展而不是阻碍文学的进步，就是网络文学批评的意义所在。

另外，网络文学批评对“文学怎么写”做了新解读。面对网络文学创作的种种变化，我国理论批评界对“文学怎么写”的探讨涉及内外两个层面。有研究者从外在形态的变化上辨析，认为网络文学写作需要“以机换笔”，临屏书写。在创作中，数字化的技术媒介突破“语言艺术”的阈限，由语言符号向数字符号转变，并可便捷使用视频、音频等多媒体实现表情达意。作品的承载方式由“硬载体”向“软载体”转变，用“比特”代替“原子”，用“符码”替代了“物质”，用“虚拟空间的文字”替代了“手中的书本”。并且，文学类型开始分化，文学边界变得模糊，纪实与虚构、文学创作与生活实录、文学与非文学的界限日渐淡化，一些新的文体如“聊天体”“接龙体”“短信体”“链接体”“拼贴体”“分延体”“扮演体”以及“废话体”等不断涌现，让“怎么写”成为话语技术的网络实验。① 内在层面上的“怎么写”涉及的是价值构成与意义模式问题。如敬文东在《网络时代经典写作的命运》中认为，“互联网的出现，为文学写作提供了一个与经典写作绝然不同的开放式写作空间，它以令人不可思议的方式消除了时间与空间的界限。在虚拟的信息平台上，它至少从理论的维度，允许无穷多的写作者同时参与同一件作品的写作。每一个写作者都可以有限度地改变、规定、矫正作品的未来走向”。于是，“网络文学写作，一方面宣告了经典写作中挣脱被

① 这方面的批评文章可参见陈定家：《“超文本”的兴起与网络时代的文学》，《中国社会科学》2007 年第 3 期；吴晓明：《网络文学创作述论》，《湛江师范学院学报》2000 年第 4 期；黄燕妮：《论网络文学对传统文学秩序的新建构》，《当代文坛》2002 年第 4 期；黄春玲：《新写作时代下的网络写作》，《当代文坛》2008 年第 6 期；何志钧：《网络文学类型化写作管窥》，《学习与探索》2010 年第 2 期；欧阳友权：《数字媒介与中国文学的转型》，《中国社会科学》2007 年第 1 期等。

虚构命运的努力的破产、失效，同时也宣告了网络文学写作者甘心于被虚构的命运，诚服于被虚构的命运”。网络文学遵循着行为艺术的内在律令——行为艺术在此不仅意味着它是即兴的、一次性的，而且意味着，它可以把虚构的瞬时世界快速地拉进实存的世界与生活。在网络书写中，到处都是能指的世界，所指将不再对能指起到调控作用，正是所指指挥不了能指，才造就了“到哪儿去都成”的漫游式写作、开放式写作。① 宋晖、赖大仁把网络文学的“怎么写”概括为“文学生产的麦当劳化和网络化”，认为：“现代传媒的复制性为文艺产品大规模生产提供了技术上的可能。它独有的设置议题功能更是在炒作热点、包装作家、推介作品等方面发挥着巨大作用。正是大众传媒才使阅读变为一种时尚，将大众进一步裹挟进其传播与操纵的大众文化中。它强大的辐射性使大众文化广为传播，个人意识日益趋同，从而弱化了个人独特的艺术感受，造就了一批满足于麦当劳化标准产品的具有相同口味的标准读者。”②笔者则把网络创作的“文学怎么写”描述为“以机换笔的感觉撒播”，即“数字媒介创作基于机器指令的电子代码设定，将物理行为的‘爬格子码字儿’变成‘指尖上的数字舞蹈’。这时，艺术活动被‘机械性’自动书写和无限复制所操控，艺术生产遭遇仿真操作的替代性重组，数码化成了新媒介艺术的形而上原则”。其影响在于，以机换笔和机械复制颠覆了物质文本的权威，“输入”代替“书写”的直接结果便是用“词思维”代替了“字思维”，作者没有了执笔“戳”字时语言形象化的切身感受，也没有了笔意，没有了书法，甚至没有了文化，没有了“文章千古事”的道义约束和“手稿时代”严肃、执着的创作心态，以及因纸张的变黄发脆而产生的历史感。“创作者所拥有的只有感觉撒播的快慰——数字媒介写作往往是以平民姿态、平常心态写平庸事态，以撒播感觉来表达自矜的平庸，让高雅相容于世俗，精英存形于普泛，神圣崇高降格为低微和平凡，一切形而上的东西都向下挪移，这样可以利

① 敬文东：《网络时代经典写作的命运》，《小说评论》2001 年第 3 期。

② 宋晖、赖大仁：《文学生产的麦当劳化和网络化》，《文艺评论》2000 年第 5 期。

用数字虚拟不具现实破坏性的特征，尽情释放自己的欲望和激情，传达真实的生活感受。”①

不过从网络文学创作的最新发展看，网络作品“怎么写”还有一个新的维度需要纳入理论批评家的视野，即智能化机器的自动写作。近些年陆续出现的“猎户星免费诗歌自动制作机”“稻香老农作诗机”“写诗软件”“中国古代诗词撰写器”“诗词快车”“诗歌超级助手”“520作诗机”，还有清华大学研发的写诗机器人“薇薇”等，已经把程序创作推到了文学特别是诗歌创作的前沿。随着AI(Artificial Intelligence，即人工智能)以及专家系统和深度学习等“黑科技”的突飞猛进，人工智能开始深度介入文艺创作，开始在影视作品、游戏开发、诗词创作、娱乐服务等领域崭露头角。时至今日，人工智能不仅可以写诗、写小说，由机器人实施的谱曲、作画、写书法、演奏钢琴，乃至让机器人唱歌、主持节目、播报新闻等等，都已经不是什么新鲜事。网络文学批评的任务，就是对人工智能的艺术可能性限度有一个准确的判断与科学的把握，以找到“拟主体”技术权力对艺术创作的适恰性，以此确立起人工智能之于艺术创作的有效性。

网络文学批评对文论逻辑原点还有一个调适维度，就是对“文学干什么”的理性认知。这一观念的批评表达涉及文学的职能与作用、功能与价值等问题。传统文学的功能作用是多样的，也是约定俗成的，概括而言大抵有三个方面：一要有对现实世界的关注，使自身成为载道经国的利器、体察时艰的呐喊、社会文明的火炬，以便用优秀的作品鼓舞人心，实现劝善惩恶、针砭时弊，达成《诗大序》所倡导的“经夫妇，成孝敬，厚人伦，美教化，移风俗”的巨大作用；二要高标一定的精神向度，强调文学涵养人的精神、丰满人性、净化人的灵魂的作用，给人以情感的抚慰与心灵启迪，即亚里士多德所说的“净化”“憩息”和“怡悦”作用；三要体现终极关怀，用艺术灵犀展开对精神彼岸性的向往、叩问与追寻，通过求真向善的理想化诉求

① 欧阳友权：《文艺边界拓展与文论原点位移》，《廊坊师范学院学报》2007年第4期。

来获得某种信仰，为人类构建心灵的家园，既能让人的现实生存获得像海德格尔所说的“诗意的栖居”，也让人的灵魂得到理想的栖息之所等等。无论是中国文论传统的“兴观群怨”(孔子)、“讽谕美刺”(《毛诗序》)、“载道经国”(曹丕)、“劝善惩恶”(王充)、“熏浸刺提”(梁启超)，还是西方艺术美学的“净化论”(亚里士多德)、“寓教于乐”(贺拉斯)、“社会镜鉴”(列夫·托尔斯泰)、“生活的教科书”(车尔尼雪夫斯基)，都围绕上述职能对“文学干什么”做出了明确的限定。在网络文学创作中，这些观念依然有效，依然需要坚持，因为“网络文学不仅是一种技术性存在，也是一种价值论存在。网络文学起源于技术的进步，但这种技术进步向价值领域的渗透、传导，形成了网络文学独特的文学观念和价值体系。网络文学不但应该作为一个技术性事实予以审视，更应该被作为一个文化哲学的事实予以审视”。[①] 但与此同时，“文学干什么”的功能性却也在网络写作中悄然发生一些变化。这突出表现为将“文学干什么”的原点逻辑调适为“自娱以娱人的文化消费”。网络写作主要不是救世济民而是书写虚拟世界的自我想象，一般不追求宏大母题或终极关怀，而更注重兴之所至以抒发性情。这时候，“自娱以娱人”就成为作者和读者都愿意接受的艺术功效。如果说传统的艺术评判尺度更多地倾向于社会认同而淡化个人差异，网络文学的功能取向则更重视个体的自娱自足、畅神达意、开心解颐，同时也让网民读者产生“代入感”，其作品犹如“电子面条”——能让自己称心，也能让他人解馋，却并不希冀与豪门盛宴媲美，也无需赢得社会权力话语的首肯。对于阅读作品的网民受众而言，他们也多是跟着感觉寻找快乐，少有意义探究和意蕴品味的延宕，不像欣赏经典作品那样，讲究细嚼慢咽，探幽触微，发掘其微言大义。与此同时，网络文学作为一种社会文化现象，它已经不由选择地被裹挟进现代消费文化大潮，数字媒体酿造的“新民间文化”事实上已成为大众消费的民间表达和文化言说，是现代消费意识形态的“脱口秀”。所以有评论者说：“在价值认同标准上，市场化

① 阎真：《网络文学价值论省思》，《文艺争鸣》2005 年第 4 期。

生存方式勖勉网络文学用商业导向对抗文学高度”,“网络技术的‘无纸书写’和‘运指如飞’把文学创作从神圣的艺术殿堂拉回虚拟世界的娱乐平台,从而使文学一直秉持的经世致用、有为而作,转而成为自娱娱人的开心游戏或者商业链的效益追求,这是从观念上颠覆了‘文学干什么’的逻辑原点”。① 不过应该看到,网络写作的自由惬意和轻松书写,完成了网络文学自娱以娱人的功能选择,也成就了这种文学的功能范式,但自娱性欲望表达与娱人性交互影响有效扩大了叙事的愉悦张力,却也容易形成一种缺乏深度的“粗口秀”叙事游戏,使文学写作之从“娱乐”走向“娱乐化”,又从“娱乐化”走向“娱乐至死”,导致创作者放弃文学应该有的艺术承担、审美承担、人文承担和社会承担,出现作品意义构建上的价值缺席和责任虚位。网络文学批评有责任矫治这种偏颇,而不是任其偏离文学功能应有的逻辑原点,滑向“非文学性”的飞地。

(原载于《广西师范学院学报》2018 年第 4 期)

① 欧阳婷等:《网络文学的体制谱系学反思》,《文艺理论研究》2014 年第 1 期。

网络文学本体的“谜面”与“谜底”

从鲍勃·迪伦获奖说起

快速变化的文学，能给人以惊喜，也可能让人感到意外。2016 年的诺贝尔文学奖“爆冷”颁给了美国民谣音乐人鲍勃·迪伦就让许多人始料不及——论文学创作，这个摇滚歌星只出版过一本诗集、一本写生集和一本自传；论诗歌本身，鲍勃·迪伦的诗如果不是“唱”出来，而是以文学的方式“读”出来，即使如颁奖词所言“在伟大的美国歌曲传统中开创了新的诗性表达”，在当今世界诗坛也未必算得上是“孤篇盖全唐”的扛鼎之作，看来本届诺奖给世界抛下的文学“谜团”值得深思。不过这次诺奖“跨界”，不拘一格地把一个世界级文学大奖颁给了“声音的文学”或“倾听的文学”，无形中倒是给“什么是文学”的观念辨识提出了一个不同的认知理路，也给新崛起的网络文学为自己“正名”提供了一个“翻盘”的机会——看来文学的历史合法性不在于它的“入口”和载体，也不在于它与经典文学是疏远还是接近，而在于它能否找到更快抵达更多受众的路径，以自己的方式达成“以人民为中心”的大众连接；文学的价值似乎并不取决于它的存在方式，而在于它对社会尤其是对于人们的精神世界产生怎样的影响，因为说到底文学的作用是打动人们的心灵；还有，评价文学高低优劣的尺度也不在于其作品得到多少“圈内人”的认可，只要作品能以某种人们喜爱的方式表征人类的生命形式或某个时代的历史记忆，即便作品存在文化越界或艺术交叉，也依然不失其作为“文学”的社会意义，正如莎士比亚的名言：把玫瑰叫成别的名字，它还是一样芬芳。如此设定无疑为网络文学作为“文学”的存在做了一个很好的注脚——网络文学正是作为一种技术性的存在、大众化的存在、跨界文学与文化艺术的存在而走进我们这个时代的文学生活，进而以其巨大的体量和广泛影响力来获得历史存在感和文化新锐性的。数以万计的网络作家和数以亿计的网文读者似乎有理由自信地追问：既然鲍勃·迪伦能用舞台、音乐、嗓音“唱”出一种“文学”并荣膺诺奖，那么，自由书写、临屏阅读的网络文学为什么不能是“文学”呢？纵使眼下的网络作家和作品尚够不上“诺奖文学”的高台，但它那与生俱来的草根姿态、接地气的文化影响力以及贴近时代、与大众无缝对接的高频传播，不正是网络文学作为“文学”存在的理由与价值么？文学的力量从来就不是由哪个概念可以限定的，一种文学的价值应该由它的传播效果和撬动世界、震颤人心的精神力量来判定，网络文学与那个被我们称作“文学”的东西不应该若即若离，它不是“文学逆子”，而是顺势应变又根脉相承的“文学家人”。

谜面：网络书写让文学“变脸”

不过，网络文学能否秉持文学“正脉”，显然不是这样的简单比附所能说明的，还需要得到文学现象本体和意义本体的逻辑确证。从实际情形看，“粗暴”登场的网络写作，确实给文学本体确证设下了一些个“变脸”的谜面，让人难免雾里看花而疑虑重重。当唐家三少以流畅的“小白文”日写万字又日进斗金，当程序小说、作诗软件替代人脑“春蚕吐丝”般的相伴孤灯，当《琅琊榜》《芈月传》《翻译官》等大批网文成为优质 IP 而不断抢占大众娱乐市场的风头，当网络把文学做成产业后又反过来以资本的引擎驱动网络文学“野蛮生长”，当草根崛起的文学网民高举娱乐和欲望的旌旗以“技术”和“市场”这两把大刀攻城略地，短短十几年间便靠键盘鼠标占据中国文坛半壁江山，做成“现象级”气候，以至于“风景这边独好”时，我们的文学，特别是传统的文学或文学的传统，会不会感到有些意外、迷惑甚至“难堪”呢？一辈子以文学为业，一夜间却不认识“文学”了，原有的文学知识不够用了，是文学出了问题，还是我们的文学观念该发生改变？

正所谓“文变染乎世情，兴废系乎时序”，如果说网络时代的文学已经有了许多的不同，依托网络创作和传播的网络文学，更是生生让文学“面目全非”，从本体上解构或改写了诸多关于“何为文学”的观念。譬如，在“文学是什么”的问题上，网络文学绕开既有规则和意识形态界定，以自由、平等、兼容、共享的互联网精神转向虚拟世界的自由书写，将文学与生活、虚拟与写实交织互渗，原有教科书中有关文体的界限不断被抹平，并且在“文学与生活”的关系上增设了“文学与虚拟生活”的新维度，让人与现实之间的审美关系衍生出一个“虚拟现实”的增长极。那些火爆的玄幻小说如《斗罗大陆》《斗破苍穹》《三界血歌》等，所体现出来的宇宙思维和异界审美，似乎不是仅仅用“文学幻想”就能得到充分解释的，事实上，无论哪一种有关文学的设定都不足以解释创造无限可能的网络文学，除非你说它不是文学。在“文学写什么”和“文学怎么写”的问题上，网络写作从人与人的世界的艺术书写走向数字化生存的本真叙事，其丰富多样的描写对象和不拘一格的欲望叙事，让文学溢出了固有的文学边界，不经意间把人类审美积淀的创作经验转换为电子代码的感觉撒播。南帆先生说，网络文学遵从的历史逻辑和欲望逻辑之间包含了内在的对立，应该为两种类型的文学解读设置不同的代码系统①，其实，网络作品所表达的欲望正是历史的一部分，历史本身就包含了这些欲望，网络写作不过是试图对其做艺术还原而已。还有，在更为重要的文学功能作用上，许多网络写作着力追求的是跟读粉丝的数量及其版权转让的市场反应，商业链的效益追求和自娱娱人的“波普”情结成为网络创作的最大愿景，甚或成为衡量作品成功与否的一大标准，而不再是经世致用、载道经国的时代镜鉴或

① 南帆：《文学批评拿什么对“网络文学＋”发声》，《文艺报》2016 年 10 月 28 日。

寓教于乐的有为而作。网络创作从“人文审美”的中心点走向“产业赢利”的功利心，从承命担责或经典传承走向故事书写的快餐营销，其所改写的是文学创作的价值关系要素，与传统的文学功能本体大相径庭。此时，正如何平先生所言，如果我们一味坚守着传统印刷媒体时代的文学知识和传统，残山剩水能不能守得住？

谜底：网络文学其实还是“文学”

其实，匆匆冲进文坛的网络文学一直在向“文学”进军，他们向“文学”身份自证式努力的脚步一刻也没有停歇过。当一部最早在“弄堂网”上续更的长篇小说《繁花》出版后获第九届茅盾文学奖；当曾经做过海南省作协主席的传统作家蒋子丹以“老猫如是说”的网名在“天涯社区”写出《囚界无边》，出版后以传统长篇的身份被推荐为“茅奖”参评小说；当不断有网络作品被吸纳参评由传统主流文学掌控的各类国家级文学大奖而获得不俗业绩；当越来越多的网文作者从“写手”变成“作家”而被吸纳为各级作协会员时，网络文学与传统文学的关系已经开始走出相互观望却不相往来的格局，人们越来越用“文学”的眼光来看待和评价网络文学了。邵燕君说，当我们不再提网络的时候，网络才真的是主流[①]。同样，当网络文学不再是“网络文学”而是“文学”的时候，网络文学就将是真正的文学。不过我还想说的是，网络文学即使是眼下的模样，它骨子里向往的依然是文学，那些由技术传媒和生产方式等不同造成的非文学“谜面”，其实还得经由文学的法门去揭示才能得出“谜底”。这不仅因为网络文学的创作量、读者群、人气堆、产业链及其广泛的影响力，足以表征网络时代的文学记忆，还因为它满足并塑造了亿万民众最质朴的精神需求和最具普适性的文学消费，其实这就是在以“文学”的角色为文学完成自己的使命。试

① 邵燕君：《网络时代，人们不那么信奉精英了》，《南方人物周刊》第490期，2016年10月6日。

想，能让文学作品成为亿万人群跟踪追捧、碎片阅读和影视、游戏等文化娱乐消费关注的轴心，以“文学的生活化”来实现“生活的文学化”，这样的文学潮动古往今来，世所罕见，你能说这种文学没有意义么？我们一方面得承认，网络文学在文体形态、语言表达、艺术形式、文本结构等诸多方面可能不合旧制或有违古训，并存在量大质不高、“星多月不明”这样人所共知的局限；但同时要看到的是，人类文学的山峦并不全是靠“峰尖”构成，而要靠山麓、山坡、山脊和山峰共同支撑才能隆起于文学历史的地平线。不仅如此，我们关于文学和文学经典的认知是一个历史“赋型”的过程，而不是基于某一权威的界定，许多文学的“山峰”也都是由“山麓”“山坡”和“山脊”成长起来的。诗歌殿堂之上的《诗经》原是采自民间吟唱和庙堂祭祀的祝词，中短篇经典“三言”“两拍”本是都市里巷说书人的脚本，《三国演义》《水浒传》等长篇名著也是在民间故事的基础上加工整理而成的，是作品中文学的元素不断得到时间和人文的双重验证才使它们终而成了名著，变为经典。细究之，那些为我们耳熟能详的网络小说，打动我们心灵的恰恰是它们的“文学”元素。《第一次的亲密接触》《致青春》《微微一笑很倾城》所表达的铭心爱情和青春记忆，《鬼吹灯》《盗墓笔记》《藏地密码》等在异域奇闻中浸透的人性善恶和生命潜能，《杜拉拉升职记》《余罪》《投行男女》等职场打拼描写所体现的人与社会的复杂关系，《回到明朝当王爷》《唐砖》《木兰无长兄》等在穿越故事架构中蕴含的人生大义和历史担当，《南方有乔木》《材料帝国》《复兴之路》等现实题材小说所书写的社会脉动和时代精神……正是这些人文的底色和审美的力量让这些网络小说有了文学的肌质感，也成为它们出身“网络”而跻身“文学”的自信之源。正如网络技术是不断发展的一样，网络文学也将是不断进步的，今天的网络文学已经为我们做到了“上网读好故事”，明天实现“上网读好语言”乃至“上网读好作品”或将是不难期盼的事，时下的网上已经不难找到思想性、艺术性、可读性俱佳的作品便是明证。2016 年中国网络小说半年榜的榜单中，猫腻的《将夜》和《择天记》双双入选已完结和未完结作品的头名，有评论家认为，这两部小说体现了中华文化传统与文学精品意识的结合，作者让刚健的人文精神与玄幻人物的个体意志相交融，形成了“爱人间，有人气”的哲学观，作品在艺术架构上宏大有序、情节跌宕，文字风格细腻、内涵深刻，“既有金庸的人文情怀，也有梁羽生的家国道义，同时又具有古龙的炫酷和灵动”，[①]这其实正是对网络文学本体“谜底”的一种诠释。因为说到底，互联网对文学的全方位覆盖不应该成为技术对人文的颠覆或商业对艺术的漠视，而应该是文学创新与文论批评的新挑战和新机遇。网络文学作为“文学”的本体建构，就存在于把握、适应这种机遇和挑战的显与隐的张力中。

（原载于《文艺报》2017 年 3 月 22 日，《浙江作家》2017 年第 5 期转载）

① 参见夏烈：《展示多元发展，倡扬精品气象》，《文艺报》2016 年 10 月 12 日。

网络文学的伦理学思考

互联网上的虚拟生活及其自由写作就像是一个开放的人性实验室，把人性的丰富性与创造性、个性的多样性与局限性鲜活毕肖地展现在公众面前，它所引发的不仅有媒介变革时代的文学变迁和文化转型问题，还有网络文学与数字文化的伦理学思考。

网络写作需要道德自律

网络是一个自由的空间，一个虚拟的世界，任何网民都可以在这里自由地出入，并随心所欲地创作和发表作品。这种只求悦心快意不求传世留名的自由式写作，可能带来两点负面后果：一是艺术的非承担性，二是道德的非约束性。前者使网络写作变成一种纯粹的"比特游戏"，由此导致许多网上作品有"网络"没有"文学"，有"文学"没有"文学性"，有作品数量的增长而少有文学质量的提升；后者则可能使网络写作及其他上网行为滥用自由、膨胀个性、张扬欲望，放弃伦理责任和道德约束，使网络空间成为"电子烟尘"的集散地，乃至是藏污纳垢的"无沿痰盂"。我们看到，这些年在互联网上不断亮起道德失范的红灯。譬如网瘾、隐私侵犯、网络黄赌毒、黑客与计算机病毒等现象的存在，成为信息社会的诸多顽疾。

在社会道德规范和信息伦理的意义上，这种状况会造成不良网络信息污染社会文化生态，危及青少年网民的心理健康，导致一些人社会道德和法制观念淡薄，放松对自我的道德约束，让失去他律的主体无以自律，致使网络上的道德失依行为成为现实社会中德行失范的诱因，结果丧失的不仅是道德自律和个人文明，还有社会的道德滑坡，出现高技术低人文、重物质轻精神、有知识少品德的个性畸形和社会不平衡发展。

在艺术审美和信息文化建设的意义上，这种状况可能造成一些网络作品拒绝深度、抹平厚重、淡化意义、逃避崇高，封堵文学通往思想、历史、人生、终极意义、理性价值的路径，消弭文学应该有的大气、沉雄、深刻、庄严、悲壮等艺术风格和史诗成分，乃至淡忘文艺创作者所应当担负的尊重历史、代言立心和艺术独创、张扬审美的主体责任。

互联网发展迅猛，网络行为的道德自律和心灵约束绝不是可有可无的，而是需要每一个网民自觉践履和全社会成员高度关注的，因为它涉及的不仅仅是网络写手个人的操守与品格，还关涉到网络文化空间的净化与健康，并事关一个社会的精神文明、文化建设、社会和谐及可持续发展。

网络文学的伦理边界

较之于传统写作方式，数字化网络技术赋予网络行为较少的限制和更多的自由，这主要源于两个原因：其一是网络的虚拟性与匿名性消解了主体的社会角色感，为一些人淡化道德承担、艺术操守和社会责任提供了可能性空间。其二是网络的传播体制解放了文学的话语权，信手涂鸦之作难免良莠不齐，导致无效信息和有害信息充斥网络空间。

那么网络文学有没有自己的伦理边界呢？回答是肯定的。

首先，文学是人学，是人的精神现象学和精神家园学，网络文学也不例外，它也需要打造健康的灵魂，培植坚挺的精神；也需要用理性的数字文化为人类塑造高技术时代的精神家园，让网络文明的价值指向皈依美德健全的生命伊甸园；也需要在技术的艺术化和艺术的技术性上添加道德健康的人性化伦理装备。譬如，网络文学需要关注人的生存状态和生存方式，使“数字化生存”有利于人类以符合人性的、自主的、作为真正的人来生存;网络文学需要关注高技术条件下人活着的目的与意义问题,让数字化技术审美的旋律中渗入人性原点的伦理情感和人文情怀,引导人类的精神追求、生存境界和对理想的憧憬;还有,网络文学还需要关注网络时代人的主观合目的性与客观合规律性如何实现统一的问题,重视现代技术之于人性的价值赋予和终极关怀;等等。

其次,网络文学是网民大众创造的"新民间文学",同时也应该成为疏瀹大众心灵的"道德文章",应该有助于推进数字文明中人的道德健全。网络是公共空间,个人在这个空间中任何行为都不仅仅是个人的事,而是关涉公共利益和共享网络环境的每个网民。那些污染网络空间的有害信息不仅挤占了网络资源,还玷污了公共空间,有损社会的精神文明。现代数字化技术容易使人留意于技术的神奇和信息的便捷,而忽略人的美德的修养、个性的丰满和精神的健全,容易造成技术对德性的挤占和机器对心灵的取代。结果,人变成了"技术的奴隶",出现科技发展水平与人文道德素质之间的深刻矛盾。这时候,倡导以情感为核心的网络文学伦理也许正是一剂有效的救治良方。

再次,网络上的自由写作是个人自由与道德限制的统一。一个网络写手如何利用网络自由与限制之间的艺术张力,就离不开社会性的伦理边界。譬如,上网写作需要像传统写作那样遵循一定的创作规律,又需要遵循电脑操作的技术规范,而这两种约束都必须基于人的需要,符合人性健全和人类发展的规律,有利于人类社会走向和谐与文明。如果说科技以人为本,文学以人为限,那么网络文学就是要在科技与人文之间架设一道艺术的桥梁,它只能为技术的人性化加载伦理的亮色,而不是用数字技术的锋刀斩断自己的道德底线。

重塑鼠标下的德性

网络是一柄双刃剑,它在造福苍生的同时,也可能带来一些始料未及的社会问题,出现社会进步中人与技术的本末倒置现象,如技术进步而道德滑坡、科学发达而人文低靡、物质丰赡而精神贫乏、工具先进而文化颓败、生活优裕而思想疲软等种种“现代文明病”。因而无论是网络文学创作还是其他网络文化活动，都需要遵循一定的信息伦理原则，以培植网络生态道德，重塑鼠标下的德性。

一般而言，从事网络上的文学与文化活动需要遵循五大伦理原则。一是无害原则，即要求任何网络行为对他人、对网络环境至少是无害的，不会给其他网络主体和网络空间造成直接或间接的伤害，这是最低的道德标准，是网络生态伦理的道德底线。二是平等原则，每个网络用户和上网成员享有平等的社会权利和义务，无论上网者实际上具有什么样的社会地位和个人爱好，不管他的文化背景、民族和宗教信仰是什么，在网络上，都只是一个普通网民，都应该遵守网络共同体的所有规范，履行一个网络行为主体所应该履行的义务。三是尊重原则，即认识到网络空间不是“无人之境”，而是人与人之间的关系化网络，网络主体之间应彼此尊重，不能把对方看成是可以被随意操纵的数字化符号，而应该在人性化网络中遵循约定的网络礼仪。四是互惠原则，即任何一个网络成员和网络用户既是网络信息和网络服务的使用者和享受者，同时也是网络信息的生产者和提供者，当自己享有网络社会交往的权利时，也应承担网络社会对其成员所要求的责任，自觉为自己享受的服务付出相同的劳动，并尽量把有用的信息提供给对方和网络社会。五是允许原则，这是为解决持有不同的道德观的人们之间的道德争议原则，不能违背他人意志或侵害他人利益来实施自己的网络行为。这些原则适合所有的网络行为主体，自然也应该是网络文学创作者自觉践履的。

与之相关，培植网络文学的道德情怀还需要处理好这样三个关系：其一，个人的网络写作自由与他人网络自由的关系。网络文学行为是自由的，但个人的网络行为并不是无条件的，当你的网络行为及其行为的结果对他人、对网络环境产生造成干扰、破坏等消极影响的时候，你就得对自己的“自由”方式加以必要的控制和调整。其二，网络写作的自由度与网络社会的行为规范的关系。网络上的文学行为自由必须在网络道德规范内实现，个人的行为自由度必须以整个网络社会利益为准则，无论发布什么样的作品或“帖子”，都不能违背网络社会的行为规范，否则社会就有权对其实施制约、监督和清理。其三，网络文学行为与道德意识的关系。文学网民是精神文化产品的创造者，应该扮演“人类灵魂的工程师”的社会角色，它需要有崇高的道德意识和“慎独”良知，做到为文先做人，实现文品与人品并重，让自己的网络作品成为自身美德与灵魂健康的表征，并使其成为网络社会信息伦理的艺术标志。

（原载于《文艺报》2017 年 3 月 22 日）

网络时代，为何写作

借助互联网平台，从“技术丛林”和“山野草根”中成长起来的网络文学似乎带有“野蛮生长”的基因，而缺少规制约束的习性，很容易让技术赋予的自由写作变成写作者的恣意狂欢，造成这一文学有数量缺质量、有“高原”缺“高峰”的现象。近年来，网络媒体及其文学的爆发性增长，已经让巨大的文学体量成为网络文学历史在场性的生动佐证。于是，在这个网络文学活跃的成长期，我们是否有必要反省和追问：网络写作究竟为何？

这样的省思不是没有缘由的。走进网络文学现场不难发现，时下上网写作者数以千万计，在各大文学网站签约的写手有超过200万人。一个大型文学网站每天上传的原创作品可达数千万甚至上亿汉字，一部热门的网络小说可引来“人气堆”般粉丝围观，如河北作家老九2013年推出的网络小说《连环劫》点击量已超过8000万次，著名写手萧鼎今年5月携新作《戮仙》在百度旗下的纵横中文网亮相，不到半年，该作品累计点击量即超过一亿次。写手众多、作品海量、读者云集、影响广泛，以此构成了蔚为壮观且史无前例的“网络文学现象”。既然称为“现象”，那就不可小觑、需要深度关注了，就得问问“为什么”“怎么样”之类的问题，就离不开是非的辨析和观念的引导。

从当下的网络创作实践看，网络文学园地的主色调依然生长着文学的绿茵，热爱文学、创作文学依然是众多网络写手的原初动机，写出读者喜爱、自己满意的好作品依然是每一个写作者的文学梦想，秉持正确的文学价值观、忠于自己的文学信仰、坚守自己的文学道义与责任依然是许多网络写手信奉的文学操守。不过从总体上看，网络文学作品在内容品性和艺术品相上与传统文学相比仍然存在较大差距，因而有评论家把网络文学界定为“通俗文学”，其基本形态就是类型小说（李敬泽《网络文学：文学自觉和文化自觉》，《人民日报》2014 年 7 月 25 日），网络写作者的创作动因也更为复杂而多样，这就使见仁见智的网络文学评判有了持论的根据。检视当前火爆的网络文学生产，有三类情形可能是造成网络文学驳杂缤纷的常见动因。

一是功利化写作，即带着商业目的而从事网络文学创作，把网络写作当作赚钱、谋生、致富的手段。自从“起点”等文学网站探索构建出“全媒体”产业链商业模式后，网络写作便脱去了“无功利”面纱，进入功利写作的新时代，这不仅让文化资本有了保值增值的路径，使网络文学管理和经营者找到了生存发展之道，也极大地刺激了文学网民的创作热情。特别是近两年发布的“网络作家富豪榜”，更是给网络写作热再添一把火，有越来越多的人投入网络文学创作，以至于网上发布的 2013 十大“最牛职业”排行中，网络写手排名第一，认为该职业只需一台电脑、一个聪明的头脑、一双勤快的双手，可能就会成为年薪百万的网络写手。可实际并非这么简单，网络写作有了利益驱动是事实，那些职业半职业写手以此赚钱谋生也确有其事，但真正能够以此为生者是极少数，能进入网络作家富豪榜的更是凤毛麟角，这些成功者只是写手金字塔的“塔尖”，对于绝大多数“扑街写手”来说，他们不过是辛苦劳作却收获甚微的“工蚁”。尽管如此，仍然有许多人涌入网络，加入网络写手大军，他们相信，致富的可能只要还在，他们就有走进去“淘金”的理由。

二是消遣式写作，即没有物质功利、只求精神愉悦的网络写作。应该说，这类写手占了相当大的比重。网络是一个大众共享的交互空间，也是一个权威祛魅、消解崇高的“渎圣”世界。网络写作的低门槛、零成本，网络交往的平等与兼容，以及“把关人”的悄然退场、匿名写作对身份焦虑的解除，让网络虚拟空间成为文学网友最理想的精神家园，上网写作以表达情怀，或抒情言志，或消愁解闷，或开心取乐，不仅可以为自己的业余生活找到难得的休憩之所，还能够在此展现才情、寄托心愿，一圆自己的文学梦想。他们常以平民姿态、平常心态写平凡事态，言自己之想言，写自己之想写，无所顾忌又去忧解颐，充分利用网络技术提供的自由，把自由写作推向网络的海洋。

三是失范性写作，包括以文学名义出现的"非文学"和"准文学"写作，以及有违文学创作规律和审美导向的"另类"写作。这类作者有"写作"没"文学"，或罔顾文学之名在网上信手涂鸦，"乱贴大字报"（莫言语），或放弃应有的艺术责任和道德约束，创作一些迎合低级趣味和价值偏向的诲淫诲盗、恶俗恶习或哗众取宠之作。

不同的主体立场和写作心态，不同的作品风貌和价值选择，说明了一个最基本的文学道理："为何写作"是一个作家包括网络作家首先需要弄清楚的问题，在网络写作中，"文学为什么人"的问题依然是一个根本的问题、原则的问题，"全民写作"未必就是真正的人民写作。当网络写作日渐成为大众化的文学创作方式，当网络文学成为新媒体时代的文学主打形态，如果不能解决好"为何写作"，就不会明白"网络文学何为"，就不可能解决好网络写作的价值理性、社会责任、艺术伦理和文学道义问题。如果这样，无论作为文学现象还是社会文化现象，网络文学都将成为一个影响时代的文学发展、文化建设、精神价值导向的沉重话题。

习近平总书记在文艺座谈会上强调，文艺工作者要"坚持以人民为中心的创作导向，努力创作更多无愧于时代的优秀作品"，"文艺不能在市场经济大潮中迷失方向，不能在为什么人的问题上发生偏差"，这同样适应于网络写作，同样是网络文学作者需要确立的创作立场，同样是文学网站经营者必须坚守的价值导向。当然相对于传统文学，网络写作更为自由，更显轻松，作品更注重大众化、娱乐化和市场化。倚重阅读市场、尊重读者选择、适应市场需求并没有错，但网络写作不应该仅仅定位于低端市场，仅仅迎合青少年的猎奇和幻想，还应该有高远的艺术追求，应该胸有大志、肩有担当，应该有对文学的敬畏与尊重；网络作品也不应该仅仅充当人们排遣无聊和空虚的文化快餐，还应该在满足人们娱乐需求的同时，创造更接地气、更具高远境界的作品，满足读者刚健有为的精神需要；并且，大量的类型化网络小说以精彩的故事情节、天马行空的想象力和极为丰富的文学品类，为读者提供了新奇别致的情感体验和快感补偿，有助于读者缓解精神焦虑，释放生活压力，调适心理状态，但如果一味耽于猎奇、沉溺玄幻，甚至宣扬暴力、崇尚丛林法则，抑或颠覆社会正义和人性良善本色，就将与社会伦理和文学的价值原点背道而驰，不仅会偏离网络文学应有的发展路向，还会伤害广大读者特别是青少年的心灵健康，危及社会文明的根基。

如此说来，网络文学的"为何写作"，其实质是解答网络文学的价值导向和树立什么样的文学观问题。就当下的网络文学现状而言，要解决好这一问题，需要处理好三个看似悖反实则统一的关系：一是创作动机的商业利益驱动与人文审美的关系，二是网络作者的自由写作与文学担当的关系，三是网络作品的娱乐性取向与创作者艺术追求的关系。文学是铸造灵魂的工程，网络文学也不例外。网络不是世外桃源，不是法外飞地，网络写作应该展示时代风貌，引领社会风气，网络作家也应该有大襟抱、高视野和价值选择的导向自信，并把正确的文学观贯彻到自己的网络创作实践中。只有这样，我们的网络写作才能像习近平对网络作家所期待的："创作更多具有正能量的作品。"

（原载于《文艺报》2014 年 11 月 21 日）

网络文学热的“冷”思考

中国网络文学的持续繁盛、高位运行令世界瞩目，也让国人平添许多文化自信。今日的网络文学，作品浩瀚如恒河沙数，作家方阵创历史新高，读者群遍布世界各地。最新统计表明，截至2016年底，我国7.31亿网民中有文学网民3.33亿，用手机阅读的达3.04亿，文学网站日更新字数达2亿汉字，文学网页平均日浏览量超15亿次，网络文学及其产业链的年产值破5000亿，仅一家阅文集团，每天就有400万作者为其上传原创作品，网络小说存量达千万部。由网络小说转化的延伸文化产品，带火了大众娱乐市场，打造出“互联网＋”的庞大产业。可以说，这样“巨存在”的现象级文学境况在中国史无前例，在世界上也绝无仅有，在不到20年的时间里，中国作为文化资源大国已实实在在地做成了网络文学强国。

一、网络文学繁盛的三大推力

网络文学能步入今日的“黄金发展期”，主要源于三种推力。

一是政府引导。中国网络文学的良好走势首先得力于政府的积极引导与支持，日渐形成了有利于网络文学健康发展的社会环境和舆论氛围。特别是习近平文艺工作座谈会讲话以后，网络文学界认真贯彻讲话精神，国家出台了一系列有关网络文学发展的政策举措，使草根崛起、“赤脚奔跑”的网络文学上升为文化发展的国家战略和核心价值观建设的重要阵地。一方面以政策导向给予网络文学更多的扶持和奖掖，如《中共中央关于繁荣发展社会主义文艺的意见》倡导"大力发展网络文艺"，采取"重在建设和发展、管理、引导并重"的方针，实施网络文艺精品创作和传播计划，鼓励推出优秀网络原创作品，以推动网络文学繁荣有序发展，国家广电总局和中国作协从 2015 年开始，分别开展"优秀网络文学原创作品推介活动"和"中国网络小说排行榜"，尝试为网络文学设置标杆，促进其走向主流化和经典化；另一方面开展"净网""剑网"等专项行动，打击网络侵权盗版，加强网络文学内容和作品版权管理，规范网络文学市场秩序，优化网络环境，让正能量引领网络创作，使网络文学以其广泛的文学渗透力、娱乐吸引力和文化影响力成为中国文化软实力建设的重要一翼。

二是技术优势。互联网传媒的低成本、高频传和自由性，给传统的文学生产机制松绑，让文学创作、传播、欣赏为每个网民敞开大门，这是文学生产力的一次大解放。如果不是互联网，毕业于政法学院的唐家三少未必会开发自己的文学才华；南派三叔可能仍在干广告美工或国际贸易的工作；如猫腻在"自述"中所说，他离开大学"重回故乡于某处打工，首次接触电脑，发现自己有打字的天赋——这说的是打字很快。因为无聊所以上网，因为打字快，所以泡论坛，因为口水多，所以编故事，因为当时无女友，想欺骗文学女青年，所以故事编得极酸。因为文学女青年无数巨眼不识人，所以哀切之余，便只留下了些文字"。网络传媒让文学与互联网"联姻"，也让众多文学爱好者、业余作者得以"触网"，形成了网络空间的文学"人气堆"。

三是市场催生。中国网络文学所开发的商业模式是文化经济的一个创举，由"付费阅读"起步的网络文学市场化运作，是激励创作、拉动传播、创新经营的最大推手，也是中国网络文学海量增长的经济支撑，给网络文学的成长壮大注入了经济的驱动力。与传统文学相比，网络文学增加了"网站"(或客户端)这个经营管理环节。文学网站不仅是作品的聚散平台，也成为凝聚创作者、经营者、欣赏者的经济纽带，其所创造的 IP 转让、全媒体开发、多版权经营的产业链模式，让网络文学在产业化道路上一路狂奔。中国本土的汉语网络文学自20世纪中后期开始起步,从刚开始的"无功利"创作,到21世纪初的市场化探索,再到近些年来IP竞价版权模式,日渐形成从上游原创作品向下游影视、游戏、动漫、图书、演艺、有声、周边等产业链延伸的"长尾效应",终于建立起"以消费者为中心"的商业模式,走活了数字化时代的这盘"文学大棋"。尽管还存在网络盗版侵权、唯利是图、忽视社会效益等情况,但网络文学的商业运作激活、带动、繁荣并规制了大众娱乐文化市场,却不能不说是中国网络文学迅速崛起的一大动因。

二、网络文学潜在的三大风险

首先是品质风险。网络文学最受诟病的是"量大质不优""沙子多珍珠少"。数量与质量落差巨大,海量的作品参差不齐,良莠并存,是网络文学能否称为"文学"的核心质疑点。网络上好作品不少,但不太好抑或不好的"准文学"更多,时下的网络文学最需要的是品相的移形换步。网络文学更适于碎片化的大众阅读和快速浏览,与传统的文学相比,"有数量缺质量、有'高原'缺'高峰'"现象显得更为突出,"抄袭模仿、千篇一律、机械化生产、快餐式消费"也不同程度地存在。一个网络写手笔耕不辍,"续更"可敬,每天可写数千字,但键盘上的运字如飞能成就"码字儿"高手,未必会产生精品力作。一个文学网站每天收揽百万、千万甚至上亿汉字的原创作品,但是可以沉淀下来、流传开来的作品能有多少?我们期待的思想性、艺术性、观赏性的统一,正是当下许多网络作品的短板,同时也应该是网络文学创作要追求的目标。

其次是套路风险。网络创作已形成许多套路,如打怪升级套路、玛丽苏套路、金手指套路,以及洪荒流、总裁文、宫斗文等等。套路是模式化,是叙事方式的固化,而模式化、固化恰恰是艺术创新之大敌。时下的一些网络类型小说因为"套路"之故,彼此雷同、自我重复的现象时有所见,同一类型作品的故事情节、人物塑造、叙事节奏、语言风格,乃至遣词造句等都大同小异。如武侠小说总是离不开寻宝、复仇，玄幻小说一般都少不了异火、丹药、功法，修真类小说往往都是察灵感气、聚灵成丹、逆天成仙，而宫斗类型小说无非是后宫妃子钩心斗角，或绵里藏针害人于无形，或锋芒毕露手段毒辣，或与世无争清淡如水，却时时惦记天子心在何处……人物脸谱化也很严重，男主角总是逆境不屈、能力出众、英俊潇洒、妻妾成群，女主角无不美丽善良，身边常配一痴情俊男，为她鞍前马后，甘心抛弃三妻四妾，与她共度一生。情节千篇一律，故事雷同撞车，人物跟风模仿，文笔互相抄袭，表现手法单调重复，已经成为一些网络小说不得不克服的创作短板。

最后是套路写作带来的审美疲劳风险。网络小说的求新求奇能满足昨天的读者，未必能满足明天的受众。一种新的创作模式、叙事套路刚出现时是创新，但这种模式、套路因袭多了就难免使读者产生审美疲劳，甚至令人生厌。不断变化的阅读胃口需要用不断开拓的文学智慧和不断改变的艺术风格去满足，高明的作者应该知道该怎样通过艺术探索让读者摆脱审美疲劳而让自己的作品保持长久的魅力。

三、网络文学未来的“三步走”策略

我国的网络文学正步入“野蛮生长”后的战略调整期，这时候我们需要怎样的发展策略呢？

一是慢下来。好作品，慢中求，与其日写万字让人一目十行，却看过即忘，速成速朽，不如以“工匠精神”变“速度写作”为慢工细活的“精品创作”。

二是沉下来。理性反思历史、现实和人生，接地气（贴近人民、贴近实际），架天线（继承传统、学习他人），打深井（沉入内心、深入生活），做到持身正、立心诚，在对人民生活和体察的历史文化的沉淀中，获得思想的源泉、力量的源泉、创作的源泉。

三是静下来。拒绝浮躁，抵制诱惑，追求长线效益而不是短期变现，争取大浪淘沙，把自己留下。人类历史一个屡试不爽的事实是，文学只能靠品质才能传世，作家只能靠立得住的作品最终才能立得住“人”。历史从来不看一个作家赚了多少版税，也不会看重作品的数量是多还是少，历史只看你为文学、为社会、为人类的精神世界提供了什么有价值的东西。在充满功利诱惑的浮躁环境中，网络创作尤其需要怀着对文学的敬畏与责任，静心明志，守正创新。这样，当面对巨大的网络文化市场时，就不会只顾眼前的苟且，而是能目视高峰，心向远方，凝神静气，落笔成钧。

（原载于《文艺报》2017年4月26日，《湘江文艺评论》2017年第1期全文转载）

网络文学，离茅盾文学奖有多远

第八届茅盾文学奖落下帷幕，网络小说整体出局一时成为热门话题。本届茅盾文学奖首度吸纳网络文学作品参与评选，由新浪网、起点中文网、中文在线网提交了7部网络小说参评，结果不出许多人（特别是许多网友）的预料，参评的网络小说无一斩获，除3部小说（《从呼吸到呻吟》《遍地狼烟》《青果》）在第一轮投票中冲进前81名（它们分别排名第63位、75位和81位）外，其余均名落孙山，仅仅是在176部参评作品名录上露了一下脸儿而已。

两千年与二十年的“比拼”

网络文学落选于全国性文学评奖并非首次，去年的第五届鲁迅文学奖评选也有出现过类似情况。人们对此议论很多，这些讨论和争议，表明了社会对文学评奖的关注，也说明许多人仍然热爱文学，尤其是关心网络文学的生态和社会评价。在我看来，让网络文学与传统文学在茅盾文学奖中同台竞技，从目前的情形看是难有胜算的，其中途“夭折”是意料之中的事。究其原因在于，从评奖性质上看，茅奖（包括鲁奖）说到底还是属于“专家奖”的范围，其评选机制和遴选标准都是基于文学传统和社会期待而设置的，是纯文学的“精英奖”。如茅奖的评选要求作品拥有思想性与艺术性的统一，注重思想的深刻内涵，要有切入社稷民生的历史担当和人性温暖，以及艺术审美方面的精致与创新等，这些显然不是网络文学的强项。我们知道，“自娱以娱人”的网络写作，其长处不在这里，不在于精致和深刻，而在于市场、大众、草根的认同和广泛参与。从《诗经》算起，我国传统的精英文学已经走了两千多年，而汉语网络文学的成长期满打满算还不到20年。两种文学的创作方式、功能模式、发展水平和品相质地都存在较大差异，现在却要求用同一个评价标准去衡量，网络文学显然是处于弱势。且不说这次参评的几部作品是否真能代表浩如烟海的网络小说的创作实绩，如网络小说可以是超文本和多媒体的，文字叙事可以连载和续写，其生命活力永远存活于网上，“点击率”是网站、写手和网民品评作品的基本“标的”。而本次参评作品要求必须是已经完成并公开出版的纸质出版物，这个参评的前提就预设了对网络小说的限制。于是，就难免出现这样的质疑：既然参评的网络小说都没有走得更远，茅盾文学奖是否过于“阳春白雪”了？

是的，茅盾文学奖就是文学界阳春白雪式的“专家奖”或“精英奖”，吸纳网络小说参与这种评奖是必要的、应该的。作为数字传媒时代最具大众趣味的网络文学落选于这样的文学奖也属正常，没什么好抱怨的，不属于常识以外的意外。

传统文学和网络文学“抱团取暖”

需要关注的也许是网络小说参评茅奖背后的意义。这种意义主要有二：一是对优化当今文学生态的意义，二是对网络文学本身发展的意义。

先说前者。茅盾文学奖对网络文学敞开大门，意味着传统文学或主流文学对网络新媒体文学的身份认可和资质接纳，有助于改变网络文学与传统文学彼此观望、不相往来的格局，实现两种文学相互交流、加深了解、切磋砥砺、融合互补，促进网络写手学习传统文学、了解传统作家，也引导传统作家和评论家走近网络文学、了解网络写作，从而改善和优化媒介融合语境中的文学生态，让两种文学在有些低迷的文学市场上“抱团取暖”，共创繁荣。恰如有网友所言，当代文学经历的“网络洗礼”，既能使陷入瓶颈的传统文学获得重现辉煌的机遇和力量，亦能使泥沙俱下的网络文学提升审美与文化素质。通过茅奖、鲁奖这种社会关注度很高的平台，让传统文学意识到，文学有关人的心灵，从来可以由不同的道口进入，网络霸权不好，媒介歧视也不对，应该对网络写作投以理性的目光，给予必要的关注、关爱、引导和激励；对于网络文学而言，也可以在这个机会均等的评审中检视水平，看出差距，意识到作品未能入围，不在于它出自网络或有网络的特征，而是少了一些文学的品质。这样，传统文学与网络文学就可以从昔日的观望、对视走上了解、交流、融通和互渗互补之路。这对于整个中国文坛来说，都是一件值得称道的事。

网络文学要练好“内功”

再从网络文学本身来看，参评茅奖，也是网络文学认识自身、提振信心的机会。相对于传统写作，网络作家更善于用市场的敏感捕捉读者心理，挖掘阅读快感，其旺盛的创作激情、天马行空的想象力、狂欢化的叙事方式、渎圣思维下的英雄崇拜、神话式的宇宙观构建，还有语言的趣味化、抓人的故事结构与情节的速度感等，让网络文学成为一支声势日隆、成长性极强的文学新军。统计表明，我国网民总数已超过 4.85 亿，网络文学的写手人数、原创作品存量、在线阅读人群和文学网站的日 PV 量屡创新高。数字技术和传媒市场的双重力量已经在昔日的文学广场上扬起一面网络文学的新旗帜，传统的文学规制和原有的文学格局正遭遇技术传媒的重整，网络文学对当代文坛乃至整个社会文化的影响已超出文学本身，应该将其放到“国家文化战略”和“一代人的成长”这样大命题下来看待其更为深远的价值和意义。

与之同时也不能不看到，今天的网络文学虽然在“量”上已经占据文坛的半壁江山，但在“质”上还无法与传统文学抗衡。网络文学要成为人类文学史上的一个有价值承载的历史节点，在拥有数量的同时还拥有质量，或者在赢得受众的同时赢得尊重，进而从点击率、注意力走向影响力和文学创新力，还需要消除自身的一些局限。譬如，文学性的匮乏、承担感的缺失和对市场的过度迎合，就是网络文学创作需要克服的最大“短板”。网络上发表作品“门槛”很低，但作者艺术素养良莠不齐，匿名化的自由写作使得网络写手一身轻松却又过于轻松，以至于让许多人放弃了文学应该有的艺术承担、人文承担和社会承担，出现作品意义构建上的价值缺席和承担虚位。原创文学数量庞大但作品的总体质量不高，作品低俗和写作“灌水”严重困扰着网络文学的健康发展，使得有“网络”而无“文学”，或则“过剩的文学”与“稀缺的文学性”形成的鲜明反差。再如，技术传媒文化资本的市场逻辑与文学创作的价值理性出现背反和落差时，怎样把握二者间的平衡？现如今，签约写手的有偿写作和网站藏品的付费阅读，在产业上似乎找到了有效的盈利模式，但其所导致的作品“越写越长”的商业注水现象，以及阅读市场细分后的“类型化写作”过剩等，有可能把网络文学引向一个狭窄的小胡同。背弃文学价值原点的审美约定，淡化创作要关注现实生活的艺术责任，导致一些网络作品缺少深邃的社会意义、人生感悟和深层的文化积淀。如果能解决好这些问题，网络文学所赢得的就不仅是文学的身份或某一个奖项，还有文学的意义和对这一文学的尊重。

（原载于《光明日报》2011 年 9 月 26 日）

“茅奖”视野中的网络文学

网络文学是不是文学，是怎样的一种文学，人们所秉持的基本参照系大都是亘古积淀的精英文学传统，即以纸质等媒介承载的所谓纯文学，大而化之也叫传统文学。在当今文坛，由中国作家协会组织的茅盾文学奖（简称“茅奖”）评选活动，无疑是彰显这一文学话语权的最受关注的事件之一。为检视我国网络文学创作成果，给这一新生的文学以平等竞争的机会，近两届的茅奖评选对网络文学敞开大门，允许已出版完结本的网络小说申报参评。这不仅让网络文学有机会参与国家级文学大奖的角逐，也让我们得以在一个比较的视域中来审视这一文学的品相和发展路向。

一、量级落差中的比拼

源自技术丛林和山野草根的网络文学，无论是历史成长期还是艺术经验积累，与历时数千年的传统文学相比，显然不在一个量级。网络文学在我国出现不足 20 年①，而茅奖所代表的文学传统和创作经验已传承了

① 汉语网络文学 1992 年诞生于北美留学生之手。中国网络文学元年是在 1998 年，其标志有三：一是 1997 年 11 月美籍华人朱威廉在上海创办了我国第一个大型原创性文学网站“榕树下”；二是网络上出现的第一部原创长篇小说（痞子蔡的《第一次的亲密接触》）出现在 1998 年；三是 2008 年我国首次举行办的“网络文学十年盘点”活动是从 1998 年算起的，再次确认了我国的网络文学元年。

两千多年，这种“20年对2000年”的比拼，胜负一开始便没了悬念。笔者关注网络文学研究多年，又有幸担任近两届茅奖评委，阅读了参评的网络小说，并见证了茅奖评审过程，对这两种文学的“同台竞技”特别有感触。2011年第八届茅奖评选时，首度接纳网络文学作品参与评选，由新浪网、起点中文网、中文在线网等提交了7部网络小说进入了评审程序，它们分别是王海鸰的《成长》、菜刀姓李的《遍地狼烟》、顾坚的《青果》、郑彦英的《从呼吸到呻吟》、关中土的《中国脊梁》、宋丽晅的《办公室风声》和容三惠的《刀子嘴与金凤凰》等，结果除3部小说(《从呼吸到呻吟》《遍地狼烟》《青果》)在第一轮投票中冲进前81名并就此止步外，其余均名落孙山，仅仅是在那届176部参评作品名录上露了一下脸而已。2015年8月举行第九届茅奖评选时，又有半壁江中文网、中文在线、晋江文学城等网站申报了5部网络小说[①]参评，结果比上一届更惨：这5部作品没有一部冲过第一轮，全部“牺牲在起跑线上”，十分惨淡地结束了这次悲壮的旅程。

网络小说落选茅奖，结局虽在意料之中，但其中涉及的问题值得反思。有人开始质疑，网络小说是否真的差得只配在茅奖评审中扮演“陪绑”的尴尬角色？如果真是这样，压根儿就不该来掺和凑这个热闹！抑或茅奖评委是否对网络文学怀有偏见，未能公正地看待网络小说，而有意将其先入为主地做了边缘化处理？类似的质疑多有误解。其实，在我看来，网络小说参评茅奖出局，其根本原因还是实力不及，并非是有什么偏见。并且，让网络文学参评茅奖(或鲁迅文学奖及其他各类主流文学奖项)，无论对中国文坛的整体建设，还是对网络文学的自身发展，都是有意义的，并且不可小觑。这个意义至少有二：

首先，网络小说亮相茅奖评审，让“另类”的网络文学有了与传统文学“平等参评”的名分，也有利于展现中国文坛的整体风貌。网络文学诞生以来，一方面由于它发表的“零门槛”和观念的“草根性”受到广大文学网

① 参评第九届茅盾文学奖的5部网络小说分别为：张巍的《太太万岁》、尚建国的《文化商人》、却却的《战长沙》、欧阳乾的《江湖凶猛》和疯丢子的《战起1938》。

友的追捧,迅速成长为一支不可小觑的文学新军,其数以百万计的写手群体、数以千万计的"粉丝"声威、数以亿计的关注和阅读受众,以及恒河沙数般的原创作品,从整体上改变着我国文学的发展格局,甚至从某种程度上说,另辟蹊径地弥补甚或拯救了日渐边缘化的传统文学;另一方面,又由于它的粗砺、肤浅、随心所欲、唯娱乐化和唯利是图等种种弊端而备受诟病,以至于有人说,文学就是文学,没有什么网络文学,或者说它有"网络"而无"文学",或有"文学"而没有"文学性"。在这样的文学语境中,中国作家协会积极推进网络文学与传统文学的互动交流,促进线上线下文学的有机结合,吸纳网络文学参评茅盾文学奖就是其中的重要举措之一。这种参评,不仅是对网络文学"文学"身份的接纳、认可和肯定,体现了对当下多元文学格局的一种注解,保证了一个国家级文学大奖面对整个文坛遴选的公正和公平。老作家陈村多年前就曾说:"文学有关人的心灵,从来可以从各个道口进入。""有人一口咬定网上的文学作品都是垃圾,那是精神错乱,我们应该怜悯他。有人说网上的作品才是文学,那是理想。我看到的情形,站得远一些说,网上网下作品的好坏比例大体是一样的,都有佳作和劣作,都离伟大的作品较远。"[①]是的,英雄不问出处,文学作品从来都是以艺术品质论高低,而不在于它是出自普通网民之手还是来自传统作家笔下,是纸质出版的还是网络首发的,评判其价值只能用一把尺子来衡量,这就是文学的尺度、艺术审美的尺度,而不是其他。当然,由于参评茅奖作品的特殊要求——必须是在持有互联网出版许可证的重点文学网站发表并且经过正式出版的作品,导致一批优秀的在线阅读的网络小说无法参评。此外,茅奖作品更加倾向于现实主义精神的作品,这也使得大量的以玄幻、武侠为特色的类型化小说难以参评,而类型小说往往是网络小说的主打和精华,所以不少网络"大神"如唐家三少、南派三叔、天蚕土豆、流潋紫、辰东、猫腻、血红、梦入神机、天下归元等人的作品大都没有参评茅奖的机缘,这只能期待国家为网络文学另行设置评奖模式。

---

① 陈村为《网络之星丛书》所写的序,花城出版社 2000 年版。

当然,这是另外一个话题了。

网络小说参评茅奖的另一层意义在于,通过检视两种文学的品相和质地,获得一次与传统精英文学同台交手的机会,从而找到所长所短以正视自己的差距。我这样说,并不意味着传统文学永远胜人一筹,没有“短板”。其实不然。尽管尚处于成长期的网络文学在总体上还不足以与传统文学的优秀作品相抗衡,但细品之,网络作品依然有许多可圈可点之处。仅就这两届参评茅奖的网络小说而言,它们可能不是最具代表性的网络小说,甚至也不是最好的网络小说,但这些作品依然值得重视和尊重。如第八届参评茅奖的网络小说《遍地狼烟》,写了一个少年枪王成长为一名优秀的狙击手抗击日寇,并在部队成长为杀敌英雄的故事,充满传奇色彩的英雄人物,生动曲折的故事情节,成长型主题所体现的生命价值和社会历史意蕴,生动传神的语言表达……在诸多方面都不输给传统文学甚至同期申报的传统小说,该小说网络付费阅读超过三千万,改编的电影和电视连续剧也取得不俗的市场票房和收视率。第九届申报的5部网络小说亦各有千秋,其中,张巍的《太太万岁》细腻地描写职场女性的爱情、婚姻和事业,故事抓人,字字含情;尚建国的《文化商人》将一个文化公司的成长历程与一个文化学者的沉沦与蜕变结合起来,商场与情场交织的故事设置精巧,引人入胜;却却的《战长沙》通过一个家族的兵燹之灾展示长沙抗战的焚城、血战和陷落的历史,文字绵密而细腻;疯丢子的《战起1938》描写一个华裔少女横跨欧洲大陆的惊心动魄的二战之旅,通过战争写人性,写灵魂的挣扎,颇具艺术的感染力;而欧阳乾的《江湖凶猛》最具网络小说特征——简洁、可读性强、故事推进快,通过区明、区风、晏五、马腾等几个江湖拳师的命运,勾勒出一座历史古城几十年的沧桑变迁。尽管如此,这些网络小说在评审中落败,并非只是“与茅奖的评价标准不匹配”那么简单。与荣膺茅奖的那些作品相比,网络小说在尊重读者、营造阅读快感、简洁明快的叙事方式、新奇的想象力等方面,常常让传统小说家所不及,但从总的艺术品向上看,网络文学的差距还是客观存在的,并且十分明显。找出这些差距,正是我们讨论这一问题的价值所在。

二、网络文学输在哪

网络文学在连续两届的茅奖评选中败北，绝不仅仅是在文学比拼的荣誉上落选了某一个奖项，在这比拼、落选的背后，昭示的恰恰是网络文学与传统文学的落差，这一落差已超出某一作品高低优劣，而蕴含着两大文学阵营的不同特点和品相差异。

作为一支文学新军，网络文学如同所有新生事物一样，稚嫩、粗疏却又充满生机，不规范、不成熟但极具成长性与可塑性，它就像是一个在山野田间赤裸双脚恣意奔跑的懵懂少年，姿态不太优美却充满活力，初出茅庐并充满幻想。是的，网络有高手，天才在民间，终有一天，谁能说这只"丑小鸭"不会变成"白天鹅"呢？有了茅奖这样一个高标独持的参照系，审视尚处于草创期的网络文学，为其"揭短"或找漏，对于它未来的健康成长显然不是一件坏事。

譬如，在作品发表机制上，与传统文学作品相比，网络文学的发布缺少严格的"把关人"遴选审定环节，使得网络作品良莠不齐，整体质量不高。这与茅奖所要求的"思想性与艺术性有机统一""中国作风和中国气派""深刻的思想内涵"与"艺术的探索与创新"等标准，无疑会有较大差距。文学素养参差不齐的创作者，自由临屏、不受约束并敢于突破旧制的创作心态，无限广阔、海纳百川的虚拟空间和无远弗届、触点延伸的技术支持等，让网络创作拥有无限自由的同时也被"自由"所累，因为在"自由"的旗帜下聚集的不是掌握文学的必然而赢得艺术自由的勇士，而是一群拖着丈八长矛呼啸而来却战斗力稀薄的堂·吉诃德。我们看到，网络签约写手以百万计，但能以文学成就（不是商业成功或"粉丝"数量）扬名立万的则寥若晨星；网络创作"大跃进"式的高产，日写万字从不"断更"的写手不乏其人，一个网站一天即可收到数千篇原创作品，累计作品可达百亿汉字，但让网站自矜并能让人们记住的，更多的是海量增长的作品数量，而不是某一作品沉甸甸的文学分量或足以传之后世的艺术质量。颇有意思的是，就在第九届茅奖会评前夕，笔者参加了中国作协组织的“2015 年第一、二季度中国网络小说排行榜”的评选，评委会需从经网友票选的 53 部网络小说中评选出精品榜 10 部、新书榜 10 部予以表彰，结果，因为许多作品的过于冗长在短期内根本没法完整阅读，又由于一些作品未经把关而即写即发，显得粗糙芜杂，甚至有言语不顺、错别字频现等传统出版物不常见的情形，评委们要从中找出真正的“精品”十分困难，只能从“网络写作”的特殊语境中“矮子里面挑将军”了，这种“沙里淘金”的甄别与茅奖“从珍珠中挑选夜明珠”的评审感受是颇为不同的。

另外，在功能作用的取向上，网络文学与传统文学的选择重心大有不同。传统文学注重作品介入社会、干预生活、影响人生的深度与强度，推崇文学“载道经国”“有补于世”“劝善惩恶”的社会职能，或净化心灵、探幽人性的普适价值。如王蒙的《这边风景》获奖的评语是：“反映了汉、维两族人民在特殊的历史背景下的真实生活，以及两族人民的相互理解与友爱共处，带有历史沉重的分量。”对格非《江南三部曲》的评价则是：“用具有穿透力的思考和叙事呈现了一个世纪以来中国社会内在精神的衍变轨迹。”[①]其所肯定的首先是作品的社会历史意义。网络文学走的是一条“娱乐化—泛娱乐化”发展之路。早期的网络作品就是“玩”出来的，这似乎回到了“艺术即游戏”的文学萌芽时代。例如，痞子蔡写《第一次的亲密接触》是在调剂水利博士学业的枯燥，李寻欢写《迷失在网络中的爱情》是用上网写故事打发一个个寂寞而漫长的夜晚，安妮宝贝的《告别薇安》是要安顿一颗敏感而漂泊的心，而宁财神创作《武林外传》就是要将无厘头的狂欢打造成为一场游戏的盛宴。尽管网络作品题材多样，风格迥异，但“娱乐”一直是它不变的主题，是一个写手征战网络、俘获读者心灵的利器。娱乐化的功能取向让网络文学开辟了亲近大众的渠道，也无意间放低了文学作为“文学”应有的高度，遮蔽了文学应有的品格。那些颇具人

① 对王蒙《这边风景》、格非《江南三部曲》的评价见中国作家网：http://www.chinawriter.com.cn/。

气的网络小说，如《赵赶驴电梯奇遇记》《哈哈，大学》《史上第一混乱》等，网络点击率很高，但评价并不高，过度娱乐化对作品深度的消解可能是这类作品的一个普遍症结。另有一些网络小说如《悟空传》《天堂向左，深圳往右》《明朝那些事儿》《后宫甄嬛转》等，同样具有很强的娱乐性，但在评价上能叫好又叫座，正在于它们在注重娱乐性的同时还能“寓教于乐”，从而避免了过度娱乐的偏颇。从“娱乐化”走向“泛娱乐化”，是网络文学商业化的必然结果。所谓“泛娱乐化”，指的是基于互联网与移动互联网的多领域共生性，将一个网络作品进行IP(intellectual property，知识产权)开发，以打造“粉丝经济”，打通文学与游戏、动漫、影视、戏剧等多个大众文化领域，形成互动娱乐产品，如本次申报的网络小说《战长沙》，就是一部被改编成同名电视连续剧的作品。现在，许多网络作家在创作时，首先考虑的已经不是文学，而是文学后面的影视或游戏，因为后者娱乐性更强，受众面更广，经济效益更高，IP开发价值更大。当网络文学已经变成其他文化形态的副产品，文学从外在的社会文化的边缘走向了自我放逐，文学的重心已经不在“文学”而在别处，此时还要求网络文学发挥如茅奖小说一般的功能作用，只能是一种良好的愿望。

还有一个明显的差异是文学着眼点不同。传统文学创作是以作家为中心的，作家是文学的策源地、作品的原创者、读者的崇拜对象，也是传媒的聚焦中心；网络文学则从创作动机上把着眼点从作家移向读者，形成了“以读者为中心”的创作导向，这就颠覆了传统文学根深蒂固的精英意识和“圈子心态”，这是它积极的一面；但与此同时也形成了创作对大众阅读口味过分迁就，造成文学对市场的过度迎合，最终会让文学应有的正大气象迷失在对受众、对市场的依恋之中。网络写作为何要以读者为中心呢？网络小说《战地狼烟》(申报第八届茅奖)的作者菜刀姓李曾揭示过其中的原因：“传统文学和网络文学真正不同的地方只是在于决定作品命运的人变了：以前是编辑决定作品生死，到了网络上更多的是由读者来判定作品的命运。在某种程度上，写手由迎合编辑或者文学期刊变成了直接取悦读者。”[1]为此有评论者说：“写手之所以这样做，完全是因为‘上帝’的身份变了——读者网民才是他们的‘上帝’，网民手中的鼠标就是上帝手中的宝盒，层出不穷的各种数码接收终端分享着网络写手‘指头上的乾坤’，而在它们的背后则仍然是传媒市场那只‘看不见的手’在起作用。”[2]是的，网络写作“以读者为中心”是市场化的产物，是网络文学产业化的必然结果。与传统文学“纯美”的品格相比，网络文学不过是技术文化市场的一个产品，是文化企业产业化经营的一个对象和文化资本保值增值的一个载体。在市场法则中，赢得读者才能赢得市场，有点击率才有商业效益，而点击率高的作品立马会成为一个有价值的 IP 进入交易市场，实现版权转让后的“全媒体”经营，形成一个作品的“长尾效益”，打造出一个效益丰盈的产业链。网络小说作为这个产业链上游的一环，其文学的、审美的、人文的价值已经不是 IP 开发商所要权衡的主要元素，而作品的故事性、奇异性、娱乐的代入感、视听改编的可观赏性等，才是首先需要考虑的因素。《杜拉拉升职记》《裸婚时代》《步步惊心》《后宫甄嬛传》《盗墓笔记》《诛仙》《致青春》《古剑奇谭》《何以笙箫默》《花千骨》等一大批由网络小说改编的影视和游戏产品对大众娱乐市场的大范畴覆盖，正是这一现象的文化结果。从文学价值的社会实现上说，“以读者为中心”的文学观是有积极意义的，它是对那种不尊重读者、不顾他人阅读感受的自我陶醉、敝帚自珍的“作者中心论”的一种反叛和否定，但单纯顾及读者而忽略文学本身不啻剑走偏锋；如果选择读者维度的目的仅在于谄媚市场、谋取利益，与文学的健康发展也是背道而驰，因为市场化对文学的强势入侵可能遮蔽文学的精神，钝化文学的人文锋芒，甚至颠覆人类赋予文学的逻各斯原点。久而久之，网络文学失去的不仅是某一奖项，而是它存在的历史合理性。

（原载于《小说评论》2016 年第 1 期）

---

① 王觅：《网络文学：传递文学精神，提升网络文化——中国作协举办网络文学作品研讨会》，《文艺报》2012 年 7 月 13 日。

② 欧阳婷等：《网络文学的体制谱系学反思》，《文艺理论研究》2014 年第 1 期。

“火星文”：挑战传统与更新观念

一、“火星文”入侵：掀起网络风暴

从字面看，“火星文”应该是火星人用的文字，但这里却是指年轻的网民在互联网上使用的一种特殊文字符号。这一概念最早出现在台湾，泛指流行于台湾年轻的网络族群中，一种融合了注音文、英文、日文、数字、符号等来替代中文汉字的次文化文字。一般认为，“火星”最早成为流行语，是在电影《少林足球》中周星驰对赵薇说的那句话：“地球是很危险的，你还是赶快返回火星吧！”后来，一旦没听懂别人的话，有人就戏谑性地回应对方用的是地球人看不懂的“火星文”。这样的用法，借由网络而快速散播，成为时下许多年轻人的共同语言。有点孩子气，有点异想天开，有点无厘头，这些都成就了“火星文”。久而久之，“火星文”一词亦便成为一切令人难以阅读、不易理解之文句的代名词。①

随着网络的快速发展，有关“火星文”的讨论日渐增多。关于什么是“火星文”，并没有严格的定义，它通常是泛指“90后”的孩子们在网络交流时所运用的语言。这是一种伴随着各种输入法逐渐演化并流行起来的网络语言，不仅杂糅了英文、日语等语言的部分字词，也对汉字进行了颠

---

① 安东：《今天你“火星文”了吗？》，《台声》2007年第3期。

覆、异化或解构。

目前，网络上出现了很多专门提供翻译“火星文”的软件，可以自动把日常使用的汉字转化为难以分辨的“火星文”。“90后”们对“火星文”乐此不疲，新创制的词汇层出不穷。“火星文”在QQ空间、网络论坛、聊天室、网络游戏等年轻网民经常光顾的地方已呈铺天盖地之势，在QQ群里，“火星文”甚至俨然成为“官方”语言，不会用“火星文”就可能被对方直接踢出QQ群。在这个崇尚个性、崇尚自由的年代，“火星文”已被许多年轻人视作一种时尚和风格。

“火星文”作为网络空间里的一种行话，有其内在的规定性。按照“火星文”的构成形式，目前大致可以将其归为七大类：①

1. 象形符号类，如：

① 表方位的符号：“→”代表“右”；“←”代表“左”；“↑”代表“上”；“↓”代表“下”。

② 表表情的符号：“≥_≤”表示“痛苦”；“0”表示“目瞪口呆”；“(^_^)y”表示“开心万岁”。

③ 表动物的符号：“=^^=”表示“狐狸”；“@/”表示“蜗牛”；“(··)nnn”表示“毛毛虫”。

2. 自由谐音类，如：

① 符号谐音类：“+”表示“家”“加”“假”。

② 字母谐音类：“u”表示“有”“诱”“用”；“b”表示“不”“部”“被”“悲”“白”等；“c”表示“西”“希”“嘻”；“d”表示“的”；“g”表示“及”“鸡”“寂”“津”；“i”表示“爱”；“j”表示“觉”。例如：“g寞d夜，g寞d关c，偶才花ji↑尼，让偶更g寞”意思是“寂寞的夜，寂寞的关系，我才发觉爱上你，让我更寂寞”。

③ 数字谐音类：“1711”表示“一心一意”；“94201314”表示“就是爱你一生一世”；“7456”表示“气死我了”；“886”表示“拜拜了”；“9494”表示“就是就是”。

① 参见杨寅庆、赵超：《火星文的分类鲜活性特点》，《科教文汇》2006年第4期。

3. 方言引入类,如:

① 闽南语:"偶跨 e 口怜"表示"我看他可怜"。

② 台语:"咕"表示"个";"尼"表示"你";"伦"表示"人";"迷"表示"没";"混"表示"很""狠";"抗"表示"看"。

4. 注音符号类,如:

"ㄅ"表示"爸""不""把""吧";"ㄆ"表示"不""怕""噗";"ㄇ"表示"吗""妈""们""嘛";"ㄉ"表示"的"。例如:"ㄊㄅㄅ粉ㄆㄊㄇㄇ"意思是"他爸爸很怕他妈妈"。

5. 自由缩略类,如:

① 拼音字母缩略:"BC"表示"白痴";"MM"表示"妹妹";"LG"表示"老公"。

② 英文字母缩略:"IC"表示"I see";"CU"表示"see you";"TKS"表示"thanks"。

6. 失意体前屈类,如:

失意体前屈是一种源于日本网络的象形文字(或心情图示),这种文字可以写作 orz、Oro、Or2、On_、Otz、OTL、sto、Jto、○||_等,但其中以 orz 最为常用。

7. 流行语引入类,如:

在"火星文"中,有一部分是港台校园的流行语,如"ATOS"表示"会吐死";"AKS"表示"会气死";"偶像"表示"呕吐的对象";"潜水艇"表示"没水准";"化妆"表示"奋发图强";"天才"表示"天生的蠢材";"神童"表示"神经病儿童";"蛋白质"表示"笨蛋+白痴+神经质";"露露"表示"看一看";"炉主"表示"倒数第一名"等。

二、"火星文"缘何走俏"90 后"

现在,"火星文"已经走俏整个中国"90 后"一代,这种情势是由它自身特点决定的。从上面"火星文"的构成种类可以看出,这是一种独特的文字表意形态，具有思考模式的趣味性，能给网络族的沟通与生活增添另外一番情趣。同时这种网络语言有意无意地体现出了一种经济化、人性化、形象化、委婉化、国际化、时尚化的特点。

一般而言，当下社会的主要资源皆被年长者所掌控，90 后能够表达不满、凸显自我意识的机会和工具实在太少，唯独网络和网语可以成为他们自由把握的武器，可以听从心灵意愿自由自在地“想怎么说就怎么说”，可以借由语言的默契，划下楚河汉界，捍卫自己的人格世界。语言成了他们表达自我的最后领地。

“火星文”之所以流行，其中的一个最主要因素就是“火星文”以其新颖而富有创意的语言形式，有别于日常的语言规范，而这正契合了青少年张扬自我、突出个性的表意追求。“一些文字大家都用就没意思了，我们发明一些‘火星文’出来，让大家眼前一亮。大家都会去琢磨你的意思，就很‘赞’，说明你很前卫。”网友小鱼的话道出了一批“火星文”使用者的心声。而在一些网络论坛和贴吧上，“火星文”的效果就更为突出，谁不想让自己的帖子炫起来，让更多人看？“火星文”是让帖子醒目的一个好办法。这是众多“火星文”使用者的共同想法。字体怪异、意义飘忽、难以辨认的“火星文”让“90 后”青少年从符号的解构、表意的再造过程中，重新获得主宰一切的优越感——这是一种超越成人世界的资本和象征。依靠象形、拟声、拆并字符等造字方式创生的“火星文”，正切合了年轻人不受常规束缚、追求新鲜事物的心理，他们通过不同字码或语符的组合，使“火星文”的创制成为一种极富创意、挑战逻辑思考的锻炼。

很多 90 后不想让老师和家长知道自己和朋友在说些什么，于是，上网聊天或纸条传情就用这种难以辨认的“火星文”，这样即使老师和家长发现也不知所云。“火星文”在青少年与他们的家长和老师之间设立了一道“屏障”，成了他们有效的“保护伞”。加之有些家长或老师的教育方式比较“专制”，缺少与孩子的沟通，限制了孩子的私人空间，给他们造成了心理上的伤害，也造成一种逆反心理。于是，有些孩子便从心理上不相信大人，不愿意大人进入自己的内心世界，“火星文”正好用来防御大人们的

"野蛮入侵"。虽然"火星文"的做法有些可笑,但却从侧面反映了青少年防范意识的加强。正如有研究者所言:"也许他们并不知道想抵抗什么,但至少也要保持抵抗的姿态,以此释放心灵的自由。新一代是在网络和游戏边上长大的,自我意识复苏,接触的是天马行空的想象、自由驰骋的表达,可同时,他们却被置入空前僵化的教育体制,四处可见满嘴分数的老师、望子成龙的家长、呆板教条的考试。生活方式与所学所想落差太大。方向相反的两股力量共同撕扯,折磨着他们的心灵。在此过程中,自然而然会不断诞生属于年轻人的话语和艺术。这不只是简单的代际冲突,不只是抵抗话语霸权,更是为了寻找认同、防御认同感丧失,所以他们才会炮制各种风格,作为自身的标志甚至是图腾。"①

三、宽容还是封杀:"火星文"何去何从

社会各界对"火星文"的出现和流行有各种各样的看法和评价。有些网友对这种乱七八糟的文字嗤之以鼻,将其命名为"脑残体",认为"火星文"严重歪曲了汉字的本意,影响到汉字的规范使用。一些语言学专家则宣称"火星文"破坏了汉语言文字的纯洁性与规范性。有些网友甚至直接站出来呼吁"封杀'火星文'",提议对"火星文"展开"围剿"。不少论坛的版规里已经明确规定禁止使用"火星文",很多论坛版主看到"火星文"的帖子一律当成乱码删除。在这些网友看来,"火星文"的罪孽着实不轻,不及时封杀必将贻害无穷。

与此同时,有很多网友却表达了对"火星文"的理解和宽容,认为这种字体仅仅是一种娱乐形式,不会影响到中国文字的发展:"只要不在现实生活中使用,谁也无权干涉别人怎么使用网络语言!"他们觉得:"'火星文',追求新异、张扬个性、激发创造性是其根本,何须总以离经叛道论

① 龚丹韵:《"火星文"流行:抵抗成人世界的后现代隐喻》,《解放日报》2007 年 8 月 18 日。

处?”一些研究者也强调指出:“使用‘火星文’的孩子,具有很强的创造力和想象力。”复旦大学教授顾晓鸣则宽容地提出了自己的见解:“‘火星文’并非是仅仅发生在中国的孤立现象,它的出现,是机器字符转型过程中的产物,是青少年利用技术条件来实现自我表达。其实,每一种新生事物的出现,都会招致这样或那样的不同意见,而过早地对新生事物做出任何一种带有结论性的判断似乎都略显草率。‘火星文’作为一种存在于某一个特定的领域、由特定的对象广泛使用的交流工具,它的出现必然有它的理由。破译‘火星文’符码背后的秘密,这似乎比情绪化地叫嚷‘封杀’或‘支持’更有意义。”①

据某家网站关于“你认为‘火星文’应该被封杀吗”的调查显示,在投票的 5159 名网友中,有 46.93%的表示“顺其自然,无须封杀”,40.63%的表示“破坏汉语言规范,杀无赦”,同时也有 12.44%的认为“无所谓”。②综合起来,人们对“火星文”主要持三种态度:赞成、反对和中立。

赞成派:顺其自然,无须封杀。

一些专家表示,这种“火星文”的出现,代表了“90 后”的叛逆性格和标新立异的特点,对于年轻人热衷的“火星文”,要一分为二地看,不要片面地一棒子打死或是盲目推崇。“90 后”使用“火星文”在很大程度上只是个人的自娱自乐,是特立独行、标新立异等特殊的情感需要,是他们张扬个性、表达自我的工具,是一种青年文化现象。从社会心理学来看,青春期的独立不仅仅是人格的独立,还表现在对传统认可事物的一种抗争。青少年接受新鲜事物快,同龄人很容易由于相互沟通或从众心理产生对某种新事物的认同。对他们而言,“火星文”更像是一种形象而充满童趣的游戏,每个年代的青少年都有自己喜欢的东西,只是表达形式不同而已,人们大可不必为这种近似儿童语的“火星文”过分担忧,它会随着年轻人的长大而逐渐被抛弃,而成为一种成长的记忆。

① 转引自李建伟:《“火星文”究竟在说什么》,《中国教育报》2007 年 9 月 4 日。
② http://cjmp.cnhan.com/whwb/html/2007/08/12/content-61277.htm.

从学校角度来看,“火星文”的出现虽然不是学校提倡的,但学生自发接触到了一些东西,只要没有对主流教育有所冲击,学校也没有必要干涉。对于家长和老师来说,也不应将这一现象完全否定,而应该在承认这一现象的同时,积极地与孩子进行平等的沟通,适度地引导孩子的语言行为。一些网友也认为,使用什么表达方式是个人的自由,特殊的文字能展现自己的个性和情绪,能激发创造性。同时,使用“火星文”的青少年本身也承认,他们最初使用“火星文”只是图好玩,觉得用“火星文”的人“看上去很有个性”,而且“火星文”也是保护自己隐私的一种手段。专家们也表示,“火星文”的发展和传播就如同网文的流传一样,舆论担忧是完全没有必要也是完全没有用的,部分论坛的封杀对“火星文”的流行起不到遏制作用。

反对派:破坏汉语言规范,必须禁止。

许多网民在网上发帖联合抵制这些让人困惑的“火星文”。有网友认为,“火星文”是对中国传统汉字的肆意篡改,破坏了汉语的纯洁。他们认为,文字是用来交流的,如果一种文字让人看不懂怎么交流?更有网友在自己的博客上直言:“火星文”纯粹是无聊的产物,跟时尚个性压根儿就不沾边。语言学专家认为,“火星文”使用了很多生僻字及象形偏旁,存在很多乱造生字、乱用同音替代、乱用语言表达方式的现象,破坏了汉语言的纯洁性和规范性。对于正处于汉语基础知识学习阶段的中小学生来说,如果长期使用“火星文”,将不利于传统文字的继承。中小学教师们感到网上流行的“火星文”给汉语规范带来了挑战,而一些家长也担心孩子们把心思放在这些怪异符号上面,将不能安心学习。同时,一些表示反对的网友们也觉得“火星文”严重歪曲了汉字的本意,影响了正规汉字的使用,毁坏了汉语言的审美性与整体性。他们还批驳这类文字使用者“把无知当有趣”,“是对中国文字的侮辱”。

中立派:正常现象,可以理解。

在众多的讨论中,也有一些人持中立态度,对“火星文”表示理解和宽容。他们认为:这种字体仅仅是一种娱乐形式,不会影响到中国文字的发展，只要不在现实生活中使用，谁也无权干涉别人怎么使用网络语言。正如一位网名为“璀璨”的网友说：“‘火星文’只是一种经过美化的文字，是娱乐层面上的东西，大家完全没必要那么紧张。”同时也有家长认为，“火星文”是“新新人类”的新主意，是他们在新技术、新平台以及新的话语方式下形成的一种新的社会性文化，一种无伤大雅的娱乐形式，不必小题大做。

另外，关于“火星文”的影响问题，曾有专家在青少年中做了相关调查，结果显示，有 26.1％的“非常同意”和 30.4％的“比较同意”，认为“火星文”“对青少年有一定负面影响，应加以规范”，但也有 39.1％的青少年表示“说不清”。调查还显示，有 47.8％和 43.5％的青少年认为“火星文”的使用会影响现行规范汉字的表达习惯和造成现行规范汉字运用的混乱。在针对“火星文”是否“应逐步推广到中国汉语言文字中”的回答上，“很不同意”和“不太同意”的合计达 78.2％。但是，当问及是否“应加以限制直至消灭”时，却有 60.9％的青少年表示反对。①

四、 青年亚文化隐喻：“火星文”的后现代文化学阐释

后现代社会文化思潮发端于 20 世纪 60 年代的西方后工业社会时代。它以反传统、反理性、反秩序等极端倾向为特征，崇尚非传统的价值观与道德观，消解崇高，解构权威，张扬个性，挥洒自我。后现代社会文化思潮认为，语言规范是一种异化力量。一个人从最初习得语言到能够使用既有的词汇、语法进行表达和交流的活动过程，实际上就是语言微妙地控制了人的思维和表达的过程。而每个人的思维都是独特的，同时，借以表达这种思维的语言又是模式化的。因此，人们要么改变或隐藏自身的独特性，才能使用既有的语言符号系统来满足深层自我、真实情感和独特

① 董长弟：《解读“90 后”网民“火星文”现象》，《青年探索》2008 年第 1 期，第 74 页。

个性的欲望,要么就把这种深层的表现欲望压抑到潜意识世界中。而对于具有鲜明个性的青少年来说,这种压抑显然是痛苦的。如果在现实生活中他们还无法打破这一怪圈的话,在网络中,这种欲望就在很大程度上得到了满足。由此看来,看似缺乏规范的怪异的“火星文”反倒成为青少年文化的一种固有“规范”,成为青少年亚文化的特有符号系统。而且,作为边缘性社会亚文化群体,青少年又不甘作为附属群体,他们总是以种种方式向社会显示自己的存在。使用“火星文”以打破成人社会语言规范,就成为一种证明他们自身存在的特有方式。

“火星文”一开始就以一种对传统的语言文字表达规范解构和颠覆的面孔出现。它解构了传统语言文字的规范秩序,颠覆了传统语言文字音、形、义的系统性与稳定性特征,并通过表达者的自我想象与发挥,创造出了另类的、带有自我情感和个性特征的“文字”。在颠覆了传统的语言文字规范的同时,其创制者张扬自我、凸显个性的文化特征已跃然纸面。

“火星文”是青少年网上互动的一种特殊的传播符号和传播方式,其刻意转换的编码体系,已成为青少年虚拟交往的亚文化符号表征,是构成青少年与成人社会区隔的规定性属性特征。在网络空间,青少年通过对这样一套语词符号体系的认同、摹写、复制和再加工,获得了其特定的社会心理基础,达成了其特殊区隔的身份识别,从而完成了他的社会定位和群体归属。因此,“火星文现象”实际是特定青少年文化心理在网络空间的投射,是一种青少年亚文化的符号表征。同时,由于青少年的生理、心理具有相当强烈的反传统、反权威、打破规范和标准的倾向,如果这些倾向在现实社会中还会不同程度地受到来自家庭、学校、社会的约束的话,那么一旦到了虚拟的网络空间,他们的反叛情绪就会高涨起来,而语言规范自然会首当其冲受到挑战。编码的随意性和个性化的“火星文”就是青年亚文化群体追求自由、张扬个性的结果。

另外,青少年尚处于社会化的早期阶段,处于寻找身份、进行社会角色学习的阶段。因此,很容易产生强烈的自主要求。他们追求个性,刻意采取与常人不同的行为方式,以便在“不同”中寻找身份并确认自己,使自己与成人区别开来。社会主流文化自然成为他们反叛的对象,包括“火星文”在内的种种张扬自我、摆脱传统的做法就成为反主流精神的内在驱动力。另一方面,青少年又在苦苦寻求他人认可,寻求社会群体的归属,网络空间给他们提供了互动的绝好条件。于是,模仿时尚化网络交际用语习惯就成为他们融入自己群体的一种方式,成为青少年网民人际传播的有效手段。可以说,“火星文”是青少年亚文化的一种隐喻,通过这种特殊的符号体系和话语方式,他们寻找到的是语言代码的文化归属。

五、 创新还是颠覆:引导和规范网络用语势在必行

作为一种网络语言新时尚,“火星文”的产生及其文本数量的与日俱增,已经成为一种不可忽视的社会文化现象。然而,从诞生的那一天起,“火星文”就注定只能是一种处于边缘化的网络次文化用语,其不规范甚至是肆意篡改中国传统汉字的先天性软肋,注定它永远不可能在汉语或其他语种中占据主导话语权地位。由此可见,“火星文”问题,是一个应受关注的社会问题。要解决这个问题,需要健康的网络环境,需要老师和家长与青少年的沟通,需要培育网民健康的心理,还需要社会多方面的共同努力。我们既不能对之熟视无睹,也不应杞人忧天,而应该以冷静的态度和科学的精神,对“火星文”现象疏而导之,倡导青少年网民使用国家规范的通用语言文字,更好地发挥语言的交际功能和文化传播功能。

“火星文”的出现,有其产生的客观基础。第一,从语言学上说,“火星文”体现了语言的游戏特征,负载了游戏的功能。“火星文”的解读过程就像猜连环字谜一样令人着迷,体现了特立独行、标新立异等特殊的情感需要,但究其实质是个人的自娱自乐。第二,“火星文”的出现对于我们理解文字的起源和发展流变具有启发意义。“火星文”虽然看似没有多少章法,登不了大雅之堂,但其兼收并蓄和简约化特性,对于未来文字的改革也许能够提供某些启迪。第三,“火星文”在表情达意方面具有的模糊性甚至随意性特点,不仅在一定程度上体现了最初构词者的奇思遐想,而且

还在一定程度上激发了阅读者的想象力。

但是,“火星文”毕竟是一种不规则的语言形式,如果让青少年长期沉溺于其中,而不加以规劝和引导,可能会导致他们养成不规范运用语言文字的坏习惯,而一旦有了使用“火星文”的习惯,就容易损害正常的语言表达能力,形成错误的思维定式,其运用规范语言的能力就会随之下降,造成对社会语言规范和个人语言能力的双重伤害。因此,我们应该对之进行理性分析和正面引导,鼓励青年一代自觉地使用规范汉字,在追求时尚的同时,更应该自觉学习、继承和光大中国传统文化中博大精深的语言文字遗产。

在社会多变的今天,我们应该用主流意识形态加强对青少年网络行为的积极引导,坚持用社会主义核心价值体系引领青少年网络文化建设。通过网络文化阵地,正确引导青少年网络行为,以实现青少年亚文化与社会主流文化的调和。为此,应该加大对正确使用文字和规范用字的指引和宣传教育,针对“火星文”这种自创字体对学生的不良影响,在年轻人中展开讨论和进行宣传教育,政府、学校、社会各界应当多开展一些适应当代青少年心理和成长的文娱活动,避免青少年沉迷网络、模仿不良文化,从而形成良好的网络行为习惯。

网络是柄双刃剑,它是社会进步的产物又推动着社会的进步,但网络也会滋生一些负面的东西,重要的是要在全社会尤其是青少年中筑起一道牢固的心灵防线,让他们有识别和把握网络文化的能力,正确认识祖国传承千年的语言文字,在接触网络的同时,学会思考和判断,建立对网络信息的批判接受模式,而不是盲目接纳网络信息。毕竟,网络不是搞怪和“个性”的全部,应该让网络为自己所用,而不是被网络所左右。

(原载于《福建论坛》2009 年第 6 期)

第四辑

走势剖析

网络文学的昨天、今天和明天

诞生于北美华人之手的汉语网络文学，经过十几年的发展，走过了无人问津的草创期，也度过了备受指责的落魄期，如今已经发展成为一支不可小觑的文学新军，对它的研究也庶几由“冷门”变为“显学”。网络文学作品数量激增，众多文学网站访问量屡创新高，一大批网络作品和写手受到追捧，一部部点击率高的作品被遴选出版，登上了畅销书排行榜……网络文学，这个一度连“正名”都困难的“野路子”文学，已经实实在在地走进了社会的文化视野，步入了时代文学的殿堂。

一

据中国互联网络信息中心统计，中国网民数量已超过 3 亿，2008 年网民规模比上年增长 8800 万人，年增长率 41.9%，网民规模跃居世界第一位，互联网普及率达到 22.6%，高于世界平均水平（21.9%）。使用手机上网的超过 1.2 亿人，拥有个人博客的超过 1.6 亿。在上网族群中，30 岁以下的年轻群体占了 68.6%，超过网民总数的 2/3。从互联网基础资源看，联网 IP 地址数量为 1.58 亿个，其拥有量已超过日本，跃升至世界第二位；而从网络应用看，网络音乐、即时通信、网络新闻排在了前三位。这样的发展现状为网络文学的普及奠定了基础，也使得汉语网络文学更多地走向青春文学和娱乐文学。

走进网络文学现场我们会惊异地发现，昔日被视为“另类”和“边缘”的网络文学正在向着文学主阵地挺进，数字技术和传媒市场的双重力量已经把网络文学从山野草根推向文学前沿，无形之间在传统的文学广场上扬起了一面新的旗帜，乃至矗立起一座炫目的文学“山丘”，文学的格局正在遭遇数字技术的重整。这有几种表现已不容忽视：

一是互联网开放的文学生产机制所由形成的庞大的文学生产群体和作品数量，让网络文学足以确认自身的文学在场性和文化新锐性。据不完全统计，全世界范围内的中文文学网站已有超过 4000 家，而国内的汉语原创文学网站也已超过 500 家。一个文学网站一天收录的各类原创作品可达数百乃至数千篇。如目前最大的中文网络原创文学网站“起点中文网”，就存有原创作品 22 万部，总字数超过 120 亿，日新增 3000 余万字。它的网页日浏览量(PV)已高达 2.2 亿次。“幻剑书盟”网站拥有驻站原创写手 1 万多名，收藏原创之作 2 万多部，有 400 部原创小说的周点击率在万次以上，其中有 49 部的点击率在 10 万次以上，日访问量保持在 2000 万左右，注册会员 200 万人。“榕树下”原创网站自 1997 年建站以来，日浏览量达到 500 万，拥有 50 万个独立 IP 地址，收录作品 350 多万篇。如果所有的文学网站、门户网站的文学频道、文学社区，再加上一些个人文学主页和博客中属于文学的那部分累积起来，恐怕只有巨型计算机才算得出网络文学作品的总量了。这样庞大的作品数量和读者群体对当代文坛乃至整个社会文化的影响可能已超出文学本身的意义，应该放到“国家文化发展”和“一代人的成长”的大命题下来看待其更深远的价值和意义。

二是网络文学的市场化崛起打破了传统文学的原有平衡，改变了整个当代汉语文学的总体格局。自打网络文学开始升温，原本传统文学独步天下的时代便开始了分化改组，经过近十年的文化市场调适，当今文学已经初步形成了“三分天下”的新格局：其一是以文学期刊为主阵地的传统文学，它以精英写作为中坚力量而秉持着一份千秋情怀，在社会的文化期待和个人的艺术承担中创造主流文学或精英文学，其背后代表的则是久远的历史文脉和强势的文学传统；其二是以出版营销为依托的图书市场文学，它一方面需敏锐地把握阅读市场走向，预测读者的趣味偏好和时尚潮流，一方面要发现作者适应市场的创作潜能，在传统阵营和网络甄陶的双重视域中，遴选或者策划畅销书资源，以市场为导向创造利润的最大化；第三块便是以互联网络为平台的网络文学或新媒体文学，它以自由的生产流程、庞大的作品库容与不断增加的阅读受众，一面与传统的精英书写分庭抗礼，一面与出版商贾暗送秋波，其强劲的生产体制、传播机制和文化延伸力，使它在当今文学的整体格局中，获得了三分天下有其一的份额，并且还在以加速度的方式让这个“蛋糕”越做越大。

三是网络文学在挑战传统与更新观念中悄然改写了文学惯例。一大批业余写手在互联网上的快意创作，将在线空间拉回到大众立场，使民间记忆重新从潜意识深处浮起，创造了网络文学生产的新机制，从存在方式到表意体制，从知识谱系到观念形态，对传统的文学实施全方位“在线手术”，让正统的文学范式遭遇拆解和置换，致使文学不得不面对“数字化生存”的严峻现实。这似乎印证了一个多世纪之前福楼拜的那句名言：艺术愈来愈科学化，而科学愈来愈艺术化，两者在山麓分手，有朝一日在山顶重逢。

二

网络文学既有“新媒体文学”的独有特征，又有“新世纪文学”的崭新姿态，它在文学存在方式、创作模式、价值理念和研究方法上的变化，已经引发了文学成规改写、文学体制变化和文学观念更新，加速了当下中国文学的转型。这主要体现在以下几个方面：

文学从专业化创作向“新民间写作”转型。以计算机网络为代表的“E 媒体”，先验地预设了兼容和平权的机制，技术化的虚拟自由强化了在线写作的民间立场，激发了社会公众的文学梦想和创作热情，让文学在消解中心话语和权级模式中，实现话语权向民间回归。网络媒体是一个反中心、非集权性的虚拟世界，漠视权威、消除等级、拒斥英雄情怀和盛气凌人是它的标记。在网络上，人人皆是平等的网民，网络写作常常是以平民姿态、平常心态写平凡事态，用大众化、凡俗化的叙事方式，展示普通人本真的生活感受，显示出平凡的真切感。

文学媒介由语言文字向数字化符号转型。网络媒介改变了传统文学的存在方式，突破了“语言艺术”的阈限，减少了对语言单媒介的依赖，实现了符号载体的“脱胎换骨”。它把基于“文房四宝”的执笔书写和机械印刷变成键盘鼠标的“比特”叙事，把基于原子物理的二维存储挪移到了数字虚拟的“赛博空间”，在一个另类时空中打造数字化的文学乾坤。与之同时，数字文本用“信息”替代了“物质”，用“空中的文字”替代了“手中的书本”，实现了文本形态由硬载体向软载体的转变。在这里，文学很容易由间接形象的“语像”转化为直观的“图像”，昔日的“语言艺术”变成了图文兼容的界面文本，通过书页文字解读和经验还原而获得的间接性形象，已经让位于图文兼容、音画两全、声情并茂、界面流转的电子快餐。

文学传播方式的转型。“以机换笔”的网络文学创作，在计算机键盘、手机等电子设备上完成创作和发送后，凭借互联网的全球覆盖和触角延伸，把没有重量的比特传递到世界的各个角落，同时也把软载体的文学文本“撒播”到无数用户手中，实现了由“推”传播向“拉”传播、单向传播向多向传播、延迟性传播向迅捷性传播的转化，用电子技术破除物理传播时代几乎所有的信息壁垒，从物质、时间、空间三位一体上突破原有的藩篱，实现了艺术信息的无障碍沟通。

作品内容与艺术形式的转型。传统文学创作内容源于社会现实生活，具有客观实在性，网络文学的创作内容既涵盖了客观的社会现实生活，又包容了网络虚拟空间的生活感受，还包括现实生活世界与网络虚拟世界之间的对立、渗透与转换。网络文学创作内容对电子虚拟世界主体的生存状态、情感状态的关注，是网络文学发展的必然结果。网络媒介中的文学充满叛逆性和另类性，它们使传统的文学文体类型划分悄然发生着变化，不仅纪实文学与虚构文学、文学创作与生活实录、文学与非文学的界限被逐步抹平，而且传统文学类型中的文体分类如诗歌、小说、散文、剧本等，都已变得模糊或被淡化，而超文本与多媒体技术在创作中的广泛运用，更是让原有的文本形态发生了“格式化”般的裂变。

思维观念的转型。机器化的符号规则代替汉字的结构规范的结果，便是数字操作颠覆铅字权威，“输入”代替“书写”，其所形成的“词思维”对“字思维”的替代，以及“词思维”与“图思维”的相互渗透，已经悄然置换了传统的艺术思维方式。“词思维”的快捷与“图思维”的直观在使表达提速的同时，却挤占了“字思维”的理性过滤和思想沉淀，把文学创作的意义生成全部交给了感觉的撒播，消弭了文字书写时的深思冥想和因表达“延迟”而凝练的语言诗性，让平面化、碎片化的文本消解了文学深沉的意义维度和历史的纵深感。

三

网络文学在挑战固有的文学传统和加速当下文学转型的同时，其创作存在着以游戏冲动代替审美动机、以技术智慧代替艺术规律、以工具理性代替价值理性等深层积弊。因此，在扑面而来的网络文学大潮面前，我们不能不理性地思索这样的问题——我国网络文学怎样才能赢得社会文化的尊重，以一个文学史节点的姿态塑造自身并完成文学的转型？笔者认为，利用网络技术资源，提升文学品质，也许是最重要的。

首先是要解决好网络文学“文学性”匮乏的“短版难题”，提升网络文学的艺术审美价值。网络文学以平民姿态开启了一个“新民间文学”时代，但充斥网络空间的凡俗话语如何历经审美的疏浚，实现艺术质素的净朗和审美品位的提升，让庞大的作品数量获得更高的艺术品质，将关涉到网络文学的艺术品格。很显然，文学的数字化生存并不就是艺术的胜利，网民的“文学在线”一旦不是为了文学的目标，纵使文学被数字技术纳入网络的丛林，它生长出来的也未必是艺术审美的果实。网络文学作品数量庞大，但许多作品艺术品质不高却是不争的事实。发表作品门槛的降低和作者艺术素养的良莠不齐，使得“灌水”之作甚多。有“网络”而无“文学”，“过剩的文学”与“稀缺的文学性”形成的鲜明反差，已经成为网络文学作品的最大诟病和严重制约网络文学发展的瓶颈。在未来的创作中，如何利用传媒技术表征艺术审美，以电子媒体彰显文学本性，用技术手段为人类打造诗意栖居的精神家园，让网络文学赢得一个文学性的向度，应该成为未来网络文学发展的新拐点。

其次是要避免文学对技术的过度依赖，在艺术与技术之间寻求更好的平衡方式。从技术媒介层面上说，网络创作应该尽可能多地利用电子数码优势，增加多媒体表达和超文本链接，这是完全必要的。但与此同时还必须看到，说到底文学是源于人的精神而不是源于技术，技术只是文学借助的工具，它应该受驭于文学的艺术目的。计算机网络技术无论多么神奇，它仍然只是技术而不是艺术。这种技术无疑会给文艺生产增添更多的技术含量，但未来的文学最需要的也许并不在于技术媒介的升级换代，而在于借助新技术、新媒介提升作品的艺术水准与审美价值。在传媒技术愈来愈艺术化的创作语境中，文学有时还需要摆脱对技术的依赖，与技术霸权相抗争，让网络文学能够遵循艺术的规律而不是按照技术的设定来推进自身的进步。

当然，要提升文学素质，离不开网络行为主体的素质提升和道德自律。互联网上的虚拟生活及其自由写作就像一个开放的实验室，把人性的丰富性与创造性、个性的多样性与局限性，都鲜活毕肖地展现在公众面前。在这个虚拟、自由、兼容而共享的空间，极易出现滥用自由、膨胀个性、无节制张扬欲望的现象，从而导致意志薄弱者放弃伦理责任和道德约束，也容易使他们视网络空间为“电子烟尘”的集散地，让信手涂鸦之作、无效乃至有害信息挤占乃至污染文学空间。因而，网络文学仍然需要践履人类赋予其精神原点的价值承诺——它只能是一种人文精神性的价值存在，它浸润的始终是创作者的审美情怀，释放的是审美化的诗性魅力，营造的是人性化的心灵家园。在这个意义上，网络文学永远需要从传统的精英文学中汲取营养，并用新媒介的锋芒去拓展文学的新空间与新价值。于是，健全“他律”与“自律”并存的约束机制，通过市场和技术的双重手段建立甄陶与遴选并存的激励机制，也许是庇佑网络文学健康前行的必要手段。如果说科技以人为本，文学以人为限，那么网络文学就应该在科技与人文之间架设一座艺术的桥梁。

（原载于《文学界》2009 年第 2 期）

网络文艺的潮动与坐标

网络文艺快速发展及其对大众文化生活的全方位渗透，其所改变的不仅是文艺格局，还有文艺的存在方式和人们的精神生态。2014年10月15日召开的文艺工作座谈会邀请2名网络作家参加，释放了中央高层对网络文艺高度重视的一大信号。中共中央新近出台的《关于繁荣发展社会主义文艺的意见》，明确提出“大力发展网络文艺”，倡导“让正能量引领网络文艺发展”，为繁荣网络文艺指明了方向。

技术传媒催生文艺生力军

最新发布的第36次《中国互联网络发展状况统计报告》表明，我国网络文学用户规模为2.85亿，占网民总数的42.6%，较去年底减少了918万人，但手机网络文学用户却升至2.49亿，较上年底增加了2282万人，占手机网民的42%。在今天的大众文化市场上，网络文学、网络音乐、网络自制剧、微电影、网络动漫、网络演出乃至手机段子、博客和微博文学、微信阅读及各类视频等新兴文艺类型迅速兴起。一部部热门网络小说的衍生品涵盖了电影、电视、话剧、图书、音乐、游戏等多种大众艺术形式。2011年国产电影票房冠军《失恋33天》，2012年最火的电视剧《甄嬛传》，2013年国产电影票房冠军《致青春》，近期的《何以笙箫默》《花千骨》《琅琊榜》《盗墓笔记》《云中歌》《鬼吹灯》《左耳》《九层妖塔》《芈月传》等炙手可热的影视作品，让一大批网络类型小说形成“网上热”与“网下火”的连锁互动效应，极大地繁荣了大众娱乐市场。来自市场研究机构速途研究院的数据显示，2014 年我国网络文学市场规模为 56 亿元，相比于 2013 年上涨了 21%，预计 2015 年的市场规模可达 70 亿元，环比上涨 25%。这表明，网络文艺已经改变了我国文艺发展的总体面貌，成为当今文艺大家庭中关注度最高的热点话题。这支源自技术传媒、来自民间和市场的文艺新军，受众广泛，充满活力，对繁荣发展我国的文艺事业、丰富广大人民群众的精神文化生活，发挥了重要作用，做出了积极贡献。

网络文艺需要扶持和引导

网络文艺发展迅速，声威日隆，但仍然存在“大而不强、多而不优”以及“野蛮生长、良莠并存”的问题。具体来说，它存在三个明显的不匹配：

一是数量与质量不匹配。特别是网络文学，数量十分庞大，质量却总体不高，更适于碎片化的大众阅读和快速浏览，与传统的文学相比，“有数量缺质量、有‘高原’缺‘高峰’”现象显得更为突出，“抄袭模仿、千篇一律、机械化生产、快餐式消费”也不同程度地存在。一个网络写手笔耕不辍，每天可更新数千字，但键盘上的运字如飞能成就“码字儿”高手，未必会产生精品力作。一个文学网站每天收揽百万、千万甚至上亿汉字的原创作品，但是可以沉淀下来、流传开来的文学精品能有多少？我们期待的思想性、艺术性、观赏性的统一，是网络文艺的短板，也应该是网络文艺创作要追求的目标。

二是效益追求与人文审美不匹配。网络文艺市场化程度较高，网络企业的商业模式和文艺创作的经济利益已经成为网络文艺生产的内在驱动力。文学网站遵循市场规律独立经营，自负盈亏，文艺创作成为一种谋生手段抑或致富路径，其所关注的已经不是或者主要不是艺术的高度和人文审美的价值，而是作品的产业链盈利能力。唯点击率、唯收视率、唯发行量、唯票房收入等，使得一些网络文艺生产者和经营者甘愿“当市场的奴隶”,“被市场牵着鼻子走”。如何让网络文艺既能在思想上、艺术上取得成功,又能在市场上受欢迎,一直是个难题。解决好效益追求与人文审美、经济效益与社会效益的关系,引导网络文艺创作者和经营者处理好义利关系,从管理机制上杜绝“见利忘义”和“唯利是图”,对规制网络文艺“人文正向”的价值观至关重要。

三是技术强势与艺术优势不匹配。与传统文学艺术相比,网络文艺的优势首先在于其数字化的技术媒介与传播载体,不过这种优势只有在服务于艺术审美的创作目标时才是有效的,才能体现出来,而时下的一些网络创作并没有很好地利用这一优势,“技术先机”和“程序至要”似乎没有更好地转化为艺术的感染力。计算机网络技术的虚拟自由、跨时空传播、超文本链接、多媒体表达、互动交流、推拉并举式欣赏方式等,似乎并未被作者充分用于网络文艺的审美创新。于是,技术的强势终究没有被转化为艺术的优势和审美的胜势,那些红极一时的网络小说、网络音乐、网剧、微电影、手游或手机段子,尚不足以沉淀为文艺精品或更高的艺术品位,倒是沦为技术复制时代的快餐消费品,“速成即速朽”似乎成为它们摆脱不了的宿命。

如果说在新媒体强势覆盖的时代“网络是重中之重”,网络文艺也应该成为文艺管理和建设的重中之重。在今天的大众文艺市场上,中国的网络文艺已经与好莱坞电影、日本动漫、韩国电视剧并称为“四大文化奇观”。面对这样一种“现象极”的时代文化现象,我们需要的不仅仅是关注,还需要深度介入和积极引导,因为网络文艺的功能作用及其广泛的影响力,已经关涉到我们国家的意识形态和当代文化建设,关涉到网络话语权和新媒体阵地掌控,关涉到大众文化消费、国民阅读和青少年成长,甚至关涉到一个社会的主流价值观建构、文化软实力打造和国家形象传播。因而,网络文艺绝不仅仅是一个“网络”的问题,也不仅仅是一个“文艺”的问题,而是与一个时代的艺术品相、时代风尚、文化引领、人文精神和价值导向直接相关。故此,网络文艺亟需扶持和引导,如习近平谈到网络文艺社群时所说:“我们要扩大工作覆盖面,延伸联系手臂,用全新的眼光看待他们，用全新的政策和方法团结、吸引他们，引导他们成为繁荣社会主义文艺的有生力量。”

潮头涌动下的坐标选择

网络技术和新媒体改变了文艺形态，催生了新的文艺类型，借助多渠道传输、多平台展示、多终端推送，极大促进了文艺作品的海量化生产和全民性欣赏，有效解决了我们一直在致力解决的文艺大众化问题。网络文艺潮头涌动，波澜壮阔，但它流向何方、魂归何处？网络上能否创作出思想精深、艺术精湛、制作精良的文艺精品？数字化技术媒介能不能产生出“有筋骨、有道德、有温度、艺术震撼力强”的无愧时代的优秀作品？要在实践中得到答案，网络文艺家还需要做足内外兼修的功夫。

在创作主体的内在修为和网络文艺的内容修炼上，应该以精品意识把握好正确导向，树立正确的艺术价值观，用新媒体艺术手段传递文艺的正能量。无论你承认与否，大凡是文艺行为，包括网络文艺行为，都应该是一种人文审美行为，这种行为不仅要“有意思”，也要“有意义”。如果你承认网络创作是一种有意识、有目的的活动，那么其活动就应该是有一定价值选择和意义赋予的行为，而不是单纯的技术操作。因而网络创作、网络经营与管理，都应该以正确的价值观去为社会、为他人、为艺术承命担责，认真处理好文艺与历史、文艺与道德、文艺与精神崇尚的关系，用刚健有为的持正力量建构正确的文艺价值观，在表达个性情怀的同时彰显时代精神，表现共同的理想和精神，培育共同的情感和价值，如习近平所说的“举精神之旗，立精神支柱，建精神家园”，而不是以任何理由放弃主体责任，更不得以娱乐化去价值化、以商业化去艺术化。网络文艺应该有这样的价值赋予，需要这样的价值坐标和逻辑支点。

从外在的社会文化语境上说，应该为网络文艺构建完整有序的生态系统。网络文艺打通了文艺各类型的产业链接，以多版权转让和全媒体传播的商业模式覆盖大众文化，以“互联网＋”的技术路线形成泛娱乐化趋势，创造出媒体转换的产业链和产业集群。从起点中文网的付费阅读到阅文集团的QQ阅读将移动互联网APP化；从百度利用全平台资源建立包括动漫、游戏、影视、周边产品在内的完整的产业链，到阿里文学从数字内容生产、文学传播、版权衍生、粉丝经济等多角度建立网络产业的开放生态，网络文艺远不是传统的单一形态，而是基于内容创意的关联式延伸形态，是基于IP的技术研发品类和基于娱乐文化市场选择的粉丝经济。巨大的市场和庞大的用户群体，要求未来的网络文艺围绕精品原创构建一套完整的生态体系，创造规范有序的市场环境，建立起切中网络特点又符合文艺规律的评价体系，并利用安全的版权运营环境营造网络文艺的良性循环。

（原载于《中国文艺评论》2015年第3期）

网络文学:前行路上三道坎

互联网诞生于1969年,中国加入国际互联网公约是在1994年,而汉语网络文学在我国进入公共视域是在1997年以后。这样来说,世界网络媒体发展只有40年,其触角联通中国大陆不过15年,网络文学现身我国文坛也只有十余年的时间。这些数字对于媒介传播史和文学发展史来说,都不过是弹指一瞬,但互联网所引发的文学转型和文明巨变,却产生了难以估量的历史性影响。

时至今天,我们可以说,网络文学已经走过了无人问津的草创期,也度过了备受指责的落魄期,已经发展成为一支不可小觑的文学新军——网络作品数量激增,众多文学网站访问量屡创新高,一大批网络作品和写手受到追捧,一部部点击率高的作品被遴选下载出版,登上了畅销书排行榜……网络文学,这个一度连"正名"都困难的"野路子"文学,已经实实在在地走进了社会的文化视野,步入了时代的文学殿堂。数字技术和传媒市场的双重力量已经让网络文学在文学的广场上扬起了一面新的旗帜,文学的格局正在遭遇数字技术的重整。

网络平台猎猎作响的文学旗帜在挑战传统与更新观念的同时,其开疆破土、筚路蓝缕的征途也面临一些需要跨越的沟壑,或者说,它需要调适自己前行的路标,以便用业绩和品质历史地证明自己。

一是"文学"膨胀与"文学性"匮乏的落差

互联网开放的文学生产机制所形成的庞大的文学生产群体和日益膨

胀的作品数量，让网络文学足以确认自身的文学在场性和文化新锐性。据不完全统计，全世界中文文学网站总数在4000以上，而国内汉语原创文学网站也已超过1500家。一个文学网站一天收录的各类原创作品可达数百乃至数千篇。如目前最大的中文网络原创文学网站“起点中文网”，就存有原创作品20余万部，日新增3000余万字，总字数超过120亿。目前该网站拥有驻站作者15万人，其中签约作者4000余人，它的网页浏览量(PV)2006年10月即突破一个亿，随后，其日浏览量曾创下2.2亿次的记录。“幻剑书盟”网站拥有驻站原创写手1万多名，收藏原创之作2万多部，有400余部原创小说的周点击率都在万次以上，日访问量保持在2000万左右，注册会员近200万人。“榕树下”原创网站1997年底建站以来，日浏览量达到500万，拥有50万个独立IP地址，收录作品350多万篇。如果所有的文学网站、门户网站的文学频道、文学社区，再加上一些个人文学主页和博客中属于文学的那部分累积起来，恐怕只有巨型计算机才算得出网络文学作品的总量了。这样庞大的作品数量和读者群体对当代文坛乃至整个社会文化的影响可能已超出文学本身的意义，应该放到“国家文化发展”和“一代人的成长”这样的大命题下来看待其更深远的价值和意义。如果说，文学网站、传统文学图书、文学期刊已构成当今中国“三分天下”的文学格局的话，唯有文学网站之维最具成长活力，与时下传统文学影响力的低迷之势相比，网络文学可谓“风景这边独好”。

不过网络文学的快速发展带给文学的更多的是数量的急剧膨胀而不是品质的改善和提升，“灌水”之作甚多及其“文学性”的匮乏，已成为人们对网络文学信心不足乃至诟病不断的根本原因，有人将其称之为“乱贴大字报”“马路边木板上的信手涂鸦”等并非毫无道理。网络上的快意书写和自由发表犹如“不穿鞋的奔跑”(痞子蔡的比喻)，“人人都能当作家”的文学“圆梦”机制，生产的有海量的文学也有不堪卒读的垃圾，以至于作家莫言“不想谈这些莫名其妙的网上文学”，网络写手慕容雪村用“进步巨大、毛病太多”来概括网络创作中粗糙的高产，“十年写作越写越水”成为近期中国作协等三家单位发起的“网络文学十年盘点”中许多人的感慨。

对于那些懂技术却不懂艺术的“网虫”“闪客”们来说，他们在网上“玩文学”，容易流于戏谑、粗疏和随意，把文学对人文审美的关注变成随心所欲心境下的“平庸崇拜”，创作常常成为“孤独化狂欢”的游戏。这种自由生产的文学机制有助于“民间文学力”的自由释放，但免不了要批量生产出“网际文化快餐”和“心情留言板”。我们随便打开一个文学网站都不难看到过眼云烟般的“准文学”抑或“非文学”。于是，“文学性”的技术化消解和文学非艺术化的出现就是在所难免了。

网络与文学的联姻是数字媒体时代的必然选择，但文学的数字化生存并不就是艺术的胜利。网民的“艺术在线”一旦不是为了艺术的目标，纵使将文学纳入新媒介的丛林，它生长出来也未必是艺术审美的果实。以网络文学为代表的数字媒介作品数量庞大，但总体上看其艺术质量还达不到应有的社会期待，这是不争的事实。发表作品“门槛”的降低和作者艺术素养的良莠不齐，使得有“网络”而无“文学”，“过剩的文学”与“稀缺的文学性”形成鲜明的反差，这正是小荷初露的网络文学在前行中需要迈过的第一道坎。

二是写作自由与承担虚位的矛盾

网络技术创造了虚拟的赛博空间，虚拟的空间又为创作主体的虚化提供了技术环境。网络文学的作者多不是传统意义上的专业作家，而是一“网”情深的“三无”(无身份、无性别、无年龄)网民。他们揭去了生活中的道德面纱，消除了现实关系约定的社会角色，尽可以用真实的自我张扬个性，以袒露心性，释放情怀。匿名主体的自由写作与网络写作的承担虚位并存，使得网络创作一身轻松却又过于轻松，以至于让许多人放弃了文学应该有的艺术承担、人文承担和社会承担，出现作品意义构建上的价值缺席和承担虚位。

1993 年，美国画家斯坦纳的一幅漫画描述了这样一幅情景：两条狗在网络中漫游，大狗教诲小狗道：“在网络上没人知道你是一条狗。”这幅漫画形象地揭示了网络传播匿名性的特点：参与者身份处于交往主体的隐匿状态。匿名写作的网络世界是一个众声喧哗的间性主体世界，是一个以庸常抗拒崇高、用世俗阻隔主流、以宣泄替代承担的世界。网络写手们“我手写我心”“我写故我在”，大家都是芸芸众生、凡夫俗子，大家一道卑微和庸常，没有等级的区别和权威的尊荣。有的人甚至认为网络写作可以对自己的作品不承担任何责任，写作时可以无所顾忌，由此暴露出许多人性的弱点和阴暗面。由于作者身份虚拟和主体性缺位，写作的责任和良知、作家的使命感和作品的意义链也就无根无依或无足轻重，文学的价值依凭和审美承担成了被遗忘的理念、被抛弃的信念或不合时宜的观念。晋江原创网主编王赫男就曾说：在自由、个性化和非功利化等优点之外，网络文学也有一些天然缺点，如盲目性、媚俗性、游戏性，甚至有写作机器的出现，这些都是网络文学与娱乐结合紧密，从而导致缺乏思想性和深度的结果。于是，当有评论者称网络文学是“在土豆上抹胡萝卜素”（张柠）、“中国文学进入装神弄鬼时期”（陶东风）、“网络导致文学身份危机和审美文化版图的改写”（杜书瀛）、“网络文学类无专属的‘野孩子’身份亟待认同”（陈定家）、“在新的电信王国，文学的时代将不复存在”（希利斯·米勒）的时候，就有网友提出“传统文学与网络文学中间俨然隔着一道‘柏林墙’”“网络文学这个私生子不需要认祖归宗”“请评论家走开”等激愤之词。这说明，张扬自由与个性的网络写手，对于网络文学的身份归依和职责承担是不以为然的。

一些早期的网络作家都曾谈到过他们创作的初衷。如李寻欢把网络写作的精神概括为：“自由，不仅是写作的自由，而且是自由的写作。”邢育森认为：“热门专业和学位证书让我衣食无忧，网络写作……是想过一种自己喜欢的生活，做一些自己喜欢的事。”宁财神则坦言：“以前我们哥几个曾经探讨过这个问题，就是说咱们为了什么而写，最后得出结论：为了满足自己的表现欲而写、为写而写、为了练打字而写、为了骗取美眉的欢心而写。”这样的文学写作，注重的是自由心态、自我表达和自在方式，具有鲜明的自足性和排他性，它们无疑是对主体承担的一种自动卸落。在这样的观念里，文学行为不再是一件“载道经国”、有为而作的崇高事业，而是一种悦心快意、自娱娱人的轻松游戏；作者不再是“灵魂的工程师’或

“社会良知的代言人”，而是网上灌水的“闪客”和“撒欢的顽童”；作品不再有宏大叙事和深沉主题，也无须是“国民精神所发出的火光”和“引导国民精神的前途的灯火”，而不过是用过即扔的文化快餐。网络写手谋求一种纯粹的精神宣泄，所以他们的作品表现个人经验的内容居多，在写作中往往融入浓厚的个人经历和个人情感，并讲究时尚化，追求娱乐性。而一旦在“玩文学”的自由心境中一味展现自我，难免放弃责任，回避沉重和苦难，纵使无意为之，亦当无以免之。此时的网络文学生产，全凭自律而没有了他律，写手无须为人民代言、为社会立心，也无须给予艺术的进步以积极进取的承诺，甚至不再秉持艺术传统的赓续和艺术规范的服膺。结果，文艺生产中应有的价值赋予、意义深度、审美创新和社会效果等艺术期待，均失去了合理的逻辑前提。于是，文艺的精神品格和价值承担、人类的道德律令和心智原则，终于让位于个体欲望的无限表达，在线写作的修辞美学让位于意义剥蚀的感觉狂欢，失去约束的主体在虚拟的自由里失去的是现实的艺术自由，得到解放的个体最终得到的只能是消费意识形态的文化表达。作品的“在场”与作者的“不在场”及其所引发的写作自由与承担虚位的矛盾，导致许多网络作品创作者淡化或者放弃了所应当担负的尊重历史、代言立心、艺术独创和张扬审美的责任。

三是“艺术正向”与“市场焦虑”的困惑

在盘点网络文学十年发展的时候，《中华读书报》曾提出过一个有意思的话题：“当没有文学的网络拥抱没有市场的文学。”是的，网络没有文学，而文学没有市场，一旦把网络与文学结合起来是不是二者得兼呢？这是一个问题。“文学与市场”如何兼得是一个传统媒体一直没能解决、网络媒体一直都在探索的问题。在解决这一问题的过程中，文学网站首先碰到的便是“艺术正向”与“市场焦虑”的悖论——艺术的价值律令是一维的，它要求任何一种艺术生产都必须遵循人类赋予艺术的逻各斯原点，追求其人文审美的终极目标；而媒体的市场化运作也是一维的，它永远需要运用市场价值规律的经济杠杆去追求利润的最大化。然而，“鱼和熊掌”的居一之选不仅成为文学之困，也是文学网站之惑。当文化资本的市场逻辑与文学创作的价值理性出现落差的时候，究竟是把握“艺术正向”还是屈就“市场铁律”就成了一个让人焦虑的难题。

事实上，网络文学的发展过程就是一个艺术与商业资本接轨与磨合的过程，是跨国文化资本携带文学行囊追寻文化产业资本保值增值的过程。早期的汉语文学网站如“橄榄树”“花招”“新语丝”等都是先由海外文化资本投资建立然后才挺进中国本土的，我国大陆第一个大型原创文学网站“榕树下”也是由美籍华人朱威廉投资百万美元在上海创办的。人们常常用“超功利”这样的词汇来形容网络文学，其实这是一种误解。网络写手“不求功名”不过是受实力和网络机制所限，一批早期网络写手成名后旋即被传统文学“招安”而安享尊荣就是明证。文学网站是由文化产业资本掌控的，没有幕后的金融资本和市场这只“看不见的手”，网站是运营不下去的。有人说，世界上每 3 分钟诞生一个网站，每 5 分钟会有一个网站消亡。其“消亡”背后的深层原因大都是丧失市场和资本的支持所致。盛大公司麾下的“起点中文”“晋江原创”和“红袖添香”三个网站拥有时下绝大部分高点击率作品，并覆盖了 80%的网络文学读者资源，究其原因就在于它们“做足了产业文章”，并得利于盛大公司的雄厚资本，这让细分市场的文学网民对这些网站有了十足的信心。

目前，社会文化资本对网络文学的商业介入有两种常见形态：

一是签约写手有偿写作和网站藏品的付费阅读。经过一定时期的创作考验和网络甄淘，一些有创作潜质的写手干脆依托于网络，专心致力于网络写作，有的甚至辞掉原有的工作，签约于网站，靠作品的点击量来换取自己的稿酬。写手们尽情释放自己的艺术能量进行批量生产，文学网站也依赖于签约作家及其作品来吸引更多的网民眼球，从而实现商业运作的双赢。据《中国图书商报》报道，2005 年 1 月 1 日，起点网即正式介入经营环节，每一毛钱的收入，按照三七开的比例分配，作者拿七分，网站拿三分。到 2005 年 5 月，“起点中文网”单月发放稿酬首次突破 100 万元人民币，仅 7 月份，就有逾 20 位作者领到过万稿酬。2008 年 3 月，以《鬼吹灯》系列成名的网络写手天下霸唱以年收入 385 万入选“福布斯 2008

中国名人榜”，《明朝那些事儿》系列的作者当年明月也以225万元年收入跻身榜内，位置在刘心武、石钟山等传统作家之前。我国文学网站的付费阅读是在2002年开始起步的，这一年，“读写网”“全球中文品书网”率先开始付费阅读的尝试，随后，“起点中文”和“幻剑书盟”“天鹰”等玄幻小说网站纷纷推出自己的付费阅读模式，读者每阅读千字只需付费2分钱左右，由于读者众多，给网站和作者带来了不菲的收入。网站通过发放稿酬，激发了写手的创作热情，进而汇聚更多的优秀作品；而越来越多的好作品，又可以吸引更多读者，赢得更多收益。2008年10月，起点网与海岩、周梅森、郭敬明、天下霸唱等18位知名作家签约，试图以高品质的有偿写作拓展付费阅读的更大市场。盛大文学有限公司CEO侯小强入选“2008文化产业年度人物”更是对文学网站这种产业化经营方式的一种肯定和激励。

二是网络运营与传统出版合谋，让网络文学“出网”后衍生下游产业链。把那些在互联网上点击率高、排行榜靠前的作品下载出版，是许多网站和网络运营商的常规做法。从痞子蔡、安妮宝贝、慕容雪村、宁财神到当年明月、天下霸唱、血红、何马等，大量作者在网络中长大，大量畅销书在网络中诞生。据2007年1月公布的“2006年中国畅销书排行榜(虚构类)”，网络作品已经占据了至少1/3的市场份额，成为中国畅销书中的一股重要力量。有些作品的销量甚至超过了传统的知名作家的新作。比如玄幻武侠小说《诛仙》的累计销量已经超过百万册，盗墓探险小说《鬼吹灯》总印数达到30万册，赵赶驴的《电梯奇遇记》走下网络后短期内销量即超过20万册。在文学不景气的大背景下，网络文学取得这样的业绩，不得不让人刮目相看。不仅如此，热门网络作品的影视剧和游戏改编更是打造出文学网站“左手版权，右手金钱”的产业链盈利模式。著名奇幻小说《星辰变》被起点以100万元售出游戏改编版权，《鬼吹灯》在实体出版、游戏改编和影视改编领域的成绩更是为网络文学的产业链探索了新的成功范例。这种做法反映了传统文学生产机制的强大，让网络文学有“被招安”和功利化之嫌。但是，网络文学与出版业的合流客观上也促进了网络文学的传播，扩大了网络文学的影响，调动了网络写手的积极性，为网络文学的发展奠定了物质基础。这对网络文学走向成熟和健康发展又不无积极意义。有人提出了这样的问题："当高高在上的文学突然与不被承认的网络情意绵绵，许多人便大叫看不懂了——网络在搞什么？文学又想怎么搞？"其实，这正是网络文学"艺术正向"与"市场焦虑"在观念上的必然反映，也是解答网络文学产业化困惑的一个注脚。

（原载于《南方文坛》2009 年第 3 期，《新华文摘》2009 年第 14 期全文转载）

网络文学行进中的四大动势

如果从1997年底创办第一个本土网络原创文学网站“榕树下”算起，汉语网络文学在我国的发展已超过十年。十年生聚，十年突进，网络文学在一片质疑、争议乃至鄙夷声中一路行进并日渐壮大，不仅用不俗的业绩证明了自己的存在，还用不菲的影响力改变了文学的发展格局，分享时代的文学荣辱，以“另类”的方式创造了一道文化风景。时至今日，网络文学在快速裂变与发展中日渐形成的四大动势尤其值得我们予以关注。

1. 多种文本形态和传播形式并行互补、多元共生

多种文本形态和传播形式并行互补、多元共生是网络文学生产、传播、消费的新态势和大势所趋。从汉语网络文学产生之初起，传统文学、传统期刊的网络化形态和网络原创文学的并行不悖、齐头并进，一直是网络文学发展中的一大景观。尽管对于何谓网络文学，直到今天学界仍多有分歧，但广义的网络文学大致以三种形态呈现却是有目共睹：第一种情况是传统文学的网络化，借助网络传播技术，许多传统的纸介质文学名著和印刷文本经过数字化处理后得以在网上广为传播；第二种情况是新型的网络原创文学，即用电脑创作、在网上首发具有鲜明网络语言特点的原创性文学作品；第三种情况是利用电脑多媒体技术和互联网交互作用创作的超文本，以及借助特定电脑软件自动生成的“机器之作”。这三类数字化形态的文学从网络文学产生之初就呈共生互补之势。这体现了网络文学的包容性、广延性和与其他文学形式的兼容性，也为网络文学赢得了

亲和力，给网络文学的发展奠定了资源基础。据统计，21世纪初，我国的2000多家报纸、8000多家期刊、290多家广播电台和420多家电视台中，已经建立了数千个网站或网页。其中不乏文学类的报刊(或文学副刊)。2005年《芳草》杂志还曾明确改版为《芳草网络文学选刊》(上半月刊)和《芳草少年文学选刊》(下半月刊)，其中《芳草网络文学选刊》一改传统做法，以刊载网络文学佳作为主。同时，大量书库网站在互联网上蓬勃发展，1998年推出的“文学城”“黄金书屋”等几家大型书库网站都曾门庭若市，“超星”图书馆不仅存书众多，还形成了自己发展壮大的运营方式，更不用说类似清华同方这样的CNKI数字图书馆全文数据库了。还有，与这类书库将传统文学经典作品数字化不同，“书路”则侧重征集网络原创作品，它设有《网络文摘》和《精妙网文》两个栏目，同时还为网络写手开设“个人作品集”。除了书路这类网络书库网站外，更引人注目的是专门发表原创网络文学作品的文学网站，从海外华人网络文学发展之初的“新语丝”“橄榄树”“花招”，到1997年中国大陆的“榕树下”，乃至后来相继建立的“黄金书屋”“白鹿书院”“碧海银沙”“起点中文”等，都不断发表恒河沙数的网络原创作品，为网络文学的发展做出了不容忽视的历史贡献。

早在2000年前新生的网络文学就已显露出跨媒体传播的鲜明特点，网上文学与网下的传统期刊、出版机构已开始形成连锁互动之势，这固然与商业利润的追求、资本运作的渗入有关，但也充分体现了网络文学发展的开放性特点。世纪之交的1999年，网易公司与文学网站“榕树下”的文学评奖受到了人们的瞩目。与此大致同时，痞子蔡的《第一次的亲密接触》在大陆由知识出版社出版，并被北京人艺改编为首部网络话剧。由顾晓鸣主编的“网话文”丛书《草鸡看世界》也在2000年底出版。上海三联书店还出版了一本由宁财神、安妮宝贝、邢育森、何从、李寻欢、花过雨等网络写手的作品组成的网络爱情小说合集《进进出出在网与络、情与爱之间》。时代文艺出版社出版的《中国网络原创作品精选》更首次以全景式的视野将本土网络原创作品介绍给读者。漓江出版社则每年都结集出版《年度中国网络文学精选》，春风文艺出版社每年出版《21世纪中国文学大系·年度网络写作》。2001年4月人民文学出版社也开始出版网络原创作品(如《风中玫瑰》)。随之,《彼岸花》《旧同居时代》《智圣东方朔》《悟空传》《成都,今夜请将我遗忘》《天堂向左,深圳往右》《数字化精灵》《极乐世界的下水道》《雨衣》《网侠》《告别薇安》《网上江湖》《死亡日记》《最后的宣战》《哈哈,大学》《毕业那天我们一起失恋》《黑暗河流上的闪光》《灰锡时代》《我一定要找到你》《人兽凶猛》《当我再也无法离开》《成都粉子》《金陵十二钗的网络生活》《假装纯情》《人皮娃娃》《杀手新娘》《我哥的情书》《一个女人的七个侧面》等众多网络文学作品也次第走下网络栖身纸质文本,并在社会上大批量印行。2006年4月敦煌文艺出版社同时推出了洛艺嘉的《一个人的非洲》的纸质版、网络版和手机版,这样一来,人们实际上是在通过网上网下两种渠道接触网络文学,一部分人是通过上网在网上阅览和参与创作原生态的网络文学文本,享受在线阅读、实时交互、互相激发的文学创作接受乐趣;另一部分人则通过精选后印行的流行网络文学选本了解和欣赏网络文学。事实证明,网络传播的出现并没有导致所谓的"出版大崩溃",相反,纸质文学与数字化的网络文学不但相安无事,相互兼容,而且优势互补,互相促进,二者得以携手共进,联袂双赢。

2. 在技术性与艺术性两极之间寻求平衡

网络文学的发展是一个动态不居的不断进行自我调整的过程,它在发展过程中总是摇摆于技术性与艺术性两极间并逐渐在二者间寻求某种平衡。早期的网络文学更多的是传统文学的网络版,往往是对传统纸质文学资源进行简单"阵地转换",此时的互联网更多的是作为外在的载体和媒介而存在的,网络文学的自身特性还比较模糊。随着网络文学的发展,网络写作的自身特色得到突出,技术性得到强化,技术与艺术的融合成为网络写手的自觉追求。网络原创文学堪称网络文学的主体和中坚,在目前的网络文学世界中数量最大,而最能体现网络文学的艺术特色和技术优势的,就是利用多媒体和WEB交互作用创作超媒体、超文本的链接式作品,它能使图、声、文有机结合,作者与读者实时动态交互,技术性与艺术性实现对立统一。早在1999年,新浪网就曾与《中华工商时报》联合举办为期一年的接力小说活动《网上跑过斑点狗》。后来"花脸道"网站还开展了"花脸道双媒互动小说接龙"活动,"中文网络文学"网站策划了故事接龙"谱写你自己的故事·千年之恋","榕树下"网站也曾出现网友接龙小说《城市的绿地》,"亿接龙"网站开设了《青青校园,我唱我歌》《情爱悠悠,共渡爱河》等接龙作品栏目,"文学咖啡屋"网站开展了"多结局小说网络竞写"活动,在网上还曾流行《超情书》《危险》等超文本回环链接诗歌实验。这些尝试都自觉突出了网络文学的技术天性和特色优势,富有开创意义。同时,网络文学的题材、类型与审美追求也日趋多元化。进入新千年后,网络文学写作更为多样,除了既往的小资路数外,今何在的《悟空传》、林长治的《沙僧日记》等"戏说"体的作品和《水煮三国》式的财经类写作也颇有市场,从《第一次的亲密接触》到《成都,今夜请将我遗忘》,大陆的网络文学走过了一条不寻常的道路。同样,台湾的网络文学除了青春情恋题材外,奇幻的、科幻的、推理的非爱情小说也纷纷涌现。网络写手对生活的反映、对网络书写特点方式的领会和写作技艺等都处在不断提升中。晚近的网络文学作品日益精致化、深透化,对深层自我的开掘,对人性的透视都渐臻圆熟,网络文学也逐渐从对少男少女纯情爱恋的玩味转向对人性、对生活的深思与质疑。慕容雪村就曾说他写作《成都,今夜请将我遗忘》意在写出一代人共有的困惑:现实和理想的落差、传统价值观与新伦理的冲突、物质世界对道德观的拷问等等。意在刻绘灰色的城市天空下放纵猥琐的人生与灵魂。在《伊甸樱桃》中,慕容雪村更将现代人放入了"世界名牌集中营",这里到处是富人的灵光,却唯独没有人的灵魂。这部作品延续了作者一直关注的"金钱对人性的吞噬"的主题,写尽了奢侈王国的光彩,也充斥着文人沉重的叹息和忧患。从痞子蔡到安妮宝贝,有情人生离死别、"尸横遍野"的网络写作格局也逐渐改观,安妮宝贝的《告别薇安》以一个充满感伤和绝望的故事为网络文学带来了新的气息和神采,从此,"故事不再是天马行空的'胡思乱想',它开始贴近了现实,而且文体也有了新的规范,变得考究起来"。这个过程也成为技术性日见娴熟、艺术性日渐加强的过程。

3. 文化资本的商业运作介入网络文学

汉语网络文学发展的过程也是一个文学与商业和资本关系日益密切，网络文学日益功利化、产业化的过程。在网络文学诞生初期，网络上的文学活动均是无功利的，人们常用“超功利”来描述网络写作行为。但是，消费社会的商业化观念和市场化行为的无孔不入很快便侵入网络文学创作领域，文化资本的利润最大化本性不会放过网络文学这块“蛋糕”，网络文学的“净土”不久便被沾染上了“铜臭气”，它们浸染了网络文学的“纯洁性”，但在一定程度上也拉动了网络文学的快速发展。

文化资本逻辑对网络文学的商业介入有两种表现形态：

一是网络写手的有偿写作和功利化追求。经过一定时期的创作考验和网络甄陶，一些有文学创作潜质的写手干脆依托于网络，专心致力于网络写作，有的甚至辞掉原有的工作，签约于网站，靠作品的点击量来计算自己的稿酬。写手们尽情释放自己的文学创作能量进行批量生产，文学网站也依赖于签约作家及其作品来吸引更多的网民眼球，从而实现商业运作的双赢。据《中国图书商报》报道：

> 2004 年 12 月 18 日，起点中文网在上海召开“盛大起点 2004 年原创文学之旅”，请来了网络上的最有人气的写手们，根据作者以前的表现和起点未来发展的综合考评，以年薪的方式买断作者一年所写的作品版权，并与他们正式签订了百万元稿酬的协议。
>
> 协议规定，根据网络文学界著名的原创作者血红(《神魔》)、烟雨江南(《亵渎》)、蓝晶(《魔盗》)、赤虎(《商业三国》)、流浪的蛤蟆(《天地战魂》)、碧落黄泉(《逆天》)等人的原创作品质量和数量，他们将获得最高超过百万的稿酬。这是目前为止网络文学界年薪金额最高的正式合约，将为这些网络文学原创作者赢得更为宽松的创作条件。
>
> 2005 年 1 月 1 日，起点正式介进经营环节，每一毛钱的收入，按照三七开的比例进行分配，作者拿七分，网站拿三分。到 2005 年 5 月止，起点中文网继创造出近日 PV6000 余万的流量奇迹后，单月发

放稿酬首次突破100万人民币。仅7月份,有逾20位作者领到过万稿酬,起点的编辑比喻说,在起点一个普通作者单靠写书就可以写出一个金领,真是开创了娱乐小说写作的一个奇迹!……

除了网上的收入,众多写手还因此获得了出版图书的机会。到目前为止,血红的《邪风曲》《神魔》、肥鸭的《九鼎问天录》、云天空的《邪神传说》、开玩笑的《千面人》、周行文的《重生传说》、碧落黄泉的《仙动》这些作品在出版以后,都受到了市场的热捧。

——《中国图书商报》2005年12月7日

目前大部分文学网站开始实施付费阅读,并付给网络写手不菲的稿酬。越来越多的文学爱好者受到淘金效应的激励,不断投身到网络写作大军中,开始自己的“写手之旅”。在他们眼中,写作不再仅仅只是兴趣爱好,更成为安身立命的一种职业。网络写手的有偿写作当然是文学网站产业化经营的结果。写手的职业化可能有违网络写作非功利化的特征,给自由的写作心境带来某些不自由,但有偿写作、支付稿酬的方式是媒体产业化的必然,符合文学生产的市场规律,体现了网络文学的发展趋势。它有利于增强创作者的积极性,提升艺术生产力,也有利于提高作品的艺术质量。不过有人也不无忧虑地指出:网络写手普遍比较年轻,以18岁到30岁左右的青年人为主,其人生阅历、文学素养的积淀比较薄弱,而且在商业因素的诱惑下,许多人实际处于“透支写作”的状态。如何提高自身文学修养,创作出精品力作,是广大网络写手们亟待解决的问题。

二是网络运营与传统出版合谋,在读者市场争夺图书市场份额。把那些在互联网上点击率高、排行榜靠前的作品下载出版,是许多网站和网络运营商的常规做法。据2007年1月公布的“2006年中国畅销书排行榜(虚构类)”,网络作品已经占据了至少1/3的市场份额,成为中国畅销书中的一股重要力量。有些作品的销量甚至超过了传统的知名作家的新作。比如玄幻武侠小说《诛仙》的累计销量已经超过100万册,盗墓探险小说《鬼吹灯》总印数达到30万册。在文学作品普遍不景气的大背景下,网络文学取得这样的成绩，令人刮目相看。"榕树下"网站从1999年第一届网络原创文学作品奖起连续三届的获奖作品都由天津人民出版社出版，获利甚丰。花城出版社2000年也曾推出3卷本的"网络之星"丛书，湖北教育出版社2000年曾推出10本"网络文学"丛书。上海文艺出版社曾推出"榕树下·网络原创作品"丛书，华夏出版社推出过《情调EMAIL——网络文学采撷本》及续集。作家出版社、知识出版社、天津人民出版社、漓江出版社、中国社会科学出版社、上海三联书店 、中信出版社、群言出版社、杭州出版社、敦煌文艺出版社等也纷纷出版网络文学的丛书或作品集。一时间，点击率和人气指数成了眼球经济的同义词，网络文学成了现代出版界的摇钱树。出版界太早地介入网络形成了一种商业导向，使写手的心态不复单纯，网络写作作为一种独立、自由的写作姿态开始走向衰微。这种做法反映了传统文学生产机制的强大，让网络文学有"被招安"和功利化之嫌，但是，网络文学与出版业的合流客观上也促进了网络文学的传播，扩大了网络文学的影响，调动了网络写手的积极性，为网络文学的发展奠定了物质基础。这对网络文学走向成熟和健康发展不无积极意义。

4. 网络文学理论研究趋于自觉和理性

网络文学发展的过程是一个对网络文学自身的理性思考不断深入的过程。随着文学在网络上乐此不疲的持续行走，人们对网络文学的感受和理解日趋理性，对它的分析评论和理论研究也开始走向深入。大约从2000年前后开始，有关网络文学的研究和评论就开始了从简单的意气化、印象化的评判逐渐向冷静客观的学理化分析转变，从对网络文学的概念的探讨逐步深入到对其理论内涵与外延的辨析，从对网络文学的写作方式和语体特征的分析逐渐深入到对网络文学的本质、功能、发展趋势和根本性质的钻研，从对网络文学作品的分析逐渐深入到对网络文化的根因和实质的思考。网络文学逐渐引起了学院派的重视，对它的研究逐渐进驻学院空间，一批专家学者把理论思维的聚焦转向网络文学领域。1997年，中国人民大学出版社出版了"网络文化丛书"(1套7本)。1999年，北京出版社出版了"透视网络时代丛书"(1套4本)。2000年，厦门大学出版社出版了“网络狂飙丛书”(1套6本)。2001年,广东教育出版社出版了王强的《网络艺术的可能》,江苏人民出版社出版了南帆的《双重视域——当代电子文本的文化分析》,山东文艺出版社出版了铁马、曦桐的《赛伯的文学空间》。2003年初,人民文学出版社出版了欧阳友权等著的《网络文学论纲》,显示了网络文学学理形态建设的理论自觉。2004年,中央编译出版社出版了于洋等人的《文学网景——网络文学的自由境界》,同年5月,“网络文学教授论丛”出版发行,表明网络文学研究团队开始形成。2005年,中国社会科学出版社出版了欧阳友权的《数字化语境中的文艺学》,高等教育出版社出版了欧阳友权的《网络传播与社会文化》等。从更广泛的视野上看,一批研究网络艺术、新媒体艺术、数字艺术、网络文化的著作,也都与网络文学研究有关,或者其中设有网络文学的专门章节,如黄鸣奋在出版《超文本诗学》之后,又陆续出版了《数码戏剧学》《网络媒体与艺术发展》《数码艺术学》《互联网艺术》。此外,《西方当代新媒体艺术》(王秋凡,2002)、《非线性叙事:新媒体艺术与媒体文化》(许江、吴美纯,2003)、《新媒介艺术》(张朝晖、张翎,2004)、《新媒体艺术》(张燕翔,2005)、《新媒体艺术》(童芳,2006)等陆续出版。此外,中国人民大学出版社2005年出版了“新媒介艺术丛书”(1套4本,顾丞峰主编),高等教育出版社2006年出版了《新媒体艺术论》(许鹏等著),中国广播电视出版社出版了《数字艺术论》(廖祥忠著)等。包括《中国社会科学》《文学评论》《文艺研究》《文艺理论研究》《北京大学学报》《社会科学战线》等著名学术期刊在内的众多高水平理论刊物,相继发表了网络文学研究的专题论文。2007年由中南大学文学院网络文学研究基地完成的“网络文学新视野丛书”,欧阳友权出版了《网络文学的学理形态》(中央文献出版社)和《网络文学概论》(北京大学出版社),又一次从学术视野的广度和理论思维的深度上,把网络文学研究推进到一个新的阶段。2007年10月欧阳友权的《数字化语境中的文艺学》一书获中国第四届鲁迅文学奖·文学理论评论奖,标志着主流学术对网络文学这一新的研究领域的权威认可。

在这个过程中,网络文学研究的学术活动也频繁举行。2000年4月26

日，湖北教育出版社、《湖北日报》文艺部、华中师范大学出版社编辑学研究中心、华中师范大学文学批评学研究中心曾联合举办“网络文学讨论会”，网络写手元辰为此还提出了《对武汉四家联办网络文学研讨会的八点建议》，强调网络文学评论必须袪除先入为主的观念，必须立足网络文学的经验事实。2001 年，《社会科学》组织上海大学中文系、《上海社会科学》杂志社的多名学者和编辑就网络文学与当代文学发展问题进行研讨，《社会科学》杂志还在 2001 年第 8 期刊载了一组笔谈。2004 年 6 月 14 日至 16 日，由中南大学文学院、《文学评论》编辑部、《文艺理论研究》编辑部共同举办的首届“网络文学与数字文化”全国学术研讨会在湖南长沙拉开帷幕。2005 年 11 月，由北京铁血科技有限公司主办，修正文库、凤凰网和新浪读书频道等协办的“传统写作和网络写作，谁会走得更长远”作家座谈会在北京举行，传统作家北村、诗人宋琳、评论家朱大可、导演王超与网络写手慕容雪村、卫悲回、张铁、卜晓龙等人就这一话题进行了探讨和对话。2006 年 12 月，中国文艺理论学会在上海举办了“大众传媒时代的文学生产”学术研讨会，就网络媒体对文学生产的影响展开了专题研讨。2007 年 4 月 6 日至 9 日，由中国校园文学社团联谊会、中国网络文学联盟、搜狐原创联合红袖添香、天涯社区等 16 家文学网站发起的“2006—2007 中国网络文学节”在北京举行，会议举行了青春作家和原创作品评选、文学社团和文学网站展示、原创图书和出版人表彰、网络文学发展研讨和版权合作洽谈会等五大主题活动……这些学术会议与活动，对网络文学的舆论营造、理论研究和学理形态构建，起到了积极的推进作用，在一定程度上为我国的网络文学的健康发展提供了舆论支持、观念引导和理论支撑。

（原载于《贵州社会科学》2008 年第 10 期）

网络文学产业链的竞合与优化

新技术的涌现和新的经济、市场因素的介入，使我国的网络文学不断突破原有的发展模式。在经历行业洗牌和运作逻辑解构之后，产业增值的各环节开始被重新定义，网络文学不止于“线上书写”，而逐渐演化为涉及图书、影视、游戏、动漫、演艺等文化领域，贯通阅读平台、线下出版、衍生品开发等许多环节，成为一个用户规模超3亿的文化产业门类。于是，“产业链”这个与“文学”相距甚远的概念，便成为推动或制衡网络文学行业的重要论题。

一、网络文学产业链竞合要素分析

网络文学的产业链竞合是由产业链上下游各环节竞争、交叉、相互渗透，产业资源重新配置所形成的产业组织和运营方式优化的产业现象。助推网络文学产业链竞合的因素很多，归纳起来主要有资本、政策、经营、技术等要素。

1. 文化资本的商业裂变

文化资本及其市场的巨大推力，已经让网络文学无由选择地被裹挟进现代消费文化大潮，网络创作被融入读者族群的文化反馈和消费期望，形成了极富衍生能力的内容创意和强渗透性的传播影响力，由这些要素支撑的商业裂变，使网络文学与影视、游戏、动漫、出版、演艺、平台阅读等更广阔领域的业态形成关联，引发深层次的商业裂变。

文化资本首先从网络作品内容的易改编性上找到了产业链延伸增值的突破口。网络小说故事曲折、爽点迭起、充满视觉化意象，其人物设定、故事架构、情节发展、场景设置、叙事特色等，都与视听艺术如影视、ACG（动画、漫画、游戏）天然契合，其丰富的类型及多元的题材增加了网络文学作品向影视、游戏、动漫等内容产品转化的适应性，为网络文学的产业链向泛娱乐产业端口延伸开启了大门。特别是仙侠武侠、玄幻奇幻类网络小说，如《择天记》《斗破苍穹》《斗罗大陆》《星辰变》等，这些作品备受游戏制作商青睐，纷纷被改编成了手游或端游；而都市言情、军事、青春和历史宫廷等题材大多为影视公司所偏爱。过去，在影游市场上，位于产业链上游的剧本创作及改编环节长期处于题材跟风、优秀原创作品匮乏的状况，而影游制作商碍于周期长又无心对编剧业进行长期投资，因此，在影游产品需求量不断增长的情形下，优质剧本供不应求的矛盾愈发突出，成为制约影游业发展的瓶颈，这使得拥有海量故事资源的网络小说成为影视、游戏产业链上游的最佳整合对象。

其次，文化资本之于网络文学的商业裂变还体现为创造作品消费价值的最大化。网络文学拥有巨量的读者，在融入影游动漫等内容产业链的端口之前，许多热门作品已经通过“续更”传播积累口碑，或引发话题讨论，吸引大众目光，积聚了庞大的渗透转化率极高的粉丝读者群。有统计表明，网络文学读者中 30 岁以下的超过 60％，经常看电影电视剧、玩游戏、看动漫的网络文学读者分别占比 61.7％、46.6％、31.7％，其中有 64.1％的游戏用户玩过网络文学改编的游戏，90％的读者愿意为网络文学周边产品付费①，由此形成了巨大的影响力消费。这一前期“拥趸积累”节省了泛娱乐衍生品的推介成本，使 IP 作品的“一源多用”和改编产品“未播先火”形成的“马太效应”，为整个网络文学产业链带来了巨大的

① 艾瑞咨询：《2015 年中国网络文学 IP 价值研究报告》，艾瑞网，2015-10-23：http://www.iresearch.com.cn/report/2470.html。

商业红利，投资商正是借助这一影响力价值将粉丝效益转化成消费市场的真金白银。

2. 政府规制的政策引领

政府通过制定相关的政策措施，约束和规范市场行为，运用经济、法律和行政的手段，改善新兴传媒及相关行业发展的外部环境，为网络文学与相关行业产业链的融通与竞合提供了驱动与引领。

一是投融资政策。政府通过颁布文化投融资政策，优化投融资体系，简化行政审批等措施，引导民间资本的文化投资，促进网络文学及相关行业的发展，从而优化网络文学产业链融合的周边产业环节。以网络文学对影视行业产业链的整合为例，尽管早在2000年，“榕树下”公司便与北京红线影视开展合作拍摄电视剧《都市守望者》，“榕树下”提供剧本素材，并安排编辑人员参与剧本改编①，但碍于当时国内影视消费市场总量小、产业运作尚不成熟的原因，该网络作品并未与影视产业链形成真正意义上的整合。2002年国家推进电影业的产业化改革，民营资本、外资大量进入电影业。2010年国务院办公厅发布了《关于促进电影产业繁荣发展的指导意见》推动电影产业跨越式发展，2012年国家电影事业发展专项资金管理委员出台多项电影扶持政策，使影视产业焕发出旺盛的生命力。在一系列政策刺激下，中国的影视行业逐渐走向成熟。之后，“电影改编”才逐渐成为网络文学产业链中的重要环节。

二是改善版权环境。政府通过政策管制干预网络文学行业发展的版权环境，消除危害市场健康的不利因素，为网络文学的产业链纵向延伸扫清了障碍。这类政策主要集中于净化网络文学知识产权的运营环境、规范网络文学的内容生产、强化内容审查、增强作品的创新质量、建立网络文学行业与相关行业的协调机制等方面。如为净化版权市场，引导网络文学产业链各环节树立版权保护意识，打击盗版和去污，政府连续开展了“净网行动”和“剑网行动”，国家版权局下发了《关于加强网络文学作品版

① 参见陈阳：《中文网络文学的商业化运营初探》，《电子出版》2003年第6期。

权管理的通知》，客观上营造了良好的版权运营环境，降低了市场运行的风险，增强了 IP 经济的活力，促进了网络文学版权的跨界流通和衍生及相关产业链环节的整合。

三是行业制度设计。政府通过出台网络文学行业发展指导政策，引导网络文学产业链的跨界整合，净化和健全产业发展环境。如 2014 年 12 月，国家新闻出版广电总局发布《关于推动网络文学健康发展的指导意见》，鼓励“对优秀原创网络文学作品进行全方位、多终端化开发利用及传播，实现一次开发生产、多种载体发布”，明确提出实现网络文学与“图书影视、戏剧表演、动漫游戏、文化创意等相关产业形成多层次、多领域深度融合发展”的目标①，从制度设计上对网络文学产业链竞合提供了依据，也提出了相关要求。

3. 企业的内源性市场调适

企业为了适应不断变化的市场环境，保持竞争优势，需要对自身商业模式进行适应性的变革与创新，通过整合相关产业链环节资源，以发挥产业的边际效益，增加产业附加值，这主要体现在大型企业集团的产业布局和核心企业的产业模式创新两类行为中。

网络文学企业尤其是大型网站为实现长远利益最大化，不断在相关内容产业领域中布局，以强化资源配置，促使不同产业相互交叉渗透，为网络文学产业链的竞合不断进行市场化探索。例如，早期的盛大集团为拓展商业利润，利用资本优势布局传统出版和数字出版产业，注资传统出版企业华文天下，推出电子阅读器终端 Bambook，打通网络文学“内容生产—平台传播—终端阅读—线下出版”的运营产业链，推动网络文学的产业链资源整合。近年来，随着内容市场增量加大，网络传媒巨头 BAT（百度、阿里巴巴、腾讯）纷纷布局泛娱乐领域，大大推动了网络文学产业链的竞合速率，加速了网络文学产业链中下游多样化的内容裂变和二次价值

① 国家新闻出版广电总局：《关于印发〈关于推动网络文学健康发展的指导意见〉的通知》，国家新闻出版广电总局网，2015-01-05：http://www.gapp.gov.cn/news/1663/236795.shtml。

变现能力。它们依托网络文学内容生产，从数字内容阅读、传播、版权衍生、IP 孵化、粉丝经济等多个维度，打通泛娱乐产业链，推动网络文学产业链向下游的延伸。

核心企业的内源性调适，主要是通过自主创新，建立标杆型运营新模式，以拓展价值链，提升运行效益，引领或倒逼企业优化运营方式，整合产业链资源。如阅文集团为了更好地整合产业链，建立了“IP 共营合伙人”模式，目的是突破和创新传统的数字出版产业链组织结构，鼓励文学内容提供商与产业链下游的影视、动漫、游戏等开发商为开发特定的网络 IP 成立专门的公司，形成多线规划、共同开发、同享收益的新业态，从而将网络文学运营商的服务延伸至整个内容产业链，促使网络文学与影视、动漫、游戏的产业链相互交叉链接，实现网络文学产业链的垂直竞合。

4. 技术的创新驱动

技术创新是推动产业升级和产业组织调整的重要因素，也是网络文学产业链整合的触发器。例如，技术创新能够带来市场需求的增长和流变，向企业发出创新产品和经营模式的信号，促进企业整合产业资源，推出新的产品和服务。如移动互联技术改变了移动端用户只能以“离线下载”的形式浏览网络文学作品的阅读形式，创造了碎片化阅读消费，引发网络文学移动端用户规模的持续增长，促使网络文学运营商纷纷整合移动阅读链端口，抢占网络文学移动阅读市场。再如，技术的创新带来多产业融通的技术，将引发某一技术向多产业渗透，打通不同产业间的壁垒，激发相关产业的交叉性扩张，从而驱动产业链的调整。技术的创新催生了诸如原创网络文学业、数字出版产业、移动内容产业等一系列的基于互联网数字技术的文化产业门类，使不同产业门类在技术、内容、平台及产品功能上相互关联，降低了产业链环节的专有性，减少了整合的壁垒。此时，网络文学运营商在有限的技术升级下就能完成对数字出版产业链或移动阅读产业链的整合，实现网络文学内容的跨平台、跨终端传播。

二、网络文学产业链的竞合效应

网络文学产业链的竞合效应首先表现为网络文学行业边界的扩大和企业结构关系的转变。随着产业链各要素在动态市场环境中博弈关系的加剧，网络文学业态与周边行业在技术、业务、管理和市场经营领域的联系日渐增强，其行业边界有不断扩大的趋势。我们知道，在产业萌芽期，网络文学主要是作为内容生产环节融入传统出版产业链的上游，自 2003 年起点中文网启动“VIP 制度”形成 PC 端付费阅读的盈利模式后，便突破了原有的电子内容生产运营领域，网络文学的行业边界开始向周边行业扩展和渗透。现在，其产业触角已渗透至网络文学内容平台运营、无线客户端产品生产、线下出版运营、内容版权经纪、影视投资制作、游戏改编授权、动漫投资制作、戏剧投资制作、小说衍生品开发、广告代理等多个产业环节。

这样的产业链竞合让文学内容与市场资本在更大范围内得到更合理的配置，催生了跨行业、相互交叉的业务形式如“IP 联合培养”“IP 联合开发”等业务，打通了内容提供商、产品制作商、渠道提供商、平台播放商等各市场主体，在跨界整合与经营中使网络文学在产品、服务上向过去关联并不紧密的行业延伸，极大地拓展了市场空间，孕育了一个更大的文化市场。在这个市场空间中，传统的单一化的市场结构被解构，不同产业的产品、业务、运作相互关联，原先疏远的企业转变为相互关联的合作者或竞争者。新的市场不断吸引着具有不同产业背景的产业伙伴入场，进一步强化了企业结构间的竞合关系。

网络文学产业链的竞合效应还体现为产业链的黏性强化和内容生产重要性的提升。网络文学的产业经营是以内容生产为源头，基于分工经济、围绕作品价值运营而形成的相互关联的产业组织形式。早期，网络文学主要依靠用户付费阅读来实现作品价值变现，盈利渠道单一，产业运行效率较低，价值的市场实现度不高。随着产业链的延伸与整合，网络文学行业与周边行业互动发展、各展所长、各取所需，形成了以版权为核心，全产业链、全媒体、多版权、多渠道、产业关联立体化、生态性的运营模式，有效提高了产业链的知识含量和技术层次，实现内容资源的充分利用，最大限度地激活并放大了优质网络文学内容的价值，带动了产品的附加值水平，优化了网络文学的产业链组织形式、运行效率和协调机制，强化了产业链的"黏性效应"。并且，在这个产业链中，谁掌握了优质内容资源，谁就可以为影视、游戏、动漫等产业链条提供上游支持，撬动更大的产业价值。优质的内容沿产业链向下游不断裂变、衍生，实现跨媒介商业化和价值变现。内容生产在产业链黏性结构中的作用日益显著，反过来会激励优质内容的生产、开发和传播。因此，对介入网络文学运营的企业而言，要想在未来的竞争中获得优势地位，就需要强化内容链控制，积极介入内容环节。2015 年，以渠道见长的掌阅科技斥资 10 亿元成立掌阅文学，进军网络原创文学领域，致力于精品内容的生产、发掘和 IP 经营。无独有偶，依托中国移动建立数字内容渠道优势的咪咕阅读，通过举办网络文学大赛、签约网络作家，开启原创内容孵化模式，布局了新的内容链。它们所看重的就是产业链源头内容生产的价值潜能。

产业链竞合另有一个长期效应，表现为作品商业周期的延长及新的业务增长点的形成。在初期以 VIP 付费制度为核心的数字阅读链中，一部类型小说的商业周期往往很短，即随着作品连载的结束、读者关注度的降低、作品付费量的下降，该作品便进入效益衰退期。而现在的产业链竞合带来了产业链的延长和商业形式的多元化，给网络文学企业创造了拓展作品生命价值、延伸作品商业周期、创造新的业务增长点的市场新机遇。《盗墓笔记》产业链的开发便是成功的案例。2006 年该小说由南派三叔发表于贴吧，连载于起点中文网后，通过"付费阅读"模式获得第一桶金并积累起良好的口碑。2007 年《盗墓笔记》开始进行实体出版运营，5 年间图书总销量已突破 1200 万册[①]。2011 年小说完结后，同名漫画由长

① 夏琦、李思姗：《〈盗墓笔记〉总销量已逾 1200 万册》，新民网，2011-12-20：http:// news. xinmin. cn/t/xmwbtj/2011/12/20/13038076. html。

江出版社出版发行，但作品的商业生命并未因此而结束。2014 年，为寻找新的市场点，实现全媒体平台的共同运作，南派三叔成立了“南派投资管理有限公司”，并启动“《盗墓笔记》大计划”。截止到 2016 年，依靠粉丝流量已衍生出图书、舞台剧、网络剧、动漫、电影、广播剧、手游、端游等一系列产品，该小说的 IP 估值已达 200 亿。从《盗墓笔记》的商业开发历程不难看出，网络文学通过产业链竞合形成的以 IP 为核心的立体化、多层次、辐射周边产业的泛娱乐产品开发产业链，已经孕育了新的业务增长点，使优质网络作品获得了一次生产、多次利用的复合式开发机会，最大限度地延长了作品的商业周期和市场生命，达成了产业链竞合效应的最大化。

三、网络文学产业链竞合的优化策略

抓住内容源头，重视精品化作品生产是网络文学产业链竞合的价值前提。内容是网络文学产业链的基础，是整合影视、游戏、动漫、演艺、出版等泛娱乐产业的核心要素。网络文学作品的质量直接影响着粉丝的黏合度，决定着作品的跨界开发和价值变现。随着产业链的竞合，网络文学价值链得到延长，下游链对网络文学变现的重要性愈发凸显。它要求我们专注文本品质的提高，获取作品衍生开发的变现机会将远比作品“注水”、延长文本字数换取更多的点击量、增加读者付费增值更具意义。因此，首先应借助政策、市场、知识精英、写手和受众的力量，不断创作与推介精品力作，从培育创作队伍入手，把创作优秀作品作为中心环节，不断推出思想性、艺术性、可读性相统一的作品，加大对优秀作品的奖励扶持力度，让文学精品成为凝聚网络文学产业链上下游各种业态的价值支撑。

建立协调性的业态机制，创新跨产业管理，为网络文学产业链竞合提供制度保障。传统的管理机制是建立在清晰的产业边界和行业分工基础上的，条块分割难免互设壁垒。随着产业链的形成，网络文学产业边界持续扩大，产业互渗互补得到彰显，行业分工日趋模糊化，传统的产业集中度和资源垄断已不再适用于产业链的管理，协调企业市场关系的游戏规则也因企业竞合关系的调整而开始变得力不从心。面对网络文学产业与不同行业产业链的交叉、渗透与融合，应该在坚持公平、公正、开放的基础上，遵循市场规律达成资源的高效配置，建立融合型的泛娱乐产业协调机制，加快产业信息披露，简化跨行业运营的审批机制，及时调整不适应产业链竞合的泛娱乐产业管理体制，实行网络文学跨产业、跨媒介甚至跨文化管理，这样才能确保在协调机制最优化中实现产业链绩效的最大化。

发展行业协作配套业务，建立中介服务体系，完善网络文学产业链竞合的市场环境。网络文学行业协作配套服务业务是指辅助、支撑、协作网络文学行业及相关产业运营的服务型业务，其中包括版权经纪、IP 孵化、IP 创业辅助、IP 价值评估、品牌形象授权、衍生品运营、改编作品的完工担保等业务，即迈克尔·波特所谓的产业价值链上的“辅助活动”①。这些业务有力地支持了网络文学从创作、传播到 IP 的孵化、开发、衍生等一系列经营活动。对这些不可或缺的协作配套业务，政府机构或产业链上的单一企业无法直接提供，因此，随着产业链的竞合背景下网络文学行业与相关行业协同的日益频繁，产业链各行业协作服务业务滞后的问题便逐渐凸显出来。事实上，我国能提供网络文学行业关联性业务的组织和机构还很少，特别是在产业链下游领域，绝大部分网络作品版权的后期开发多是由文学网站直接代理，缺乏独立运作网络文学 IP 的经纪公司和 IP 价值评价机构，这些都严重影响了网络文学产业链向下游的衍生发展，阻碍了产业链的深度竞合。因此，完善服务产业链竞合中的协同服务机制，为产业链的深度融合营造良好的环境，就显得特别重要。

（原载于《福建论坛》2018 年第 2 期）

① 何群：《当下中国电影公司全产业链经营模式的问题和对策》，《山东师范大学学报》2012 年第 1 期。

传媒推力与文学魂归

传媒的力量席卷而来，裹挟着大众文化冲向文学滩头。以互联网为标志的数字媒体一马当先，在这次文学“洗牌”中扮演了消解和启蒙的双重角色。于是，文坛进入传媒割据、文学裂变的转型期。传统的文学体制被打破，规范的艺术生产被解构，原有的作品形态在“变脸”，千百年来的文学存在方式“被”新媒体打破，昔日倍受荣宠的“作家”形象在无名写手敲击的键盘声中只留下渐行渐远的背影……

是的，新媒体文学是以“另类”的姿态走进人们视野的，它在一开始便向本质主义文学范式亮起了叛逆的锋刀。不过，任何一种文学的历史认证，并不取决于其是否“另类”和“叛逆”，而取决于它能否走进人们的心灵世界，切入人类审美的殿堂，建立起自己的人文价值体系，而这种内质的涵养在新媒体时代并不会随风播散、和光同尘，而是需要在数字化技术霸权的铁壁合围中，以艺术的信念和坚挺的精神来铸就。事实上，自诞生之日起，网络文学、新媒体艺术就面临科技与人文的宿命式追问：在它所依附的信息科技的大树上，究竟会结出人文审美的丰硕果实，还是使人类的艺术传统和精神赓续在技术的狂飙突进中花果飘零？在炙手可热的科学势力的边缘，走进网络的文学是否仍能够携手古老的传统与价值，朝着人类审美精神的绿地驰骋，抑或在科学技术的强力场域中，让文学本体的精神取向经历一次工具理性的“格式化”？

近十几年来，我们见证了新媒体带给文学的振荡、裂变和转型，深切感受到了文学经受的数字技术的“整容”与洗礼。作为文学研究者，我们需要从理论逻辑上厘清新媒体不断改变的文学“议程设置”，洞悉其对传统文学规制的技术改写。例如，在主体观念上，新媒体用平民化叙事促动文学向“新民间写作”转型，用技术方式为文学生产赢得了更大的艺术自由度，以“词思维”“图思维”的符号表征和“自娱娱人”的新理念拉动文学深层观念的调整，为文学体制更新探索新的路径；从文学本体构成看，网络媒体在“文学与生活”关系的基础上增设了“文学与虚拟生活”的关系，添加了文学生产的“赛博时空”维度；从媒介要素看，网络写作从语言文字向数字化“比特”转变，文学文本由“硬载体”走向“软载体”存在，让作品的形态构成和传播方式出现本体论转向；在文学的生产要素和价值律成关联上，数字媒介创作以键盘鼠标替代“文房四宝”，用界面操作解构书写语言的诗性，使文学作品的“文学性”问题成为技术“祛魅”的对象，导致传统审美方式及其价值基点开始淡出文学的思维世界等等。

更为重要的是，我们不仅要关注数字媒体推力施之于文学的知识和观念谱系转型，还需要追寻新文学“变中不变”和“引领其变”的那个东西，那便是文学的人文底色和审美承担。这是文学之“魂”，新媒体文学不能没有这个“魂”，并要警惕这一文学价值理性的“魂不附体”，呼吁技术传媒的“文学魂归”。这是因为，数字媒体对当今文学艺术的全方位覆盖不应该成为技术对人文的颠覆或传媒对审美的消解，新的传媒语境不是艺术韵味消解和主体承担弱化的借口，技术复制和艺术民主也不能成为消解文学信仰、漠视文学经典的理由。文论学术有责任从观念上把新媒体对文学的强势介入看作文学在涅盘中新生的历史机遇，为传媒引发的文学转型培植一个价值与意义建构的维度，在炫目的文学旗语上标识价值判断，在喧腾的文学版图上镀亮问题意识，让新媒体文学的“魂兮归来”成为人类文明河床上意味深远的文学史节点。原因很简单：当代文学的网络在线最终还是要靠人文审美和艺术创新的价值含量来表征它的历史存在、美学命意、艺术成色和深层文化积淀，只有这样才能成就新媒体文学的诗性命名。从这个意义上说，新媒体文学仍需秉持人文性的精神原点，自觉履行人类赋予文学的价值承诺，通过调控引导和主体自律来改善文学对技术的依赖，使数字媒介对传统的挑战变成文学创生的契机，让新媒体成为新世纪中国文学健康前行的强大动力和有效资源。T. H. 赫胥黎曾经戏言：倘若给猴子提供足够多的打字机，总有一天猴子可以敲出《莎士比亚全集》。事实上猴子是不大可能在键盘上敲出《莎士比亚全集》的。真正让我们忧虑的倒是：如果因为媒体变革使得人类永远写不出《莎士比亚全集》式的作品，甚至人们再也没有耐心去阅读《莎士比亚全集》，那时，所谓的"文学"岂不成了无魂的躯壳！

切入文学现场，关注媒介变迁，呼唤文学魂归，秉持守正创新，这便是我们中南大学文学院网络文学研究团队一直坚守的学术立场。这套"新媒体文学丛书"就是基于这样的理论语境和学术心态设置和完成的。从2003年人民文学出版社的《网络文学论纲》，到2004年中国文联出版社的"网络文学教授论丛"（1套5本），再到这套"新媒体文学丛书"（1套6本），期间还在2005年出版了"文艺学前沿丛书"（1套5本，中国社会科学出版社），2007年出版了"网络文学新视野丛书"（1套6本，中国文史出版社）；除了主编这四套丛书外，我个人先后出版了《网络传播与社会文化》（主编，高等教育出版社2005）、《网络文学的学理形态》（中央文献出版社2007）、《网络文学概论》（主编，北京大学出版社2008）、《网络文学发展史》（主编，中国广播电视出版社2008）和《比特世界的诗学》（岳麓书社2009）等，这些成果皆出自我们团队成员之手，其中一以贯之的学术动机就在于：以建设性的学术立场和基础学理的致思维度，从价值理性上探寻新媒体文学的人文审美的必要与可能，让平理若衡的学术之思切入现实感应的历史脉动，以避免把"人文中的科技"弄成"科技化的人文"。

在这套丛书中，本人主笔的《数字媒介下的文艺转型》是国家社科基金项目的结题评优成果，可以视为丛书的总论。曾繁亭教授的《网络写手论》选择不同视角深度发掘了网络写手的可能与限度，着力思考的是文化身份认同的主体哲学。禹建湘教授的《网络文学产业论》和欧阳文风教授的《短信文学论》均属所在领域的开创性著作，前者揭橥文化资本对网络文学的强劲推力以及带给文学的市场化生存空间，后者则辨析网络文学向第五媒体延伸后的新特质与新范式，为我们认识手机短信文学提供了学理和知识的双重信息。苏晓芳博士的《网络与新世纪文学》和聂庆璞副教授的《网络小说名篇解读》，一部找到了网络与新世纪文学发展的诸种关联和张力，是新世纪文学的网络史，也是新世纪互联网的文学史；另一部从浩如烟海的网络小说中遴选名篇佳作予以品评，分门别类地探析作品的精妙之处，与前一部正好形成点线结合、纵横交织之态势。

我从1999年开始步入网络文学研究领域，2001年开始组建研究团队，这样说来，我们学科的这批学人从事网络文学研究已走过了十年历程。江湖夜雨十年灯，十年辛苦不寻常。一路走来，最大的慰藉不在于有多少成果，而在于我们有一个携手同心、笔耕不辍的学术群体。这套丛书的面世，是这些“在路上”的学人心得的个性呈现，也是我们文学院团队学术的又一次集体检视。手捧书香，心有感喟，此之谓也！

（原载于《文艺报》2011年8月1日）

第五辑

作家作品评论

网络小说的叙事维度与艺术可能

——评缪娟的《翻译官》

作为一部网络小说，《翻译官》有着许多网络小说的共同特征，如故事呈线性展开，节奏较为明快，推进顺畅；都市题材时尚感强，场景转换灵动自然，富于“蒙太奇”画面感；人物充满青春气息，有着“玛丽苏”式的艺术格调；章节篇幅短小，分布匀称，网络“续更”特点鲜明；句式简短，行文流畅，用词朴素，对话式表达常采用分行排列，读起来比较轻松；矛盾冲突峰回路转，情感代入不露痕迹；善恶有报，好梦成真，有情人终成眷属，大团圆的结局正好满足粉丝预期等等。

不过，如果仅仅这样评价这部网络小说，可能只能辨其皮相而未及作品肯綮，因为该小说在叙事方式和艺术谋略上异于一般网络小说之处更值得我们关注。写翻译官的职场爱情，无疑是一部职场小说，但《翻译官》不是常规意义是上的网络职场小说，而是一部展示青春、奋斗和成长的爱情小说，职场不过是主人公展示爱情、演绎故事的背景。通过特殊的职场——外事翻译中人物之间的工作交集、情感冲突和职业磨炼，将一个生动而曲折的爱情故事表现出来，以此构成了这部网络小说的主线。并且，作者缪娟没有按惯常的套路去讲述这个爱情故事，而是把爱与不爱的难取难舍放到青春奋斗的磕磕绊绊和人物性格、家庭背景的鲜明落差中去刻画和展示，从而赋予这部网络小说不一样的魅力和价值。

一

为了更具魅力地讲好职场爱情故事，小说设置了三个艺术叙事维度。

一是真实地书写了爱与被爱的人生不等式。小说中的两个主角乔菲和程家阳本是处于社会层级中两个完全不同的阶层。乔菲漂亮、聪慧，但家境贫寒，父母都是聋哑人，爸爸做过心脏搭桥手术，一家人靠妈妈摆小烟摊艰难度日。她从小自立自强，靠看电视学会说话，靠体育特长加分上了很好的初中、高中，并进入著名的外语学院。为了挣到生活费，她不得不隐匿学生身份、化名去“倾城”夜总会做陪酒小姐，或去旅游公司、外事活动做兼职翻译。程家阳则是上帝的宠儿，他有着和乔菲一样的聪明、勤奋和刻苦，更有乔菲不可企及的显赫家庭和优越的生活条件，是一个“出身高贵，气质优雅，白雪青葱一样的男子”。其父母都是外交部的高官，父亲精通法文，母亲会英文，他从小生活在三种语言的环境里，语言天分很高，且有着巴黎三大的留学经历。凭着玉树临风的俊朗外表和一口流利的法语，在以学长身份回母校作报告时，一出场便引得女生们的一片尖叫。按说，乔菲和程家阳本该属于两个世界，可命运偏偏让他们有了交集并产生“王子与灰姑娘”相爱的故事，形成了“爱与被爱”的人生不等式。小说写出了他俩暗生情愫的必然性契机：对乔菲而言，她在法语学习和外事翻译实习中对学长程家阳有发自内心的钦佩和仰慕，在专业和职业层面上与家阳有充分的合作与交流；对家阳而言，他一直暗恋的对象傅明芳成了别人的未婚妻，此时正处于感情的空档期，他只能借酒浇愁，甚至吸食大麻来麻醉自己。苦痛中的白马王子，对身边这个印象特殊的学妹滋生爱恋情愫也就有了艺术的合理性。当“暗恋女友结婚了，新郎不是我”成为残酷的现实，程家阳在夜总会与乔菲于是有了“倾城一吻”的放纵。美妙的大连之行后，他俩的感情连续出现升温与降温、热望与冷战的起起落落，这其间除了电视台美女主播文小华的横生介入和乔菲在法国蒙彼利埃与“小鲜肉”祖祖的温馨邂逅外，真正影响他们感情稳定性的因素就是由家庭背景和社会身份所形成的爱与被爱的“人生不等式”：程家阳的家庭背景给了乔菲太大的压力，让她感到“你是我负担不了的昂贵的礼物”，正像她对家阳说的：“我们太不相同，像油和水，永远不能相容。”这其中包含的人生落差不仅成为二人爱与不爱的掣肘，也超越了单纯的爱情而让作品获得了更为广阔的社会认知价值。

二是艺术地揭示出人的尊严的高度与爱的温度的关联。阅读《翻译官》时我们常常有一种感觉，即眼见得乔菲与程家阳感情升温、恩恩爱爱、有情人将成眷属时，故事却不期然间出现逆转，二人的漫漫感情之路总会莫名其妙地生出裂隙，呈现降温和波折，这其中除了阴差阳错的小误会外，一个重要的原因就是乔菲对独立个性的维护，对个人尊严的坚守。她出身卑微但自立自强，不甘平庸，好学上进，梦想成为一个出色的翻译官。自尊心极强的她，没钱支撑学业，但不等不靠，自己打工赚钱，兼职谋生，宁可吃苦受累，甚至背上“坐台”的骂名，也决不向他人叫穷，不要家阳资助。程家阳利用父母的权力让她到商务部兼职，操控乔菲的毕业去向，安排她去法国保罗瓦莱里大学翻译学院留学，后又暗中操作将她录取到外交部工作，这一切均非她所愿，反倒成为她与家阳“相爱分手”的理由，促使她主动要求离开外交部，远离家阳，申请去科特迪瓦办事处工作。可见，钱、家庭背景、社会地位、后门关系，这些表明身份的东西，恰恰成了她与家阳相爱的最大障碍。她自己就说：“钱，我们因此结缘，却也是横亘在我们之间的距离。”基于此，她一直不愿意在人前承认她与富家公子程家阳之间的亲密关系。她曾感叹：“说句公道话，程家阳身上，并没有纨绔子弟的嚣张和古怪，可我想，一些骨子里的东西，是有意修行的风度与气质所不能掩盖的，比如说，他的自信、骄傲和敏感。所有这些他的性格里潜在的因素，这些与我截然相反的因素，让我不安。”程家阳也深知这一点，他一方面非常依赖乔菲，视她为“心灵的慰藉”“安全感的源头”；但另一方面他又不得不时时在乔菲面前小心翼翼，不触及她敏感的神经，说话做事都注意绕开身份地位的“雷区”，以维护她的自尊，以至于他去乔菲东北老家找乔菲时，为救济一下她贫困的家庭，只能在乔菲家楼下的小市场里找到一间鲜肉铺,拿出两千块钱交给卖肉师傅,拜托他周末还有过节的时候给他们家送些鲜肉而不让乔菲知道。纵观作品对人物爱情关系的处理,作者是在用人的尊严的高度来表达爱与被爱的温度。这让我们想起舒婷的那首《致橡树》的诗:我如果爱你,绝不像攀援的凌霄花,借你的高枝炫耀自己;我如果爱你,绝不学痴情的鸟儿,为绿荫重复单调的歌曲;我必须是你近旁的一株木棉,作为树的形象和你站在一起。有了人格的平等,有了做人的尊严,才会有爱的基础,才可能一起分担寒潮、风雷、霹雳,一起共享雾霭、流岚、虹霓。先有平等和独立,才有心灵的自由和爱情的风雨同舟。这部小说正是对这一爱情观的生动诠释。

三是自由抗争的成长主题,赋予言情故事以更多的寓意。小说里的主要人物都很年轻,青春、梦想与成长洋溢在字里行间。"青葱明媚的校园里,他翩翩优雅阳春白雪,她刻苦优秀开朗出色。夜幕笼罩的倾城中,她笑容妩媚满眼心事,他萎靡不振堕落绝望。穿梭在光与夜中的两个人,以不同的面貌一次又一次相遇",这几句网友评论颇为中肯。不过和许多小说描写的一样,青春、梦想与成长总要在各种矛盾、纠葛与抗争中去实现。《翻译官》里的抗争对象主要来自程家阳的高官家庭。父亲官至外交部长,位高权重,不仅在工作中掌控全局,敢作敢为,在家里也刚愎自用,说一不二,甚至对家阳棍棒相加,逼其就范。母亲更是无所不知,无所不能,无时不在掌控两个儿子的命运,总是一厢情愿地安排他们的婚姻和未来。因为父母的横加干涉,长子家明不能跟心爱的女孩在一起,被父母悄悄用钱摆平,逼迫女孩打胎后离开家明,弄得家明有苦难言,再也不愿住在家里。家阳与乔菲的爱情十磨九难,家阳父母的坚决反对是重要原因。他们用"门当户对"的老眼光竭力阻止小儿子的爱情,却撮合家阳与电视台主持人文小华的婚事,并瞒着家阳找乔菲摊牌,极尽威逼利诱,提醒她"出身、家世和从前的那些勾当",赤裸裸地提出:"乔菲,你开个价吧,怎样放过我儿子?"甚至暗中指使人事部门将乔菲、家阳一同停职,逼他们就范。除了来自家庭的阻隔与抗争,小说还写了文小华为拆散乔菲和家阳,用匿名传真的污名方式加害乔菲,以及旭东和刘公子对乔菲的诱惑等等,这些干扰最终没能阻碍男女主角相爱的初心，反倒成了他们走出青葱岁月，在追求梦想的过程中心心相印、不断成长的动力。

二

在写法上，《翻译官》亦有许多可圈可点之处，显示了作者的艺术机智，也蕴含了网络写作让人期待的艺术可能。其中有两点令人印象深刻。一是两个主人公双重视角的表意方式。作者选择了两个主要人物的双视角，让两个“我”来一道讲述这个爱情故事，显然比只用一个“他”的全能视角更具真切感和代入性，也比单纯用一个“我”的主观视角更适于表达不同主体的微妙心理和情绪变化，这对于讲述一个青春职场的言情故事最为有效和便利：乔菲的女性视角让我们看到一团火焰是怎样燃烧了程家阳无限深情的心，看到一段纠结而用情太深的爱恋是如何在一个怀春女子的内心从荡漾涟漪到掀起波澜的全过程，由此带出了许多精彩的细节；而对于家阳来说，他的这个“我”无须视角转换即可直接抵达内心世界，从容地表达“人生是仓促平淡的电影，这个女人是我的高潮”，或“心里明明喜欢一个人，身边却是另一个人”等心理活动。

另一个富含艺术智慧的地方是对伏笔的巧妙运用。与一般的网络小说不同，《翻译官》不是即兴地编故事，而是用心写人，为了写人而悉心设置情节和细节。在这个过程中，作者常常别具匠心地埋下伏笔，留下“包袱”，然后再适时“解扣”，揭开谜底，形成前后照应，给人以恍然大悟之感；或者，作者只设悬念，不揭示答案，把谜底交由读者自己悟出。如小说最后说，乔菲曾悄悄打掉过她与家阳的孩子，但为何打胎、何时打胎并未明说，全部交由读者去领悟：放弃孩子的缘由大概是碍于她与家阳身份的差别，担心将来没有结果，而家明发现她有些发胖应该就是怀孕之故——那次乔菲不告而别回了老家，当她从老家返回后便立马消瘦下来，这或许便是乔菲打掉孩子的时间。再如，家阳在明芳的婚礼上无意间与一位风姿丽彩的女子坐在了同桌，并两次为她捡拾餐巾，留下印象，这为后来电视节目主持人文小华(即该女子)找他上节目、用心机追求程家阳、挤走乔菲做了铺垫,也让其与家阳之间发生的一系列故事,如海岛度假、家阳受伤、巴黎错遇、婚礼爽约等有了“接口”。并且,那个一直藏在幕后的网友“我就不信注册不上”就是文小华,这个谜底竟让读者一直猜到小说结束。这样的处理有利于揭示文小华的心机之深。还有,小说让乔菲在国内结识了法国女留学生欧德·费兰迪,然后法国留学时在巴黎火车站碰到好心的巡逻宪兵的热忱相助,而当她去欧德家乡蒙彼利埃小镇时,竟然发现那位热情的巡逻兵祖祖竟然是欧德的亲弟弟,并生出一段温馨的爱恋。虽然祖祖最后在里昂火车站爆炸案中为保护乔菲不幸牺牲,但这个人物的温暖怀抱和善良心灵留给我们的暖意融融的美好印象却是难以忘怀的。巧妙的伏笔,恰到好处的铺垫,给读者留下了无穷的回味。

从艺术效果上说,《翻译官》故事虽说有些老套,但它会让我们相信爱情,相信真情、执着、梦想的力量,相信奋斗中的人生更精彩,相信抗争中的爱情最美丽。虽然“故事中的世界比鱼缸还小”,但它能让我们坚信:心有多大舞台就有多大,有梦想的青春就会有诗和远方。小说写普通人的努力,写职场上的奋进,让读者看到:虽然一个人的成长困难重重,但人生依然是那么的美好,因为曾有的青春、奋斗、爱与被爱,都因为坚持和坚守而充满希望。作者有意把一段缠绵悱恻的恋情写得曲折而磕绊,但最后的结尾依然是圆满的。它让读者感到,无论面临怎样的挫折和苦难,只要有执着的信念,在逆境中不气馁,总会有一朵祥云会为你缭绕,坚定地面对生活的人必定拥有幸福。即使是作为爱情自由对立面的父亲,也依然写出了他远赴刚果冒险处理棘手外务的忠勇与果敢,他被刚果游击队劫持为人质时的处变不惊、大义凛然,传递了向上向善的价值观,显示了有筋骨、有信仰的人格魅力。作者笔下的人物塑造得较为饱满,无论是写爱的香艳还是爱不起的无奈,都能用许多精致的细节予以生动显现,酿造出浓郁的氛围,用情感的轴线牵动人物命运的曲线,没有对人物做简单化、脸谱化的处理,能给人以温暖感。

《翻译官》无疑是网络小说中的上乘之作,如果说有什么不足,我以为,作品存在着“生活空间的大视野与生活内容的小格局”的矛盾,小说写了大学生活、高翻局、外交部、涉外活动生活,写了兼职、度假、探亲、职场培训、法国留学等丰富多彩的生活内容,从都市到乡村、从国内到国外,从物理空间来看,似乎是十分广阔的,但从人与社会的内在关联、人物关系与社会现实的切入度来看,却又存在“宽与窄”“浅与深”的矛盾,其所表现的生活格局其实不大。也许是受阅历和眼界的局限,作者始终没有走出外翻学习、外翻工作的思维圈子,没有让笔下的人物成长、矛盾纠葛、爱与被爱的必然、爱与不爱的无奈,与他们生活的社会语境更紧密地联系起来,使鲜活的青春梦想和职场爱情成为社会之网的一个“网节”或时代潮流下的一个脉动,读起来会觉得其与时代难免有一种“隔”的感觉。小说写“高翻”生活驾轻就熟,写“高翻”以外的生活则捉襟见肘,在人物交集、爱情波澜、职场书写与更广阔、更丰富的社会现实之间,本该书写的更大的表现空间和更复杂的内在关联,却被作者轻轻放过了。

不过,作为一部网络小说,《翻译官》较之于一般网络类型化小说创作,其叙事技巧、表意智慧、人物塑造和审美效果上所达到的高度,无疑使其成为近年来网络小说创作中难得的上乘之作。它让我们看到网络写作的无限可能,它也让我们相信,网络小说同样可以写得精彩,写得别致和老道。网络写作除了媒介和载体的不同,在艺术美感和人文意蕴上同样具有审美创新的广阔空间,同样能够像传统创作一样,创造有魅力、有温暖、有亮色的文学力作。从某种意义上说,《翻译官》就是网络文学展示多种艺术可能性的一次成功的尝试,是网络写作与传统文学创作走向合流的一个范本。据此改编的电视剧《亲爱的翻译官》收视飘红,可以看作是这部网络小说经媒介转换后在大众娱乐文化市场的又一次被肯定。

(原载于《小说评论》2016 年第 5 期)

一部“抓人”的网络军文

——评丛林狼《最强特种兵》

丛林狼(廖群诗)的网络小说《最强特种兵》,先有网上大量粉丝跟踪阅读,后来第一部分出版成书,凡三大卷,每卷40万字。这是一部好看、易读、有味的网络军事题材小说,曾在腾讯文学网销售榜排名第一,在“和阅读”历史军事销售榜上排名第一。其对读者——尤其是对喜爱军事题材的读者,具有难以抗拒的吸引力。在同类题材的网络小说如《兵王》《弹痕》《第五部队》《狼牙》《狼群》《兵王归来》《至尊兵王》等中,也是出类拔萃的一部,读起来有一种“拿得起放不下”的感觉。

一、《最强特种兵》好看在哪里

首先是故事抓人。作者是讲故事的高手,全书讲了一个“热血军人英雄梦”的故事。主人公罗铮本是西北边防哨所的一名19岁新兵。哨所突然被恐怖兵团野狼佣兵团偷袭,9位战友全部牺牲,他因外出运送物资而侥幸存活。为了复仇,他在追击野狼佣兵团时偶遇特种兵王美女蓝雪,从而踏上了特种兵狙击手→普通兵王→精英兵王→最强兵王的成长之路。作品有翔实的特战描写、丛林狙击,有别出心裁的战术设计,有新奇的武器装备,有险象环生的异域搏杀,是一部由一长串励志英雄故事组成的网络军文。热血、坚强、忠诚、胆识和成长,构成了这个故事动人心魄的精气神，奏响了一曲现代军人英雄主义的激昂凯歌。

作品设置了一条明线和一条暗线。明线是罗铮、蓝雪等特种大队官兵与外在强敌野狼佣兵团、轮回杀手组织、雪熊特战大队、皇家御用菊花忍者、青龙寨地方黑恶势力等生死搏杀，在强大的对手面前完成一个个异常艰险的战斗任务。暗线则是与军中黑手宋氏家族的私仇暗斗，包括军区政委宋海天以及宋涛、宋阳、宋立（集团军少校参谋）、宋智、宋岩（副市长）等。宋家势力的阴险恶毒——暗中与境外恐怖分子勾结，让野狼佣兵团设埋伏、炸飞机，让轮回组织抓人质，设计借刀杀人等，让罗铮、蓝雪等腹背受敌，增加了特种战斗的难度和故事的曲折性，也为小说的“抓人”找到了更多的卖点。

该小说特别善于写战斗，一场场生死搏杀的战斗惊险刺激，无不扣人心弦。大的战斗就有：边哨惨案；全国特种兵大赛，以实战代赛，罗铮负伤返回，为所在大队争得荣誉；组建幽灵小队，去边境打击运毒队伍，摧毁野狼佣兵团基地；去巴基斯坦解救人质（蓝雪），打击轮回杀手组织和瓦塔游击队；狼王京城复仇，罗铮被押为人质，雪山跳机，历经残酷生存，返回时与雪熊特战大队作战；罗铮加入国刃特战大队后，全球特种兵大赛，去非洲草原大漠直捣野狼佣兵团老巢，杀死狼王，并与山姆国、雪熊国、倭国特种兵斗智斗勇，在比赛中排名第一，为国争光；去罗铮乡下老家青龙寨打击当地黑恶势力，保护乡亲利益；完成军工所保安任务，保护科学家林树森，保护重大军事科研成果，顽强战胜菊花忍者；克服原始森林重重困难，摧毁倭国毒素研究基地；蓝雪率小队摧毁冲岛倭寇军事基地，杀死敌人将领等。一场场战斗首尾衔接，紧张激烈，每一场战斗都是生死考验，都是看似不可能完成的任务，最后都化险为夷，英雄凯旋。这样的战斗描写不断释放悬念，让读者绷紧心弦，跟着巧妙设置的英雄故事不知疲倦地读下去。

其次是人物传神。罗铮是贯穿小说的中心人物，作者让一条主线贯串到底，使作品只有一个中心的聚焦点，体现了网络小说的典型特点。罗铮是英雄也是常人，他在小说中是变化的、成长的，唯一不变的是他坚强的意志和崇高的灵魂。他数次九死一生，历尽重重磨难。靠着坚强的毅力、良好的身体素质，怀抱忠诚和爱情，以勇敢无畏的品质、刻苦训练的玩命精神，终于从普通新兵，成长为普通兵王、精英兵王和最强兵王。他身上体现的精神气质正是特战大队和中国军人的品质：国之利刃，为国而战，为民出鞘，宁愿战死，决不跪生。罗铮有血有肉、有棱有角、可爱可亲、品格高尚，但这个人过于完美，过于理想化，有时显得不够真实，尽管作者尽可能地让他显得真实，但这种理想化的人物处理方式也许正是网络写作所需要的。

另一个主要人物是最强兵王蓝雪。她是高干子女，一个智勇双全的美女军人，不仅武艺高强、一身本领，而且聪慧过人、胆识超群。尽管追求者甚多，但却是一个孤傲的“冷美人”。作为罗铮的导师和恋人，蓝雪不愿屈从于宋氏家族的“娃娃亲”，讨厌宋阳，独爱罗铮，二人并肩战斗，出生入死，燃烧出战火中的青春和爱情。

小说所写的英雄群像也都栩栩如生。他们是一群同生共死的战友，个个身怀绝技。如鬼手的快刀术、雪豹的关节技、山雕的心狙术、酒鬼的醉拳和飞针技法、雪狐的打穴技、炊事班老常的手功等，帮助罗铮杀敌自保。还有幽灵、武进大队长以及小队成员中的周刚、刘勋、吴远、孟柱等，无不各怀绝技，生动形象，个个都让人印象深刻。

对于那些作为对立面的人物形象，作者也都能颇具匠心地让他们以独特性的面貌呈现出不同的个性特点。如对野狼佣兵团和他们的头领血狼、孤狼、狼王，突出他们的复仇性格和追杀行动；对轮回杀手组织、雪熊特战大队成员，突出他们的残忍；对菊花忍者，突出他们的狡猾暗杀能力；而对于军内高层的败类宋氏家族，则写出他们复杂的社会关系，凸显邪不压正的必然结局。

另外，小说很善于刻画美女角色，她们各有其美，让人过目不忘。在美艳动人的大前提下，写蓝雪突出她的孤傲和作为最强兵王的强悍；写蓝星则突出其古灵精怪的性格；水美人吴淼作为军医，凸显的是她的柔情似水；而对宋氏家族中唯一的好人宋韵，突出的是单纯和善良；即使是落墨不多的桂芳(鬼手桂离的妹妹),也给人以心地纯洁、情感饱满的艺术感受。

其三是知识开眼。小说有许多特种兵军事知识的描写,让人大开眼界。特别是作品所表现的特种军事技能知识,显得十分专业而不让人感到枯燥,因为它们总是和故事情节、特定场景相关,与作品内容是水乳交融的。罗铮一级一级训练的丛林生存、搏击格斗、体能极限、神枪狙击、海陆空渗透、斩首、护卫、反恐、解救人质、特种侦察、装备运用、信息化作战、国际通用语学习,以及袭扰破坏、敌后侦察、窃取情报、心战宣传、反特工、反偷袭、反劫持,还有山地、丛林、雪原、沙漠、城市等不同地形作战的战术技能等,让读者应接不暇,在获得知识的同时,也得到许多艺术享受。

小说对武器装备知识的描写也非常丰富,让读者眼界大开。如枪械知识上,细致描写了特种兵使用的95式突击步枪、m99式半自动狙击步枪、巴特雷m82a1半自动反器材狙击步枪、多功能军刀;在军事装备上,描写了现代特种部队使用的蜂鸟侦察机、全地形车、红外线探测仪、运动感应器、战术背心、避弹衣、沙漠数码作战服、沙漠迷彩吉利伪装、摄像战术头盔、防爆军靴、折叠工兵铲、过滤消毒水壶、阵地雷达、夜视镜、热成像仪、卫星电话、单兵医疗包、激光战术手电、丛林数码迷彩作战服、止痛中枢镇静剂急救包、防毒面具、测瞄合一白光瞄准镜、测瞄合一红外热成像瞄准镜等等,不一而足。还有在针对不同战斗场面和敌人特点所描写的狙击绝招、巧设陷阱、临时布雷、临时炸弹、湖水下毒、御兽术、雪崩埋敌、斑马群蹚雷区,以及罗铮作为特种兵所具备的特殊直觉能力、祖传呼吸之法等等,都是难得一见的艺术精彩点。

二、这部小说为什么好看

《最强特种兵》之所以好看,能够写得故事抓人、人物传神、知识开眼,首先源于作者十分突出的语言表达能力。小说的语言具有特种兵般的干练、迅达,句式较短,用词通俗却十分精准。如:

"一枪，两枪，三枪……"罗铮边跑边数着对方开枪的次数，不断跑着避弹步躲开射击，拉进了和对方的距离，两个人一追一跑，速度都不慢，罗铮没想到对方耐力十足，体力也不错，显然是个高手，恼怒不已，咬牙狂追，耳边只有呼呼的风声，眼睛死死地锁定目标，举起了手枪。

一百米，八十米，五十米，距离越来越近，罗铮精神大振，情绪高涨，冷静地瞄准对方大腿，准备抓活口，奔跑中，罗铮凝神、静气，掌握对方奔跑的速度和节奏，正要开枪，忽然，对方停了下来，转过身，将手枪丢到一边，冷冷地看过来，大口喘气。

"哟呵，想单挑?"罗铮怒极反笑，冲了上去，在距离五米远的地方停下来，收起了手枪，冷冷地说道："小子，不跑啦?"紧紧地看着对方，暗自戒备。

——第三卷第 213 页

这样的表达句式简短，用词通俗，却表意清晰，形象生动，显得精炼而有效。我们看到小说对人物、场景、战斗过程、战略战术运用、敌我力量对比等，往往三言两语就交代得明明白白、清清楚楚，颇显语言功力，毫无做作之态；对特种兵的生活、训练、工作环境、人际关系描写均能要言不烦，不拖沓，不累赘，与作品所写的故事、人物十分匹配。

其二，小说的叙事节奏十分明快，与特种兵战斗故事的内容表达十分吻合。由于叙述方式简练，整部小说显示出快节奏、强叙事的特点，很适合网友阅读。作品没有过多的环境描述和背景交代，也没有什么心理刻画，往往开门见山，不绕弯子，不作铺垫，直接写人、写事、写战斗，尽快进入角色。大大小小几十次战斗，几十个人物，都尽量使用镜头语言去表现，让读者像看电影一般感受到一幅幅画面，生动形象。如：

"报告，跑了一名西方人，身高一米八左右，体重目测 85 公斤左右，戴灰色太阳帽，墨镜，上身皮夹克，下身灰色休闲裤，耐克运动鞋，我让两名兄弟继续追击去了。"一名警卫小队长跑来回报。

郑铎看向罗铮，罗铮想了想，说道：“算了，将情况告诉警察，让他们协助抓捕，你们的人马上撤回来布防，以防万一，敌人想制造混乱渗透进来，失败了也未必会放弃，我们不能大意。”

——第三卷第276页

这样的语言表达话语简练，语速较快，言简意赅，毫不拖泥带水，与特战故事的内容是一致的，或者说为所要表现的内容找到了最恰当的表达方式。

第三是细节生动。作者善于抓住特定战斗场面、人物动作和战术运用的瞬间，来表现战争的残酷和特种兵的勇猛精干。如：

等探照灯扫过去后，大家忽然暴起，鬼魅一般朝前面冲去，弓着腰，脚下健步如飞，身体随着奔跑起伏，形成一道完美的流线，以肉眼难辨的速度穿过公路开阔带，一个飞扑卧倒在一片绿草地的椰树阴影下。蓝雪冷着脸警惕地观察四周，一对眼眸在夜色下格外明亮，闪烁着浓浓的战意。确定没有被发现后，给两旁的战友打了个手势，鬼手、雪豹、山雕和勾魂迅速闪开，幽灵一般消失在夜色中。

——第三卷第389页

作品写搏杀血狼、巧杀孤狼、怒杀狼王，与倭国菊花忍者的斗智斗勇，在原始森林与蝎子、美洲豹、巨蟒搏斗，以及罗铮的勤学苦练、好强上进、血拼搏斗、巧借外物、善用地形等等，都用了许多生动的细节，给人留下深刻的印象。

三、作者还可以写得更好

作为一部网络小说，《最强特种兵》具备网络写作的优点，如情节进展快，故事性强，阅读代入感好，知识性、趣味性、可读性都是一流的。与一般网络小说相比，这个作品文从字顺，不重复，不拖沓，结构语言均显出良好的文学功底。而相对于那些玄幻、武侠、盗墓、穿越类小说，这种现实题材的军事小说更具真实性和亲切感。相比那些青春、校园、都市、言情类小说，特种兵题材更具故事的劲爆性与阅读的节奏感，即使是在军事类网络小说中，《最强特种兵》也算得上是佼佼者，属于同类题材小说中的上乘之作。

与此同时，该小说也具有网络小说共有的某些缺陷和不足。

该作品编织故事多于抒写情怀，好看但不够耐看。《最强特种兵》基本停留在写故事层面，写人物时显得比较单调，性格不够丰满，内心世界开掘不够，对心灵的复杂性揭示不够，特战生活与时代精神的联系不紧，给人留下回味的东西不多。罗铮不是杀人机器，蓝雪也不是天生最强兵王，罗铮无端被 3 个美女所爱（蓝雪、吴淼、宋韵），理由不太充分，与蓝雪的真挚爱情显得过于单调和简单。这样的小说只能看一遍，一次就够了，一般不会去看第二遍，说明值得回味、引人思考的东西太少。故事是外在的，人物不是行动的符号，如果没有更丰满、更细腻、更复杂的心灵世界和时代脉动作铺垫，人物和故事都不过是一个没有灵性的躯壳。这正是绝大多数网络小说的共同特点，这可能与网络创作和阅读的特定方式有关。网络小说是通过不断“续更”和“碎片化”阅读逐步完成的，讲究即时性阅读体验，需要不断制造阅读“爽点”，如果没有紧凑的故事推进，“粉丝”将会流失，故而作品无暇顾及抒写情怀，只能编织故事。

另外，作品中战斗搏杀的密度太大，少了些张弛和疏朗。小说从“边哨惨案”开始，到摧毁冲岛倭寇军事基地、斩杀基地头领结束，通篇都在战斗、搏击、格斗、狙击，大小战斗一个接着一个，衔接得很紧，读起来让读者没有喘息的余地。甚至连老家探亲、京城度假、街头购物，都要遇到杀手，都要拿出特种兵的看家本领搏杀格斗。缺少间隔就缺少节奏的张弛和错落，时间久了让人一直绷紧的神经就会出现审美疲劳，强刺激时间长了也就变成了弱刺激，这是《最强特种兵》的不足，也是所有网络小说的缺陷。其原因大概也是源于网络阅读的需要，是对读者阅读口味的迁就，也是

"读者中心"的一个注脚。传统文学创作，特别是文学名著，都是很讲究艺术节奏的，如《三国演义》写了三顾茅庐、舌战群儒、草船借箭、火烧赤壁、三气周瑜、巧布八阵图、七擒孟获、六出祁山等一系列故事，战争的密度也不小，仅写赤壁大战，作者就用了 7 回的篇幅大肆渲染，但在紧张的战争描写中，作者依然穿插了庞统挑灯夜读、孔明草船借箭、曹操横槊赋诗等相对宁静和抒情的场面，显得张弛有致，形成阅读调节和审美张力。当然，《最强特种兵》这样写是为了时刻吸引粉丝受众，紧紧抓住他们的心，保持它们的兴奋度，然后才会有他们的忠诚度，读者群才不会流失，眼球才不会转移。这是网络传媒的特点对网络写作约束所致。这也是网络文学的通病。

（原载于《作品》2015 年 12 月"网络文学评论"专号）

丛林狼网络军文小说的英雄书写

丛林狼是阅文集团白金级签约作家，也是网络人气最高的军事小说作家，有“军文第一人”之称。读丛林狼的小说，如《最强兵王》《丛林战神》《最强战神》《战神之王》等，总有一种心潮涌动、血脉偾张的感觉。这不仅因为他的作品描写的是颇为神秘的特种兵生活，其中有许多扣人心弦的惊险故事和紧张激烈的战斗场面，更重要的是他所塑造的血肉丰满、顶天立地的军人形象，胸中有大义，心里有情怀，肩头有担当，具有动人心魄的感人力量。

丛林狼是讲故事的高手，作品以冷静、热血、细腻、新奇著称，特别善于“以人叙事”并“以事写人”。如《最强兵王》的主人公罗铮，本是西北边防哨所的一名新兵，哨所突然被国际恐怖分子偷袭，战友全部牺牲，他为了复仇，踏上了“特种兵狙击手→普通兵王→精英兵王→最强兵王→将军”的成长之路。作品生动地描写了罗铮和特种大队官兵与外在强敌如野狼佣兵团、轮回杀手组织、雪熊特战大队、皇家御用菊花忍者、青龙寨地方黑恶势力等的生死搏杀，在强大的对手面前完成了一个个异常艰险的战斗任务。那些翔实的特战描写和丛林狙击、新奇的武器装备、别出心裁的战术设计和险象环生的异域战事，构成了一部青春励志、英雄成长的网络军文，用热血、坚强、忠诚、胆识铸就出有血有肉的现代军人形象，把读者带入“热血军人英雄梦”的故事中而不能自拔。

塑造热血军人、表达英雄情怀，在军事题材作品中并不鲜见，但能够像丛林狼这样把网络军文写得如此热血、如此好看的并不多见。细究起来，其小说的独到之处在于，他充分利用了网络的特点和优势，创造了特别适合军文表达的叙事方式。

从小说的故事架构看，作者将网络玄幻小说常见的“打怪升级”套路，改造成为英雄成长的“战力升级”新模式，以此嵌入主人公的命运轨迹和志向抱负，让故事的悬念与英雄的成长融为一体，形成步步推进、线性阅读的黏性效应，能使读者在无限期待的阅读中，跟随英雄人物的战力升级而获得强烈的愉悦感和满足感。丛林狼作品中主人公都是成长性的，他们大都有家仇国恨，起点很低但信心很足，身处逆境却意志坚定，凭着顽强的毅力在艰苦卓绝的环境中磨炼成长，并借助某些个人禀赋或外在因素与对手斗智斗勇，完成一个又一个惊险的战斗使命，最终成功复仇，消灭顽敌，成就英雄大业。在不同作品中，这种战力升级模式又各有不同。如在《最强兵王》中，作者为男主罗铮设置了从 19 岁的新兵战士到将军的成长过程，人物的战力是变化的、升级的，唯一不变的是他坚强的意志和崇高的灵魂，每升一级，所承担的使命、面对的敌人、做出的贡献、付出的代价都不一样。在《战神之王》里，战力升级的“金手指”被设计为一种“基因药液”，通过身体素质训练和建立相应的军功，就可以使人物逐步从一级基因战士逐步升为九级，别出心裁的艺术想象让战力升级的英雄故事有了步步推进的支撑点。

丛林狼英雄书写的另一个艺术效果是来自对故事“爽点”的密集设计以及情节节奏的合理掌控。作品描写的是特种兵在特殊环境——丛林、雪原、沼泽、沙漠、都市、乡村、边境、国外等，与国际恐怖组织、职业杀手、贩毒分子、雇佣军等的生死搏杀，涉及特种军人的搏击、渗透、狙击、伪装、侦查、跟踪、隐匿、斩首、急救以及野外生存、解救人质、清除间谍、捣毁基地、阻止暗杀、窃取情报、心战宣传、反特工、反偷袭、反劫持、打击黑恶势力等等，需要精通各类战术、各种新型武器，运用多种高技术手段。一次次行动惊险刺激，一场场战斗首尾衔接，紧张激烈，每一场战斗都是一次生死考验。如此密集的战斗行动，如何同英雄人物的成长与进步融为一体，作者均能张弛有致地把握节奏，恰到好处地设置“爽点”，运用镜头化语言描写细节，凸显出快节奏、强叙事的特点，句式简短，用词通俗却表意清晰，不拖沓，不累赘，让读者像看电影一般感受到一幅幅充满动感的画面，爽点分布特别适合移动媒体的“碎片式”阅读。

丛林狼曾经说过，“网络文学的人物形象，应当充满正能量，有励志意义，有英雄气概，因为读者也渴望真善美，渴望变得更强大。从普通人历练成英雄，也就有能力帮助更多人。这样的励志故事，可以为读者带来力量和快乐”。正是怀着这样的英雄情怀，他创作的热血军文，为读者奉献的是极富励志精神和崇高品格的军人形象。他笔下的特种兵战士，每当面对强敌、在生死攸关时刻，都会誓言铮铮：“国之利刃，为国而战，为民出鞘，只有战死，决不跪生！”在《战神之王》中，牧民少年李锐因缘际会，被卷入战争漩涡，不得不奋起反击，为血海深仇、为国家使命、为尊严自由而战，历经磨难，无数次陷入凶险绝境，都能凭着“身为军人，为国牺牲，无怨无悔”的坚定信念，完成一个个看似不可能完成的任务，终于成为龙牙部队一枚犀利的“龙牙”，谱写出一段战神之王的铁血传奇。作品所描写的现代军人为国而战、为民出鞘的青春和无悔，谱写出现代特种兵的热血传奇，是网络文学中难得的军文力作，体现出“胸中有大义，心里有人民，肩头有责任，笔下有乾坤”的文学正能量。于此来看，丛林狼的军文小说曾在移动阅读的历史军事类作品销售榜蝉联周榜、月榜、总榜第一，荣获腾讯文学最佳作品奖、年度销售冠军奖，并登上中国作协网络小说排行榜，获得广东省鲁迅文学奖，便不足为奇了。

（原载于《中华读书报》2017 年 12 月 20 日）

《醉枕江山》的文学魅力与网络限度

《醉枕江山》是网络文学大神作家月关创作的历史传奇类小说，2012年10月20日起连载于起点中文网，移动“和阅读”同步更新，2014年5月10日创作完成，全书共30卷，1220章，400多万字，篇幅是月关历来作品之最。月关，原名魏立军，起点中文网白金作家，其处女作《回到明朝当王爷》横扫网络，囊括多项大奖，近年来有多部小说问鼎网络，入选各类网络作品排行榜，《狼神》《大争之世》《一路彩虹》《步步生莲》《锦衣夜行》《夜天子》《逍遥游》《大宋北斗司》等作品，都深受广大读者喜爱。

一、《醉枕江山》的文学魅力

故事曲折蜿蜒，结构开阖有致，是小说给我们的第一印象。月关善于讲故事。该作品写武则天时代一个民间乞丐，为复仇一步步进入皇宫，弄清血案真相，终于得偿所愿的故事。主人公杨帆因宫廷争斗，姐姐父母被杀，全村147人全部被屠杀，后逃往广州，遇到小乞丐妞妞，两人相依为命，却因一支蝴蝶钗而分离。妞妞后因习武资质上佳，被推荐给武则天当梅花内卫，而主角也遇高人张暴，随南洋学艺。杨帆学成归来，居神都洛阳，做了修文坊的一名小丁，救下了刺杀武则天的功夫女子天爱奴，与其相识，并且开始调查当年屠村一案，终于水落石出。杨帆也因蹴鞠结识上官婉儿、太平公主、谢小蛮等，却不知小蛮乃妞妞。进入禁军，后与上官婉儿相爱，赴陇右退突厥，归朝后遭太平公主棒打鸳鸯，武则天赐婚与小蛮，后因为宰相谋反一案得知小蛮便是妞妞。该小说以复仇故事为经，人物命运为纬，经纬交织，曲尽其妙，却能张弛有致，开阖有度。小说情节头绪众多，但主线鲜明，主人公一线贯串，读起来脉络清晰，十分舒服。

人物生动传神，个性栩栩如生，是《醉枕江山》在艺术上的另一个亮点。这部小说作品人物众多，上至宫廷贵人，下至乞丐走卒、才子佳人、屠狗辈、红袖招、游侠儿……无不活灵活现，大凡在作品中露面的人物，总有其特定作用。如集美貌于智慧于一体的天爱奴；堪称天下第一才女、在阴差阳错中成就爱情的上官婉儿；幼年分离、相遇而不知的欢喜冤家，最终被武则天赐婚的谢小蛮；仗义鲁莽而有些市井无赖的薛怀义（薛和尚）等等。生动的人物刻画让作品能游走大唐天下，巧布世间烟火，阅尽盛世风流！

作者用艺术的笔触描写出上官婉儿与太平公主二人在杨帆心目中的差异，作者刻画人物的功夫由此可见一斑：

> 上官婉儿不是李令月那种明艳得叫人一看就为之炫目的女子，可是她优雅的气质，皎洁的感觉，一身书卷的味道，却属于那种异常耐看，叫人读一辈子也品味不够的女人。如果说太平公主是一轮太阳，上官婉儿就是一轮月亮。
>
> 太阳有时温暖有时和煦，有时炽烈如火，四季变化无常，直视太久，它可以刺瞎你的眼睛，它自有一种高高在上的威严，不容侵犯。而月亮不管是弦月如钩，还是圆如玉盘，它的光辉始终是皎洁而柔和的，如果太阳和月亮并列，你第一眼到的永远是太阳，但是那优雅而静谧的月光，最终却会在不知不觉间偷走你的眼睛。
>
> ——第 159 章，电子版第 432 页

扬善除恶、至爱至真的价值判断，是《醉枕江山》在内容上的魅力之源。例如，作品写武则天清剿李唐王室的残忍、歹毒和凶残，让人触目惊

心，不惜杀子、杀孙、杀女婿，如命武攸暨在船上用白练绞死郇王李素节和他的 13 个儿子，最小的 4 个儿子被太平公主保下，条件是答应武则天违心嫁给武攸暨。作品对杨帆复仇寻查真凶，最后斩杀杨明笙，一个一个杀死他手下的 4 个大将，找到主凶苗神客、丘神绩，完成复仇夙愿，给予了肯定性评价，这是对真善美的礼赞和假恶丑的鞭挞。杨帆积极乐观，憧憬美好未来，他没有忘记自己的责任。他是正义、机智、果敢、强悍、善良、纯真、刚正不阿、威武不屈、爱憎分明的化身。他不去做太平公主的"面首"，而追求真正的爱情，与天爱奴、谢小蛮均有情愫，但与上官婉儿的爱情，才是最为动人的。杨帆身上体现了作者的理想愿望和价值观。杨帆曾对马桥说：

> 人活着图个啥？人活着，本身没有任何意义，跟一头猪、一只狗，一条虫蚁没有任何区别！重要的是，你赋予它什么，你为它争取什么！这才是人为万物之灵的根本！你丢给人家一个球不要紧，我想知道的是，你什么时候才能找回你自己的命运！
>
> ——第 118 章，电子版第 317 页

尼采说："人生本没有意义，但我们却要以酒神的精神赋予它意义，这是人类最伟大之处。"胡适认为："人生本没有意义，你要能给它什么意义，它就有什么意义。"毕淑敏则说："人生本没有意义，每个人必须为自己的人生确定意义。"正是在这样的人生哲学层面上，我们看到了《醉枕江山》的艺术价值。

此外，成功的细节描写也是这部小说的一大特色。一是善于写功夫斗杀。如描写昆仑儿张暴一人斩杀广州都督，如入无人之境；天爱奴刺杀武则天时与梅花内卫在宫中打斗；杨帆折磨仇人杨明笙、暗杀刘奎、沈家辉、黄麒麟、吴少东等四大高手；杨帆参加蹴鞠、击鞠、相扑、马球赛等等，均非常精彩，令人印象深刻。二是善于写计谋。如杨帆为救卖面片儿的江旭宁脱离苦海，与天爱奴一起用计谋斗败无赖男杨君蟠，逼他解除婚

约;杨帆劫法场,救出朋友马桥,并利用薛怀义摆脱困境;杨帆冒充"阿史拉沐丝"和假马匪"小飞将"战胜突厥、智退十万大军等等。差不多每一场戏,每一个命运转折,每一段矛盾纠葛,都有精心设计的计谋和心机。

二、《醉枕江山》的网络元素及其限度

《醉枕江山》的成功首先应归功于作者的创作才华,但作品的社会反响及其创作过程却离不开网络媒体的巨大传播力。我们知道,传统文学创作是以作家为中心,而网络文学的生产机制则是以读者为中心的,作者需根据读者的喜好和阅读市场的需求来进行"适恰性"创作。这部小说的情节结构十分适合网络阅读,如故事性、传奇化、小人物成功史、爱情调料、偶然性的命运转机、善恶相报、大难不死、棒打鸳鸯、天子生活、宫廷内斗、吉人天相、异域风情……均是为网民读者设计,能吸引读者形成稳定的阅读群,切合网络受众心理,赢得读者青睐。在续更过程中,作者不断与读者互动沟通,恳请读者投推荐票、月票。如:"本书上架在即,请多多收藏、点击,备好保底月票喔。高V订阅500点,初V订阅1000点,就有保底月票";"如果您喜欢这部作品,欢迎您来起点(qidian. com)投推荐票、月票,您的支持,就是我最大的动力",等等。这样的"拉票"互动方式,能为作家赢得亲和力,让作品更受读者关注。另外,《醉枕江山》的反响也是网络阅读市场选择的必然结果。全书共30卷,408万字,每章平均4000字左右,在一年多的创作过程中,作者日更不辍,粉丝跟读不止,并不断形成互动交流,产生持续的黏性效应,让网络文学的"网络性"得到充分体现,这正是网络文学区别传统文学的地方,也是网络创作的优势所在。

《醉枕江山》的"网络化"生产,让我们看到了网络创作在巨大容量、读写互动、实时传播、适应市场等方面的优势,也让我们看到了网络文学生产的某些限度与"短版"。譬如,网络文学创作容易形成"篇幅容量"与"精品生产"的背反。时下的一些网络小说,不同程度地存在越写越长、越写

越“水”的情形，“灌水”之作甚多，《醉枕江山》也不同程度存在篇幅长、水分多的问题。要提升网络作品的质量，网络创作应该尽可能挤干多余水分，提升作品内容含量和有效信息。据统计，起点文学网目前超过 1000 万字并且还在继续更新的小说有 4 部，它们是雷云风暴的《从零开始》1380 多万字，元宝的《异能古董商》1160 多万字，陈风笑的《官仙》1150 万多字，黄金战士的《重生之妖孽人生》1100 多万字。另外还有 4 部超过 900 万字，接近 1000 万字；800 万—900 万字之间的有 8 部；超过 500 万字的有 80 部；超过 200 万字的多达 1049 部；字数在 100—200 万字之间的达 1100 部。这还只是起点中文网一家的情况。纵横中文网超过 100 万字的小说目前约有 1200 部，起点女生网超过 100 万字的小说约有 540 部，红袖添香超过 100 万字的小说达 400 余部，言情小说(吧)超过 100 万字的小说在 150 部左右。这些网站的随便一家超过 100 万字的小说都比几千年来我国超过 100 万字的小说多[①]，可见超长篇之盛。网络上个人创作的最长的小说是第一小说网上淡然的小说《宇宙与生命》，字数已超过 2800 万。当然，还有程序创作的超长篇《宇宙巨校闪级生》，更是多达 1.5 亿汉字。我想说，网络虚拟空间无限，网络小说篇幅应该有限。太长的作品也许适于分众小众阅读，但却为难了大众。如果“长”而“注水”或因“注水”而“长”，那就有违艺术规律了。《醉枕江山》后半部不如前半部精彩，情节有些“拖”，故事有些“拧巴”，应该说这与网络媒体易“放”不易“收”的特点不无关系。

另外，商业追求造成对艺术创新的淡化，也是网络创作长期存在的问题。这种局限不是专门针对《醉枕江山》，而是一个带有普适性的问题。网络文学应该有商业追求，但文学不应该成为唯利是图的工具。过度的商业化难免会遮蔽网络文学的人文精神，消解创作者的艺术追求，淡化文学应有的品格。近年来网络文学“全版权”商业化追求的剑走偏锋，助推

---

① 参见聂庆璞:《网络超长篇:商业化催生的注水写作》,《学习与探索》2013 年第 2 期。

网络文学走出了“无功利写作”时期的发展困境，用经济的杠杆撬开了网络文学的增长瓶颈；但与此同时，越来越成熟的商业化、市场化、产业化模式却形成了对艺术审美的漠视，加剧了网络文学的非文学性和非审美化。在网络文学创作者和经营者看来，经济的力量、赢利的目标、致富的动机，远比文学审美的艺术追求显得重要和实惠。窃以为，追求商业利益，把握市场配置对文学壮大的意义，可能是网络文学区别于传统文学的一大特点，但追求商业利益并非一定要以牺牲艺术审美价值为代价，商业利剑对为网络文学开疆拓界与对艺术创新、审美世界的伤害无疑是并存的，我们如何在二者的张力之间寻求平衡？这不仅是网络作家和网络文学管理者、经营者要解决的问题，也是社会文化建设应关注的问题。

（本文据2013年11月29日欧阳友权在中国作协举办的“起点中文网作品研讨会”上的发言整理）

网络小说蕴藏着传统的力量

——评网络小说《毒胭脂》

《毒胭脂》是邱晓玲的长篇小说，全文21.5万字，于2008年首发并签约起点中文网。2009年4月，由《博客族》杂志出版单行本（精简版），2011年该小说与新经典娱乐传媒签约改编电视剧，现新经典娱乐传媒已与天津天视卫星传媒股份有限公司合作筹拍该剧，2012年1月小说由浙江文艺出版社出版完整版。

《毒胭脂》写了一个生动而传奇的故事。民国时期，军阀割据，内忧外患。颜惊黛，一个面容有缺憾的女子，同弟弟在苏州相依为命。一日，他们在山中采摘胭脂材料时，偶然救起遭人追杀的国军少帅燕又良，惊黛原本平静的心泛起涟漪。对爱情的渴望，让她不惜以生命为代价，制成失传已久的毒胭脂——紫罗刹。《毒胭脂》给了惊黛另一副艳丽的容颜，却也在她身上种下毒根，既成就了她与燕又良的姻缘，又让她身陷乱世争斗的漩涡。惊黛被设计中了圈套，意外卷入一场黑帮之争，被青帮绑架又被斧头帮救走后，她与斧头帮帮主王景诚产生情感纠葛，一直没有回到燕又良身边。为了抗日的民族大义，惊黛时而化身神秘的"黑帮夫人"，时而变成绝美的上海滩歌女，并成为潜伏在日本走狗身边的卧底杀手……这时候她才发现，曾经的爱人燕又良也牵涉与日本人勾结一事，而且已纳了妾室。惊黛伤心之至，在关键时刻亲手杀死了燕又良………几年之后，一次随军的出医，让她碰到已经被她"杀死"的燕又良。这时，惊黛才知道这一切的真相。

作品的突出特点在于，作者以严肃认真的创作态度超越了众多的网络写作。该作品与一般的网络小说不同，作者写得十分认真，属于精心构思、悉心写作、用心表达、全心投入创作的作品。很像传统的纯文学创作，结构细致构思，语言精致典雅，情节起落有致，细节精巧生动，读起来饶有兴味。如对惊黛面对救回的燕又良情感变化的细腻描绘，对燕又良得知惊黛被绑架后那种愤怒、思念、担忧、激动、无助的心理活动的刻画，对惊黛“枪杀”燕又良时复杂的心理描写等，都显示了作者的艺术功力。在我看来，相比于一般的网络小说创作，这部网络小说体现了四个逆转：一是商业写作的逆转，追求艺术；二是高产写作的逆转，追求品位；三是粗糙写作的逆转，追求精致；四是娱乐写作的逆转，追求宏大叙事。此其一。

其二是人物塑造坚守了传统文学的创作套路——个性鲜明的人物呼之欲出。例如，女主颜惊黛，双面容颜，善良聪慧，身处乱世却忠贞爱情，在她身上体现了美与丑、生与死、情与理相互交织的家国情怀。男主燕又良，国军少帅，遭人追杀而被惊黛姐弟所救，爱上惊黛却历经曲折，后险被爱人所杀。其他重要人物还如王景诚，斧头帮帮主（九爷），精明能干，武功高强，与惊黛日久生情，设计谋杀汉奸宋开齐和日寇山泽浩武；裴志坤，北京军阀，勾结日本，倒卖烟土军火，贪色强娶惊黛，最后被惊黛和王景诚杀死；宋开齐，贪色的国民党汉奸；山泽浩武，日本军官，被王景诚设计（花灯中燃烧千果花），与宋开齐一起被毒死。另外还有赤英（惊黛弟弟）、五爷（斧头帮二帮主）、牧莺（歌女，燕又良娶为妾）、碧绿（日本派到燕又良家的特务）、莫医生、顾司令（广州）、景织（归国女子，王景诚妹妹，投身革命）、金爷（青帮帮主）、吴妈、张正元（国民党起义军官）等等，在小说中也都有不同程度的精彩表现。

其三是成功运用了传统小说的创作手法，让故事结构充满艺术张力。一盒失传已久的剧毒胭脂，一段曲折离奇的乱世情缘，一首波澜壮阔的女子历险记。阅读这部小说会让我们想起秦瘦鸥的小说《秋海棠》。乱世硝烟，红颜传奇，有毒的究竟是胭脂还是女人？故事情节颇为出人意料：姐弟俩在荒山野地救出燕又良出人意料;颜惊黛与燕又良新婚燕尔却阴差阳错久久离别出人意料;惊黛亲手开枪打“死”燕又良而燕又良死而复活出人意料……

其四,语言表达精致典雅。该作品语言功力不凡,可以与传统的优秀小说相媲美,颇有“甄嬛体”的味道。它不像一般网络小说的“粗口秀”叙事方式,语言古风古味,韵致舒缓,表述从容。如标题第一章后依次是:胭脂话卓妍、繁华几时重、误入花深处、惊鼓破羽曲、兵戈逮狂秦、自有岁寒心、飞花惊却春、潭影空人心、雁影过潇湘、成灰亦相思……再如开头:“日头挂上来时,整个苏州城便晴光朗然了,晨雾浓白化开,却结成了花叶上的水珠子,滴滴濡湿。”文中这样的表达比比皆是:“皎洁月色,莹白茫茫。守更人的竹梆敲响,惊黛便在这声声里迷了魂,直掉落了梦之深处。”(P7)“暗想这半生飘零,每一段宿缘皆是残章断句。那个旧影昏黄的故人,连再见都不及说出的故人,匆忙一见却不得相认,而最终都不过是繁华坠去空追忆。”(P201)读起来不仅富有诗意,与人物心境和所处的环境也十分协调,这在网络小说的语言表达中是十分难得的。

当然《毒胭脂》也有一些不足与缺陷。一是细节描写上九密一疏,有不够严密、不够真实之处。如毒胭脂让惊黛成为“双面人”,但作为夫妻朝夕相处,燕又良为何没有发现这一秘密?惊黛被绑架又被救出,一直跟着斧头帮出生入死却没有想要回到燕又良身边,似乎有些不近人情,也不像怀有真挚的爱情的女子所为。再如,王景诚与惊黛日久生情,互生爱慕,却总是若隐若现;既然惊黛已经对燕又良死心(知道燕另娶牧莺),她与王的关系就有些不明不白,没有写出应有的情感波澜。惊黛装扮成歌女接近汉奸裴志坤和日本人山泽浩武,为抗日除奸不惜以身相许,实不可信,不合情感逻辑和生活逻辑,铺垫明显不够。

另外,小说的节奏张弛有些失衡。故事背景经历了苏州、上海、北京、广州等地。其中,苏州写得细针密线,生动翔实,真实可信,上海和北京却忽来忽去,惊黛成了一个随意摆弄的工具,人物性格前后分裂。在惊黛性格塑造、情感描写、家庭生活、情绪变化等方面,作品大起大落的变化往往缺少铺垫，失去依据。写情感时如涓涓细流，曲尽其妙，但写硝烟争斗、暗杀危难时，则显得粗糙模糊，甚至虚无缥缈。

作为网络文学创作，社会评价对网络写作形成了“倒逼”机制，传统的审美方式和创作标准在网络写作中仍然起作用。《毒胭脂》在情节快速推进、表达风趣幽默等方面没有体现网络小说的特点，却在一定程度上体现了网络写作向传统写作回归的趋势，似乎透露出时下的网络创作模式、网民阅读习惯正一步步向文学传统靠拢的端倪。

（原载于《文艺报》2013年6月7日）

网络类型小说:机缘和困局

类型化长篇小说对文学网站的大范围覆盖,已成为网络文学的一大热点。在文学形态日渐多元化的今天,网络文学的技术化崛起已经演绎出新媒体时代的“文学神话”,而网络类型小说的蔚为大观更是把这个“神话”推向了网络文学前沿,不仅改写了网络文学的面貌,也改写着当代文坛特别是小说创作的整体格局。类型化写作风靡网络的原因究竟是什么?它面临怎样的发展困局?如何实现类型化小说创作的提质以让它走得更远?对这一热点现象的关注需要有观念的祛魅,以便更深入地了解网络类型小说,促进其健康发展。

一、 网络文坛的别样风景

有统计表明,我国的文学网民总数已逾 2 亿,其中有 2000 万人上网写作,200 万人成为网站注册写手,文学网站及移动平台每天的文学阅读超过 10 亿人次,在线作品日更新达 2 亿字节,一个大型网站原创作品的日更新量可达数千万字。① 打开时下的文学网站,作品数量最

---

① 数据参见中国互联网络信息中心 2012 年 7 月 19 日发布的《第 30 次中国互联网络发展状况统计报告》,http://www. chinanews. com/it/z/cnnic30/;马季:《跨文化语境中的中国网络文学》,《文艺报》2012 年 7 月 16 日。

多、更新最快、关注度最高的大都是类型化的长篇小说，类型化写作已成网络文学的主流。除了女性、武侠、玄幻等专门的类型化网站外，一些门户网站的“读书”栏目和综合型文学网站的“文学”“原创”“文化”等板块，也多选择类型化作品支撑文学主页以吸引眼球。在起点中文网、17K小说网、言情小说吧、红袖添香、潇湘书院、晋江文学城、幻剑书盟网等知名网站上，类型化小说都被设置在最醒目的位置。网站主页上的那些月票PK榜、热评作品榜、会员点击榜、书友推荐榜、书友收藏榜、总字数榜、签约作者新书榜、网友评价指数排行榜、VIP更新榜、连载小说点击榜、红粉点击榜等等，几乎无一例外，上榜者均为类型化的长篇小说。

网络类型小说种类多样并不断演变翻新，常见的类型有玄幻、奇幻、武侠、仙侠、科幻、灵异、修真、穿越、历史、架空、盗墓、悬疑、惊悚、恐怖、侦探、探险、都市、言情、游戏、竞技、青春、校园、职场、官场、军事、太空、权谋、宫斗、女性、美男、同人、耽美、新红颜、轻小说、百合、女尊、YY小说、黑道小说等等，不一而足。玄幻武侠小说《诛仙》，盗墓类长篇小说《鬼吹灯》《盗墓笔记》，探险小说《藏地密码》等一批类型化长篇，从网上火到网下，成为出版市场的宠儿。《明朝那些事儿》《步步惊心》《吞噬星空》等小说也热度不减，点击量持续攀升。

2010年红袖添香网站曾举办年度网络最佳原创作者、年度最佳作品评选，获奖的50部作品绝大多数都是网络流行的类型小说，如《宫心计：冷宫皇后》《宫杀：凤帷春醉》等“后宫”小说，《再生缘：我的温柔暴君》《替身哑妻》等穿越小说，《裸婚》《蜗婚》《逃婚俏伴娘》等婚恋作品，以及《一起写我们的结局》等青春小说。

2011年末举办网络票选热门网络小说排行榜，排位前十的作品是：《吞噬星空》《斗破苍穹》《遮天》《天珠变》《武动乾坤》《大唐皇族》《永生》《锦衣夜行》《重生之贼行天下》和《武帝重生》。我们看到，它们无一例外是玄幻武侠、架空穿越、灵异修真、历史后宫等类型化写作，没有一部是现实题材的作品。2012 年网络小说排行榜前十名①的依然是这些类型化的长篇小说。这表明,在时下的网络写作和网络小说阅读市场上,类型小说依然是最受关注的文学类型。

二、 网络类型小说兴盛的原因

类型化小说早已有之,中国古代小说如"三言""两拍"都具有类型小说的特点。明清时期的"四大文学名著"中,《西游记》的神魔、《三国演义》的历史、《水浒传》的侠义、《红楼梦》的才子佳人,也可以说是类型化的长篇小说。近现代文学史上的金庸、古龙、黄易、梁羽生、温瑞安等人的武侠小说,培养了一代代"武侠迷",也培育了读者对武侠类作品的阅读心理和欣赏习惯。现代文学史上赵树理的"山药蛋派"、孙犁的"荷花淀派"以及老舍的"北京味"、刘绍棠的"运河味"等,也都是以特定类型(风格类型、题材类型、语言表达类型)作为他们的文学命名的。

不过,相对于传统的类型小说,今天网络类型小说的兴盛有其更为特殊的原因。

新媒体文化市场选择是网络类型小说的现实机遇。互联网及其网络文学的兴起是市场经济下技术传媒商业模式运营的结果。在中国,自 20 世纪 90 年代网络文学诞生以来,这一新型文学的起落和种种变化,都与传媒技术市场和网络文学的商业模式建构有关。我们知道,网络上的类型化写作适于网民分众的点击期待,满足特定小说读者群的趣味之好和个性之需,吸引作品受众付费阅读。如爱好武侠的网民可以去读《九鼎记》《少林八绝》,而喜爱悬疑题材则选择读《玉面狼君》《月玲珑》,偏爱现

---

① 2012 年网络小说排行榜·点击排行榜排名前十位的小说是:《绝品邪少》《一等家丁》《情陷美女老总》《恶魔老板的禁脔:贴身小秘》《重傲九天》《少年魔神》《财迷宝宝:想要妈咪就给钱》《万古始祖》《我动了美女上司的电脑之后》《绝世邪僧》。参见安润中文网·小说排行榜 http://www.anrun.net/top.html,2012 年 12 月 20 日查询。

实题材的挑选《橙红年代》《哥儿几个，走着》等小说来读，而喜欢穿越的可以去读《回到明朝当王爷》《新宋》，喜欢搞笑式穿越的还可以去读《史上第一混乱》等。人禀七情，爱憎难同，一种类型总能适应和满足一个特定的网络分众市场和小众群体，这个“分众”和“小众”的聚集便成为阅读市场覆盖的“大众”，他们是网络文学受众资源市场化配置的结果，也是网络类型化写作与分众阅读相互选择、彼此适应的需要。此外，类型化写作适合特定网络写手的知识专长和创作个性。文学创作是作者个性的艺术性表达，相对于传统创作，网络写手更注重个性化的自由书写，更尊重自己的个性特长和性情抒发。唐家三少在谈到自己为何写出《光之子》《狂神》《善良的死神》《斗罗大陆》等玄幻小说时说，这类“小说可以把我带离现实，将我引入另一个世界中。在那个世界里，甚至可以找到另一个无拘无束的自我。父亲曾经告诉过我，每个人都有自己的英雄梦，或许这就是我创作小说的源泉吧”。① 学法律出身的当年明月，白天在一家单位做公务员，晚上则在家里写《明朝那些事儿》，迄今为止，他已写完七部，并已结集出版，击率超过2.2亿人次。在谈到创作缘由时说：自己很喜欢历史，喜欢那些过去的人和事，但很痛恨那些故作高深的文章，其实历史本身很精彩，所有的历史都可以写得很好看。②他说：“我不是为了写而写，我是为了兴趣而写。偏偏我对历史感兴趣，没办法呀。”并说：“以这种笔调来写历史是因为我自己本身就是这样的人，压根儿就不是一个一本正经的人，平时就喜欢调侃。”③还有如我吃西红柿擅长写武侠，以代表作《星辰变》《吞噬星空》等成为著名武侠长篇小说写手。涅槃灰以《隐婚》《旖月泪》《逃婚俏伴娘》等婚恋小说问鼎第二届华语言情大赛冠军宝座。另外，我

① 百度百科：唐家三少，http://baike.baidu.com/view/102795.htm，2012年12月20日查询。

② 当年明月：《明朝那些事儿》，第一部《洪武大帝·引子》，中国友谊出版公司2009年版，第1页。

③ 百度百科：当年明月，http://baike.baidu.com/view/259861.htm，2012年12月20日查询。

们说网络类型小说是市场选择的必然结果，还在于类型化小说有利于网站的市场营销和分类管理。从传媒企业角度看，这类小说更易于网络经营者的目标市场定位，网站用不同类型的作品尽可能多地“试水”读者市场，“圈住”特定受众群体，以“专属”题材和既定的风格形成网络阅读的吸引力，提升顾客让渡价值，扩大阅读覆盖面和稳定分类阅读受众；而类型化长篇小说的“连环”阅读乃至“饥饿式营销”则强化了读者对作品的期待，从而形成“类型依赖”，让目标市场的受众转化为自己的“粉丝”拥趸。

“以读者为中心”的写作动机是网络类型小说兴盛的另一个重要原因。类型化写作坚守的是以读者为中心的“供给—满足”式写作，读者需要什么就写什么，“粉丝”爱读什么就怎么写，由此形成了网络类型小说的“眼球聚焦”和热门阅读的“人气堆”现象。赵赶驴的都市小说《赵赶驴电梯奇遇记》点击量超过5亿，创类型小说新纪录；玄幻小说《永生》完本时有超过2.5亿的点击量；官场小说《二号首长》在新浪读书频道连载时，曾在20个排行榜上长期排名第一，一年内连载点击超过九千万次，2011年5月出版时，1个月加印6次，发行量突破10万。正是读者的巨量需求、广泛期待和热情相拥，给了写手以信心和创作动力。网络查阅得知，截至2012年11月，类型化小说网络点击量排名前十的情况为：(1)《盘龙》59528458次，(2)《斗破苍穹》52761684次，(3)《斗罗大陆》40680948次，(4)《神墓》37649610次，(5)《星辰变》28429980次，(6)《坏蛋是怎样炼成的》22015355次，(7)《凡人修仙传》18232915次，(8)《极品公子》16621159次，(9)《极品家丁》16382874次，(10)《长生界》15804665次。①创作战争类小说《战地狼烟》的菜刀姓李（李晓敏）曾说：“传统文学和网络文学真正不同的地方只是在于决定作品命运的人变了：以前是编辑决定作品生死，到了网络上更多地是由读者来判定作品的命运。在某种程度

① 网络小说排行榜，百度总搜索量排名，http://tieba.baidu.com/p/1567297648，2012年12月21日查询。

上,写手由迎合编辑或者文学期刊变成了直接取悦读者。”①这一改变正是网络类型小说兴盛的一个重要原因。当然,“读者中心论”的最终目的是追求点击率和阅读量,而点击、阅读、收藏的目的仍然是商业利益,为文化资本培育产业链,以实现网络文学的“全媒体运营”,达成“点击为王”的“长尾效应”。现在,基于读者点击累计吸引的忠实粉丝群体,网络类型小说经营者已经逐步打造出了这样一条文化产业链:

签约写手→储存原创作品→吸引点击→付费阅读→二度加工转让→下载出版→影视改编→制作电子书→开发移动阅读产品→有声读物→网游改编→动漫改编→转让海外版权

通过“全媒体”营销建立起一个融合在线阅读、移动阅读、实体图书、动漫、影视等多形态文化产品、立体化版权输出的链条。成功实现产业链经营,成功的案例有《诛仙》《鬼吹灯》《明朝那些事儿》等。

传媒因形成网络分众化的技术催生,也是网络类型小说兴盛的客观诱因。互联网作为当今发展最快的“第四媒体”,它既是大众媒体,同时也是分众和小众媒体,每个上网冲浪的人总是选择自己所需要的信息浏览,正所谓“茫茫网海,我只取一瓢饮”。因而网民群体形成的是一个个分众化的“细分市场”。特别是在文学阅读中,由于读者的生活阅历、兴趣爱好、价值立场和情感需求不尽相同,对作品题材、艺术风格乃至语言表达等都会形成不同的偏好,产生文学选择上的“物以类聚,人以群分”现象,特定的读者人群总是选择自己喜爱的作品类型做选择性阅读。互联网“蛛网覆盖、触角延伸”的技术特点,把网络作品传递到世界的每一个角落,文学网民只需支付低廉的成本即可获得海量的作品,类型小说正是适应读者细分的需要而与市场、受众相互催生的。广大文学网民的个性化

① 转引自王觅:《网络文学:传递文学精神,提升网络文化——中国作协举办网络文学作品研讨会》,《文艺报》2012 年 7 月 13 日。

阅读是类型小说兴盛的社会基础,那些著名网络写手的个人论坛、社区、博客和微博,培养了大批拥趸、粉丝,也会给作者以更多的写作激励与文学信心。网民间的相互唱和、跟帖,以及与作者的互动交流,为类型化小说发展提供了强大的动力和广阔的市场。因此,数字化传媒的技术模式和传播力量,构成了网络类型小说最重要的“图—底”背景,互联网为类型小说的读写互动提供了最佳机缘,也成就了网络类型小说生长的丰沛资源。

三、 网络类型小说能走多远

在我看来,时下的网络类型化长篇小说具有三个突出特点:一是以浩瀚的文学存量和不断刷新的点击率覆盖大小文学网站,创造了一个时期汉语网络文学的巨大关注,形成大体量的类型小说繁盛格局;第二,类型化写作借助网络虚拟技术和网络文化的自由精神,开辟了多样而充满睿智的想象空间,创生出类型文学的丰富形态,以此形成以个人为中心的非主流文化趣味,为网络文学功能的娱乐化提供了适销对路的大众消费品;第三,借力互联网迅速普及的传媒大势,文学网站、网络写手、阅读受众的相互催生形成大众文化市场的利益共同体,用文化资本增值的商业模式确证了网络类型小说的历史在场性和文学新锐性。

与此同时,网络类型化长篇小说还存在三个明显的“短板”:一是商业利益的驱动以及资本最大化对文学品质的遮蔽和文学责任的回避,形成了类型小说数量与质量的落差,艺术提升空间很大却推进迟缓,网络类型小说未能超越如金庸、古龙、梁羽生等传统类型小说的创作水平,创作者也未能充分展现艺术创新的执着追求;二是签约写手的功利心态和期待“招安”的焦虑感,造成“阅读拜物教”式的点击率崇拜,一些写作者谄媚趣味欣赏,选择娱乐至上,造成类型写作的低端迎合多于高端引领;三是众多类型小说表现出“注水写作”越拉越长的倾向,日达万字的高产、动辄数百万字的篇幅,还有系列长篇的连锁性惊人容量,印证的未必都是文学创造力的旺盛,倒可能只是在证明写手耐力、体力的强健和对于商业性成功的渴望与执着。键盘鼠标的运字如飞,把类型小说拉入批量生产的文化工业槽模,却让技术复制成为创造精品力作的障碍,“技术的艺术性”已然是网络写作的利器,但“艺术的技术化”却可能成为逃避文学担当和艺术追求的借口。网络上的“速度写作”一味追求产量,对作者不啻竭泽而渔、透支创作,对网络文学的繁荣发展也是利少弊多。写手菜刀姓李就曾明确谈道:“作为网络写手,我不主张这么做。打个比方说,你一斤大米想酿出二十斤酒来,那酒就算还能喝但也不会是好酒,因为它是兑了水的,不纯。对于很多像我这样的职业写手而言,短暂的妥协是必需的,但是无论是从个人发展或是网络文学的大局出发,我们网络写手都应该找一个合适的时机让自己沉下来,写出一些真正的文字。”①这对那些执迷于数量更新、高产码字的网络写手来说,是一种很好的警示。

网络越来越普及,网络功能也越来越强大,类型小说要紧随网络的承载和传播力让自己走得更远,需要迈过几道门槛。

首先,需要校正和修补写作模式化的“重复短板”,为类型小说拓展更为开阔的创新路径。时下的一些网络类型小说,彼此雷同、自我重复的现象时有所见,同一类型作品的故事情节、人物塑造、叙事节奏、语言风格乃至遣词造句等都大同小异。如武侠小说总是离不开寻宝、复仇,玄幻小说“打怪升级”一般都少不了异火、丹药、功法,修真类小说往往都是察灵感气、聚灵成丹、逆天成仙,而宫斗类型小说无非是后宫妃子钩心斗角,或绵里藏针害人于无形,或锋芒毕露手段毒辣,或与世无争清淡如水,却不知天子心在何处……类型小说人物脸谱化倾向也很严重,主要人物往往都像是一个模子里刻出来的,如男主角总是能力出众、英俊潇洒、妻妾成群,女主角无不美丽性感、红颜薄命,不是“花瓶”便是“花痴”,性格缺少刻画,心理没有变化,很少涉及人物丰富的内心世界。更有“拳头加枕头、上房

---

① 舒晋瑜:《网络文学也有主旋律,菜刀姓李进入作协大楼》,《中华读书报》2012年8月15日。

加上床”一类的噱头式写作，很容易造成作品内容的苍白和形式的老套。情节千篇一律，故事雷同撞车，人物跟风模仿，文笔互相抄袭，表现手法单调重复，有的甚至语句不通、错别字连篇，这已经成为一些类型化小说不得不克服的创作短板。

其次是要消解想象力“枯竭焦虑”。类型化写作限制了文学创作的多样性，也给作者和读者的想象力设定了某种限制，导致了文学创作的单调和僵化。如在一些网站广为收揽的“穿越”小说，总是在一个设定的虚拟空间施展穿越式想象，要么让主人公穿越到过去，要么便穿越到未来，或平行空间穿越，或平行世界、平行宇宙穿越，或是同一时空同一时代让 A 穿越到 B 身上、又让 B 穿越到 C 等等。写作者可以天马行空，释放自己的想象力，但很可能是前后矛盾，经不起推敲。由于一些作者的“类型化想象”缺少现实根据和生活积累，也欠缺文化底蕴的深厚积淀，结果难免会让自己捉襟见肘而使写作“就地打转”或“迷宫乱窜”。一些描写现实题材的类型小说，由于写手生活阅历、知识视野的限制，其情节、细节常常有悖常理，虚假拼凑，漏洞百出。更有甚者，有的写科幻、灵异、玄幻、仙侠的类型小说，其文学想象的资源甚至就来自某些网络游戏，写手为码够期待的字数殚精竭虑却灵感萎缩，陷于“枯竭焦虑”，无法摆脱自我重复的窠臼或难以为继的尴尬。这样的类型化写作，必将让枯竭的想象变成艺术想象力的桎梏。

网络类型小说创作要解决模式化窠臼和想象力贫乏的关键，需从创作资源上实现“架天线”“接地气”和“打深井”。其中，“架天线”是要注重吸纳传统文学资源，从中外历史上成功的类型小说创作中汲取营养，而“接地气”和“打深井”则是倡导文学创作体察现实、深入生活，让笔下的文字多一些人间的烟火、人性的温暖和人文的承担。网络类型文学是市场经济滋长出来的文学支脉，它能让文学在互联网上保持一种鲜活的生存状态，让市场、生活知道文学的存在。笔者曾在一篇文章中说过：“类型化写作的最大局限在于隔断了文学与现实生活的依存性关联，使网络文学面临自我重复、猎奇猎艳、凌空蹈虚的潜在危机。这样的写作与我们的民族和文化，与我们生活的这块土地是隔膜的，对现实的生活和社会矛盾是回避的，与读者实现内心交流的东西很少。”①从根本上说，无论是类型化写作还是其他创作，但凡是文学行为，都需要与我们的人民、与我们的时代、与我们脚下的土地建立起一种情感的体察、价值的赋予和艺术审美的关联，让类型文学写作成为一种真正的文学生产和意义干预，而不仅仅为时尚阅读提供一份类型化时尚读物。经济学上有一个“边际效应递减法则”，网络小说的欣赏也会有类似的“边际效应递减”现象，创作者的任务便是尽可能克服这种“递减曲线”而保持一种旺盛的创作力，让作品保持持续的感染力。为此，网络类型小说创作除了紧密跟踪阅读市场变化外，尤其需要不断强化关注社会的人文立场，增加艺术创新的审美元素，让这种类型小说的兴盛不仅添加类型的品类和作品的数量，还能成为中国文学发展史的一个历史节点。

（原载于《学习与探索》2013年第2期，《新华文摘》2013年第10期部分转载）

① 欧阳友权：《近十年网络文学的六大热点》，《中国艺术报》2012年9月17日。

网络写作的困局与成因

有人说，网络上的文学写作苦乐共生，不啻为一种“甜蜜的苦役”。这对那些大神级写手和相对成功的作者而言，也许是这样，尽管他们也摆脱不了网络写作“苦役”般的感受，但毕竟还有成功时的“甜蜜”作为补偿，如进入作家富豪榜、作品被出版、改编或被主流文学认可等等；而对绝大多数期待“甜蜜”的“扑街写手”来说，就只有“苦役”，少有“甜蜜”了。有统计，我国上网发表过作品的人超过 2000 万，网站注册作者约 200 万，其中能在网上赚到稿费的不超过 10 万人，而职业或半职业写手也就 3 万人左右。如此看来，要想以网络写作为职业，除非你有很好的文学天分、过人的勤奋外加强健的身体，否则未必是一个最佳选择。

一、网络写作的职业困顿

网络写作原是一种爱好与消遣，传媒市场的力量让它发展成一种职业和生存方式。作为业余爱好，上网写点文学的东西是一种快乐的享受；一旦成为一种职业，享受便越来越少，压力会越来越大。走近这个庞大的文学生力军你会发现，他们的职业困顿一点不比别的艰苦职业少，其中还蕴含了许多解读网络文学为何如此高产又如此驳杂的精神密码。

1. 发表易，成名难，日日“催更”成倒逼，是网络写作的职业常态

网络媒体的“零门槛”、多入口和免把关体制，让文学作品的发表成为

一件轻松而惬意的事情，但一个网络写手要想脱颖而出绝非易事。且不说你至少要有几十万字作品垫底方能在网站和网友中“浪得虚名”，成名以后也会时时处在写作压力之下。更新字数、作品点击数、月票得票数、书友收藏数等各种排位榜单处在不断更新中，要想保住位次和获得稳定的读者群，首先要保证按时更新而不得“断更”，一旦“断更”必遭“催更”，不仅会对签约的网站爽约，还会遭到粉丝的吐槽，形成“读写倒逼”，传统“十年磨一剑”的做法远远适应不了网络的速度。

如起点“码神”唐家三少，每小时可快写四五千字，从2004年初到现在，他坚持每天上传8000—10000字，每年写作量不低于280万字，最多的一年写了400万字。在近10年的时间里，唐家三少总共创作了10余部作品，总字数超过3000万。2012年4月23日，盛大文学在“世界读书日”宣布，旗下作者“唐家三少”已连续100个月“不断更”，每天发表新章节。在起点中文网连载写作86个月，创下备受读者关注的写作记录，盛大文学已将相关数字统计整理报给吉尼斯世界纪录官方机构①。在网络写手中，唐家三少这样的高速而持续的写作绝不是个案。20—30万字的作品在传统概念里已经算是长篇小说，而网络上的长篇小说动辄几百万字，没有足量的更新作保证，写手几乎不可能在瞬息万变的网络世界赢得一席之地。这种几乎无休止的高速写作模式无疑是残忍的，高强度的劳动使得很多写手调侃自己是“体力劳动者”，他们要想成名，必须高产，而高产不易，成名更难，这就是网络写手的真实生存状态，毕竟，唐家三少能有多少？写手最大的痛苦是必须每天码几千字，一天不更新读者便会发评论骂街，两天不更新大量读者就会流失，转去看别人的小说。相对这些处于网络文学金字塔顶端或上层的作家，更多底层的作者只有微薄的收入，大部分还需要另外一份工作来养家糊口。如百度多酷CEO孙祖德所言，并非所有的人都可以写小说。这也意味着行业多数人的命运会比较

① 《唐家三少已连续创作100个月 欲申报吉尼斯》，中国新闻网2012年4月23日。

糟糕[1]。

2. 工作强度大，身体透支与所得报酬难匹配，让网络写手成为“压力山大”群体

在如此高强度的工作状态下，网络写手的健康状态成为一大隐患。近年来，常有网络写手病逝甚至猝死的消息见诸传媒，在社会上引起不小的震动，“网络写手”这个隐藏在各种网络阅读终端背后的群体，虽然有人功成名就，但更多的网络写手过着社会地位低、权益无保障、被读者追着骂、每天伏案码字的日子，如此“压力山大”，换来的可能只是千字20元封顶的稿费。

例如，2012年25岁的网络女写手“青鋆”溘然病逝，其朋友说，她去世前整夜写稿，没晒过几天太阳。2013年6月17日，起点中文网签约作者“十年落雪”因为过劳猝死，令许多网友心有戚戚，甚至有网友感叹：“如果有来生，不愿做写手！”网络写手的日子真的那么苦吗？曾任一家文学网站编辑的“狂马”说，写网络小说的一大特点是每天必须更新，更新的字数还不能少，少则几千字，多则上万字，这样才能抓住耐心不足的读者的眼球。写手西来说，他写得最苦的时候，半个月只出门一次，一个月才出门采购一次生活必需品，有时候一天要写2—3万字。“真正苦的是写出头之前”，狂马说，每天码字不止，也拿不到多少钱。[2] 网络写手的稿酬首先是点击收费分成，万一没有点击量，写多少字也是白写。有些网站对签约写手有个“全勤奖”，只要每天更新2000字，无论质量好坏每月都有500—1000元不等的酬劳，有些大学生就冲着这个全勤奖而来，挣点零花钱。当然，这都只是针对签约写手而言，更多的人是埋头写作无人问津的“工蚁”，一般10个人中有1个能签约就不错了。此外，当写手的作品在网络上积攒了大量人气后，有可能成为影视圈改编的对象，《失恋33天》

① 宗禾：《网络作家，高收入只是部分人》，《烟台日报》2013年7月3日。

② 姜燕：《最大的痛苦是每天必须码几千字》，《新民晚报》2012年4月18日。

就是来自网络热帖[1],最终创造了票房神话。不过,像《失恋33天》那样,由爆红帖变成成功的电影,毕竟是概率很低的个案,大量的网络草根小说难有这样的好运。

面对巨大的生存压力,网络写手们不得不处在巨大的劳动强度下生活,因此各种身体、心理疾病成为这个人群的常见病。2013年4月,靠《盗墓笔记》系列成名的南派三叔(徐磊)被爆罹患精神疾病,随后宣布封笔,他说做网络作家,没有幸福可言。创作《千山暮雪》等21部网络小说的匪我思存也放弃了写作,她说,自己几乎所有的业余时间全部用于写作,已经和社会严重脱节。2010年,北京的申先生去派出所自首,称自己是杀人犯,最终被发现他是患上了精神分裂症的起点中文网签约作家。第一代网络写手俞白眉曾忠告:“写作是个苦差事,您得有这个心理准备,如果是奔着名利来的,那么那么多好玩的,您应该去玩别的,这事不适合您。”[2]

网络写手与文学网站间有时会存在利益纠葛。在现有传媒市场体制下,写手与网站间的关系十分微妙,写手往往处于弱势,常受到网站的制约。由于网络文学的“边缘”地位,面对网站时,写手显得底气不足,那些尚未成名的写手只能听命于网站,网站给什么权益就得什么权益,不给就没有,根本不可能去争取。文学网站的电子合约上会明确规定:在合同有效期内,作者不得以与本协议中笔名相同或类似的各种笔名、作者本名,或其他任何名称,将网站在签约期间内创作的新作品交于或许可第三方发表、使用或开发。实际上很多写手都以不同笔名在多个网站开专栏,赚取更多报酬。“卖身契”一签,虽然有了保障但也断了财路,这种情况下,要么继续铤而走险,要么死心塌地为签约网站服务。2012年闹得沸沸扬扬的知名网络写手梦入神机(王钟)私下与一家网站签约发表连载作品,

① 2013年,一个热帖《我长跑十年的女朋友就要嫁人了》走红网络,曲折感人的青春爱情故事打动了很多网友。随后著名导演、制片人陈国富买下了该帖子的电影改编权,这便有了热播剧《失恋33天》。

② 舒晋瑜:《中国网络写手生活状态调查》,《中华读书报》2004年8月14日。

被原东家起点中文网的运营商告上法庭索赔100余万，就是这个行业生态的缩影[①]。今年5月，腾讯文学从盛大挖走大神级写手猫腻[②]。此类事件表明，顶级作者资源开始成为网站巨头争抢的稀缺资源，这背后的原因无疑还是利益驱动。

3. 网络盗版猖獗，侵犯知识产权，对写手和网站造成双重伤害

网络写手面临的另一个困境是传媒市场的盗版隐患。如果把整个网络文学的商业运作模式比作一条河流，写作只能算是源头。在网络上连载小说、获取点击率、聚拢人气，才刚刚迈出第一步。接下来，还有很多事情可以做，比如出版纸质书，改编影视作品、游戏、漫画等。近年来，网络写作的产业化趋势越来越明显，由网络文学作品改编而成的电影、电视剧、游戏越来越多，仅盛大文学旗下最近一两年出售的改编权就有2000多种。与此同时，网络小说遭遇了极其严重的盗版问题，2013年，网络文学的市场年收入为40亿多元，而盗版的利润是它的50倍之多，这个对比引人警醒。网络盗版，伤害的不仅是网络作者，还有网站经营者。

---

① 2010年1月18日，起点中文网运营商玄霆公司与王钟(梦入神机)签约，双方约定，协议期间王钟创作的作品著作权均归玄霆公司所有。若违约，王钟须支付1万元人民币并加上其获得的相关费用总额的十倍金额违约金。2010年2月10日，玄霆公司依约向王钟预付10万元创作资金。但仅过4个月，王钟就与另一家网站纵横中文网签约，并发表连载作品《永生》。为此，玄霆公司起诉要求判令王钟继续履行协议，停止在其他网站发布其创作作品，承担违约金101万元，并确认王钟创作的《永生》著作权归玄霆公司所有。王钟则反诉请求撤销与起点中文网的协议。一审法院判决玄霆公司与王钟的协议继续履行，王钟停止在纵横中文网上继续发表《永生》，并赔偿玄霆公司违约金20万元，确认《永生》著作权归玄霆公司所有。王钟与第三人幻想公司不服上诉。上海一中院审理后认为，王钟违反了合同规定，依法应当承担相应的违约责任。但委托创作合同中设定的义务涉及到王钟的创作自由，具有人身属性，在性质上不适于强制履行，所以王钟违约后，玄霆公司不得要求王钟继续履行合约，只能请求王钟支付违约金或者赔偿损失。

② 2014年5月29日，腾讯文学宣布，原起点中文网核心作家"猫腻"加盟，这是腾讯首次从盛大文学挖角到顶级网络文学作家。腾讯文学同时宣布，将为猫腻启动"作品制作人"制度，为猫腻配备一支专属团队，包括作家、编辑、运营、商务团队等。并且，腾讯还将投入5000万对猫腻的作品《择天记》启动衍生娱乐产品运营，同步开发动漫、游戏、图书等。

盗版网站是最大的盗版源头，盗版小说网站的收益主要来源于广告点击和“钓鱼”网站。作者在正规的原创网站上传新文字，几分钟之后，盗版网站就能下载更新。盛大文学推出的《2010 中国网络文学蓝皮书》指出了一个令人啼笑皆非的事实，网民对于盗版大多持反对态度，但超过八成网民阅读过盗版，超过七成网民认为搜索引擎是盗版内容的入口，搜索企业应对盗版负责。据业内人士透露，目前我国盗版文学网站总数量超过 1 万家，并呈小规模零星分散化趋势，越来越多的盗版站点将其服务器向国外迁徙，这也是打击盗版的困难之一。

网络原创小说盗版书的危害也很大。在网络上，几百万字的文学作品十分常见，而正常情况下一本书的容量只有 20 多万字，这也就意味着，网络作品走纸质出版就必须成套出书，其印刷成本和售价定然不菲。唐家三少作品的简体版本已经陆续出版了 90 余部，每一部作品少则几本，多则十几本，购买一套正版书，需要花费两三百元，而一套盗版书二三十元就能搞定。现在，网络上火热的小说，基本都能在市场上找到盗版书。

对于防不胜防又屡打不绝的网络盗版侵权顽疾，盛大创新院自主研发出“文学指纹”系统予以防范，该系统能以文本内容特征值方式采集作品指纹，从而对盗版网站进行实时监控和追踪，方便查处取证。不过从网络版权保护情况看，盗版侵权现象有所减少却并未被清除。究其原因，在于网络盗版成本很低而查处很难。由于网络版权立法、行业管理缺失等原因，使得网络文学防盗版的成本远远高于盗版成本。“侵权太易，维权很难”，成为网络文学版权保护的软肋。从根本上说，要想根治网络盗版侵权行为，首先需要建立健全网络著作权法，还需要有行业自律，创造诚信的网络环境，并且需要有相应技术措施，为网络文学版权安全建立有效的保障体系。①

① 参见欧阳友权：《当下网络文学的十个关键词》，《求是学刊》2013 年第 3 期。

二、网络写作困局的结构性成因

既然网络写作困境重重，为什么还有那么多人对其趋之若鹜呢？这其中的原因是多方面的，但主导因素大抵可从创作主体、技术传媒和市场推力等方面去审视，这几个因素以结构性功能形态形成了网络写作的选择性诱因，也无形中孕育了这一文学行为的网络困局。

首先，从主体动因看，网络写作大多是出于对文学的热爱，创作者为了爱而付出，苦中有乐。我们看到，那些成名的网络写手，学理工科的占大多数，即使文科出身的作者也未必都是学文学的，而以法律、经贸、管理类居多。如痞子蔡是学水利的，南派三叔是外贸出身，我吃西红柿毕业于数学系，慕容雪村、唐家三少、当年明月都是学法律的，而少君毕业于北京大学声学物理专业。他们选择网络文学写作原因各异，但有一点也许是相同的，那便是对文学的热爱——自小就喜欢文学作品，网络让他们得以进入文学殿堂。当年明月说，他写《明朝那些事儿》就是出于对文学的热爱和对传统史书写作方式的不满，他觉得“历史应该可以写得好看”，并对辞职专事写作的建议断然否决，他觉得，写作要靠兴趣，“一旦兴趣变成了工作，兴趣就消失了”。天下归元在谈到网络写作时说，她喜爱文学“直达人心”的力量，“无论是穿越还是架空，历史还是戏说，那些人物、那些故事依旧还是在为真善美的中心服务，依旧折射着社会问题和人性之光”。①2013 年 3 月 22 日，唐家三少、天蚕土豆、骷髅精灵、我吃西红柿等网络写手作为嘉宾亮相于湖南卫视《天天向上》节目录制现场，首度曝光他们不为人知的奋斗史和草根逆袭之路，而他们走上网络写作之路的初衷无不源于从小就孕育在心底的那个“文学梦”。应该说，爱好文学是人的天性，文学表达是我们“白日梦”的圆梦之旅。因为文学的可感性、动情性、想象性和生动的形象性符合人类的自由本性，文学所创造的“彼岸世界”，能够

① 天下归元：《网络文学的审美切入点》，《文艺报》2013 年 8 月 2 日。

让我们实现在现实世界中实现不了的梦想，达成我们日常生活中未能达成的愿望，进而把种种期冀中的可能性变成想象中的现实性，为我们的心灵找到一个可以慰藉的安放之所，把审美化生存的可能文学化地塑造成为“诗意栖居”的必然。大凡是文学写作或艺术创作都摆脱不了这样人生哲学的逻辑预设，传统作家是这样，网络写手也是如此。

其次，从技术动因上看，网络写作源于数字传媒平台的开放性和包容性。数字技术为文学生产提供了最理想的媒介和载体，为社会公众创造了“人人都能当作家”的入门契机。在网络语境中，写作者的身份被抹平，发表作品的门槛被拆卸，“把关人”黯然退场，无边无际的虚拟空间向每一个人开放——写还是不写，发表还是不发表，以及写什么、何时发等，都在网民自己的掌控之中。怀揣文学梦者可以在这里圆梦，消遣休闲者可以在这里找乐，才华横溢者尽可以在这里施展文学才华。特别是移动互联网日渐普及，博客、微博、微信和社交网络大范围兴起后，第五媒体日渐从“宏媒体”和“元媒体”走向“自媒体”，文学的创作、阅读和互动交流更为便捷，如作家李洁非所说，网络媒体的自由“没有边界，完全‘Free’(取其所有含意)”，如自由的、不受别人管制的、自主的、宽松的、无拘束的、随便的、自愿的、空闲的、随时有的、任意的等等①。许多网络写手就是冲着这种自由来到网络开始文学“试水”的。慕容雪村说网络就是他的“精神故乡”，“在虚拟空间中，我拥有更多自由。如果没有网络，我可能会老老实实地做我的职业经理人，或者自己创业，绝不会想到要写点什么”。北京邮电大学研究生毕业的网络写手邢育森说：“在上网之前，我一直就以为我这一辈子就会做一个电信行业的工程师或者科研人员了，我的所有时间和精力，也都是在为了这个目的积累和做准备。是网络，是这个能自由创作和发表的天地，激励了我本已熄灭的热情，重新找到了旧日那个本来的自我。”②我国现有中国作协会员 9000 余人，加上 44 个团体会员中的

① 李洁非：《Free 与网络写作》，《文学报》2000 年 4 月 20 日。

② 慕容雪村、邢育森的话均见舒晋瑜：《中国网络写手生活状态调查》，《中华读书报》2004 年 8 月 14 日。

个人会员人数，总数不超过 5 万人①，这与网络上上百万签约写手、上千万写作大军相比，不可同日而语，而网络写作的“人气堆”“大跃进”现象，与网络媒体开放、自由的文化精神和兼容、共享的技术特点无疑是直接相关的。

另外，从外部环境看，网络写作的艰辛与魅惑的背后，是经济利益驱动下的市场推力。今天的网络文学写作早已不是 20 世纪 90 年代起步时期的非功利介入，已经完全市场化、产业化了。上网写作更多的不是文学行为，而是商业行为、文化经济行为，是一种谋生手段甚至致富路径。特别是近两年“作家富豪榜”和“网络作家富豪榜”的发布，更是在网络文学“淘金热”的势头上添了一把火，吸引许多年轻人特别是大中学生揣着发财梦上网发帖，加入写作大军。以盛大文学为代表，随着网络文学全媒体、多路径产业链商业模式的日渐成型，文化资本的寻租增值让网络文学市场竞争加剧、不断扩容并日渐成熟，对网络写手资源的争夺成为盈利“长尾效应”的顶层设计。2013 年，腾讯、百度等门户网站开始大动作进军文学，打破了过去盛大文学对网络文学市场的垄断格局，网络写手多了一些选择，他们的物质利益也多了一些体制和机制上的保障，让更多的文学写手和准备进入网络领域一试身手的文学网民增添了信心，使得网络写作这个低门槛的行业，成为无数年轻人践行梦想之地。在经济利益的驱动下，那些“自投罗网”的写手不再迎合编辑，而是顺应甚或讨好读者，让读者对自己的写作形成“粘着力”和忠诚度，而赢得了读者就赢得了市场，也就赢得了收入。于是，点击率、收藏量、点赞数、打赏数、月票榜等指标，成了写作者奋斗的目标和时刻关注的焦点。有了口碑和点赞，作品就获得了向视频行业、出版行业辐射和输送内容的能力，以及与类似百度贴吧、腾讯游戏这样的平台打通的能力，一旦作品能实现版权转让，被下载出版或者被改编为影视作品、游戏、手机产品、有声读物等等，那就真正是

① 中国作协官网公布的中国作家协会个人会员为 9301 人，团体会员 44 个。见中国作家网：http://www.chinawriter.com.cn/zxjg/，2014 年 6 月 28 日查询。

名利双收,成为市场的赢家,这正是网络写作既有职业困顿、又有业态诱惑的原因之一。

事实上,网络写作并非人们想象中的人人都能赚钱。据统计,达到“大神级”收入千万元的网络作家,全国也就 50 多人[①]。“大神”之下,则是数以百万计收入平平甚至生活惨淡的网络写手。如果一个签约写手的作品收藏量不够,就登不上网站的“虚拟书架”,只能申请网站低保,每月的收入只够交房租而已。慕容雪村曾评论说:“现在网络作家的写作目的性和商业性非常强,他们的写作目的就是出名赚钱。我们那批最早的网络作家都只是写着玩而已,从来没有想过出名、赚钱,我们赶上好时候了。所以也没有因为写作而影响了生活规律。”他说,是利润、收益让写作变成某种意义上的体力劳动,而这背后的代价是,网络透支着写手的青春和生命。但即便这样,网上每天都有无数人竞相拥进来,当然,每天也有无数人黯然退出这个残酷的游戏[②]。

(原载于《当代作家评论》2014 年第 5 期)

---

① 王芳:《揭秘网络作家生存状态:年收入千万者全国 50 多人》,《楚天金报》2013 年 6 月 13 日。

② 方力:《网络写手生活状况调查》,《西安晚报》2010 年 4 月 12 日。

第六辑

历史节点回眸

近十年网络文学的六大看点

如果从 1992 年北美华人留学生的网络写作算起，汉语网络文学走过整整 20 年，而近十年来的快速成长，已经让我国的网络文学成为一种备受关注的社会文化现象。

1. 网络“人气堆”创造了巨大的文学关注

对比中国互联网络信息中心（CNNIC）发布的数据，十年前，我国网民为 4580 万，而到了 2012 年 6 月底，网民数已增至 5.38 亿，十年增长 11.7 倍。在网络文学领域，虚拟空间的自由写作以及商业模式的利益催生，让网络文学走过了无人问津的草创期和备受质疑的落魄期，从十年前的小打小闹中迅速崛起，形成了“井喷”式增长态势。据业内人士统计，时至今日，我国的文学网民总数已逾 2 亿，其中有 2000 万人上网写作，200 万人成为网站注册写手，文学网站及移动平台每天的文学阅读超过 10 亿人次，在线作品日更新达 2 亿字节，一个大型网站原创作品的日更新量可达数千万字。互联网的迅速普及和数量庞大的文学网民，让时下网络文学的阅读群体、写手阵营和原创作品数量，均以令人惊叹的巨大增幅涌向文坛，以“大跃进”式的高产谱写了文学的“海量神话”。我国有经常更新的文学网站数百家，加上门户网站的文学频道、文学社区、个人文学主页，还有超过 3 亿手机网民的“段子写作”和 3 亿多人的微博群体，如果把这些作品累积起来，其总量将是一个天文数字。

凭着“山野草根”和“技术传媒”这两把利剑，网络文学已经在千年的文学版图上开辟出了一片生机勃勃的文学森林，虽然这种“文学大跃进”在品质和价值层面还难以与传统文学相媲美，但它实实在在表征了“网络文学”的历史性存在，创造了一种巨大的文学关注，以恒河沙数般的作品存量确认了自身的文学在场性和文化新锐性，打造出这个时代磅礴的文学态势和一代人成长的文化语境。正如人们所评价的，与传统文学相比，今天的网络作品依然包含了许多积弊，如“速度写作”的高产低质，无限膨胀的“注水小说”，随心所欲的“口水叙事”，“点击率崇拜”的唯利是图，粗制滥造的“准文学”或非文学等等，要使网络文学真正成为人类文学的一个历史节点还有一段很长的路要走。但这种文学的成长性与可塑性让我们有理由期待：数字技术对文学的全方位覆盖不会成为技术对人文的颠覆，而应该是文艺变革的新机遇，网络文学在甄淘、引导和在线涅槃中，终将以应有的价值含量为成就自己的时代文学命名，人类千百年来积淀的文学传统也将在网络写作中薪火相传。

2. 网络类型化写作异军突起

这些年来，网络作品数量最多、发展最快、最受关注的是类型小说，写作类型化已成网络文学的主流。除了女性、武侠、玄幻等专门的类型化网站外，一些综合型文学网站也选择以类型化作品吸引眼球。常见的文学类型有：玄幻/奇幻、武侠/仙侠、科幻/灵异、修真/穿越、历史/架空、盗墓/悬疑、惊悚/恐怖、侦探/探险、都市/言情、游戏/竞技、青春/校园、职场/官场、军事/太空、权谋/宫斗、女性/美男、同人/耽美、新红颜/轻小说……2011年末网络票选的热门网络小说排行榜中，排位前十的作品无一例外是玄幻武侠、架空穿越、灵异修真、历史后宫等类型化写作。

类型化写作适于分众、小众的点击期待，吸引读者付费阅读，但这类作品的情节、故事、人物、想象、节奏和叙事方式等大都是模式化的。写作者尽可以天马行空，释放自己的想象力，把虚拟的类型化空间拉长、拓宽，以迎合阅读市场。但由于一些作者的“类型化想象”缺少深厚的文化底蕴和坚实的生活积累，用于想象的创作素材囿于有限的生活阅历、知识视野，有的甚至就来自某些网络游戏，久而久之很容易陷于“枯竭焦虑”，无法摆脱自我重复的窠臼或难以为继的尴尬，导致一些类型化作品红极一时却速成速朽，短期内能赢得排行榜、赚取点击量，却少有艺术提升的空间和文学创新的潜能。最终，类型化的“槽模”变成了艺术想象力的桎梏。刻意相似的写作模式、生编硬造的故事情节、动辄上百万的篇幅，除了创造商业资本最大化利润外，其实是无关文学艺术的。

类型化写作的过度膨胀，隔断了文学与现实生活的依存性关联，使网络文学面临自我重复、猎奇猎艳、凌空蹈虚的潜在危机。这样的写作与我们的民族和文化，与我们生活的这块土地是隔阂的，对现实生活和社会矛盾是回避的，与读者实现内心交流的东西很少。无论是类型化写作还是其他创作，都需要对文学心怀敬畏，对网络志存高远，真正建立起文学传承、创造、担当和超越意识，能够更多地与我们的人民、我们的时代、我们的这块土地接近起来，真正做到“打深井，接地气”，提升自己艺术创造的高度，挖掘作品思想内涵的深度，描绘时代的精神影像，赋予文学更强健的精神品质，提供给读者更多具有人性温暖和心灵滋养的东西，而不仅仅为时尚阅读提供一份类型化时尚读物。

3. 网络小说影视改编风行荧屏

自张艺谋执导的改编自网络同名小说的电影《山楂树之恋》和徐静蕾将网络职场小说《杜拉拉升职记》搬上荧屏并大获成功后，网络文学与影视制作的互动联姻，就成为影视创作的一大热点，也是网络文学扩大自身影响力的有效渠道。2012 年上半年，国产片遭遇了 5 年来的最低谷，但陈凯歌执导的由网络小说《请你原谅我》改编的影片《搜索》却业绩不凡，在暑期档中，上映三周即收获 1.5 亿票房。2011 年仅盛大文学旗下的网络小说就出售影视版权 50 余部，起点中文网还专门创办了剧本频道。

从网络上寻找故事资源，不仅有助于缓解影视创作的剧本荒，拉动荧屏文化消费，同时也让文学网站经营者和网络写手从这里看到了商机，找到了让作品快速接近最大受众的“终南捷径”。纵观近年来的荧屏，《失恋 33 天》《裸婚时代》《步步惊心》《和空姐一起的日子》《美人心计》《倾世皇妃》《千山暮雪》《梦里花落知多少》以及《我的美女老板》《泡沫之夏》《钱多多嫁人记》《花事了》等等，均斩获不凡的收视票房业绩。随后还会有《回到明朝当王爷》《纳妾记》《庆余年》《帝锦》《刑名师爷》等，一部部网络小说改编的影视作品联袂上演，在一定程度上繁荣并激活了文化市场。

影视产业与网络文学"联姻"，不仅是相互需要，也是相互依存，甚至是相互"寻租"。究其内在原因有二：首先是网络小说平民化、类型化、青春化的故事品质和平视审美风格适应了公众趣味，与影视作品的大众化选择是一致的，容易找到影视改编的市场卖点。如改编自同名人气网络小说的《失恋 33 天》，以"首部为光棍节定制的爱情'治愈系'电影"为卖点，最终大获成功，以 1000 万的投入斩获了 3.5 亿的票房。同样由热门网络小说改编的《步步惊心》登陆屏幕后屡创收视新高。正所谓"得网民者得天下"，热门网络小说的高点击量已经积累了极高的人气，"粉丝效应"可以使同名影视作品节约大量的宣传推广成本，这些网民拥趸一旦成为最忠实的观众，票房和收视率就会随之飙升。另一原因是剧本资源短缺、艺术市场供需配置的需要。影视创作的基础是故事和剧本，网络小说海量的作品存储，为影视剧本创作提供了最大的资源库和最丰沛的故事群。那些点击率高的网络小说，其通俗性故事具有天然的受众优势和市场先机，有了好故事作基础，再加上影视作品惯用的"大明星＋新秀"的组合，不仅可以形成高位卖点，创造利润最大化机会，还能以眼球聚焦打造偶像，一部《宫》捧红了杨幂，《步步惊心》的多家重播捧红了刘诗诗……

与此同时，网络运营商和作者也希望借助具有市场号召力的影视平台扩大自己的影响，让作品获得二度增值的机会，接受主流文化的"招安"，赢得正宗的艺术"名分"，实现"网上火"与"影视热"的双重效应，实现产业链的延伸。可见，网络文学与影视"联姻"带来的是资源共享和市场双赢，是网络文化与影视文化、新媒体文学与大众艺术相互取长补短、彼此借力发力的珠联璧合之举。当然，改编网络小说并非没有风险，这不仅有故事本身的质量与可塑性以及改编水平、导演和演员等因素的制约,仅就题材而言,如果一窝蜂地跟进后宫穿越、都市情恋、职场商战或仙侠玄幻等,就可能把网络小说的类型化风险转嫁给影视作品,观众也会审美疲劳。

4. 网络作家与传统作家互动交流

近年来,主流文学开始以积极主动的姿态,为网络文学递上示好的“橄榄枝”,两种文学打破相互观望、不相往来的格局,出现交流认同的可喜局面。已有一些举措可圈可点,譬如:“网络文学十年盘点”活动,可以看作传统文学对网络文学第一次全面认真的检视;网络写手被吸纳为作家协会会员,昭示着文学界对网络写作群体的体制性接纳;起点中文网举办“全国30省(区)作协主席小说擂台赛”,让传统作家在网络平台公开PK,意在实现两种文学载体背景的对接;接纳网络文学作品参加鲁迅文学奖、茅盾文学奖、“五个一工程”奖评选,表明国家级文学大奖向网络文学敞开大门;举办全国性“网络文学节”和“原创网络文学年度盛典”活动,创办《网络文学评论》刊物等,给予网络文学更多的关注,让两种文学多了些“握手”的机缘。还有如国家社科基金为网络文学设置国家级研究项目,以加强网络文学理论研究;《文艺报》与盛大文学合作开辟网络文学评论专栏,推进网络文学批评;起点网与包括海岩、周梅森在内的18位知名作家签约;网络作家唐家三少、当年明月当选中国作家协会全委会委员;中国作家协会和国家新闻出版总署在网络版权维护、数字化阅读、网络作品版权输出等方面采取积极维护、有效管理、鼓励发展的态度,为网络文学产业发展保驾护航等。中国作协积极介入新媒体文学的研究和引导,为开展网络作家与传统作家的互动交流采取了一些有效措施:一是组织传统作家与网络作家“结对交友”活动,迄今已举办两届(2011年8月5日的见面会结成了18对,2012年2月16日第二届结成了15对);二是明确把中国作家网、新浪读书频道、盛大文学、中文在线、搜狐读书频道列为网络文学重点园地;三是加强对网络作家、编辑的培养,在鲁迅文学院连续举办了五届网络作家和网站编辑培训班;四是在重点扶持文学项目中,把网络文学创作列入扶持范围,给予经费支持等。

融合传统文学，贴近主流文化，让网络写作与传统写作沟通交流，使网络作家与传统作家互动互补，这对整个文学的发展繁荣是十分重要的。网络文学已经成为当今文学现场最具活力的部分，也是最需要我们给予关注和培育的一片“文学绿地”，应该给予宽容、关爱、引导和扶持，促使其健康发展。网络写作和传统写作都是文学创作，网络文学和传统文学都是中国文学，两者共同生长与发展，不存在孰高孰低、孰优孰劣；如果要区分两者的高低优劣，也只能就具体作品的质量和艺术效果作出区分而不是其他。网络文学作为新生的文学，应该向传统文学吸取经验，提高艺术品质；传统文学的作家、读者和评论家也应该放低姿态，对新生的网络文学切近现场，高看一眼，甚或施以援手，帮扶一把。在品评文学时，我们不应该有“媒体歧视”，也不享有“媒介霸权”。当然作为拥有技术传媒优势的网络文学而言，更需要充分吸纳和借鉴人类已有的艺术经验，借用技术化的网络之壳承载人文审美的文学之魂，用新媒体的表意方式回应这个社会的历史变化。

5. 文学网站商业模式日渐成型

互联网及其网络文学是市场化的产物，网络文学具有精神内容与传媒经济的双重属性。较之于早期的“无功利”写作，近十年网络文学的海量增长与经营活力，与它探寻到的商业模式有关。这个商业模式有两大环节：一是签约写手和付费阅读，二是“全版权营销”的产业链。

签约写手是文学网站为了保证站点作品质量和更新量，主动与一些写作水平较高的作者签约，用发工资或支付稿酬等手段吸引作者将作品的发表、转载及出版权交给签约网站来打理。付费阅读则是通过线上或线下（通常是在线支付）的支付途径来阅读一些被网络运营商加密或隐藏的文学内容。签约写手与付费阅读是相辅相成的——有了更多高水平的签约写手能够保证网站作品的质量和储量，以吸引网民阅读；付费阅读能为作者和网站经营者带来经济效益，以最大化利润支撑网络文学的可持续发展。2002 年，“读写网”和“明杨·全球中文品书网”率先开始了付费阅读的尝试。随后，起点中文网、幻剑书盟、天鹰等玄幻小说文学网站纷纷推出自己的付费阅读模式，带动众多网站开始了付费阅读和签约写手的尝试。读者花几分钱（多则 5 分，少则 2 分）可阅读千字文章，成本不高却开启了一条商业途径，不管是买断全本阅读还是包月馆方式，只要人多量大，作者和网站均有利可图。2005 年起，起点网开始面向站内签约“白金作者”，为自己的“顶级”签约写手树立个人品牌，构建全职写手阵营，并大幅提高其稿酬收入，打造了多位年薪百万的“大神”级写手。此后，晋江原创、红袖添香、幻剑书盟、天鹰文学、翠微居等主流文学网站，以及新浪、网易、腾讯等门户网站的读书频道纷纷群起效仿，数以万计的签约写手靠网上码字而奔小康致富，创造了文坛为之侧目的又一网络文学神话。

“全版权营销”是文学网站商业模式的高级阶段，它通过版权运营的跨界合作打造一条资本增值的产业链。这个产业链的基本环节从“签约写手”开始，然后以“储存原创作品”为前提，经文化中介延伸出多个版权营销环节，如“付费阅读—二度加工转让—下载出版—影视改编—制作电子书—开发手机付费阅读等移动读物—开发有声作品—网游改编—动漫改编—转让海外版权（包括汉语的简体、繁体和不同语种翻译）”，通过全版权、多媒体、跨行业营销，建立起一个融合在线阅读、移动阅读、实体图书、影视、广播、动漫、网游、舞台演艺等多形态文化产品、立体化版权输出的产业链条，最终让版权所有者、作者和消费者共同受益。自热门职场小说《杜拉拉升职记》被成功搬上银幕、屏幕和舞台后，便拉开了网络小说的版权经营和多元开发的大幕，该作品随之也衍生出漫画、网络游戏、广播剧、有声图书、话剧以及海外版权等多种文化产品，有了注册商标，开始像迪斯尼那样进行文化产品授权，发挥了网络文学的“长尾效应”。网络小说《诛仙》《星辰变》《明朝那些事儿》等，都以成功的全版权营销让它们的作者进入富豪榜行列。我们从盛大文学 CEO 侯小强的微博上可以看到 2011 年盛大旗下网站的版权销售清单：《刑名师爷》售出了全版权，《鬼吹灯》售出了影视改编权和网络剧版权，《佛本是道》被购买了全游戏版权，《仙逆》《江山美人志》等多部小说被改编成网页游戏，《斗破苍穹》出售网游版权后，又以超过百万元的价格售出了电视剧版权。文学网站的工作已经从简单的图书出版向文化经纪公司方向发展。

网络文学的发展过程是一个艺术与商业资本磨合与接轨的过程，是文化资本携带“文学行囊”追寻文化产业资本保值增值的过程。资本掌控文学媒介载体、传播渠道，也操控着文学内容，没有幕后资本市场这只“看不见的手”，网站就玩不下去。问题在于，网络文学如何在“市场化”与“艺术化”、“效益追求”与“文学追求”之间找到一个适当的平衡点，解决好“艺术正向”与“市场焦虑”的矛盾，是一个需要认真对待的问题。

6. 网络作品版权保护成为行业焦点

网络作品的盗版侵权问题一直是制约网络文学发展的最大瓶颈，正所谓“网站十年经营，盗版一招致命”。由于技术方面的原因，网络公共平台上的作品特别容易被他人随需随取地“共享”。一些非法盗版网站设置链接，几乎是零成本，只需通过盗用其他网站的作品获取流量，便可轻松牟利。盛大文学首席执行官侯小强说：“盗版链接给盛大文学带来的直接损失一年超过10亿元。”据统计，仅2011年，盛大文学排名前十的热门作品每天的被搜索量近130万次，但这些搜索结果中充斥着大量侵权盗版链接，属于正版链接的仅占1%，足见网络盗版侵权对网络文学行业的致命伤害。业内人士透露，据不完全统计，我国有贮藏规模原创作品能力的网站仅有几十家，而文学盗版、盗链和盗贴网站的数量却多达50多万家，每年给网络文学造成的损失约60亿元。有的原创作品上传更新后5到10分钟即被疯狂盗播。这些盗版网站以搜索引擎为推广途径，大肆赚取网络流量，再以广告联盟为盈利途径，赚取巨额广告收入，而搜索引擎、广告联盟则与盗版网站按照一定比例共享“收益”。一般而言，正规网站作品的付费阅读率不及6%，盗版收入则是正版收入的50倍以上。网络文学盗版已经形成一条完整的灰色链条，严重干扰了网络文学的行业秩序、产业规模和创意价值效应，也加大了内容监管的难度。

对于防不胜防的网络盗版侵权顽疾，已有越来越多的作家意识到保护自己作品著作权的重要性。早在1998年，王蒙等六位作家就曾起诉一家互联通讯技术公司侵犯著作权。2011 年，有贾平凹、刘心武、慕容雪村等数十位作家联名发表《3.15 讨百度书》，讨伐百度文库侵犯著作权，这次维权行动得到了国家新闻出版总署、中国作协、中国文字著作权协会的支持。还有，苹果公司将近百部中国作家的文学作品在没有得到任何授权的情况下，摆在苹果应用商店出售或供免费下载，2012 年 3 月，被侵害的作家和出版机构组成作家维权联盟，起诉其侵权。近年来我国加大了网络侵权盗版的打击力度，相继查处了“小说 520”“万松中文网”“悠悠书盟”等一批侵权盗版网站。

从版权保护情况看，网络侵权盗版现象难以从根本上遏制，究其原因，在于网络盗版成本很低而查处很难。由于网络版权立法、新媒体行业管理缺失等原因，网络文学防盗版的成本要远远高于盗版成本。如红袖添香网站为了防范作品盗版，采取修改页面颜色、增加防盗版字符，或将文字版改为图片版等措施，但“道高一尺，魔高一丈”，这些手段仍然没能阻止作品盗版。北京市版权局发布的《信息网络传播权保护指导意见》中已开始引入“网站公示”的著作权明示概念；上海尝试建立开放的版权登记平台，由版权人登陆网站提供版权登记，以期建立一种网络版权保护模式；北京一家公司开发出智能识别侵权盗版作品的软件，希望通过技术手段甄别盗版作品。然而在版权登记和系统识别出侵权盗版之后如何依法处理，还需要与相关部门和机构实现对接。也有部分掌握互联网话语权的企业无视知识产权保护，对盗版听之任之，甚至自身一些的行为也成为盗版泛滥的重要原因。

网络侵权现象严重影响到了作者和网站的利益，威胁网络文学的业态环境。但面对侵权，作家却面临认证、版权登记和侵权行为取证困难等问题，“侵权太易，维权很难”，成为网络文学版权保护的软肋。全国政协委员、中国作协副主席张抗抗针对打击网络盗版侵权提出过有针对性的建议，如规制信息网络传播权的权属认定；确定“避风港原则”（即免责条款）的适用范围；明确“立即删除”的时间界定；以技术措施限制侵权作品的再度上传；采用“三振出局策略”（即发现网络盗版后，第一次警告，第二次临时封停或屏蔽，第三次则封锁在线访问)；制定网络作品侵权的赔偿标准等，产生了积极影响。从根本上说，要想根治网络盗版侵权行为，一是要建立健全网络著作权法；二是依靠行业自律，创造诚信的网络环境；三是采取相应技术措施，为数字化信息安全建立有效的保障体系。

（原载于《中国艺术报》2012 年 9 月 17 日）

网络文学批评的新拓进

——2016年网络文学理论批评检视

一、理论聚焦，成果丰富

2016年是网络文学理论批评升温的一年，一批学者、专家团队陆续介入网络文学理论批评领域，研究阵容和成果均呈快速增长趋势。譬如，在“网络文学”相关的科研立项课题中，有国家社科基金项目9项，教育部人文社科研究项目1项，各省级社科基金及重点课题11项①；中国知网数据库2016年发表与“网络文学”主题相关的文献1348篇，其中期刊论文679篇，硕博论文131篇，会议论文8篇，报纸文章206篇。② 网络文学理论著述丰赡，《网络文学符号学研究》(王小英著，中国社会科学出版社，2016年1月)、《中国当代网络文学研究》(胡淑琴、杨萍萍、阮丽著，吉林出版集团有限责任公司，2016年2月)、《网络文学(第二版)》(梅红主编，西南交通大学出版社，2016年4月)、《华语网络文学研究》(夏烈主编，湖

---

① 数据来源：中国高校人文社会科学信息网 http://www.sinoss.net/xiangmu/，中国知网科研项目数据库 http://projects.cnki.net/，2017年1月15日查询。

② 数据来源：中国知网数据库 http://kns.cnki.net/kns/brief/default_result.aspx，2017年1月23日查询。

北教育出版社,2016 年 8 月)等 12 部学术著作出版面世。[①] 网络文学研究由早年间的概念之争、特征之辨、传播探析、价值判断等基础研究向网络文学评价体系构建,网络文学经典化、主流化、产业化,类型文学,热门作家作品和网络文学动向等纵深研究拓进。

一是网络文学评价体系构建。如何构建网络文学评价体系是近年来网络文学研究领域的重点问题,许多专家学者纷纷就这一主题著书立说、发表论见。2016 年,国家首次在这一领域设置国家重大项目“我国网络文学评价体系的理论与实践研究”,以中南大学欧阳友权教授为首席专家的研究团队,会同中国社科院、中国作协、山东师范大学网络文学研究中心相关专家获得该课题。山东大学谭好哲教授的《网络文艺发展研究》获国家社科基金艺术学重点项目。在理论著作方面,张立主编的《网络文学发展现状及其评价体系研究》(中国书籍出版社,2016 年 3 月)梳理了网络文学的发展历程及其评价现状,探讨了建立评价体系的必要性与可行性,并就网络文学的评价维度、业务需求及方法选择进行了细致考量,为网络文学的阅读选择、内容监管、创作质量、优化选题等方面提供了借鉴;庄庸、王秀庭的《网络文学评论评价体系构建:从“顶层设计”到“基层创新”》(福建教育出版社,2016 年 9 月),是谭好哲主持的 2016 国家社科基金艺术学重点项目“网络文艺发展研究”的阶段性研究成果,它从国家战略的高度与网络文艺创作的实践出发,对网络文学的发展阶段、评论困境、理论路径、时代潮流、评论家群体以及具体作品等方面,对网络文学评论评价体系的构建进行了专题性研究。唐迎欣主编的《网络文学及其批评研究》(人民日报出版社,2016 年 6 月)将网络文学批评的运作方式、创作过程、传播与接受放诸媒体之上,宏观视角与微观分析结合,对媒体化时代的文学发展具有启发意义。在论文及报纸评论方面,针对网络文学批评领域,欧阳友权、禹建湘、曾繁亭、欧阳婷、吴英文等学者从批评史建构、批评的困境与选择、批评标准的多维性、批评的学术梳理、批评主体的

① 数据来源:读秀学术搜索 http://www.duxiu.com,2017 年 1 月 23 日查询。

衍变、批评的修辞术等不同视角，对网络文学进行学理阐述，南帆、陈定家、夏烈、蒲波、吴月玲、王迅等就网络文学批评的发声、存在问题、学理支柱、批评与审美标准、批评的分层与细化等，发表了自己的看法。庄庸、桫椤、杨洋、胡近、姜太军、李文浩等对网络文艺的“进场”问题、批评功能、历史意义、时代使命、意识形态及其引领策略等问题有专门论及。针对网络文学创作质量问题，严佳乐、杨海平认为亟需建立网络文学质量评价指标体系，徐志武从外部性理论视角出发，提出的网络作品质量提升策略具有可行性和操作性。

二是网络文学经典化、主流化研究。从“草根庶出”到步入文坛主流，网络文学的经典化、主流化趋势日渐凸显，有关网络文学“经典化”的话题讨论也更为深入。邵燕君主编的《网络文学经典解读》(北京大学出版社，2016 年 3 月)采用“学者粉丝”的研究立场，选取了今何在的《悟空传》、烟雨江南的《亵渎》、梦入神机的《佛本是道》、天蚕土豆的《斗破苍穹》、南派三叔的《盗墓笔记》、月关的《回到明朝当王爷》、小桥老树的《侯卫东官场笔记》、桐华的《步步惊心》、流潋紫的《后宫·甄嬛传》、辛夷坞的《致我们终将腐朽的青春》、风弄的《凤于九天》等作品作为案例，以文本精读的方法剖析网络文学网络性、类型性、经典性的形成因素，探索网络文学从流行到经典的主流化路径。石娟对网络小说性质及经典化路径进行了探讨[①]，周波论述了网络文学经典化中的问题[②]，吴晋娜对网络文学如何成就更多经典提出了自己的看法[③]，徐岱论述了网络文学的“去经典化”写作[④]。欧阳友权《“茅奖”视野中的网络文学》、汪代明、赵明《茅盾文学奖，何时颁给网络文学》、欧阳婷《“茅奖”与网络文学发展路向》等系列论文从茅盾文学奖的视野探讨了网络文学与经典文学之间的关系。在网络文学

---

① 石娟:《草稿化与媒介转移:网络小说性质及经典化路径之探讨》,《小说评论》2016 年第 2 期。

② 周波:《关于网络文学经典化问题的思考》,《东岳论丛》2016 年第 1 期。

③ 吴晋娜:《网络文学如何成就更多经典》,《光明日报》2016 年 12 月 2 日。

④ 徐岱:《去“经典化”的网络写作》,《浙江社会科学》2016 年第 1 期。

主流化问题探讨中，马季、夏烈、饶翔、林慧频都肯定了网络文学主流化趋势，马季认为网络文学的主流化带来了新格局①，夏烈认为网络文学共同体正在形成②，饶翔提出自律是网络文学主流化的必由之路③。邵燕君《从乌托邦到异托邦——网络文学"爽文学观"对精英文学观的"他者化"》、黎杨全、李璐《网络小说的快感生产："爽点""代入感"与文学的新变》、陈定家《网络"悦读"的合理性及其局限》等论文，对网络文学"悦耳悦目"的快感写作评论富有学理价值。在网络文学与主流文学关系研究上，周志雄将网络小说纳入通俗文学版图④，金涛、康锦涛指出了网络文学与传统文学的错位⑤，刘照丁认为要推动网络文学与传统文学相知相融⑥，李春青探讨了互联网时代"文艺"与"人民"之间的关系⑦，陈崎嵘指出网络作家要树立正确的历史观和创作观⑧。此外，汤哲声《网络小说入史与中国当代文学史价值取向思考》、陈定家《如何撰写网络文学史的几点思考》等是网络文学入史研究的代表性论文。

三是网络文学产业化研究。在网络文学产业化境遇中，杨有楠、汤俏等人追本溯源，以文学主体为支点进行了深度思考，他们从文学到生意的转变历程中考察了产业化经营模式下网络文学的本体⑨，认为网络文学

---

① 马季：《网络文艺的主流化与新格局》，《中国文艺评论》2016 年第 6 期。

② 夏烈：《网络文学共同体正在形成》，《人民日报》2016 年 11 月 29 日。

③ 饶翔：《自律是网络文学主流化的必由之路》，《光明日报》2016 年 7 月 28 日。

④ 周志雄：《通俗文学版图中的网络小说》，《文艺争鸣》2016 年第 11 期。

⑤ 金涛、康锦涛：《共生还是寄生——网络文学与传统文学的错位》，《语文学刊》(外语教育教学)2016 年第 1 期。

⑥ 刘照丁：《推动网络文学与传统文学相知相融》，《中国艺术报》2016 年 10 月 20 日。

⑦ 李春青：《互联网时代的"文艺"与"人民"之关系》，《河南社会科学》2016 年第 3 期。

⑧ 陈崎嵘：《网络作家要树立正确的历史观和创作观》，《文艺报》2016 年 12 月 30 日。

⑨ 杨有楠：《从文学到生意——产业化经营模式下网络文学的本体考察》，《文艺评论》2016 年第 5 期。

与商业“联姻”会影响网络文学的发展以及文学主体性问题[①]。谢波则提出网络文学生产要达到数字化、商业化与文学化的平衡[②]。“IP”是网络文学产业化研究的热词，2016 年，围绕网络“IP 热”现象，涌现出马季《IP 的实质：网络文学知识产权漫议》、向勇、白晓晴《场域共振：网络文学 IP 价值的跨界开发策略》、张琴《“IP 热”创造网络文学全产业链模式的探索》、茅硕《泛娱乐时代全 IP 产业的发展趋势》等论文。在网络文学出版与发行研究中，张屹、陈信凌、齐亚丽、董子铭、刘肖、包晓光、闫伟华、徐静对出版内容创新、出版物的偏失与应对思路、产业融合、出版追求、出版的外部性及其内部化、构建网络文学出版评价体系及推荐系统等，提出了自己的见解。

四是网络类型文学研究。近年来，类型文学占据了网络文学主流市场，邵燕君、乌兰其木格、王巳龙、肖映萱、薛静、刘琳、王侃等青年学者和学术新力量围绕网络女性文学主题，分别从性别变革、女性历史书写、耽美小说、穿越重生小说、言情小说等角度发力，发表了系列论文。许苗苗以穿越小说为研究点论述了网络文学如何实现内在规范[③]。周志强从写作伦理角度出发分析了官场小说极端的艺术与欲望的政治。[④] 刘辉、刘润泽探讨了网络言情小说中的“金手指”元素[⑤]。周志雄《兴盛的网络武侠玄幻小说》、陈玉蛟《包容与糅杂：创新中的网络武侠小说》、黄群英《虚幻时空的奇异世界——论玄幻小说的叙事特质》等，就网络玄幻、武侠等

① 汤俏：《网络文学发展与文学主体性问题——网络文学与商业“联姻”之忧》，《当代文坛》2016 年第 5 期。

② 谢波：《网络文学生产：数字化、商业化与文学化的平衡》，《中国图书评论》2016 年第 2 期。

③ 许苗苗：《从“穿越”到“穿越指南”：网络文学如何实现内在规范》，《探索与争鸣》2016 年第 3 期。

④ 周志强：《极端的艺术与欲望的政治——网络官场小说的写作伦理》，《河南社会科学》2016 年第 9 期。

⑤ 刘辉、刘润泽：《论网络言情小说中的“金手指”元素》，《大众文艺》2016 年第 6 期。

类型从不同侧面进行深刻剖析。吕周聚、马春光聚焦网络诗歌热现象，从观念变革、自媒体视角抓住了网络诗歌兴起背后的核心要义。

五是热门作家作品和网络文学动向研究。许多专家学者深入网络文学现场，热门作家作品评论中涌现不少深耕细磨之作，如欧阳友权《网络小说的叙事维度与艺术可能——评缪娟的〈翻译官〉》、马季《〈芈月传〉：网络文本与传统文本的同构》、庄庸《从少女之“心”到女“王”天下——蒋胜男〈芈月传〉“小儿女大历史”的书写冒险》、陈风、陈定家《隐匿的写作：〈图雅的涂鸦〉及其文学史意义》等。诸葛俊元、王雪、胡影怡、韩君燕等人从不同角度解读了《你转身，我下楼》《流血的仕途》《花千骨》《后宫·甄嬛传》《斗罗大陆》等作品。在网络文学动向研究中，媒介性与新媒体文学研究领域聚集了欧阳友权、黄鸣奋、单小曦、陈定家、胡友峰、霍忠义、胡海迪、白云、鲍远福、韩啸等一批专家学者，欧阳友权《媒介文艺学的数字化探寻》、单小曦《从后现代主义到“数字现代主义”——新媒介文学文化逻辑问题研究反思与新探》、胡友峰《电子媒介时代文学的生产方式》、黄鸣奋《口袋妖怪：新媒体与艺术形态的变革》、霍忠义《微博小说的定义、发展及审美特征》、鲍远福《新媒体文本表意论：从语图关系到“语图间性”》等论文，从学理架构、文学的生产与消费、新媒体形态与表意等方面进行了深刻阐述，颇具代表性。与此同时，影视改编研究也掀起热潮，荆桂英、聂婷、张颖、毛德胜、聂欣悦、马辉、邵将、袁月明、李霞、王晓丹等从影视改编现状、受众审美分析、改编剧叙事特征和策略以及《何以笙箫默》《欢乐颂》《琅琊榜》等具体作品影视转化等方面，分别进行了宏观解析和微观论述。

二、切入现场的年度标志事件

本年度网络文学研究活动与热点事件频出，国家级网络文学基地为创作与研究群体打造了“高精尖”的阵地与资源，各类网络文学学术研讨会、论坛、峰会、创作及评论大赛如火如荼，网络文学业界、官方、民间、学术机构等各方都纷纷颁布年度作品人气榜单，它们以“接地气”的现场感彰显了网络文学研究活动的活力与锋芒。

1. 国家级网络文学基地挂牌

2016年4月26日，中国作家协会网络文学委员会、湖南省作家协会、中南大学联合创立的“中国作家协会网络文学委员会中南大学研究基地”举行签约暨揭牌仪式。中南大学网络文学研究团队是中国最早进入网络文学研究领域的学术群体，欧阳友权、禹建湘、欧阳文风、曾繁亭、聂庆璞、阎真、杨雨、白寅、聂茂、谭德晶、李星辉、钟虎妹、蓝爱国、何学威等多位教授的成果，分别从网络文学的存在方式、民间视野、文本解读、类型样式、媒介叙事、批评类型、审美价值、数字化语境、新媒体产业等角度切入，集结出版40余部理论专著、300余篇研究论文，开创了我国网络文学理论批评的先河。2016年12月23日，由中国作协网络文学委员会、上海市作协、上海大学中国创意写作中心、阅文集团共同创办的“中国作协网络文学委员会上海研究培训基地”在上海大学挂牌。与此同时，培训基地首届网络文学高级研修班开班，旨在培养与探索网络作家的创新思维和写作路径，由阅文集团、翼书网、17K小说网、铁血网、云起书院、掌阅等各大网络文学网站和机构选派的24名网络作家参与了这次培训。

2. 全国性网络文学学术研讨会

2016年举办的全国性网络文学研讨会主要分为两大类型，一类是以全国网络文学研究会“网络文学评价体系构建”学术研讨会、“新媒介文化文艺批评与理论建设”学术研讨会等为代表的学术研究会，另一类是《翻译官》《网络英雄传Ⅰ:艾尔斯巨岩之约》等网络作品的研讨会。2016年6月20日，由中国作协网络文学委员会、广东网络作家协会和蔷薇书院联合主办的网络小说《翻译官》作品研讨会在北京举办。白烨、欧阳友权、梁鸿鹰、李朝全、肖惊鸿、刘晔原、马季、邵燕君、夏烈、庄庸、周志雄、桫椤、西篱等专家就该作品点评讨论，认为小说成功地将青春、奋斗、坚守等主题融入曲折的故事中，是网络女性题材创作中难得的佳作。8月12日至14日，中国文艺理论学会网络文学研究会2016年学术年会暨“网络文学评价体系构建”学术研讨会在湖南怀化学院召开。此次会议由中国文艺理论学会网络文学研究会、中国文联文艺评论中心、湖南省文联联合主办，《文艺理论研究》编辑部、湖南省文艺评论家协会协办，中国作协网络文学委员会中南大学研究基地与怀化学院联合承办，吸引了全国在网络文学研究领域具有代表性的百余名专家、学者参会。11 月 11 日至 13 日，中国中外文艺理论学会新媒介文论分会第四届年会暨“新媒介文化文艺批评与理论建设”学术研讨会在杭州召开。会议由中国中外文艺理论学会新媒介文论分会、杭州师范大学人文学院等联合主办，120 多名专家、学者聚焦新媒介文论与美学建设、新媒介“粉丝现象”和“泛娱乐化”研究、微文化研究、新媒介文艺产业化研究、IP 热研究、新媒介文艺理论与批评研究及建设等相关论题进行积极交流与讨论。

3. 网络文学论坛与峰会

2016 陆续召开的中国数字阅读大会——网络文学峰会、第二届中国网络文学论坛、广东网络文学“金盘工程”峰会、天津首届全国网络作家创作论坛、全球化时代网络文艺传播论坛等活动氛围热烈，精彩纷呈。2016 年 4 月 14 日，中国数字阅读大会——网络文学峰会在杭州举行，700 多位业内人士就全版权运营、粉丝经济、网络文学、在线教育、数字阅读产业发展等热题进行了探讨，会上还发布了中国数字阅读城市指数排行榜，颁布“悦读中国”四大年度奖项，成立青少年绿色数字阅读联盟，发布数字阅读企业战略合作项目，并启动 2016 悦读中国年。广东是网络文学创作大省，2016 年 9 月 25 日，第二届中国网络文学论坛在广东佛山举办，论坛由中国作协主办，广东省作协承办，会议上发布全国性网络评论新刊《网络文学评论》，在佛山市南海区设立广东网络文学基地，并与 14 家大型文学网站达成合作。11 月 23 日至 26 日，广东网络文学“金盘工程”峰会在佛山举办，130 余位专家、学者和网络作家齐聚一堂，就网络文学发展中的许多问题进行了深入探讨。峰会期间还举办了广东网络作家高级研修班、广东网络文学作品研讨会，同时成立了佛山市南海区网络作家协会。

4. 网络文学创作、评论大赛

2016年,先后有阅文集团网络原创文学现实主义题材征文大赛、中国第三届网络文学大奖赛(山东)、第五届"潇湘杯"网络文学大赛(湖南)、第二届广西网络文学大赛、第二届滇云网络文学大赛(云南)、重庆市网络文学征文大赛、微博"微小说大赛"等创作型大赛。与此同时,首届网络文艺评论大赛也拉开了帷幕,其中,阅文集团"网络原创文学现实主义题材征文大赛"由旗下创世中文网、起点中文网、起点女生网、云起书院、起点文学网联合主办,比赛声势浩大,历时1年多时间,收到参赛作品近6000部。在激烈的角逐下,Wanglong的《复兴之路》获特等奖,唐四方的《相声大师》获一等奖,李开云的《二胎囧爸》、争斤论两花花帽《我的1979》获二等奖,中秋月明的《草根石布衣》等10部作品获优胜奖。中国第三届网络文学大奖赛由《山东文学》《齐鲁晚报》及大众网共同主办,比赛历时7个月,共收到17709部参赛作品,大赛设置小说奖、散文奖、诗歌组诗奖、网络人气奖等奖项,其中长篇小说《石库门》《睡城》获得评委一致好评,因得票相同,并列分享20万元特等奖奖金。《爱情不流浪》等8部作品获小说奖,《捕蛇人》等5部作品获散文奖,《太平广记》等5部作品获诗歌组诗奖,《情殇宋金》等8部作品获网络人气奖。首届网络文艺评论大赛由中国文艺评论家协会青年委员会、中国文艺评论家协会网络文艺委员会、中国当代文学研究会新媒体文学委员会、中国文艺理论学会网络文学研究会等单位主办,中国文艺评论网、山东师范大学网络文学研究中心、爱读文学网等单位承办,大赛获得了全国各大高校与科研机构、文艺界、媒体的关注,历时近6个月,收到446篇参赛作品,文学网民、中学生、本科生、硕士生、批评家、高校教授等均有参赛。最终,江西师范大学文学院副教授苏勇、滨州学院副教授李盛涛分别以《历史、民族与英雄的别样书写:评现实主义力作〈遍地狼烟〉》和《〈弹痕〉:一部颠覆传统军事小说叙事的网络文本》摘得一等奖,中国人民大学博士生唐小祥的《既无所欢,何乐可颂——评阿耐的〈欢乐颂〉》等3部作品获二等奖,湖北民族学院教授李莉的《论网络小说对中国当代文学之贡献——以〈明朝那些事儿〉为例》等5

部作品获三等奖。

5. 各大网络文学人气榜单

2016年末与2017年初之际，2016福布斯·中国原创文学风云榜、阅文集团2016年网络文学年度榜、阅文2016年度十大畅销小说榜单、百度2016年十大热搜小说榜单、中国网络小说“好看榜”、北京大学网络文学研究论坛2016年度推荐榜等各大人气榜单出炉。在2016福布斯·中国原创文学风云榜中，忘语的《玄界之门》、苏小暖的《邪王追妻》分别夺得男频女频作品头筹。风云榜前10名作品涵盖玄幻、仙侠、历史、都市、言情等大类，上榜作家既有老牌的白金作家如忘语、耳根、小刀锋利等，也有孑与2、会做菜的猫等新晋大神。此前阅文集团公布的2016年网络文学年度榜也颇具影响力，风轻扬的《凌天战尊》、二目的《放开那个女巫》等12部作品被封为网络文学十二天王。这些封王之作不仅是各个类型文学中的销量王、人气王、新人王，而且还是开拓者、复兴者、佼佼者。除了阅文、百度等发布的市场风向标，中国网络小说“好看榜”在网文“土著”圈中名气较大，它由中国文艺评论家协会网络文艺委员会、光明网文艺评论编辑室、中国青年出版社新青年读物工作室联合打造，庄庸和安迪斯晨风担纲主持工作，祈祷君的《木兰无长兄》、国王陛下的《此前有座灵剑山》等20部作品入围，许多资深粉丝、网络评论家荐评。

三、理论批评拓进的新态势

网络文学生产的海量式增长引爆大众阅读热点，越来越多的理论批评工作者开始走进网络文学，“批评江湖”群伦并起。从主体阵容、研究内容和生态维度看，当下的网络文学研究主要呈以下新的趋势：

第一，网络文学研究队伍扩大，拓荒者与中坚力量是网络文学的理论批评主力，年轻后备军给网络文学注入了新鲜血液，学术群体呈地域性崛起。一方面，如黄鸣奋、欧阳友权、马季、陈定家、周志雄、邵燕君、单小曦、禹建湘、曾繁亭等是本年度网络文学研究中最为活跃的专家学者，他们深入网络文学最前沿发表了大量高质量论文，并有韩模永、秦烨、乌兰其木格、诸葛俊元、欧阳婷、吴英文、王巳龙、吉云飞等一批青年批评家与理论新锐浮出水面，在国家级、省部级科研立项或高水平期刊中崭露头角；另一方面，湖南、广东、贵州、四川、山东、浙江等省陆续涌现地方性学术集群，其中有以中南大学网络文学研究基地为中心的“湘军”阵营，以中国作协、中国文联、北京大学中文系为团队的“京派”阵营，以山东师范大学网络文学研究中心为依托的“鲁军”阵营，以广东网络文学院为中心的“粤军”阵营，以贵州网络文学学会为中心的“黔军”阵营，以西南科技大学网络文学研究阵地为中心的“川军”阵营，以及以各大高校、研究院为依托的地方性学术团体。

第二，网络文学研究向理论高度、历史根性和覆盖广度延伸。网络文学理论体系、评价体系、话语体系等建设性研究与网络文学史、网络文学批评史等史学研究，将网络文学引向理论探索与历史沉淀并进的双向研究轨道，许多学者的研究从早年间关于网络文学本体、传媒、审美、批评、语言等方面的基础研究转向与网络文学相关的大众文化、消费市场、文化资本、写手创作与生存状态、青少年阅读、媒介融合与更新、创意写作、文化产业等领域，并且出现了专门针对女性网络文学、外国网络文学、少数民族网络文学、网络类型文学、微博客文学、手机文学、短信文学的细化研究，以及由网络文学催生的影视游戏改编、网站产业链模式构建、图书与数字出版经营等产业化研究方向延伸，研究领域不断扩大的同时也向专业化、精细化方向发展。

第三，网络文学研究生态逐渐呈现“对话—互动—共融”趋势，网络批评、媒体批评、学院派批评共同组成了当下网络文学研究的立体图景。近年来，网络、传统媒体与高校、科研机构的交叉与互渗现象明显。越来越多的网络作家受邀参加官方机构主办的作品研讨会与高研班；一些传统作家、批评家和学者开辟网络评论阵地，微信公众号、网络论坛等反响热烈；学院派也不再局限于精英批评，一批“吸睛”好文陆续刊发于报纸媒体中，一些媒体编辑、记者也在学术权威刊物和核心期刊中发表理论批评成果。

尽管网络文学研究日渐从“冷门”开始走向“显学”,但与快速发展的网络创作相比仍然存在明显不足。其一,学术视野和思维窄化,许多研究停留在现象描述而没有深入价值本体,仍然局限在“工具论”“技术论”“载体论”层面,忽视了网络文学本身的文学特质以及载体更换所带来的文学本体新变。其二,部分研究者缺乏“入场”研究,作品阅读不多,或仅凭主观臆断而将传统理论生搬硬套,导致理论“隔靴搔痒”,批评靶的偏失。其三,对于网络文学热点现象回应不够及时,如全球化语境中的网络文学、二次元网络文化、新媒体诗歌热等,理论批评尚存在“失语”现象。还有,网络在线批评陷于量化风险、理论缺位、价值缺失的困境之中亟待突围。在线批评本是最具活力的批评形式,但却存在无序和失范状态,例如,点击量、各大排行榜数据量化的评判系统是否能真实全面的评价文学作品?草根批评的意义和价值如何评估?在插科打诨、碎片化呓语、被商业利益裹挟的点赞与打赏以及三观不正的网络言论之中,网络在线批评旨归何处?网络文学研究要解决上述问题,需要以“局内人”姿态,“从上网开始,从阅读出发”,让网络批评回归网络文学问题、回应网络文学现实,这样才能发挥理论批评应有的建设性作用。

(原载于《江海学刊》2017 年第 2 期,发表时署名为欧阳友权、贺予飞)

2017 年网络小说回眸

2017 年是网络小说在提振信心中接力奋进的一年。笔耕不辍的网络大神和不断涌现的新锐作者保障了百万级创作队伍及其原创作品的输出。现实题材小说迎来了创作机遇期,新作数量与质量得到提升。玄幻、仙侠作品增幅势头不减,融合中国元素与世界文艺因子的小清新题材作品显露生机。政策、企业和市场合力铺开的出海渠道,让网络小说的海外传播成为中国网络文学成长中的一大亮点。

一、网络大神风头正劲,新生代快速成长,网络作家成长环境不断优化

纵观 2017 年的网络文学创作队伍构成,总体上呈现出"网络大神风头正劲,新生代力量快速成长"的特点。大神级作家仍然是网络小说创作的中流砥柱,辰东、唐家三少、我吃西红柿、耳根、天蚕土豆、猫腻、天使奥斯卡、忘语、血红、蝴蝶蓝、鹅是老五、乱、萧鼎、梦入神机、骷髅精灵、丛林狼、多一半、苏小暖、跳舞、月关、叶非夜、高楼大厦、烟雨江南、妖夜、徐公子胜治、鱼人二代、烽火戏诸侯、流浪的蛤蟆、酒徒、孑与 2 等网络大神继续扮演网络小说创作最活跃的力量,尽管他们成名已久,却依然笔耕不辍,风头正劲,所获得的大众关注度、媒体曝光量、百度搜索指数、贴吧人气等,在网络创作队伍中遥遥领先,他们作品的点击量、收藏量、知名度、

曝光度在各大网站的榜单中都占据重要位置。辰东的《圣墟》在“2017 中国原创文学风云榜男频原创作品热度榜”中连续两季度占领首位[①]；耳根的《一念永恒》、萧鼎的《天影》点击量破千万；我吃西红柿、天蚕土豆、天使奥斯卡、蝴蝶蓝等成名多年的写手纷纷上架了《飞溅问道》《元尊》《盛唐风华》《天醒之路》等新作，并取得不错的读者反馈；以唐家三少、血红为代表的“元老级”写手依然活跃在创作一线，唐家三少借《斗罗大陆 III 龙王传说》续写着“斗罗大陆”系列的玄幻传奇，而以“高产”而闻名的血红在《巫神纪》完结之后，又在年内推出新作《万界天尊》。

一线资深作家的持续创作，带动了一批新生代作者迅速浮出网海，网络小说写手的代际衔接愈显紧密，作者队伍呈年轻化趋势。据 2017 年掌阅的报告显示，在网络小说作者中，80、90 后作者占比达 92%，90 后占比达 59%，年龄最小的作者仅 15 岁[②]。据阅文集团的报告，2016 年以来，90 后写手占阅文新签约作家的 45%，支撑了阅文新生力量近半壁江山[③]。日益年轻化的创作群体给网络小说注入了更多的活力、个性、想象力和创造力，使作品更青春、更富有时代气息。广电总局和中国作协“2017 年优秀网络文学原创作品推介”上榜名单中，如《岐黄》作者湫玉、《华簪录》作者悠南桑、《如果深海忘记了》作者苏茯苓等，都是年轻的新锐作者。在“2017 年中国网络小说排行榜半年榜”中，上榜的完结作品中，《书剑长安》《全能高手》分别为他曾是少年、我是愤怒的处女作，而位列未完结作品第二的《放开那个女巫》，其作者二目此前鲜有作品问世。无独有偶，在“2017 年中国网络小说作家影响力榜 TOP100”中，会做菜的猫、

① 艾瑞咨询：《2017 年中国数字阅读行业季度报告》，http://www.iresearch.com.cn/report/3013.html，2017 年 12 月 22 日查询。

② 掌阅：《2017 上半年网文阅读报告：年轻化成趋势》，新华网：http://news.xinhuanet.com/money/2017-09/27/c_129713406.htm，2017 年 12 月 27 日查询。

③ 姜煜：《2016 网络小说报告：中国网络小说用户规模突破 3 亿》，中国社会科学网：http://www.cssn.cn/dybg/dyba_wh/201702/t20170214_3414054.shtml，2017 年 12 月 14 查询。

风轻扬等年轻写手均以首部作品上榜①。新生代力量的成长得益于日渐完善的网络作家成长环境和培养体系。如阅文集团尝试推行“作家明星化”举措；掌阅则一方面引入大神级作家月关、天使奥斯卡等以吸引读者，同时也积极为青年作家的成长创造条件；中文在线、晋江等各大平台也纷纷打通新生代写手的上升通道，新晋作家可通过自己的才华和优质的作品，完成从“草根”到大神的逆袭。

2017 年，政府、协会、企业加强了对网络文学的服务、引导和扶持力度，从思想上、业务上、生活上关心网络作家。一批网络作家加入网络作协。2017 年中国作协公布的 507 名年度新会员中，有网络作家 51 名，创历史新高，使作协会员中的网络作家人数增至 165 人。浙江、上海、湖南、北京、广东等 20 个省市相继成立网络作协、网络小说委员会等相关组织机构。2017 年，中国作协鲁迅文学院开设了三期网络作家研修班，来自 40 余家文学网站和机构的上百名网络作家参加了学习。9 月，上海作家协会率先推出网络作家签约制度，开创了网络小说创作者享受“传统作家专有福利”的先河。此外，地方政府也采取措施建设网络创作队伍。11 月，中国首个“网络作家村”落户杭州，助力网络小说创造力的集聚、碰撞和迸发。2017 年，一些知名网络作家参加各类网络文学研讨会，与学院派专家学者进行面对面的交流与对话。如 2017 年 7 月，苗族作家血红受邀参加了在贵阳举行的“大数据背景下少数民族网络文学高层论坛”，会上设置了血红小说研讨专场。10 月，白金级网络军文作家丛林狼和悬疑探险作家南无袈裟理科佛受邀参加中国文艺理论学会网络小说研究会第四届学术年会，会议分别为两位网络大神设置了作品研讨专场。网络小说作者不断受到的种种“礼遇”，表明这一创作群体已经走出了与主流文学隔阂的泥沼，体现了社会对网络小说的接纳与重视。现在，网络作家已经被纳入“新社会阶层人士”，他们中已有许多人当选为各级人大代表或

① 速途研究院：《2017 年中国网络小说作家影响力排行榜》，http://www.sootoo.com/content/673962.shtml，2017 年 12 月 11 日查询。

政协委员,体现了社会对网络文学行业的认可和尊重。

二、现实题材创作异军突起,玄幻仙侠势头不减,小清新题材渐成气候

据国家新闻出版广电总局数字出版司对当前市场规模较大、影响力较强的45家重点文学网站发展情况的统计,截至2017年12月,各网站原创作品总量高达1646.7万种,其中签约作品达132.7万种,2017年新增原创作品233.6万,年新增签约作品22万①,网络小说的创作量和阅读量占比突破80%②。受宏观政策及市场需求影响,都市情感、职场官场、悬疑推理、军事谍战、灵异恐怖等现实题材的网络小说创作数量明显增加,且质量有所提高。阅文集团新增的原创小说中,现实题材作品的增幅达100%,网易云阅读等平台上现实题材网文数量甚至超过幻想题材,占比超过60%③。网络小说中的现实类题材作品明显增多,反映人民群众主体生活和当下人们精神心理的作品量多质升。如中国作协网络文学委员会主任陈崎嵘所言:"原先那种网络文学不食人间烟火和幻想类作品一家独大的现象有所改变,题材、内容及风格开始出现多元化格局。"④不少接地气、有担当的小说作者跳出了千人一面、千篇一律的打怪、升级小天地,而抓住企业改革、大众创业、青年成长、社会创新、生活变迁、文化传

① 见国家新闻出版广电总局副局长张宏森在2017年优秀网络文学原创作品发布仪式上的讲话,新华网:http://www.xinhuanet.com/book/2018-01/23/c_129797300.htm。

② 速途研究院:《2017年中国网络小说作家影响力排行榜》,速途网:http://www.sootoo.com/content/673962.shtml,2017年12月11日查询。

③ 艾瑞咨询:《2017年中国现实类题材网络小说IP价值研究报告》,艾瑞咨询网:http://www.iresearch.com.cn/report/3108.html,2017年12月26日查询。

④ 王莹等:《24部优秀网络文学作品获新闻出版广电总局和中国作协推介》,新华网:http://www.xinhuanet.com/book/2018-01/23/c_129797300.htm,2018年1月26日查询。

承等一系列现实热点问题，让作品呈现出多元化且充满正能量的生活内容。如描写国企改革曲折历程的《复兴之路》，直面 80 后情感价值观的《糖婚》，展现当下都市女性生活的《全职妈妈向前冲》等。一些作者以丰富的艺术想象表达对生活的期待，捕捉平凡人生的真切感受，讲述时代生存境遇下的人生奋斗历程。如中秋月明的《草根石布衣》通过叙述孤儿石涧仁融入陌生现代社会，成长为兼济天下的草根布衣的故事，表达了坚守本心的善与努力对于改变人生、改造环境的巨大力量，蕴含着励志的人生哲理，带给读者以积极的影响。郭怒的《奔跑吧足球》及秦征的《足球征途》聚焦中国人的足球梦，展现出青少年的热血、坚韧和执着，作品以蓬勃的朝气而获得读者的良好反馈。更俗的《大地产商》将目光投向大学生从校园到商界的成长与奋斗，描绘出富有激情、奋发进取、对生活充满希望的时代青年的面貌，引起青年读者的广泛共鸣。此外，一些作者在现实生活的观照下，透视民族文化，对文化传承、生命价值等传统的文学主题进行反思，探寻多元文化冲突下人们的精神挣扎和心灵激荡。如唐四方的《相声大师》用通俗小说的笔调，书写相声行业的数十年兴衰变迁，描述民间艺人跌宕起伏的人生，展示质朴的中国艺人对传统文化的执念。在商业规制和网络技术的影响下，一些作者突破了传统现实题材的思维和叙事模式，将魔幻和想象融入现实题材创作中，探索网络性思维与现代主义手法的有机结合，形成了类似于都市穿越文的“网络现实题材”。从商业化的角度来看，这类小说在创作上重视代入感，追求娱乐化的阅读效果，故事戏剧化，桥段轻松，语言诙谐，能够触动读者的爽点，但同时也存在套路化、缺乏个性风格等问题。有的小说设计出小人物穿越、重生、逆袭并一步一步攀登人生高峰的故事主线，读起来轻松而励志，但同类故事写的人多了难免会有似曾相识之感，如《我的 1979》《重生完美时代》《重生之神级学霸》《重生之最强人生》《重生之 2006》《重生之奔腾年代》《重生大农民》等作品均属此类架构。尽管如此，这些作品打破了传统现实题材小说建立在真实性基础上的叙事伦理和对现实内容纯粹化的“镜像式”反映，创新了传统现实题材小说的叙事维度，因此，反映了现实题材网络小说创作的艺术探索性与创新精神。

2017年，现实题材网络小说成为辐射影视剧市场的重要力量，《欢乐颂2》《无证之罪》《恶魔少爷别吻我》《西河口秘闻》《我不是精英》《路从今夜白》等大量婚恋、职场等反映当代都市生活的小说改编成电视剧。改编自阿耐同名都市青春励志题材小说的《欢乐颂2》成为国产都市剧收视担当，这部讲述欢乐颂小区22楼五个女子工作、感情及心路历程的作品，因代入感极强，传递的阳光、温暖和正能量赢得了观众的认可。改编自同名悬疑探案题材小说的《无证之罪》，不仅爆红网络，而且成功进击海外，辐射国际市场。目前，国际流媒体平台Netflix购买了这部网剧的版权，并计划在全球190多个国家和地区播出。该小说讲述了警察严良临时受命在危机四伏的陷阱中，与犯罪分子斗智斗勇、挖掘案情真相、伸张正义、成功抓住杀手“雪人”的故事，合理的人物设置、循序渐进的故事铺陈、精彩的“中国风式”推理、深层次的人性剖析，为改编剧增色不少。现实题材异军突起的背后，离不开小说创作者对生活的深入体察和现实的反思，不少网络作家身体力行，从生活中发现素材和灵感，如起点中文网的作家中秋月明为了在《草根石布衣》中更真实地描述城镇生活，曾前往多个小城镇调研，真切地体验了现实中的生活。《二胎囧爸》作者李开云为了让新作《空管爱情》更真实，前往华北空管局、北京首都机场待了一个多月，体验管制员的日常生活细节①，这也正是作品取得成功的重要原因。

2017年，玄幻、仙侠题材依然是网络小说“大户”。据阅文集团公布的数据，凭借天马行空的想象和“泛宇宙”的故事设定，玄幻、仙侠题材小说成为最受读者欢迎的类型，占据其麾下网站2017年前两季度男频原创作品热度榜榜单的70%。猫腻的《择天记》、他曾是少年的《书剑长安》、天蚕土豆的《元尊》、纯情犀利哥《诸天至尊》、豆子惹的祸的《升邪》、宅猪的《人道至尊》、血红的《巫神纪》、风凌天下的《天域苍穹》是2017年完结

① 夏奕宁:《2017网络小说会客厅:网文作者也要多体验生活》,澎湃新闻:http://www.thepaper.cn/newsDetail_forward_1769201,2017年12月21日查询。

的网络玄幻、仙侠题材作品中的佼佼者。而爱潜水的乌贼的《武道宗师》、辰东的《圣墟》、月关的《逍遥游》、天蚕土豆的《元尊》、猫腻的《大道朝天》、唐家三少的《斗罗大陆 III 龙王传说》、林如渊的《尘骨》、横扫天涯的《天道图书馆》等一批正在连载的作品，以人物、情节、环境的合理设定和内容与形式较为完美的结合，吸引了数量可观的读者群体。从创作来说，玄幻、仙侠作品在注重市场性、娱乐性、创意性以吸引读者付费的同时，如何融合艺术性与思想性，体现正确的“三观”导向，一直是此类小说创作的难题。在寻求思想深度和艺术品质结合上，2017 年有不少作者进行了有益的尝试。他曾是少年的《书剑长安》在构建气势恢宏的仙侠世界、书写江湖恩怨、儿女情长的同时，坚守着善良与正义的本性。纯情犀利哥的《诸天至尊》用幽默的叙事将乐观的生活态度、对爱和理想的美好向往蕴含于主人公瑰丽雄奇的修仙历程；天蚕土豆的《元尊》在书写周元紧张刺激的历险过程时，将人性中坚强的生存意志和人文情怀寄寓在奇幻的故事之中，传递出“适者生存”的自然法则，达成了思想性与可读性的统一。尽管年度内涌现出不少颇受读者追捧的作品，我们也应正视玄幻、修仙题材小说存在的明显问题和不足，如怪力乱神、升级打怪、异想天开、缺乏人文关怀的故事桥段依然比比皆是。一些作者囿于有限的生活积累和知识阅历，试图虚构重大史实和历史人物，致使作品的内容理念、人物形象、情节场景严重脱离现实，结果以荒诞感代替了艺术美感。此外，玄幻、仙侠类作品依然没有摆脱同质化的“升级”套路，因袭他人、重复自我，显示出文学创新的乏力。如何在释放无限想象的同时，还能保持艺术个性与创新活力，无疑是这类小说创作面临的重要选择。

小清新题材渐成气候是 2017 年网络小说创作的新气象。这里所说的小清新题材类似于“轻小说”，但较之轻小说范围更宽泛一些。小清新作品一般回避网络小说常见的“丛林法则”和“腹黑争斗”，表现出颠覆故事惯例的“脑洞世界”和绕开主流网文模式的创作倾向。作者受动画漫画影响，选择创作被青少年和“御宅族”喜爱的“少年向”“娱乐向”小说，一般都有轻松愉快的阅读体验和视觉冲击力强烈的插画，包括二次元、轻小说等。这类小说常常有别开生面的新世界设定,以及打破既有身体界限的“变身流”情节,常见的有恋爱、冒险、推理、奇幻、科幻等题材,包括受日本轻小说影响而从同人、鬼畜、腐与丧、游戏、漫画等二次元文化空间中汲取养分而创造的网络长篇。小清新网络小说是社会亚文化市场细分下的小众(或特定族群)题材门类,近年来,随着二次元文化影响力的扩张,这类网络小说开始从小众边缘的青年亚文化圈向主流文化群体渗透。目前在SF轻小说、轻文轻小说及轻之国度等文学站点,小清新作品已颇具规模,不仅有大量写手驻站创作,而且吸引了众多青少年读者。如在SF轻小说上,《英雄?我早就不当了》《变身之后,我与她的狂想曲》的点击量已突破3000万,而流行于网络的《我是高富帅》《万法掌控者与13位奴隶》《告急!重生之后的妈妈们是子控!》《我想要不那么有用的人生》《爱上过去的我》《变身之后,我与她的狂想曲》等作品的点击量均达千万级。网络小清新作品作为二次元文化圈“ACGN”(即Animation动画,Comics漫画,Games游戏,Light Novels轻小说)末端的文化形式,在继承传统的网络小说奇幻、神秘、科幻、诡异、恐怖等要素外,还具有一些独特的特点,如口语化书写、句子短小、换行及换段频繁、行文不拘一格等,而且一般都配有视觉冲击力很强的大幅插图。此外,网络小清新题材的轻小说,在世界观的设定上也别具一格,其依据的并非现实或者仿照现实规则设定、充满逻辑的拟现实,而是跨越无数类型、内部也并不统一的二次元,“它的世界可以同时有等离子去污器、超级英雄、道家老祖与洪荒时代……作者和读者也不会觉得哪里不对劲”①。作为“文字写成的漫画和游戏”作品,小清新题材小说的读者主要为十多岁的少男少女和动漫爱好者。不仅是专门的轻小说网站,在其他一些知名网站如起点中文网、创世中文网、17小说网、塔读文学网、阿里文学网上,也存在以“二次元”分类或贴上“二次元”标签的小清新类网络小说。这些作品,既包括二次元原创轻小说,又包括充满大量幻想、萌、傲娇、娘化、物化、衰、佛系等后现代属性、受青年亚文

① 王鑫:《“国轻”:“少年向”的新世界》,《文艺理论与批评》2017年第12期。

化世界观影响的类型化、风格化作品。由于吸收了二次元文化元素，这类网络小说的结构奇特，往往夹杂着脑洞、鬼畜等因素，部分情节还按照游戏和动漫的模式来设定。二目的《放开那个女巫》、圣骑士的传说的《修真聊天群》、会说话的肘子的《大王饶命》、远瞳的《异常生物见闻录》、三天两觉的《惊悚乐园》、寒门的《奶爸的文艺人生》及壶山小农的《二次元岛主》均属此类。我们相信，随着网络小说与青年亚文化的交融，将会有更多的素材进入网络小清新创作领域。这一现象反映了网络小说多元化的大趋势，它的出现为网络小说开拓新题材、创新结构方式与叙事技法提供了新的可能，或将使中国网络小说成为融合新兴文化、全方位展示网民生活天地的一本“大书”。

三、“网文出海”呈规模化、规范化趋势，“世界向”小说成海外新宠

2017年，随着自主化数字传播渠道的建立及版权环境的改善、外译平台的建立和版权输出协议的达成，我国的“网文出海”日渐走向规模化和规范化。风凌天下的《我是至尊》、唐家三少的《龙王传说》、我吃西红柿的《飞剑问道》、横扫天涯的《天道图书馆》、滚开的《极道天魔》、辰东的《圣墟》、二目的《放开那个女巫》、跳舞的《天启之门》、神见的《无敌天下》、火星引力的《逆天邪神》、鱼的天空的《宠魅》等大量在国内连载的作品纷纷开启了“出海”航程，小说创作与“出海”的互动趋势明显。海外读者可以在第一时间同步享受国内正在连载的作品，这无疑进一步拉近了中国网络小说与海外读者的距离，也为中国文化通过网络文学的方式“走出去”打开了一面新的窗口。目前，中国网络小说的辐射力从日本、韩国、东南亚国家等亚洲文化圈进一步向欧美拓展，PC、手机及平板端口的网站成为海外读者阅读中国网络小说最主要的渠道。通过对网络小说海外主流阅读平台调研发现，Wuxia World、起点国际、Gravity Tales、volarenovels及lnmtl是目前最受欢迎的网络小说英文阅读站点。而随着阅文和

kindle 合作的深入，kindle 也逐渐成为中国网络小说海外读者重要的选择。从题材来看，目前传播到海外的网络小说类型进一步多元化，涉及仙侠、玄幻、奇幻、科幻、现代、言情、游戏、历史、恐怖、悬疑、动漫、同人等多个题材。起点国际凭借阅文集团充足的正版作品储备，已成为网络小说海外传播站点中作品总量最大、类型最多、覆盖范围最广的站点。目前，起点国际全球综合排名 6748 位，日均页面浏览量为 58 万次，读者覆盖美国、印度、英国、法国、新加坡等多个国家和地区。由于具有一支优秀的翻译团队，起点国际部分作品每日可达 3 至 10 更，2017 年底翻译发布的作品数达 300 余部，累计章节超 7 万章。Wuxia World 依然是影响力最大的网络小说海外传播的英语平台，目前日均独立访客量达 80 万，全球网站排名 1110 位，比去年同期上升约 400 名[①]。Wuxia World 目前发布中国网络小说 39 部，涵盖仙侠、玄幻、灵异、历史等题材，其中仙侠、玄幻作品共 29 部，大多出自知名网络作家之手。这些作品不仅在中国已获得读者和市场认可，也得到海外读者的好评，如我吃西红柿的《盘龙》《星辰变》《莽荒纪》、天蚕土豆的《斗破苍穹》《武动乾坤》、唐家三少的《绝世唐门》、耳根的《仙逆》、蚕茧里的牛的《武极天下》、逆苍天的《万域之王》等，都成为中国网文出海的口碑式作品。由于缺乏稳定的翻译团队，Wuxia World 作品的更新速度较慢且翻译质量参差不齐，但得益于起步较早，该网站仍然拥有一批稳定的用户。Gravity Tales 与 Wuxia World 发布的中国网络作品总量相当，但题材更为丰富，涵盖了玄幻、仙侠、科幻、都市、游戏、历史等题材。除玄幻、仙侠题材外，2017 年还发布了《全职高手》《网游之全球在线》《疯巫妖的实验日志》《重生之最强剑神》《星辰之主》等融合了游戏竞技文化因素的竞技文。

从作品类型看，具有东西方奇幻、法术、通灵等“世界向”文化元素，杂糅了中国武侠传奇及西方现代魔幻小说创作手法的玄幻仙侠题材，仍然

① Alexa 中国网数据信息，http://www.alexa.cn/rank/wuxiaworld.com，2017 年 12 月 19 日查询。

是最受海外读者青睐的作品类型。如在起点国际平台上，横扫天涯的《天道图书馆》、酒煮核弹头的《怪物乐园》、逆苍天的《杀神》、鹅是老五的《不朽凡人》、新丰的《最强的系统》、高楼大厦的《叱咤风云》、滚开的《巫师世界》等作品颇受海外读者欢迎。无独有偶，在 Wuxia World 网站，《盘龙》《斩龙》《星辰变》《逆天邪神》《仙逆》《武动乾坤》等以非现实的、超自然的及神仙志怪文化为基础，融合了魔法、精灵、亡灵、仙侠魔怪、异种神兽等魔幻性人物元素，具有气势恢宏的世界体系的作品，吸引了大量英语受众关注。这些玄幻仙侠作品富有玄虚、怪诞、臆想等美学形态，与西方奇幻魔幻文学气质相通，因此更易打开外国读者的“快感通道”。此外，深蓝椰子汁的《暗夜游侠》、蝴蝶蓝的《全职高手》、孤单地飞的《网游之战御天下》、晨星 LL 的《我在末世有套房》、远瞳的《异常生物见闻录》、泛舟填词的《大盗贼》等沿用游戏的世界观和逻辑结构，融合了游戏、动漫等二次元元素的作品，因受到美日韩游戏、动漫和轻小说文化辐射，具有二次元文化因素，吸引了不少海外读者。从海外数字平台作品传播数量和热度上看，我吃西红柿是目前在国际上颇具影响力的网络作家之一，其作品如《盘龙》《星辰变》《莽荒纪》《吞噬星空》等，在 Wuxia World 和起点国际的热度很高，2017 年，其仙侠新作《飞剑问道》实现了全球同步首发，该小说由于成功融入狐仙、河神、巫术、千里眼等元素，在起点国际及 Gravity Tales 连载过程中，以内容的新颖与趣味的普适性赢得了海外读者的认可。

网络小说作为推动中国文化走出去、提升全球文化自信的重要力量，对推进国际传播能力建设，讲好中国故事，展现真实、立体、全面的中国发挥了重要作用。在全球化的语境下，网络小说创作与海外输出的互动还将升级，越来越多正在连载的网络小说正陆续走出国门，向世界讲述中国故事，网络小说海外输出的类型也将进一步多元化。不过也应看到，目前海外主流人群对我国网络文学的关注度还不够高，据《中国网络小说出海白皮书》显示，海外网络小说的受众主要为学生，占比为 52.9%，专科学校以下读者占受众总数的 48.6%，无收入人群占比高，而企业管理者、白领、政府工作人员等大多中产阶级对中国网络小说的接受度还很有限。①此外，海外读者接触中国网络小说的渠道主要为搜索工具，海外主流数字出版机构对中国网络小说传播的参与度还明显不足，因此，我们的网络小说要想具有世界影响力，还有很长的一段路要走。并且，仅靠创作者的孤军奋战来推动网络小说进入海外主流文化市场显然是不够的，它要求我们在借助多渠道、大平台的力量进行网络小说海外推广的同时，还需要在影视、动漫、游戏等周边产业领域，围绕网文 IP 进行跨界延伸，打造国际知名的网络小说 IP，以提升网络小说在海外主流人群中的辐射面和影响力。目前，网络小说的周边产业环节还没有完全跟上网络小说出海的步伐，这就需要加强网络小说周边产品开发，强化国际性人才的吸纳，加速全媒体产业链商业模式的优化，真正把促进影视、游戏、动漫等新媒体产业国际化发展的市场因素充分调动起来，只有这样，才能让中国的网络小说在海外"登堂入室"，为主流文化所认可和接受。

（原载于《南方文坛》2018 年第 3 期，发表时署名为欧阳友权、邓祯）

① 艾瑞咨询：《2017 年中国网络小说出海白皮书》，艾瑞咨询网：http://www.iresearch.com.cn/report/3057.html，2017 年 12 月 14 日查询。

网络文学批评的述史之辨

奔涌而来的网络文学已成为当今中国一个备受关注的新兴文学形态，其丰富的原创作品、庞大的受众群体和广泛的文化影响力，不仅构成一种文学的“历史存在”，也是一种文化的“价值存在”。于是，网络文学的“入史”问题便开始进入学术视野，有关网络文学发展史的研究成果陆续出现①，并且有升温之势。当网络文学的“入史”庶几成为既成事实后，随之而来的便是网络文学批评怎样“述史”的问题，即我们该怎样科学而客观地书写中国的网络文学批评史？这里首先要碰到的一个问题是：如果说网络文学创作的入史、述史尚有丰富的作品和众多文学现象为依托，那么，起步更晚的网络文学批评史的书写将会碰到哪些问题呢？我们知道，批评依托于创作并以创作为对象，网络文学批评是相伴网络创作而产生的，但它所面临的理论语境却十分特殊。切入今天的网络现场可以看到，针对网络文学的在线评论、学院派批评和传媒批评已经汇聚成为一股不

---

① 网络文学发展史的研究成果主要有：马季：《读屏时代的写作——网络文学10年史》，中国工人出版社2008年；欧阳友权：《网络文学发展史——汉语网络文学调查纪实》，中国广播电视出版社2008年；欧阳友权：《网络文学五年普查(2009—2013)》，中央编译出版社2014年；周志雄：《网络文学的发展与评判》，人民出版社2015年；欧阳友权、袁星洁：《中国网络文学编年史》，中国文联出版社2015年；欧阳友权：《重写文学史与网络文学的“入史”问题》，《河北学刊》2013年第5期；陈定家：《中华网络文学史》，即出，见陈定家的博客：http://blog.sina.com.cn/s/blog_4e481e610102w41h.html。

可小觑的批评力量，也积累了许多批评成果，但评价体系尚未建立、批评标准见仁见智却是网络文学批评必须面对的现实，这使得其批评形态和批评理论的建构既具有可成长性又充满不确定性。近两年，网络文学批评界对此做过许多探索，笔者也曾撰文辨析过网络文学批评史的建构逻辑、持论维度和问题论域等话题①。

现在的问题是，在网络文学批评悄然兴起的背景下，我们要以理论自信去书写这一文学的批评历史，必然会面临如何"述史"，即撰写的理论逻辑与方法论的问题。述者，陈述、修纂也，修史之难，自古有鉴，而网络文学批评的修史该如何"述"之，事实上正面临许多新的难题，因为在这个过程中不仅有新媒体文学语境的新旧博弈、观念更迭和学理嬗变，还存在一系列不同于传统文学批评史的书写掣肘。于是，辨析并正视网络文学批评在"述史"过程中所面临的矛盾，探寻消解这些矛盾与困境的可行性路径，对于我们科学修史和积极建设当代中国的网络文学批评史，将是一件十分重要又意义深远的事。

一、直面网络文学历史的短促性与批评成果有限性造成的资源掣肘

试图为新生的网络文学厘清批评的足迹，书写网络文学批评史，首先要解决书写对象的历史积淀不足问题，即由于网络文学在我国的发展时间短促、其所积累的学术资源有限所导致的批评史学术视野不够开阔和述史信源不充分的难题。

比如，近距离地"逼视"，易于造成学术视野的局限性和观念的片面性。1991 年诞生于北美华人留学生之手的汉语网络文学，20 世纪末才进

① 参见欧阳友权的三篇文章：《网络文学批评史的建构逻辑》，《求是学刊》2016 年第 3 期；《网络文学批评史的持论维度》，《网络文学评论》2017 年第 1 期；《网络文学批评史的问题论域》，《中南大学学报》（社会科学版）2017 年第 3 期。

入中国本土，如果把1998年看作我国网络文学元年①，迄今为止也就只有20年时间，这还只是说的网络文学创作，而批评应该是在创作之后，网络文学批评出现的时限显然比这还要短。在一个如此短的时间内，要讨论一种新的文学形态的批评史，显然是有时空局限的。这是因为，一方面对于一种尚未拉开历史距离的对象，容易让人“身在此山中，不识真面目”，研究者难以对一个积淀不多、体察不深的对象做出客观而准确的理性判断；另一方面，处于起步期的网络文学稚气未脱且变动不居，对它的批评、研究很容易失准和错位，先行者筚路蓝缕，千里始足，序幕初启，好戏刚刚开演，成果还很有限，此时启动修史之功，无论定性定量都显得理据单薄，如研究者所言：“目前的网络文学研究仍处于初级阶段，不够深入系统且严重滞后，较少从网络文学的本体出发，没有建立起有别于传统文学评价体系的权威的基本评价标准理论体系。对网络文学创作与阅读的指导不够得力。”②此时将其入史，对其述史，可鉴之于历史的东西未经充分的历史沉淀，其治史的成果能否经受得住历史的检验尚待观察。

此外，批评实践和学术积淀的薄弱，会让网络文学批评史的建构出现史实和史料上的捉襟见肘。相比于传统文学，网络文学创作与批评反差很大，短时间内，网络原创作品已是浩如烟海，而理论批评则较为稀薄甚至缺位，成果还不算太多，对复杂多变的网络文学创作的解读和回应能力也十分有限。实际情况是，面对网络文学生产的特殊方式，看到排山而至的网络作品云聚赛博空间，传统的批评界常常感到手足无措，理论准备明显不足，反应也很不及时。传统的批评家有的守住自己已有的“一亩三分

① 1997年底美籍华人朱威廉在上海创办的大型原创文学网站“榕树下”开始上线，1998年痞子蔡的网络长篇小说《第一次的亲密接触》在网上大红，于是，人们一般把1998年被视为我国“网络文学元年”，实际上汉语网络文学在1992年就已经从北美诞生，1994年开始挺进中国本土。2008年10月，在中国作家协会的指导下，中文在线旗下的17K网站与《长篇小说选刊》联手承办的“网络文学十年盘点”活动产生了广泛影响，文学界事实上确认了1998年为我国网络文学的起始年。

② 中国作家协会创作研究部选编：《网络文学评价体系虚实谈——全国网络文学理论研讨会论文集》，作家出版社2014年版，第338页。

地”,不屑于旁骛网络去关注这一俗众狂欢的领域,有的惯于用原有的批评话语和观念模式套用到网络文学头上,加之网络作品(主要是类型小说)一般篇幅都很长,评论者往往阅读有限,导致他们切入网络文学现场的自信心不足,其对网络文学的解读缺少说服力量,有时难免会把传统的文论模式简单套用到网络文学批评上,致使一些网络批评的聚焦失准与凌空蹈虚。另有网民的在线评论和所谓的“传媒批评”,其长处是反应及时,真话实说,但却存在即兴针砭、不求理据之弊,这类话语能够有感而发,时效性强,有时也能搔到痒处、戳到痛处,但难免蜻蜓点水、浅尝辄止,或文不对理、不切肯綮,姑妄说之、不负文责。应该说,这种情形的出现与技术媒介有关,也与批评家对网络文学的批评浸淫不久、理论积淀不够有关。

不过应该看到,历史距离的短促和学术资源的掣肘是劣势也是机缘,作为网络文学批评史的修写,就是要抓住机缘,并力求将那劣势转化为优势。其基本的立场或许在于,既要尊重文学的规律,也要把握网络文学的特点,把网络文学当“文学”看,同时也把这一文学当“网络文学”看,坚持“从上网开始,从阅读出发”,走进网络文学现场,深入网络批评领域,倾听文学批评的声音,从时限不长但理论批评活动却十分密集、批评成果依然丰盈的现状出发,近距离理清已有的学术资源,认清其来路和去向,觅源搜珍,广撷博采,辨识这一过程中积淀的理论元素,疏瀹其成就,总结其经验,发掘其价值,找到其不足,抽绎有价值的观念,引导网络文学批评的健康发展。从这样的学术立场看,网络批评历史距离的促狭和时空的短暂并不一定就是劣势,也可能是机缘和优势——近距离观察一个事物可以使人看得更清,辨得更明。这样的“逼视”对象,资料不会疏漏,细节尽在掌握;并且,网络批评的众多当事人仍然活跃在现场,一件件文学批评的事件还历历在目,亲历者和见证者的历史在场性远比捡拾历史长河中的“理论珠贝”要方便得多,也真实和完整得多,不是么?诸如《第一次的亲密接触》引发网络热评、恶搞赵丽华的“梨花体”事件、第一部手机段子小说《城外》引发关注和论争、网上“韩白”论战、网络文学十年盘点、网络作家与传统作家“结对交友”活动、网络小说排行榜、网络作品研讨会、全国网络文学评价体系论坛、优秀网络原创作品推介活动、各类网络文学社团的理论研讨等，正因为它们的当下性和亲历感而使网络文学批评史的书写内容变得真切和具体、阐述的事实显得确凿和可信。

当然，相对于积淀深厚的文学批评史传统而言，网络文学批评的述史行为只能算是“开新”之举，我们的判断会面临表面化、片面性的风险，解决这一难题的方法只能是坚持历史辩证法，即传承文学史的人文审美传统，秉持人类赋予文学的逻各斯学理原点，借助已有的文学经验和批评观念，把网络文学放到当今时代网络传媒的语境中，针对网络文学创作、传播、阅读、市场反应和社会功能的特点，对网络文学批评的学术资源做出清理和评辨。新的批评观念和价值标准的建构只能是在已有的基础上的创造，是在吸取前人的经验的基础上获得创新的源泉。尊重历史又回应现实，切入网络、走进文学，将网络文学批评史作为当代文学史的一个重要组成部分去审视和把握，又当作“网络文学”的历史去构建。只要秉持这样的立场和站位，我们也许就能摆脱历史距离和学术积累造成的资源掣肘，在还原历史真实中，创造一部基于“史源”又忠于“史实”的网络文学批评史。

二、 规避网络文学多元创作下“批评定制”的述史风险

网络文学是文学史上作品类型最多样、传媒和载体最具技术含量的文学形态，也是迄今为止更具自由性和大众化的文学生产方式。由于规避了传统文学创作的许多“议程设置”和严格的审读把关、遴选发表机制，网络的公共平台对所有文学爱好者敞开大门，这就给作家身份的职业定位带来变化，“网络作为一种媒体是高度开放的，它的入口处没有对于学历的限制，也没有对于艺术天赋的苛求；网络作为一种媒体又是豁达大度的，它能容忍各种水准的作品，从初学者的涂鸦到造诣精湛者的杰作”。①

① 黄鸣奋：《网络时代的许诺：人人都可成为艺术家》，《文艺评论》2000 年第 4 期。

面对新的多样化、多元化的文学现实，传统的“作家”评论必须面对“网络写手”的新诠释，由此会引发创作心理、主体立场、个性风格等诸多方面评价尺度的重新审视；传统的“作品”评论将面对恒河沙数般的文本，因为无拘无束的网络写作容纳了任何题材、各种类型、不同水平的作品，无论是传统的、现代的、后现代的，还是现实的、浪漫的、纪实的、玄幻的、二次元的，也不管是纯文学还是通俗文学、大众文学甚至准文学、非文学的作品，均可在网络空间聚集，并能即时得到网民的反馈。这种精芜并存、良莠不齐的作品文本该如何评价、怎样判断，向我们提出了“网络评价标准”的新课题。还有，网络文学的市场化行为和“以读者为中心”的创作导向，引进了经济规律的杠杆作用，点击率、收藏量、“打赏”数、排行榜、粉丝群等传统评价不多见的因素，在网络文学评价中几乎成了绕不过去的“硬通货”，并且在文学批评中占据重要的“评价系数”。且不说还有传播媒介、存在方式、叙事手段、接受路径、功能作用、IP版权转让、全媒体开发、“泛娱乐化”产业链经营……如此多的变数，这么大的差异，怎么能纳入某一个固定的评价体系、关进一个标准的“笼子”里，并从中抽绎出“史”的线索进行史学观念的整饬与修纂呢？破解这一难题、化解其风险的关键，在于把握文学“变”与“不变”、文学批评“变”与“不变”以及网络文学批评史“变”与“不变”的历史辩证法。

关于网络时代文学的“变”与“不变”的基本理念，张抗抗在多年前参加“网易中国网络文学奖”时所讲的一段话比较有代表性：“网络文学会改变读者阅读的习惯，会改变作者的视野、心态、思维方式和表现方式，但它究竟在多大程度上，能改变文学本身？比如说，情感、想象、良知、语言等文学要素。”她还设想，文学什么时候才会完全改变呢？“也许当电子信息时代彻底改变并重塑人本身时，网络文学对‘传统文学’的颠覆才会成为可能。”[①]也就是说，只要人和人类社会还存在，只要人心、人性、人文还是人之为人的标志，只要人类还有情感的需求、愿望的达成，还有理想信仰

① 张抗抗：《网络文学杂感》，《中华读书报》2000年3月1日。

与真善美的渴望，文学的根就还在，文学的“文学性”就不会有根本的改变，文学就不会随着传播载体、存在方式、阅读市场的改变而改变，“文学”终归还是文学，无论它是传统文学还是网络文学抑或别的什么文学，无论它被“技术化”、被“传媒化”还是被“产业化”、被“市场化”、被大众文化化，因为人类赋予文学的逻各斯价值原点已经成为人类意义世界重要的精神图腾。文学是这样，文学批评及其批评史的建构也是这样。尽管网络文学批评要面对更为复杂、更为多元的文学现实，尽管网络文学批评史需要对多种多样的文本、众声喧哗的批评阵营和不同层次的批评话语予以厘清和判别，但它们所依托的逻辑支点和价值原点依然是被历史规制的“文学”所限定的，依然要运用“文学”的底色和原点去评说、去判断、去书写。这是说的“不变”的一面。

“变”的一面就更为复杂也更为关键。正所谓“文变染乎世情，兴废系乎时序”（刘勰）、“一代有一代之文学”（王国维），这个“变”说到底是源于“数字化生存”的时代之变和这个时代的文学之“变”，即因为技术传媒社会生活的变化带来的网络文学与传统文学在存在方式、承载和传播方式等方面的差异，以及由此形成的文学价值取向、功能作用的变化。如时下网络文学的主流是通俗性的大众文学，主体是类型化小说，旨在抒发狂欢化的个人情感，寻求一种情绪的愉悦或寄寓心理慰藉，追求一种休闲、放松、娱乐、“爽点”甚至是“YY”的文学趣味，如批评者指出的：“网络文学强调可读性，密集的故事容量，快速的情节推进，不断制造喜剧冲突和高潮，以吸引注意和引发读者阅读快感。但也难免造成叙述的粗疏、结构的重复、逻辑不够缜密，节奏过快而凌乱，人物在极端的刻画中扁平化。网络文学的想象力纵然飞扬张弛，但通常多运用在情节的曲折离奇上，着眼在小处缺乏大的境界和气象。而点击率和商业利益的驱动，使网络文学中不乏猎奇、情色、血腥、暴力等为追求感官刺激而写的作品。许多作者因不迅速‘更新’便会流失读者的实实在在的生存压力，又不得不用‘注水’、自我重复来片面提升写作速度。总的来说，网络文学无论在写作水平还是思想性、艺术性等方面都尚待提高，网络文学的格调与品位趋向亦有待引导。”①正所谓“时运交移，质文代变”（《文心雕龙·时序》），“变则通，通则久”（《周易·系辞下》），网络文学批评的评价体系与标准必须面对、适应这些变化，并有效解读和引领文学的变化，而不是限制、定制或简单地规制网络文学的变化。正确的做法是：“在历史谱系和文学史发展脉络中，针对网络文学的特质和新质，建立起批评标准和评价体系。要从文学传统尤其是通俗文学传统，从网络文学的生成性以及读者、市场和媒介的综合层面寻找批评标准。”②于是，有研究者给出了网络文学评价体系的设想：

> 这个体系至少应当包括：形成价值导向和创作导向，回答网络文学与人民、与时代、与社会主义核心价值的关系；按照艺术规律、美学原则、读者人气来鉴赏和评价网络文学作品的思想内涵、艺术形式、审美风格，回答网络文学怎样实现认识、教育、审美、娱乐功能的途径；分析网络文学不同类型、不同风格、不同流派、不同文本的异同，回答现实主义、浪漫主义、现代主义等多种创作手法在网络文学中的表现，从中总结出带有规律性的东西。③

这个带有顶层设计的评价体系（还有其他类似的构想），是对于网络时代文学“变”的或曰变化了的文学批评体系的宏观性、原则性的考量，体现了评价网络文学正面的价值导向，具体到文学批评实践中还应该有更

① 王颖：《茅盾文学奖与网络文学——兼谈网络文学中的几个问题》，中国作家协会创作研究部选编：《网络文学评价体系虚实谈——全国网络文学理论研讨会论文集》，作家出版社2014年版，第175页。

② 全国网络文学理论研讨会纪要：《逐步建立网络文学评价体系，积极引导网络文学健康发展》，中国作家协会创作研究部选编：《网络文学评价体系虚实谈——全国网络文学理论研讨会论文集》，作家出版社2014年版，第338页。

③ 时任中国作协副主席的陈崎嵘在全国网络文学理论研讨会上的讲话，见《全国网络文学理论研讨会召开》，中国作家网：http://www.chinawriter.com.cn，2014年7月14日发布。

具针对性的批评标准。基于此，网络文学批评史的建构也需要遵循变化了的文学现实和文学批评现实，从斑驳的批评话语中抽绎出带有规律性、引导性的价值观念，让试图建立的网络文学批评标准和评价体系能够"从网络文学文本及创作接受主体——作者和读者入手，深入研究作者的创作取向以及读者的阅读选择机制，要特别重视网络与文学在虚拟性、想象性方面的同质共谋关系，要有前瞻眼光，着手进行网络文学的历史化、经典化"①。国家广电总局在优秀网络原创作品推介活动中提出的遴选标准是：遵循网络文学创作传播的规律和特点，综合作品价值取向、艺术水准、审美情趣、读者口碑、专家评价，坚持思想性、艺术性、可读性和影响力相统一的原则，鼓励作品主题、题材、内容、形式多样化。② 看来，只要我们能把握好网络文学"变"与"不变"的基本规律，设置切合文学本质又符合网络特点的评价标准，或可化解网络时代创作多元与批评定制的网络文学批评述史风险。

三、处理好文学史原典传承与网络时代观念新变的批评语境选择

作为一种"史"的建构，网络文学批评的述史修纂行为在学理观念上必然要面临历史原典与现实新变的落差及其调适问题，亦即是立足于传统的史学典律、批评观念和修史范式，还是遵从现实逻辑，着眼于变化了的文学实践另起炉灶，抑或是调适传统与现实、典范与新见，写出一部既传承经典又回应现实的网络文学批评史？克罗齐曾有名言说"一切历史

① 行超：《网络文学——在新的时代机遇中期待华丽转身》，中国作家协会创作研究部选编：《网络文学评价体系虚实谈——全国网络文学理论研讨会论文集》，作家出版社 2014 年版，第 343 页。

② 国家新闻出版广电总局 2016 年 6 月 11 日《关于开展 2016 年优秀网络文学原创作品推介活动的通知》，新广出办发［2016］49 号，新华网：http://news.xinhuanet.com/newmedia/2016-06/18/c_135446509.htm。

都是当代史”，意思大抵有二：一是每个修史者只能站在所处的时代的立场上，从那个时代所能达到的思想境界出发来评说历史，所写的历史总会带有那个时代的历史的影子；另一层意思是说，史料本身并不会说话，使史料发挥作用的只能是历史学家的学识水平和思想境界，学识水平和思想境界越高，其笔下的历史就越具创造性，所揭示的历史意义就越深刻，因为史学家不是被动接受、考订和阐释史料，而是要发挥自己的主动性和创造力。我们所建构的网络文学批评史也当作如是观，也应该向这个目标努力。可实际情形是，在清理网络文学批评的史实史料、确立批评史的史观史论的时候，难免常常要碰到两种情形：

一是如何在原典规制与网络文学批评的现实之间寻求某种平衡。网络文学既然是“文学”，我们有充分的理由用“文学”的尺度去衡量和评价它，但网络文学又是具有“网络性”的文学，它显然有别于以往所说的“文学”而打上了数字化时代网络媒介的烙印。那么，有没有一种评价标准既符合“文学”的批评逻辑，又能切中“网络文学”的本体特征呢？问题在于：如果依从前者，这种批评与批评标准与传统的“文学”批评何异？如果是基于后者的理论逻辑，除了要找到属于“网络文学”的新质外，其与传统的评价体系和原典规制区别何在又如何建构？时下，网络文学批评处于“大幕刚刚开启、好戏尚未上演”的阶段，其批评史的“出场”还需等待真正的网络文学批评的“上场”。有学者认为“理论批评界对网络文学主要是大而化之的、泛泛而谈的宏大式、空泛式批评，使得我们对于网络文学的认识长期停留在既有印象上，对网络这个复杂的媒介中产生的一些具有独特性、原创性和个性化的东西容易忽略”①；因而应该“在反思精英标准、理解网络文学的基础上，进入网络文学现场，突破研究的困境”②；网络文学的理论批评需要“向网络文学的实践者，特别是向精英粉丝们学习……

① 王颖：《茅盾文学奖与网络文学——兼谈网络文学中的几个问题》，中国作家协会创作研究部选编：《网络文学评价体系虚实谈——全国网络文学理论研讨会论文集》，作家出版社 2014 年版，第 177 页。

② 邵燕君：《面对网络文学：学院派的态度和方法》，《南方文坛》2011 年第 6 期。

将它们加工(或翻译)成严密的学术语言和学术理论,最后,将这个辩证的学术理论还给网络文学"[1];"故必须构造一种新观念、新方法,创建一种新模式,以适应文学批评阐释和评价新对象的需要"[2]。研究者对网络文学批评的评价没有错,对于它的期待也渊源有自,批评史的建构只需在这样的批评现状上做出清理和选择。然而问题在于,网络文学批评史要想成为克罗齐所说的那种"当代史",不仅要有诠释的自洽性,还要有观念的引导性和学理的建构性,应该在"原典传承"与"观念新变"的博弈中寻得一种适恰的配制。现在看来,网络文学批评史的成功建构,有待于网络文学批评的历史性出场和理论批评成果的积累与成熟;而批评的成长与成熟最终还有待于网络文学作为一种独立的审美形态的出现——今日的网络文学的主流(如网络类型小说),基本属于印刷文学的数字网络版,是"网络传播的文学",即把与传统文学无异的文本通过网络传播,供网民数字化阅读,仅是利用了网络的传播优势而没有充分使用网络技术的创作优势,因而还不是真正成熟的"网络化"的网络文学,还没有形成自身的审美独立性。怎样的网络文学才具有审美独立性呢?有学者提出了这样的观点:"网络文学的审美独立性具体展开为数字虚拟的创作模式、复合符号性赛博文本、'融入'性审美体验等方面。"[3]这种持论有较强的前瞻性。以此看来,既然今日的网络文学还处在成长性、探索性、未确定的阶段,此时的网络文学批评也只是"筚路蓝缕""小荷初露"的起步期,那么,我们书写网络文学批评史也只能是探索性、尝试性的,只能在"原典规制"与"网络文学批评"的现实对接之间找到它们的"最大公约数"。

二是网络文学的去留无存、难以定格的表情,让"碎片化"的批评难以准确认知也无从把握。于是,"选点"与"定格"应该成为批评史书写的技

---

① 崔宰溶:《中国网络文学研究的困境与突破》,北京大学 2011 年博士学位论文。

② 於可训:《漫议文学批评的有效性问题》,《文艺报》2012 年 7 月 25 日。

③ 单小曦:《媒介与文学:媒介文艺学引论》,商务印书馆 2015 年版,第 246 页。

术策略，这样可以从个案研究中看到网络批评是如何处理原典传承与功能新变的关系的。“选点”需要重点关注从事网络文学理论批评的突出人物和代表性成果，“定格”则需要走进网络文学批评现场，观察一个个批评行为、批评事件的横断面，让述史者的思维触须从已有的理论批评成果中探寻批评观念传承与演进的路径。如厦门大学的黄鸣奋教授在20世纪90年代即涉足网络文艺学、数码艺术领域，主编了《网络狂飙丛书》，陆续出版了《电脑艺术学》《比特挑战缪斯——网络与艺术》《超文本诗学》《网络媒体与艺术发展》《数码艺术学》《电子艺术学》《西方数码艺术理论史》《数码艺术潜学科群研究》《位置叙事学——移动互联网时代的艺术创意》等，其持续而多产的研究具有筚路蓝缕之功，为我们探究网络文学批评史拓宽了视野，开启了学术的入口。中南大学网络文学研究团队从20世纪末即开始聚焦网络文学理论评论研究，先后出版了五套网络文学理论批评丛书，发表网络文学理论批评论文数百篇。该团队出版第一部网络文学研究专著时，董学文先生就曾评价说：“《网络文学论纲》在问题设定和原理建构上所做的拓新式努力，进一步拉开了网络文学研究这一新领域的学术帷幕，并将其推进到了一个新的阶段。该书中，作者在廓清互联网时代文学生态的基础上，深入考辨了网络文学的文化逻辑、人文内涵、意义模式、存在样态、主体视界、创作嬗变、接受范式和价值取向等问题，最后，还对网络文学的发展对策做了省思和前瞻。应该说，从文学基本理论的学理原点上研究网络文学，无论是对于人们正确认识和评价网络文学，还是对网络文学自身的健康发展，抑或是对网络文学理论的创造性建构，都是一件意义深远而又十分紧迫的事情。”①陈定家称该团队的网络文学理论批评成果“包含着明显的立足现实直击当下的‘述史意识’”和“‘趋零距离’的实时、实地、实证、实录的‘史记’精神”，“使网络文学理论与批评，由野调无腔的跟帖点赞变成了一个气象万千的新兴学科”②。还有几个

① 欧阳友权：《网络文学论纲》董学文序，人民文学出版社2003年版，第3—4页。

② 陈定家：《我国网络文学的学科开创》，《创作与评论》2016年第4期。

需要“选点”关注、“定格”审视的网络文学理论批评团队与学人，在“碎片化”网络批评中均自有沉淀，组成了一道“史”的风景——北京、湖南、浙江、山东、广东、贵州、四川等省市近年来陆续涌现出地方性网络文学理论批评学术集群，如北京有中国社科院、中国作协、中国文联、北京大学中文系相关研究者组成的“京派”阵营，湖南有以中国作协网络文学研究基地为中心的“湘军”阵营，浙江有以中国网络文学研究院为依托的“浙军”阵营，山东有以山东师范大学网络文学研究中心为依托的“鲁军”阵营，还有以广东网络文学院为中心的“粤军”阵营、以贵州网络文学学会为中心的“黔军”阵营、以西南科技大学网络文学研究阵地为中心的“川军”阵营、以福建省作协网络文学专业委员会为代表的“闽军”阵营，以及以其他许多高校、研究院(所)为依托的地方性学术团体等。在网络文学理论批评学人及成果方面也有值得关注的重要人物，如马季的《读屏时代的写作——网络文学10年史》《网络文学透视与备忘》等，陈定家的《比特之境：网络时代的文学生产研究》《文之舞——网络文学互文性研究》《中华网络文学史纲》等，邵燕君的《网络时代的文学引渡》《网络文学经典解读》等，单小曦的《现代传媒语境中的文学存在方式》《媒介与文学：媒介文艺学引论》和译著《数字文学——从文本到超文本及其超越》等，周志雄的《网络文学的发展与评判》《网络空间的文学风景》等。还有南帆的《双重视域——当代电子文化分析》、张邦卫的《媒介诗学：传媒视域下的文学与文学理论》、蒋述卓和李凤亮的《传媒时代的文学存在方式》、谭伟平的《未来文学形态探析》、刘克敌的《网络文学新论》、王祥的《网络文学创作原理》、黄发有的《中国当代文学传媒研究》、庄庸和王秀庭的《网络文学评论评价体系构建——从“顶层设计”到“基层创新”》，中国社科院的白烨、中国作协的肖惊鸿、鲁迅文学院的王祥、北京社科院的许苗苗、杭州师范大学的夏烈、保定作协的桫椤、西南民族大学的汪代明、鲁东大学的何志钧、滨州学院的李盛涛、著有《网络穿越小说概论》的李玉萍、出版《网络文学符号学研究》的王小英、完成《超文本文学研究》的韩模永，以及来自媒体的网络文学批评家舒晋瑜、庄庸、王颖、王国平、行超、刘晓闻等，他们发出的网络文学批评的声音，为该领域批评史的建构提供了史实、史料的“砖瓦”，蕴含着有价值的“学术颗粒”，为网络文学批评的历史形态奉献了观念本体的学术探索。这所有的“点”的聚合构成了我国网络文学批评史的“线”，也整合出它的“面”，其脉络和轮廓彰显于网络文学发展的历史时空。它们承传着文学史的批评传统，又开启了网络批评的时代新声，在数字传媒语境中垦拓出一片新批评的榛林，调适出新的批评路向，创生了新的批评成果，其中蕴含的史识、史观和史论，逐步确立起网络文学批评述史的历史合法性，并让自身成为网络文学批评的史学本体的一部分。这些网络批评学人中，学院派成为批评的主力，他们受传统批评观念的浸淫最深，对网络文学的评价与思考也更为敏锐和深入。尽管有的学院派批评存在观念老套、“我注六经”的弊端，但他们中的许多人面对网络时代文学新变的敏感与担当，他们对起步期网络文学的解读与引导，他们面对原典传承与观念新变形成的批评语境的理性选择与执着探索，依然使他们成为网络文学批评的中坚力量。毕竟，我国网络文学批评的历史正是因他们的不懈努力而开始汇聚史实与史料、形成史观和史论而成其为“史”的。

事实上，网络文学批评同它的批评对象网络文学一样，也是在许多人的怀疑和冷眼中艰难前行的。当网络文学的草根形象难登大雅之堂时，关于它的理论批评同样被视为“旁门左道”，存在“合法性悬置”问题——连网络文学是不是“文学”都是存疑的，网络文学批评还能叫“批评”么？网络文学研究还能成为“理论”么？随着网络文学的声威日隆，现在仍然持此论者已大为减少，但在积淀深厚、传承久远的传统文学史、文学理论和文学批评界，唱衰网络文学和网络文学批评的依然不乏其人。不过我们必须看到一个基本的事实：人类的“数字化生存”才刚刚开始，网络技术传媒发展的不可逆性，网络文学生产和运行机制的强劲活力，以及二者结合所由形成的网络文学的可成长性、网络文学批评的可塑性，必将使网络文学成为可被历史认证的真正的“文学”，使网络文学批评史成为不可或缺的、历史逻辑与理论逻辑相统一的“史学”之一。今天，网络文学与传统文学的界限正在不断消弭，传统作家上网写作与网络创作向传统靠拢都将是大势所趋。不难预测，未来中国文学的主流可能就是传统文学与网络文学走向合流后所共同打造的。到那时，技术服务于人文、媒介服膺于审美，只有“文学”而不见“网络”，网络文学及其批评均回归文学本体，人们孜孜探索而书写的“网络文学批评史”岂不就是我们所熟知的“文学批评史”？

（原载于《文学评论》2018 年第 3 期，人大复印资料《文艺理论》2018 年第 9 期全文转载）

网络文学批评史的问题论域

对网络文学批评而言，其作为外在历史呈现的背后是文学问题回应和批评观念的建构。如果说“史”的描述是对网络文学批评历史发展的现象考察，对这一批评的“论”的审视就需要对沉淀在现象背后的文学批评问题与观念予以价值判断和意义分析，以求为批评活动的“史实”找到“史论”的逻辑依据，进而确立起问题论域，抽绎出网络文学批评的学理范式。这一过程的思辨路径依次在网络文学批评的观念转型、标准创生、功能变迁、主体身份和影响力等方面呈现出来。

一、网络文学批评观念的转型

首先需要检视网络时代文学批评的历史通变观。刘勰提出：“文律运周，日新其业；变则可久，通则不乏。”①网络文学批评观是历史上文学批评观的继承和发展，是通变与创新的产物。文学批评是以文学为对象的，因此批评观念必须适应文学的发展，审视网络文学批评观念的通变规律，应该首先从网络文学观念的演变开始。网络文学以其创作的自由性、参与的广泛性、阅读的碎片性与沉浸感、规则的不确定性、作品的商品性等

① 刘勰：《文心雕龙·通变》，郭绍虞：《中国历代文论选》（第一册），上海古籍出版社1979年版，第260页。

特征，回避了传统文学对“宏大叙事”“真理”“本质”的价值诉求，“人人都是文学家”的技术机制让传统文学的主体性被消解，文学家的精心创造被“怎么都行”所代替……文学与非文学的界限开始变得模糊。这时候，“网络写作已经进入我们的生活，已经成为人类写作活动的新形式。这种形式无论是在技能、技术方面，还是在思想、观念方面，都与传统写作大相径庭，其传播速度、广度和影响力又是传统写作所不可比拟的”。[①] 面对这些变化，网络文学的批评观念也必须做出调整和适应，需要立足传统、面向未来，看看过去的文学批评观念哪些是需要遵奉传承的，哪些是需要改造建构的，哪些则是应该被搁置、超越甚或颠覆的。近年来，已经有许多理论批评研究者对此做出努力和建树。有观点认为，网络文学既然是“文学”，评价它就仍然需要文学的尺度，坚守文学人文审美的逻辑原点，需要有表意的深度和艺术的感染力。但“网络”元素带来的文学变化，不能不以新的批评观念对待，如在基础学理维度上，网络文学以技术手段消解了文学理论的某些原点；从主体身份看，网络文学话语权的下移蕴含着技术“草根”对知识精英的僭越；从创作范式看，网络自由写作的“无障碍”模式颠覆了传统文学的写作秩序；在价值认同标准上，市场化生存方式勖勉网络文学用商业导向对抗文学高度；还有，传媒市场的文化推力，让网络文学用恒河沙数般的文学存量遮蔽了文学经典[②]。面对如此多的变化，网络文学批评必须顺时“通变”，建立起适应并足以支撑网络时代文学变化的批评观。在此基础上，还需要廓清网络批评观的语境与范畴。例如，从文化语境上说，网络文学批评的观念建构需要关注传播媒介变化对文学批评的影响、网络文化语境中后现代文化对文学批评的掣肘、审美的生活化与日常生活的审美化对文学批评观念的渗透，以及多媒体与超文本创作所引发的文学批评新模式等；从批评的范畴上说，网络批评的观念转型体现为新范畴的构建，如主体间性、平庸崇拜、渎圣思维、感觉撒播、“粗口

① 赵宪章：《论网络写作及其对传统写作的挑战》，《东南大学学报》2002 年第 2 期。

② 欧阳婷等：《网络文学的体制谱系学反思》，《文艺理论研究》2014 年第 1 期。

秀”叙事、戏仿经典、网络恶搞、文学祛魅、点击率崇拜、虚拟人格①等等，它们是建立新的文学批评观的“砖石”，也是解读网络文学现象的观念节点。

还有，在上述两个层面的基础上，网络文学批评的通变还应该探索评价体系、批评标准转型的逻辑必然性，还有如批评主体、批评立场、批评价值、批评功能、批评文本等方面的种种变化。网络文学批评观念的创新，是一场观念的革命，它必须建立在当下数字技术和网络媒体的基础上。拒绝网络性的文学观念，必将被以互联网为特征的信息时代所淘汰；而对网络时代的文学批评而言，离开了网络性的文学批评观念，无异于“东向而望，不见西墙”，甚或隔靴搔痒、南辕北辙。在信息技术高度发达的今天，如果文学批评家看不见、看不起、看不懂网络文学，抑或不屑于对网络文学进行学理反思，进行文学批评观念的革新，必将会被文学批评所抛弃。我们对网络文学批评史的梳理，尤其应该关注文学批评观通变的必然性与可能性，并为新批评观的建立找到通变的方式与路径。

二、 网络文学批评标准的创生

评价网络文学离不开与这种文学相适应的批评标准和评价体系。网络文学诞生时间不长，其理论批评研究还刚刚起步，尚未建立起有别于传统文学评价体系的完备、权威的评价标准，一些评论文章对网络文学的创作特征解读不够，对海量存在的网络作品评价不多，针对性也不够强。特别是学院派批评，与网络文学现场之间尚存在隔膜和割裂，更多的是自说自话，正如有人评价的：“现在很多网络研究脱离了当下网络文学现场，大多是从网络文学外来影响、传播学和媒介革命的角度进入。网络文学研

① 参见欧阳友权主编：《网络文学词典》第二部分“网络文学概念”，中国出版集团、世界图书出版公司2012年版；禹建湘：《网络文学关键词100》，中央编译出版社2014年版。

究者的理论准备明显不足，深入网络文学复杂多变现场的能力普遍缺乏，对网络文学生态和机制的认识程度远远不够。网络文学批评和研究的影响仍然局限于研究者内部，很难在更大范围的网络空间上取得作家、编辑、读者的普遍认可。”①应该说，这个判断是比较客观的。尽管这样，依然有许多理论批评研究者对网络批评的评价标准做了探索，或是在批评实践中自觉不自觉地运用一些评价标准来评判网络作品。从学理建构上看，我国网络文学批评标准的探讨主要涉及三个方面的问题：

1. 网络文学批评标准建构的必要与可能

理清网络文学爆发式增长却又鱼龙混杂的现状，亟待理论引导和批评介入现实，针对网络文学的新特质，基于历史谱系和文学史发展脉络，阐明在数字传媒语境下，建立批评标准和评价体系的可能性。这方面的研究成果很多，代表性的论文如《女娲、维纳斯，抑或魔鬼终结者》（黄鸣奋，《文学评论》2000 年第 5 期）、《挑战传统与更新观念》（欧阳友权，《湘潭大学学报》2011 年第 6 期）、《网络文学对文学批评理论的挑战》（刘俐俐等，《兰州大学学报》2004 年第 9 期）、《网络时代的文学：什么是不能少的?》（王一川，《大家》2000 年第 3 期）、《“超文本”的兴起与网络时代的文学》（陈定家，《中国社会科学》2007 年第 3 期）、《面对网络文学：学院派的态度和方法》（邵燕君，《南方文坛》2011 年第 6 期）、《空间转向：建构网络文学批评新范式》（禹建湘，《探索与争鸣》2010 年第 11 期）等，对这些问题做出了自己的理论探索。

2. 网络文学批评尺度的多维性

网络文学既要遵循“文学”的尺度，又需要兼顾“网络”的特点；既要考虑作为一种新型的文学的大众娱乐性、文化市场消费性和“粉丝经济”驱动性特色，又不能离开思想性、艺术性、可读性相统一的文学一般要求。

① 会议纪要：《逐步建立网络文学评价体系，积极引导网络文学健康发展——中国作家协会召开全国网络文学理论研讨会》，中国作家协会创作研究部：《网络文学评价体系虚实谈——全国网络文学理论研讨会论文集》，作家出版社 2014 年版，第 339 页。

因而,“网络文学批评作为全新的命题,需要面临文学自身空间扩展的问题,也具有大众文化互容共生的问题,应该厘清文化批评与文艺批评以及文学批评三者之间的关系,同时需要采取跨文化和跨学科的研究方法,使得批评既有针对性又能体现出批评的价值和意义”。[①] 因此,针对网络文学的特点,找到切中网络文学作品实际的评价标准,就将是多维的尺度而不仅仅是传统的尺度,更不是单一的尺度。比如,在传统文学标准的基础上,是否还应该有适于技术传媒的标准、网民粉丝群黏度与点击量的标准、市场产业化标准、写作中的“续更”能力等等。不过,多维之中仍然有核心的、不变的东西,即任何文学都不能少的东西,张抗抗把它叫作“情感、想象、良知、语言等文学要素”[②],王一川称之为“体验、想象力和才华,及由此而生的独创”[③],这些都是在顾及网络批评尺度多维性的同时,尤其需要特别顾及的不可或缺的尺度。

3. 对网络文学究竟要有什么样的评价标准做出正面回应,得出应有的价值判断

“我们探讨网络文学作品,应当在坚持文学本质的前提下,注重研究网络文学的特点,寻找和发现网络文学与传统文学的不同点,经过较长时间的创作实践和理论探讨,逐步地形成符合网络文学创作和传播实际的、具有网络文学特点的审美评价体系。”[④]有人提出“反思精英标准,理解网络文学”的主张,以“创建网络批评独立话语,分析网络文学艺术发展的构

① 吴长青:《网络文学批评的边界及学院批评的可能性》,中国作家协会创作研究部:《网络文学评价体系虚实谈——全国网络文学理论研讨会论文集》,作家出版社 2014 年版,第 179 页。

② 张抗抗在《网络文学杂感》一文中说:“网络文学会改变文学的载体和传播方式,会改变读者阅读的习惯,会改变作者的视野、心态、思维方式和表现方式,但它究竟在多大程度上,能改变文学本身? 比如说,情感、想象、良知、语言等文学要素。”《中华读书报》2000 年 3 月 1 日。

③ 王一川在《网络时代文学:什么是不能少的?》一文中说:“不同时代的文学或许各有其媒体技术方面的差异,但这些差异无法代替一种可能会以不同面貌显现的深刻的同一,就是体验、想象力和才华,及由此而生的独创。”《大家》2000 年第 3 期。

④ 王国平:《网络文学亟待确立批评“指标体系”》,《光明日报》2012 年 7 月 3 日。

成和逻辑，逐步建立符合其创作规律的评价标准和体系”①。许多人对此提出了自己的学术构想。如网络文学应该以“快感与美感体验”为批评标准，因为“快感与美感体验，是人类生命活动的基本需求，也是网络文学生存发展的立足点”，这个批评标准“与批评对象的文学承诺、创作实践、读者期待相匹配”②。再如，评价网络文学必须考虑其“网络性”，因为“网络不只是一个发表平台，而同时是一个生产空间”，基于此，评价网络文学必须注重三个要素：超文本、粉丝经济和 ACG（动画、漫画、游戏）的文化连通性③。另有，确定网络文学的批评标准，必须考虑网络创作的自由性、网络的平等性、兼容性、虚拟性，形成具有“文艺普世主义的伦理话语”，“建立起文学批评内在的审美尺度和伦理尺度，构筑一种数字媒介与文学批评的双向互动的双赢局面”④。还有人从网络文学与传统文学的比较中辨析网络文学评价的特殊性，譬如作者身份的网民化、创作方式的交互化、文本载体的数字化、传播方式的网络化、欣赏方式的机读化，以及文学存在方式、创作模式、价值理念的变异之于批评标准的影响⑤等等。时至今日，尽管人们对网络文学的批评标准还没有达成一致，但这些理论探讨对于标准的最终形成和批评体系的构建，无疑有着筚路蓝缕的意义。

---

① 王颖：《茅盾文学奖与网络文学——兼谈网络文学中的几个问题》，中国作家协会创作研究部：《网络文学评价体系虚实谈——全国网络文学理论研讨会论文集》，作家出版社 2014 年版，第 177 页。

② 康桥：《网络文学批评标准刍议》，《光明日报》2013 年 9 月 3 日。

③ 邵燕君：《媒介革命视野下的网络文学“经典化”》，中国作家协会创作研究部：《网络文学评价体系虚实谈——全国网络文学理论研讨会论文集》，作家出版社 2014 年版，第 129—132 页。

④ 陈国雄：《数字媒介与文学批评的边界》，《中州学刊》2010 年第 3 期。

⑤ 欧阳友权：《网络文学：挑战传统与更新观念》，《湘潭大学学报》2001 年第 6 期。

三、网络文学批评功能的变迁

我们知道，文学批评可以启迪创作、引导欣赏、促进理论建设，具有解读文学现象、回应文学问题、端正文学风尚和营造文学环境等功能。网络文学批评同样应该并且可以发挥这样的功能，但与此同时，网络文学又拓展、延伸和改变了批评的某些功能。恩格斯倡导批评要有“美学的观点和历史的观点”①，别林斯基主张“美学的批评与历史的批评”②，卢那察尔斯基提出“美学批评与社会批评”③，普希金认为“批评是揭示文学艺术作品的美和缺点的科学”④，法国小说家法朗士认为批评家就是“把自己的灵魂放到杰作中去冒险”⑤，英国诗人艾略特则认为文学批评就是“努力使自己的不同点和最大多数人协调一致⑥”，等等，这些传统的批评理论和功能观念对网络批评依然有效。不过从诞生时间不长、功能作用尚十分有限的网络文学批评实践看，其对网络创作、传播与欣赏的功能性影响呈现出一些新的特点。

1. 在颠覆中分享文学批评话语权

长期以来，文学批评的“话语权”都掌握在以高知为主体的精英批评家手里，遵循的是经典评判标准，具有历史积淀的学理原典性与形态的规

---

① [德]恩格斯：《诗歌和散文中的德国社会主义》，《马克思恩格斯全集》（第4卷），人民出版社1973年版，第587页。

② [俄]别林斯基：《关于批评的话》，《别林斯基选集》（第3卷），上海译文出版社1980年版，第595页。

③ 转引自柯秀经等主编：《新编文学理论教程》，天津人民出版社1996年版，第423页。

④ [俄]普希金：《论批评》，伍蠡甫：《西方文论选》（下卷），上海译文出版社1979年版，第373页。

⑤ [法]法郎士：《文学生活》，伍蠡甫：《西方文论选》（下卷），上海译文出版社1979年版，第267页。

⑥ [美]艾略特：《批评的功能》，伍蠡甫：《现代西方文论选》，上海译文出版社1983年版，第279页。

范性，内容则多结合专业学术理论给予体系化、理性化表达，经编辑审稿后通过公开、正式的刊物发表出来。然而网络文学批评的草根姿态日渐颠覆了这一切，它打破了原有的批评语境，改变了文学批评话语权的分配方式，奏出了不一样的“批评交响乐”。如主体身份上破除了精英批评的垄断格局，文学网民借助各类文学网站的评论频道、评论社区、论坛、贴吧以及博客、微博、微信、APP 等各种社交网络媒体等进行网络批评，形成网络时代“人人都是批评家”的新局面。这些批评以口语化颠覆严肃性，以通俗化消解书卷气，以随意性祛魅神圣性，在批评标准上追求快感第一、娱乐至上、趣味优先，更看重个性张扬、情绪认同的代入感等等。

2. 批评风格的后现代表征

网络文学批评植根于互联网孕育的拒绝中心话语、反对理性权威、崇尚多元主体的文化土壤，是在后现代主义的“摇篮”中长大的，因此其功能与作用打上了鲜明的后现代主义烙印。如网络强化了批评的自主性和互动性，让各种观点充分表达和自由交流，尊重个人体验与个性差异，无论是即兴的感想式批评，还是幽默夸张的趣味性批评，抑或是单纯恶搞的无厘头批评，在这里都有生存的空间。互联网多中心、多节点、网状分布的物理属性及自由、平等和宽容的言论环境，决定着网络文学批评“去中心化”批评模式，在文化精神上强化了后现代主义色彩，更认同多元的文化价值观。

3. 意义指向与价值承载上的新变化

尽管网络批评仍然是一种有意义、有价值、有目的的主体行为，但它的价值内涵和意义目标发生了变化。这主要表现为从注重群体认同转向更重视个性好恶，从形而上认知变为形而下评说，从价值理性抽绎转向更侧重个人经验判断。网络文学批评是一种“匿名批评”和“远程批评”，批评者消除了“人际焦虑”，其在安全“隐身”状态下，可以抛却功名利害的考量，以独立身份、“真我”立场、坦诚的态度、自主的方式发表对作品的意见和看法，有利于消除“面具批评”和“人情批评”。另外，网络的在线批评是一种“草根批评”和“业余批评”，批评者一般没有“公众人物”的身份和影响力,发表言论少了些“担责”的顾虑,只要所言不违法违纪,不违背公序良俗,均可畅快表达,有助于批评的返璞归真、袒露心扉。并且,网络批评“从阅读开始,从受众出发”的旨趣,让意义构建方式从“可能的存在”走向“现实的存在”,从“为他之物”变成“自在之物”,有助于使批评更为接地气,在贴近作品的同时也贴近个性与生命的本真。不过,多元的意义指向,功能选择的价值虚无或价值偏向,也会使网络文学批评出现功能偏激和导向偏误,影响批评功能的正常发挥。

四、网络文学批评主体的嬗变

如前所述,网络文学批评主体可分三类:一是传统的学术批评或学院派批评主体——这类批评主要在专业文学批评领域发生,通常发表在学术刊物或者学术会议上,批评文本往往使用专业的文学批评范式,对网络文学进行分析与阐发。二是大众传媒批评主体——主要指报纸、杂志、电视、广播、门户网站等大众传媒,这类批评大多数情况下以推荐网络文学作品为主,具有较强的实效性以及舆情导向性。三是在线批评主体——在网络空间中,通过个人账号在文学网站的书评区、专门的网络小说论坛、贴吧或是社交网络以及自媒体发言的文学批评者。再细究之,批评主体又分为“网络文学的批评”与“网络上的文学批评”;前者关注批评的对象,即网络文学本身;后者则关注批评的特质,即网络的即时性、可延展性以及其所带来的“网络”特质——网络媒介的特点为在线批评带来了与众不同的表征:无论是行文风格、批评手法、批评角度还是其他特点,在线的网络文学批评与传统文学批评都是大相径庭的。

从网络文学批评的历史实践看,这三类批评主体之间存在“区隔”“对峙”“分立”与“同构”等不同的关系,他们的评价立场、持论标准和批评方式各有不同。学院派批评主体的立场因其“学术性”而更注重学理分析,强调问题意识和价值判断;在线批评主体的批评立场虽然因其“大众性”千姿百态,但大致说来基本上乃是基于个人化的“趣味”;传媒批评主体因其时效性特点，往往落脚于传媒经济和新闻的“发酵性”，制造文化热点，目的是用“议程设置”吸引眼球、引导舆论。

随着网络文学的发展，网络文学批评主体的批评观念也在不断衍变。在网络文学的发轫期、崛起期和发展期，批评主体的立场身份和功能作用是有所不同的。大约在2002年以前，网络创作基本上处于“非功利”状态，批评主体众声喧哗，三类评说者虽有“区隔”，仍能“同构”，无论是“网络文学批评”还是“网络上的文学批评”，都面对这一新兴文学发声，呈现话语权的狂欢状态。后来，随着网络文学的产业化勃兴，创作与评论（尤其是学院评论）出现明显的“分立”之状，在线批评和传媒批评活跃有加。随着网络技术的发展以及网络文学相关网站版图的变迁，网络批评出现了一些变化：一方面，网络文学的学理性研究在细分中更趋深化，学者们对更多的领域进行了探究；另一方面，随着微博、微信等新兴社交网络媒体影响力的扩大，网络文学的在线批评已经呈现出更为多元的表现形式，社交网络和自媒体的广泛应用，让在线批评成为文学批评的常态，学院派批评也开始在网络上进行，两种批评之间的界限变得模糊甚至日渐消弭。同时，随着门户网站与新媒体逐渐取代传统媒体原有的地位，大数据、云计算、互联网＋等的陆续出现，新的大众媒介几乎都基于网络进行工作——某种意义上，大众媒体进行的网络文学批评也日趋消融于在线批评之中。基于此，从未停歇过的“网络上的文学批评”，让批评话语权的争夺，从原有的在线批评与学院派批评不同主体之间的竞争，转而成为在线批评主体与大众传媒批评主体（文学网站或书报刊等）之间的竞争，如豆瓣网的评价方式及其对作品口碑产生的连锁反应便是其明证。

时至今日，随着世界真正迈入互联网时代，网络已经成为世界上最为主流的媒体，所有的文学批评主体都在向网络汇聚，所有文学批评的声音都可在网上发布。在这样的传媒语境下，活跃于网络上的文学批评者和网络文学批评者，更应当强化自己的责任感，对自己写下的文字负责——唯有对自己的文字负责，对自己的批评立场和态度负责，才能对自己批评的对象负责；而对批评对象的负责，也就是对其他读者负责、对社会负责。

传统的批评家应该利用新媒体平台切入网络现场，为积极健康的网络文学批评承命担责；在线批评主体也要注意提高自身的文化水平和道德修养，自觉约束自己的网上行为，审慎而平和地发表言论，避免过激的情绪宣泄，切戒稍有不满则恶言相向，更不要啸聚网络党同伐异。从根本上来说，一个良好在线文学批评环境的创立，端赖于每位在线批评者的自我道德律令。这是因为，任何一个批评主体的观念建构和文化心理培育，都离不开批评主体的文学责任和伦理规制。

五、网络文学批评影响力辨析

网络文学批评的影响力在结构上可分为不同层次。首先，多样化批评主体的激辩与共谋构成了网络文学批评影响力的第一个层次。在这个层次上，网民在线批评、传媒批评、学院派批评等多样化的批评主体是网络文学批评众声喧哗的原因，而多主体众声喧哗的共谋又将形成批评主体多元激辩的影响力，正是这种激辩与共谋，加速了网络文学学理身份的确立和认同。网络文学批评读者的围观与互动构成了第二层次的影响力。网络文学批评广场改变了批评读者单一的“受众”身份，读者以围观者和互动者的角色参与到“广场狂欢”中，以自发的方式形成“全民性”“泛时性”的巨大影响力。批评生态的颠覆与重构构成了第三层次的影响力。网络构建了高速化、立体化的传播平台，其巨大的传播力对传统批评的生态系统产生了巨大的颠覆力。网络促进了权力分散，催生了平民化的批评精神，重构了文学批评的新秩序。

网络文学批评的影响力包含了意义和局限两方面，前者是它的正面价值，后者则会对健康的文学批评带来负面影响。从积极面讲，网络文学批评打破了精英话语权垄断的批评时代的规则，使草根大众获取了评说作品的权力和遴选作品的机会，批评的门槛降低，批评的权力分散，草根大众开始抒发具有个人色彩的情绪和感受，由此，丰富了文学批评的语言和形式，拉近了批评艺术与人之间的距离，让批评又回归到了朴素、直接的本真，成为我们生活中随时可以出现、随时可以参与的生活艺术。另外，网络文学批评改变了文学的传统生产方式，草根大众通过在线评说参与到文学作品的生产过程中，影响文学创作。并且，“在言者立场上以真话对抗虚假，话语表达上用犀利替代陈腐，批评方式上在互动语境中实现间性对话，是网络批评的价值所在”。而从局限上看，首先是网络批评存在评价标准的虚位和不确定性，一方面网络创作颠覆了传统文学观念，模糊了文学与非文学的边界，消解了不同文体之间的鸿沟，客观上加大了批评的难度；另一方面，普通网民、学院派、媒体等不同批评者的持论立场、评价方式各不相同，批评风格迥异，难以形成一致的评价标准。由于不同批评主体的标准各异，给网络批评带来了无以为据或无所适从的困惑，如研究者指出的：“网络批评用即兴式点评弱化思考的深邃性，用趣味式言说消解批评的学理性，还有恶搞式批评的‘舆论暴力’和价值偏误等，造成了网络文学批评的局限。如何设定平民化开放空间的评价标准，怎样在共享式乐园里还原主体承担，以及由谁来为自由言说的‘粗口秀’埋单？这是形成健康的网络文学批评需要追问和解答的问题。”①

网络批评的影响力还表现为它对待文学经典的态度。我们知道，文学经典是精英文化的重要标志，承载着主流意识形态，构建了文学的审美秩序。然而，文学的“数字化生存”和批评的网络化解构却打破了原有范式，“媒介形态的变化改变了人类感知模式，重组了人际关系，推翻了既成的政治秩序和美学秩序”②。从此，文学经典的命运发生改变，开始面临权威性的消解和人文内涵丧失的危机。随着信息由单一中心、层级传递向多中心、无层级、同步网络传递的转变，进一步加速了文化的“去中心化”，话语平权的表达机制得到空前强化，网络读者（同时也是批评者）不再满足于经典的价值观及其审美规范，对文学经典的信仰开始淡化或动

① 欧阳友权、吴英文：《网络文学批评的价值和局限》，《探索与争鸣》2010 年第 11 期。

② ［加］马歇尔·麦克卢汉：《理解媒介——论人的延伸》，何道宽译，商务印书馆 2000 年版，第 4 页。

摇，文学经典中的人文关怀、理性自觉和人文内涵，均出现“去神圣化”和“去崇高性”。特别是文化资本和商业利益的介入，导致网络批评出现“幕后推手”“网络水军”和“炒作公司”等，更加剧了功利化批评的剑走偏锋，文学经典连同经典的观念一道被遮蔽或遗忘，这是网络批评负面性对文学价值建构的深度影响。

（原载于《中南大学学报》[社会科学版]2017 年第 3 期，发表时署名为欧阳友权、喻蕾。人大复印资料《文艺理论》2017 年第 12 期全文转载，《中国社会科学文摘》2018 年第 1 期部分转载。）

网络文学批评史的持论维度

网络文学能否入史，网络文学批评是否值得写史，笔者曾给予肯定性的行文陈说①，而怎样建构网络文学批评史则是不得不回答的新话题。我们知道，网络文学批评史是网络文学的一部分，是网络文学批评实践的史实与史证的梳理与记录，也是网络文学诞生以后，对这一文学的历史、传媒的历史与社会的历史相交织的主体诠释。这种诠释可以有多种方式，如可以是对作家作品评价的梳理，可以是对批评时序事件的研判，也可以是文学观念、理论嬗变的辨析，抑或像孙康宜、宇文所安所著的《剑桥中国文学史》那样，以一种现代性的观念去诠释文学发展的历史现象。美国的文论家韦勒克和沃伦在《文学理论》一书中曾质疑：写一部文学史，即写一部既是文学的又是历史的书，有可能吗？大多数注明文学史的著作，要么是社会史，要么是文学作品中所阐述的思想史，要么只是写下对那些文学作品的印象与评价。他们提出，文学史必须依托文学批评的成果，认为“主张文学史家不必懂文学批评和文学理论的观点，是完全错误的”，因为“文学史家必须是个批评家，纵使他只想研究历史”。与此同时又认为，“文学史对于文学批评也是极其重要的，因为文学批评必须超越单凭个人好恶的最主观的判断。一个批评家倘若满足于无视所有文学史上的关

---

① 参见欧阳友权：《重写文学史与网络文学的“入史”问题》，《河北学刊》2013 年第 5 期；欧阳友权：《网络文学批评史的建构逻辑》，《求是学刊》2016 年第 3 期

系，便会常常发生判断的错误”。[①] 那么，作为一种新兴文学形态的批评行为与成果录载的网络文学批评史，该选择什么样的思考维度来历史地把握尚属短暂的网络批评历程，又该如何设定它的框架结构和观念脉络呢？这里试从历时性的角度阐述网络文学批评的历史呈现，亦即从一个纵向的视角描述和厘清网络文学批评的发展现状，检视其发展历程，选择性地阐明几个关键节点，以找到网络文学批评史的持论维度。

一、网络文学批评的传媒语境

如果说一部文学史就是一部媒介的变迁史，同样，文学批评的发展史也与媒介的变迁息息相关。网络文学批评的历史更是这样，它的出现和它的每一点史实和史绩，无不是网络媒介和数字化技术传媒语境的文学结果，无不是新媒体的文学增加值和文化副产品。如研究者所言：“‘网络’，就它与文学和文学批评的关系而言，究竟充当着一种什么样的角色，或者具有什么样的本质特点呢？这些问题，在我们研究网络文学及其文学批评的时候，是不能不首先加以弄清的。而弄清这样的问题，最好的方法仍然是历史的比较的方法，通过对媒体的历史变迁以及它与文学和文学批评的关系的研究，就能使我们更加弄清‘媒体’或者说‘载体’对文学及其批评的重大意义，进而明白‘网络’对今天的文学和文学批评而言，究竟担当着何种重要的使命。”[②]

确实，媒体的历史变迁对文学及其批评的重大意义已经在文学批评史上得到了充分验证，如“书于竹帛，镂于金石”时代的“兴观群怨”“诗言志、歌永言”，活字印刷时代的《沧浪诗话》《童心说》《原诗》《人间词话》，还有金圣叹评点《水浒传》、张竹坡评点《金瓶梅》、毛宗岗评点《三国演义》、

① [美]韦勒克、沃伦：《文学理论》，刘象愚、刑培明、陈圣生、李哲明译，生活·读书·新知三联书店1984年版，第38页。

② 谭德晶：《网络文学批评论》，中国文联出版社2004年版，第1页。

脂砚斋评点《红楼梦》等等，以及“激光照排”印刷时代不断被“批评”热炒的文学作品和文学事件，以至于中外文学批评史、文艺批评学等已经成为大学教育的重要学科和研修课程。但是，相对于电子媒体和网络化的“软载体”传播时代，“硬载体”（无论是甲骨、钟鼎、木牍、竹简、布帛，还是书写印刷、激光照排的纸质文字媒介）承载和传播的文学批评还是单向度的、“窄口”的和迟缓的，因为只有“到了现代电子媒体阶段，所谓‘批评’，已经无时无刻不在影响着我们的阅读观看甚至我们的趣味（虽然在传统人文精神的意义上，它也许不无弊病，但它仍然是媒体影响以及批评的影响不断扩大、不断解放的一环），批评已经渗透到了我们每一个人的日常生活之中。但是，只有网络，这一种全新的神话般的媒体，才真正使媒体进入到一个几乎绝对自由的阶段，从而也导致文学—尤其是文学批评，进入了一个全新的自由新阶段”①。如美国学者丹尼尔·贝尔所说，科学技术会带来“美学感觉”的变化，即技术形成了一种新的空间感和时间感②。网络技术一方面直接介入网络文学，成为它的一部分，另一方面又全面更新媒介载体，造成文学创作方式、传播方式、评价方式的改变，通过改变人与文学的关系，改变着人与世界的审美关系。于是，要从媒介变化的维度考辨网络文学批评方式的演进，需要阐明的基本问题应该有三：一是网络文学与互联网批评的诞生，包括自媒体文学批评的缘起与表现形态，二是网络文学批评对传统批评而言有哪些变化与推进，三是阐明网络文学批评对批评理论建设的意义与贡献。从这里我们需要阐明的问题是：数字化新媒体作为文学批评的平台和渠道，如何承载了文学批评的历史使命，又怎样改写了文学批评的惯例、规则与方式。

① 谭德晶：《网络文学批评论》，中国文联出版社 2004 年版，第 18 页。

② ［美］丹尼尔·贝尔：《后工业社会的来临》，高铦等译，新华出版社 1997 年版，第 213 页。

二、网络文学批评主体辨析

较之过去,网络时代的文学批评主体悄然发生了许多变化,批评者的身份主要由三股力量构成:一是关注网络文学的传统批评家,特别是那些关注文学发展、回应现实问题的批评家,他们以学院派的身份或职业批评家的眼光看待新兴的网络文学,及时调整思维聚焦,敏锐地面对新媒体中的文学发声,构成学理化批评最具实力的一派;另一股力量是面向市场的媒体批评者,它们主要由记者、编辑、作家和关注网络媒体的文化学人构成。这类批评者善于从媒体传播的角度,在网络文学中发现具有新闻价值的文学现象,找到一个切入点进行导向性文化点评,或者用"新闻鼻"将其纳入某个"议程设置"进行热炒,以形成广泛的文化关注。还有一类是文学网民的在线批评,批评主体是关注并阅读网络作品的态度型网民、跟风追读型粉丝、论坛灌水型刷屏者、创作与评论的交互型聊友、匿名上网的评论型鉴赏者,以及作为幕后推手的商业型"马甲""水军"等等。这三类批评主体各有短长又彼此分野,形成网络批评的多维与互补。其中,第一类批评者来自学术研究阵营,他们大多受过良好的专业学术训练,或是有着较为丰富的学术经历和研究成果,从批评的学术含量上看,他们当属网络文学批评的主力军。但由于现有学术体制的束缚和"学院思维"惯性与表意方式的限制,面对网络文学发声时,他们不仅习惯于套用传统的理论批评模式来解读网络文学,并且往往是理论多于评论,学理建构多于文本批评,热衷于发掘问题的逻辑原点,构建理论体系,解释对象本质,力图找出某一现象背后的普遍规律,而对于具体作家作品或网络文学现象的所长所短、好坏优劣关注不多,或不予置评,或感觉迟钝,与实际的网络创作总归"隔"着一层,其成果免不了会透出"不被学界看好、也不为网络界在意"的尴尬。传媒批评多为媒体人面对网络文学的"事件性"报道或点评式发言,关注的多是新闻性卖点。这一派批评者往往能借助大众传播的力量,在当下文化视域中形成话语主导权,并以读者广泛的覆盖面和媒体的公信力对一些网络文学现象进行文化命名，引导社会舆论，对趋向性和典范性的热点现象给予主流话语的价值判断，或规制以引导性的文化警示。传媒批评拥有直面现实问题的敏感与责任，能够用指向明确的具象化评判切中实际，针砭时弊，以“临场”性话语对网络文学发展中的问题对症下药，形成一定的舆论影响力。但传媒批评如果仅是“传媒人”的批评或专注于“媒介”的批评，难免会有急功近利之虞或蜻蜓点水之弊，难有“望表而知里，扪毛而辨骨”之效。更由于文化资本的掣肘和媒体炒作的便捷所产生的负面作用，可能让这类批评失准失当，难以“平理若衡，照辞如镜”，甚至让网络文学走偏路向，产生误导。最能体现网络批评特色的是文学网民的在线式互动批评，既包括网民读者与网文作者的互动，也包括网民读者之间的互动，这在BBS论坛、网络贴吧中体现得最为鲜明。网络是一个开放式媒体，既是一个“推”媒体，也是一个“拉”媒体，还可以是“推拉并举”式媒体。在这里，人人都能评论、个个都有专栏，并且趣味优先、猎奇为快、个性至上，评说者可以信口“吐槽”，不注重形式，不讲究方法，不顾及情面，不在意语言表达上的修辞与炼意，即兴式批评、娱乐式批评、感悟式批评、颠覆式批评，乃至冒犯式批评都时有所见。比如，有网友用三句话概括痞子蔡的小说《第一次的亲密接触》：

> 1. 天下最讨男人喜欢的女人与天下最讨女人喜欢的男人相爱了；
>
> 2. 天下最讨男人喜欢的女人得了天下最可怕的病只能等死了；
>
> 3. 天下最讨女人喜欢的男人眼瞅着天下最讨男人喜欢的女人翘翘了。①

另有一位名为“天才混蛋”的网友写有一组批评痞子蔡的《第一次的

---

① 百度文库：http://wenku. baidu. com/link? url=U-d0g2Ui_-SAhypCqL8n-mIZRnV0UGqBcX9Oznl9qWSP99 JPcIf _ nTlcraagb7QVvENr-eVViL7Wu2UcvqM _ TF2NfvNSp_dNsTVvZCqmNCOG。

亲密接触》的批评文章，分别是《我看痞子蔡》《又看痞子蔡》《再看痞子蔡》《还看痞子蔡》《仍看痞子蔡》《不看痞子蔡》。作者写道："《第一次的亲密接触》等言情小说佯装病态，哼哼叽叽地呻吟出的东西，其主旨是只有火葬场场长才会感兴趣的死人问题。从言情小说流行至现在，惨死在台湾作者笔下的男男女女可谓不计其数，而且目前死亡人数仍呈上升趋势，并出现了'长江后浪推前浪'的青年作者，这些作者虽说胡子不长年龄亦短，但手段更是尽丧人伦、心狠手辣……这就导致受害者死得一个比一个凄惨、一个比一个抽象。如此就很容易让人产生义愤填膺、打抱不平的感觉……"①如此嬉笑怒骂、直言不讳甚或言不及义、褒贬失当的批评，在网络上并不鲜见，这是网民在线互动式批评的局限，但也显示了它的风格、活力与魅力。

三、网络文学批评成果检视

文学批评成果是批评行为的理论总结和观念承载，也是批评过程的思想凝聚，同时还是检验文学批评成效与价值的基本尺度。网络文学批评的历史主要就是以成果为呈现方式的。瞩目学林，网络文学批评成果虽不如传统批评那样丰富，却也算得上是丰沛而不可小觑。这些成果发表在学术期刊、书报出版物、网络等媒体和相关学术会议上，以理论批评文章、学术著作（含编著、译著）、学位论文、会议论文、网络时评等方式呈现出来。其中，论文型批评成果居于网络文学批评主流，贡献和影响最大。据"知网"、《网络文学文献数据库》和《网络文学五年普查（2009—2013）》等代表性的学术资源统计，自 20 世纪 90 年代网络文学在我国成长以来，各类媒体发表的网络文学理论批评论文数以千计，其探讨的问题涉及网络文学批评的现状与问题、网络文学批评的重要性与必要性、网络

① 百度贴吧·痞子蔡吧：http://tieba.baidu.com/f?kw=%E7%97%9E%E5%AD%90%E8%94%A1&fr=ps0bt&ie=utf-8。

文学批评的特征与价值、网络文学的评价标准和批评体系、网络文学批评的主体身份，以及对文学网站、网络作家、网络作品、网络文学特定现象的分析评论等等。如《新媒体时代艺术研究新视野》（黄鸣奋，《厦门大学学报》2015 年第 2 期）、《网络文学批评的价值和局限》（欧阳友权、吴英文，《探索与争鸣》2010 年第 11 期）、《空间转向：建构网络文学批评新范式》（禹建湘，《探索与争鸣》2010 年第 11 期）、《网络“超文性”写作的几点缺失》（陈定家，《西北师大学报》2009 年第 6 期）、《网络文学批评的难局与新路》（周静，《浙江社会科学》2012 年第 7 期）、《网络文学批评的现状与问题》（周志雄，《山东师范大学学报》2010 年第 2 期）、《新媒体与新批评：网络文学批评的“诗性”理解》（张文东，《当代文坛》2015 年第 6 期）、《“80 后”与网络：文学批评的双重阻隔》（江冰，《南方文坛》2010 年第 4 期）、《网络文学批评模式与标准的建构》（苏翔，《山西师大学报》2011 年第 2 期）、《网络文学对文学批评理论的挑战》（刘俐俐、李玉平，《兰州大学学报》2004 年第 5 期）、《“冒犯”与“躲避”——网络文学批评主体的精神向度分析》（谭德晶，《文艺争鸣》2005 年第 4 期）等等，还有如马季、邵燕君、单小曦、欧阳文风、禹建湘、曾繁亭、许苗苗、姜飞、杨新敏、聂庆璞、傅其林、李存等人对具体网络文学现象和作家作品的评论①。在批评著作成果方面，已经出版的近百部网络文学艺术研究理论著作中，较早出版网络文学批评专著的是中南大学谭德晶教授的《网络文学批评论》（中国文联

① 如马季《话语方式转变中的网络写作——兼评网络小说十年十部佳作》，《文艺争鸣》2010 年第 19 期；欧阳文风《博客文学的兴起与文学创作方式的转型》，《福建论坛》2010 年第 9 期；禹建湘《手机文学：现代技术与文学表意的合谋》，《江海学刊》2011 年第 4 期；曾繁亭《签约写手：暧昧的身形与尴尬的身份》，《学习与探索》2010 年第 2 期；许苗苗《网络文学的作者（写手）类型分析》，《海南师范学院学报》2003 年第 1 期；姜飞《“遗忘”：叙事话语和价值态度——评慕容雪村的网络小说〈成都，今夜请将我遗忘〉》，《文艺理论与批评》2003 年第 2 期；杨新敏《网络传奇：蔡智恒小说论》，《世界华文文学论坛》2001 年第 4 期；聂庆璞《网络超长篇：商业化催生的注水写作》，《学习与探索》2013 年第 2 期；傅其林《网络文学的付费阅读现象》，《学习与探索》2010 年第 2 期；李存《微博文学的定义、发展、类型及特征》，《贵州社会科学》2010 年第 10 期。

出版社 2004 年),理涉网络文学批评的代表性著作有黄鸣奋的《比特挑战缪斯:网络与艺术》(厦门大学出版社 2000 年)、王强的《网络艺术的可能——现代科技革命与艺术的变革》(广东教育出版社 2001 年)、马季的《网络文学透视与备忘》(中国社会科学出版社 2010 年)、单小曦的《现代传媒语境中的文学存在方式》(中国社会科学出版社 2008 年)、陈定家的《比特之境:网络时代的文学生产研究》(中国社会科学出版社 2011 年)、周志雄的《网络文学的发展与评判》(人民出版社 2015 年),以及欧阳友权在该领域的几部相关著述①,还有"网络文学新视野丛书"对不同网络文学文体的专评式研究,包括杨雨的《网络诗歌论》、苏晓芳的《网络小说论》、李星辉的《网络文学语言论》、蓝爱国的《网络恶搞文化》和柏定国的《网络传播与文学》②,以及最近两年出版的《网络文学及其批评研究》(唐迎欣,人民日报出版社 2016 年)、《网络文学发展现状及其评价体系研究》(张立等,中国书籍出版社 2016 年)、广东省作家协会 广东网络文学院的《网络文学评论》(花城出版社 2014 年以来连续出版物)等。这些著作论及网络文学批评的学理分析,大多是传统学院派所为,其对文学新领域的敏锐介入具有开启一个新领域的筚路蓝缕之功,但也有一些成果是套用传统的理论"槽模"评述新兴的网络文学,难免因针对性不足(有时是不屑)而显露出凌空蹈虚或捉襟见肘之弊,终归给人以"隔"的感觉。而弥补这一缺憾的是活跃在网络社区、论坛、各种链接和自媒体中的对那些网络作家作品的即兴时评的发言,它们属于我们所说的狭义的网络文学批评,即"在网络上"的文学批评,这是下面有关批评的文本形态要谈的话题。

---

① 欧阳友权的这几部著作是:《网络文学论纲》(人民文学出版社 2003 年),《网络文学本体论》(中国文联出版社 2004 年),《数字化语境中的文艺学》(中国社会科学出版社 2005 年),《比特世界的诗学》(岳麓书院 2009 年),《网络文学评论 100》(中央编译出版社 2014 年)等。

② "网络文学新视野丛书",欧阳友权主编,中国文史出版社 2007 年出版。

四、网络文学批评的文本形态

如前所述，网络文学批评成果与传统"纯文学"批评一样，多是以传统的"硬载体"（纸媒介）方式呈现出来、保存下来，它们与传统文学批评的成果载体并无多大区别。为了找到这种区别，以便从批评史的角度揭示网络文学批评作为"网络"批评的特殊性，我们更需要关注在网络虚拟空间以"软载体"形式呈现的批评文本，即在线式批评的文本。从静态的角度看，这一网络批评文本可从存在方式、构成形态、修辞表达三个层面上，找到网络在线文学批评文本异于传统批评文本的特殊点。

首先，在存在方式上，在线批评文本大抵有三种形式，即碎片化文本、交互式文本和自媒体的独白式文本。最常见的是碎片化批评文本，即面对网络作品的即兴式"吐槽"留存的文字。这类评说目标具体，对象单一，大多篇幅不长，却直言不讳，直抒胸臆，有好说好，有坏说坏，往往三言两语，或画龙点睛，或直指要害，或嬉笑怒骂，无所顾忌，不拘形式，可以让网络作者冷汗发背、醍醐灌顶，也能让其他读者开心解颐，点赞认同。其长处是言之有物，直话直说，从不虚与委蛇，其缺陷则在于缺少理性思考和学理深度剖析，有时也就信口一说，并不担责，大可不必当真。

互动式批评文本即读者与作者之间、读者与读者之间，通过互动交流形成的对某一作品、某一文学现象的看法和评价，这在网络论坛、社区、作品页面讨论区、读者留言、"我来说两句"中比较常见。例如，风中玫瑰的BBS公告板小说《风中玫瑰》：

> 怀旧男孩（读者）：你的故事我看了一遍又一遍，每次都在我心中激起一丝丝破浪。我太感动了。我感怀身世，热泪不止一次从脸颊流过。
>
> 风中玫瑰：怀旧男孩，玫瑰是一个爱哭的女孩子，但很少有眼泪，每逢遇到挫折，玫瑰都要求自己，要站着，不能倒下，眼泪，请往心里

流。爱情的故事，是这么的平凡，又是这么的扣人心弦……①

网络互动的即时评说是网络文学批评最有生气的文本，它创造了文学行为主体之间最近的距离和最直接的交流。

另一类自媒体批评形成的独白式文本，可以是篇幅较长、持论有据、逻辑谨严的理论文本（如博客），它们本身就是专业批评家所为，既具个性化色彩，又有着较高的批评质量；也可以是精彩的段子点评（如微博、微信、手机 Email 等），它们言之有物，直陈优劣，能较为充分地表达评说者的意图和观点，对网络作品的舆论评价和传播十分有效。

其次，在构成形态上，网络批评文本的是一种"非范式"构成，即不以传统文学批评文本为规范。具体表现为，在性质和功能形态上呈现为感悟式批评文本、即兴式批评文本、颠覆式批评文本和解构式批评文本。感悟式表现为对网络作品的参透和领悟，是读者"入乎其内"获得的对作品中人物形象、生活场景、故事情节、矛盾冲突或文体结构、语言表达等方面的真切感受与独到理解。即兴式批评文本是随见随说，属于三言两语的简要性点评。颠覆式批评文本一般是指以叛逆的立场评价作品，不以传统的文学观念为规范，往往是调侃经典、游戏文字，用以酷评对象，表达某种不同流俗的态度和主张。解构式批评文本则崇尚非传统的价值观与道德观，消解崇高，解构权威，张扬个性，批评者秉持后现代主义立场，有意无意削平深度模式，消失历史意识，丧失主体性和距离感，让批评话语形成一种浅表感和零散化风格，有的甚至用恶稿的方式去褒贬对象，让批评文本成为对作品文本的嘲讽与反叛。

再者，在语言表达的修辞方面，网络文学批评文本的语言形态体现为自由书写的修辞术。一是大量使用网络词汇来评价对象。"火星文"是年轻网民在互联网上使用的一种特殊文字符号，风格上往往有点孩子气，带有异想天开和无厘头色彩，有时会让人难以阅读、不易理解，但却能给网

① 该小说 2001 年被人民文学出版社出版，这里所引见该书第 49 页。

络一族的沟通方式与网络生活增添另外一番情趣，有助于文学批评张扬自我、突出个性。“火星文”是青少年亚文化的一种隐喻，通过这种特殊的符号体系和话语方式，能让特定人群寻找到语言代码的文化归属。二是口语化、生活化、通俗化表达方式，网络在线批评多采用日常化生活语言去表达对某一作品的看法，让话语显得平易、质朴、自然、亲切，有时还很活泼、幽默，这样的文本在网络论坛、社区的交互式批评中最为常见。三是“粗口秀”叙事文本。“粗口秀”(vulgarity show)是一种运用凡俗话语模式传情达意的语言策略，它原是一种民间智慧，现在却被广泛用于网络文学创作和评论，逐渐成为网络文学叙事和网文批评的一大语言特点，具体表现为用一些家常俚语甚至粗俗、粗鄙的词汇来消解崇高、颠覆神性、贱视权威、蔑视宏大叙事、消除等级观念，“崇拜平庸而降尊纡贵，直逼心旌而不掩饰欲望，虚与委蛇、矫揉造作让位于率性率真，感觉撒播冲淡情绪过滤和理性沉浸，便成为网络文学‘粗口秀’叙事的基本底色。”①网络创作是这样，网络批评同样是这样。四是网络流行语的广泛使用，如“给力”“你懂的”“神马都是浮云”“卖萌”“吐槽”“高大上”“坑爹”“淘宝体”“咆哮体”“后宫体”“小白文”等等，在网络在线批评中十分常见。用网络化的语言评价网络文学，不仅与评价的对象更为贴近，也体现了网络时代文学批评文本的语言特点。

五、网络文学批评热点事件

由于传媒业的发达和网络媒体对大众信息视野的“蛛网覆盖”，网络文学的“事件性”批评开始增多。“第四媒体”传播的“强黏性”及其文学的互动性，极易让批评的“触点”变成“热点”，将批评的“活动”放大为“事件”，以至于使网络文学的批评史演绎为批评事件的贯串史和文学批评行

① 欧阳友权：《论网络文学的“粗口秀”叙事》，《曲靖师范学院学报》2004 年第 4 期。

为的踪迹史。从 1991 年 4 月《华夏文摘》在北美创刊，到 2015 年 12 月中国作家协会成立网络文学委员会，互联网上每年都有许许多多与网络文学批评相关的事件发生，如恶搞赵丽华的“梨花体”事件、《第一次的亲密接触》引发网络热评、第一部手机段子小说《城外》引发的关注和论争、对网络小说《明朝那些事儿》的争议、我国第一套网络文学理论批评丛书出版、网络文学总体评价的第一次争鸣、“韩白”论战、传统学人对网络文学的质疑与差评、网络文学十年盘点、网络作家与传统作家“结对交友”、首届网络小说研讨会、《网络文学评论》创刊、“网络文学评价体系构建”全国学术研讨会的召开……

在“史”的意义上思考这些批评热点，一要辨析其在当代文化生态中的地位和价值，二要捋清其对当代文学批评建设的意义。就前者而言，应该把网络文学批评的热点事件放到市场经济、消费社会、文化研究兴起和新媒体强势覆盖的社会历史文化语境中去理解。20 世纪 90 年代全面启动的由计划经济向市场经济体制转型，在解放社会生产力的同时也大大拓展了人们的思想空间，改变了人们的思维方式，让物质财富的增长、消费时代的来临与思想观念的开放一道走进人们的生活世界。高高在上的传统的文学女神开始淡化头顶神圣的光环，文化研究适应大众文化需求的日益增加，让日常生活的审美化和审美的日常生活化成为经济爆发式增长下的新常态。于是，互联网与文学的“联姻”不仅让网络文学有了草长莺飞的契机，也让这一文学的批评成为文学网民自由发声的理想平台。我们发现，每一个网络文学批评事件的背后，都有经济社会、时代文化和数字传媒“共谋”的身影，或者说，那些批评事件正是这个时代精神在网络和文学中发出的回声，是时代文化生态生成的重要诱因，也是这种文化生态的必然结果；正是这些网络文学批评事件，让人们知道了网络文学的存在、网络文化的活力、网络媒体的力量，看到了网络批评在当代文化生态中的角色和功能。

就后者来说，网络文学批评的一系列热点事件彰显了“批评”应有的锋芒与个性，形成了对疲软的传统文学批评的补救与校正——那种八股式的批评、“温吞水”式的批评、功利化批评、“圈子化”批评、“红包”批评等等，在鲜活生动、直话直说的网络批评特别是网络在线批评面前，犹如飘过碧水蓝天的一片云彩，除了在阳光之下映射一些投影之外，对文学绿野的蓬勃生长作用有限，有时甚至会产生负面作用。当然，这些网络批评事件也有明显的弊端。例如，许多批评热点都带有炒作之嫌，情绪的因素大于理性的思考，“围观”的作用大于“批评”的力量。有时候，文化资本、商业包装、文化掮客作为幕后推手的批评事件，常常会对健康的网络文学批评带来伤害，那些“无知者无畏”的事件当事人可能会把某些网络文学现象炒热，也会把批评应有的功能价值“炒黄”。

（原载于《网络文学评论》2017 年第 1 期）

后 记

网络文学研究日渐成为“显学”，探讨网络文学批评问题也已是学术焦点之一，国家社科基金两次（2016、2018）设置这一问题的重大招标课题就是明证。我承担了 2016 年度的国家社科基金重大招标项目“我国网络文学评价体系的理论与实践研究”（批准号：16ZDA193），近年来一直在关注这一领域。本书中的 49 篇文章就是这种关注的学术思考。

书中所收录文章散见于各类报刊。其中学术理论期刊文章 30 篇，属于 CSSCI 来源期刊的有 21 篇，含《文学评论》等权威期刊，有 7 篇文章被《新华文摘》、人大复印资料、《中国社会科学文摘》等转载。报纸文章只收录国家主流大报上发表的文字，其中《人民日报》《光明日报》收录 6 篇。书中所选均属网络文学批评或与这一专题直接相关的理论文章，并且是以近五年发表的文章为主。它们与本人主编的《网络文学批评理论与实践》（中国社会科学出版社，2019）和早前的《网络文学评论 100》（中央编译出版社，2014），可以看作是对这一问题的理论互补。三部专题文集虽属同一领域，却并不重复，因为后两部是众学者研究同一问题的成果集萃，而本书则是个人独立发表的专题文章汇辑。

促成编撰本书有两个直接的缘由：一是我所主持的国家社科重大项目正在进行中，出版该领域文集是题中应有之意，属课题研究之需，万一碰到中期检查、汇报进展之类，出版它可以增加一个“有说头”的东西；二是恰逢安徽大学文学院为教授出版论文集，院长吴怀东教授提出让我也出一本——今年有幸被聘为安徽大学的大师讲席教授，一来就享受到这份“学术福利”，更应该把这件事情做好，这样才对得起安徽大学及文学院领导和同仁的厚爱。今年 4 月，青年才俊周志雄教授挑头成立了安徽大学网络文学研究中心，出这本小书也许可以为中心的网络文学研究“添砖加瓦”。

有鉴于此，我把近年来发表的有关网络文学批评的学术文章做了整理，凡已被此前其他文集收录过的文章一般不收，然后分网络文学现场、热点聚焦、问题解读、走势剖析、作家作品评论和历史节点回眸等六个专题进行归类，力图构成一个有一定内在逻辑的整体，并以“走进网络文学批评”称之，意为刚刚“走进”，对该领域和自己的学术来说，都只是千里始足、海边湿脚，不过为一个稍作憩息的学术小站添加一个“逗号”而已。所收文章基本保留发表时的原貌，文末注明了出处。

我从 1999 年开始进入这一领域，今年正好是从事网络文学研究 20 年。在选编完成之际，谨用这部小书铭记和感恩这段学术历程，并向学界同仁和睿智的读者请教！

谨此为记。

欧阳友权

2019 年 6 月 28 日